杨立辉　陈亚君　解文涛　编著

中文版

Pro/ENGINEER Wildfire 3.0

标准教程

中国电力出版社

www.infopower.com.cn

内 容 简 介

本书深入浅出地讲解了使用 Pro/ENGINEER Wildfire 3.0 进行工业设计的方法和技巧，内容包括 Pro/E 基础、二维草图绘制、基础实体特征、放置实体特征、曲面特征、基准特征、实体特征编辑、特征设计变更、零件装配、机构仿真、工程图绘制等，并在最后一章中详细讲解了几个典型实例的制作方法，使读者能够融会贯通所学知识，熟练应用 Pro/E 进行机械设计。

本书附赠一张光盘，内含长约 3 小时的多媒体教程，以及本书实例工程文件。

本书内容全面、实例丰富、讲解详细，非常适合 Pro/E 初学者学习，也可作为高等院校和相关培训班教材。

图书在版编目（CIP）数据

中文版 Pro/Engineer Wildfire 3.0 标准教程／杨立辉，陈亚君，解文涛编著 . —北京：中国电力出版社，2007

ISBN 978-7-5083-5677-8

Ⅰ . 中⋯　Ⅱ .①杨⋯②陈⋯③解⋯　Ⅲ . 机械设计：计算机辅助设计 – 应用软件，Pro/ENGINEER Wildfire 3.0 – 教材　Ⅳ .TH122

中国版本图书馆 CIP 数据核字（2007）第 106594 号

责任编辑：杜长清
责任校对：崔燕菊
责任印制：李文志

书　　　名：中文版 Pro/ENGINEER Wildfire 3.0 标准教程
编　　　著：杨立辉　陈亚君　解文涛
出版发行：中国电力出版社
　　　　　地址：北京市三里河路 6 号　邮政编码：100044
　　　　　电话：（010）68362602　　传真：（010）68316497
印　　　刷：北京市同江印刷厂
开本尺寸：185mm×260mm　　　印　张：23.5　　　字　数：575 千字
书　　　号：ISBN 978-7-5083-5677-8
版　　　次：2007 年 9 月北京第 1 版
印　　　次：2007 年 9 月第 1 次印刷
印　　　数：0001—4000 册
定　　　价：36.00 元（含 1CD）

Pro/ENGINEER Wildfire 3.0（简称 Pro/E 3.0）是美国 PTC 公司的最新一代 CAD/CAM/CAE 软件，这是一套可以应用于机械设计、运动仿真、工业外观设计、加工制造及产品数据管理等领域的多功能、自动化软件包，涉及了产品基本概念，从设计到生产加工的全过程。目前，该软件已成为国内用户最多、应用最广的三维设计软件。

自 1999 年 Pro/E 进入中国市场以来，经历了 Pro/E 2000、2000i、2001 一系列版本升级，但一直不易被普通用户所掌握，野火版（Wildfire）的推出改变了现状，相对于以前版本而言，Pro/E Wildfire 采用了全新的用户界面，抛弃了以前的瀑布式菜单，操作更加方便、灵活。Pro/E 3.0 版本的推出，极大地方便了用户，能进一步提高用户的设计效率及准确性。

全书共分 12 章，内容如下：

第 1 章介绍 Pro/E 的基础知识，通过简单实例引导读者入门，初步了解三维设计的概念。

第 2 章介绍草绘功能，学习参数化二维图形的绘制方法，这是进行三维建模的基础。

第 3 章～第 9 章分别介绍三维建模中各种特征的建立，包括基础实体特征、放置实体特征、曲面特征和基准特征。

第 9 章和第 10 章介绍零件装配和机构仿真设计。

第 11 章主要介绍二维工程图的创建。

第 12 章主要通过典型实例介绍 Pro/E 在工业设计中的应用。

本书第 2 章～第 11 章均是先介绍操作命令和操作环境，再辅以实例操作，将软件的操作命令和经常使用的功能融入到精心设计的实例当中，每章的最后再通过综合实例对本章内容进行总结、提高、融会贯通。最后一章以减速器的设计过程为例，综合运用全书所学知识，既涉及到了软件的各种常用命令，融合了典型机械零件建模、产品装配、工程图制作的全过程，完整而清晰地体现了一个机械产品的设计思路，以此来提高读者的设计能力。

本书附带的光盘中包含本书全部实例的源文件，以及长达 5 小时的多媒体教程，通过观看多媒体教程，能更快捷地掌握 Pro/E 的操作方法和设计思路。

本书主要由杨立辉、陈亚君、解文涛编写，此外参加编写的人员还有李丽珍、刘家儒、李占位、李占席、杨增娟、毛新等，在此表示感谢。

限于编者水平，本书虽已经过反复校验和修改，疏漏之处仍在所难免，望读者给予批评指教。

编　　者

2007 年 4 月

Contents

目　　录

前　言

第1章　Pro/ENGINEER Wildfire 3.0
　　　　基础 ·················· 1

1.1　概述 ······················ 1

　　1.1.1　Pro/E 3.0 的特点 ········· 1

　　1.1.2　Pro/E 3.0 新增功能简介 ···· 3

1.2　用户界面 ·················· 4

　　1.2.1　导航区 ·············· 5

　　1.2.2　浏览器 ·············· 6

　　1.2.3　绘图区 ·············· 6

　　1.2.4　标题栏 ·············· 6

　　1.2.5　菜单栏 ·············· 7

　　1.2.6　工具栏 ·············· 7

　　1.2.7　操控板 ·············· 7

　　1.2.8　操作信息显示区 ········ 8

　　1.2.9　选取过滤器 ·········· 8

1.3　文件管理 ·················· 8

　　1.3.1　设置工作目录 ········· 9

　　1.3.2　新建文件 ············ 10

　　1.3.3　打开文件 ············ 11

　　1.3.4　多窗口切换及关闭窗口 ··· 12

　　1.3.5　保存文件、保存副本与备份 ··· 12

　　1.3.6　文件重命名 ·········· 16

1.4　显示控制 ·················· 16

　　1.4.1　显示模式 ············ 16

　　1.4.2　基准显示/隐藏 ········ 17

　　1.4.3　系统颜色设置 ········· 18

　　1.4.4　模型颜色设置 ········· 20

　　1.4.5　模型显示控制 ········· 21

1.5　简单实例 ·················· 22

本章小结 ······················ 24

第2章　二维草图绘制 ········· 25

2.1　草绘工作环境 ·············· 25

　　2.1.1　进入草绘工作环境的方式 ··· 25

　　2.1.2　工作界面简介 ········· 27

　　2.1.3　目的管理器 ·········· 29

　　2.1.4　"草绘器"中的术语 ····· 30

2.2　草绘环境设置 ·············· 30

　　2.2.1　设定草绘背景颜色和
　　　　　 线条颜色 ············ 30

　　2.2.2　设定草绘器的优先选项 ··· 30

　　2.2.3　显示/隐藏工具栏 ······ 32

2.3　图形绘制 ·················· 32

　　2.3.1　绘制直线 ············ 32

　　2.3.2　绘制矩形 ············ 33

　　2.3.3　绘制圆 ·············· 33

　　2.3.4　绘制圆弧 ············ 33

　　2.3.5　绘制圆角 ············ 33

　　2.3.6　绘制样条 ············ 33

　　2.3.7　绘制点和坐标系 ········ 33

　　2.3.8　绘制文字 ············ 33

　　2.3.9　调色板工具 ·········· 34

2.4　图形编辑 ·················· 34

　　2.4.1　图元修剪 ············ 34

　　2.4.2　修剪拐角 ············ 35

　　2.4.3　图元分割 ············ 35

　　2.4.4　图元镜像 ············ 36

　　2.4.5　图元旋转和缩放 ········ 36

　　2.4.6　图元复制 ············ 36

2.5　尺寸标注与编辑 ············ 36

2.5.1 长度标注 ……………………… 36
2.5.2 距离标注 ……………………… 37
2.5.3 角度标注 ……………………… 37
2.5.4 半径、直径标注 ……………… 37
2.5.5 样条标注 ……………………… 37
2.5.6 基线标注 ……………………… 38
2.5.7 参照标注 ……………………… 38
2.5.8 标注编辑 ……………………… 39
2.6 设置几何约束 …………………… 39
2.6.1 几何约束基础知识 …………… 39
2.6.2 几何约束生成 ………………… 40
2.7 实例操作 ………………………… 40
本章小结 ……………………………… 44

第3章 基础实体特征 ………………… 45
3.1 拉伸 ……………………………… 45
3.1.1 拉伸工具操控板 ……………… 46
3.1.2 拉伸特征操作步骤 …………… 48
3.1.3 拉伸特征的编辑 ……………… 53
3.2 旋转 ……………………………… 55
3.2.1 旋转工具操控板 ……………… 56
3.2.2 旋转特征操作步骤 …………… 57
3.2.3 旋转特征的编辑 ……………… 60
3.3 扫描 ……………………………… 62
3.3.1 扫描工具简介 ………………… 63
3.3.2 扫描特征操作步骤 …………… 63
3.3.3 扫描特征的编辑 ……………… 66
3.4 混合特征 ………………………… 68
3.4.1 混合实体特征概述 …………… 68
3.4.2 平行混合实体特征操作步骤 … 68
3.4.3 旋转混合实体特征操作步骤 … 71
3.4.4 一般混合实体特征操作步骤 … 72
3.5 实例操作 ………………………… 73
实例1 螺栓 …………………………… 73
实例2 连杆 …………………………… 78
本章小结 ……………………………… 83

第4章 放置实体特征 ………………… 85
4.1 孔特征 …………………………… 85
4.1.1 孔特征的操控板 ……………… 85

4.1.2 放置简单直孔 ………………… 89
4.1.3 放置草绘孔 …………………… 91
4.1.4 放置标准孔 …………………… 93
4.2 壳特征 …………………………… 97
4.2.1 壳特征操控板 ………………… 97
4.2.2 创建壳特征 …………………… 98
4.3 筋特征 …………………………… 103
4.3.1 筋特征操控板 ………………… 103
4.3.2 创建筋特征 …………………… 104
4.4 倒角特征 ………………………… 106
4.4.1 倒角特征操控板 ……………… 106
4.4.2 创建边倒角特征 ……………… 107
4.4.3 创建拐角倒角特征 …………… 111
4.5 圆角特征 ………………………… 113
4.5.1 恒定值倒圆角 ………………… 113
4.5.2 可变值倒圆角 ………………… 115
4.5.3 完全倒圆角 …………………… 117
4.6 拔模特征 ………………………… 119
4.6.1 拔模特征操控板 ……………… 119
4.6.2 基本拔模特征 ………………… 121
4.6.3 可变拔模特征 ………………… 122
4.6.4 分割拔模特征 ………………… 123
4.7 实例操作 ………………………… 126
实例1 水阀 …………………………… 126
实例2 车轮 …………………………… 133
本章小结 ……………………………… 136

第5章 曲面特征 ……………………… 137
5.1 曲面特征简介 …………………… 137
5.2 建立曲面特征的基本方法 ……… 137
5.2.1 拉伸曲面特征的建立 ………… 137
5.2.2 旋转曲面特征的建立 ………… 139
5.2.3 扫描曲面特征的建立 ………… 141
5.2.4 混合曲面特征的建立 ………… 143
5.3 曲面特征操作 …………………… 145
5.3.1 相交 …………………………… 146
5.3.2 合并 …………………………… 147
5.3.3 修剪 …………………………… 149
5.3.4 延伸 …………………………… 151

5.3.5 偏移 ·········· 155

5.3.6 加厚 ·········· 159

5.3.7 实体化 ·········· 160

5.4 实例操作 ·········· 162

实例 瓶子外形 ·········· 162

本章小结 ·········· 164

第6章 基准特征 ·········· 165

6.1 基准特征概述 ·········· 165

6.2 基准平面 ·········· 165

6.2.1 基准平面的基础知识 ·········· 165

6.2.2 基准平面的建立 ·········· 166

6.3 基准曲线 ·········· 169

6.3.1 基准曲线的基础知识 ·········· 169

6.3.2 【经过点】基准曲线
的建立 ·········· 170

6.3.3 【自文件】基准曲线
的建立 ·········· 173

6.3.4 【使用剖截面】基准曲线
的建立 ·········· 175

6.3.5 【从方程】基准曲线的
创建 ·········· 176

6.4 基准点 ·········· 177

6.4.1 基准点的基础知识 ·········· 177

6.4.2 一般基准点的创建 ·········· 179

6.4.3 偏移坐标系基准点的创建 ··· 181

6.5 基准轴线 ·········· 182

6.5.1 基准轴的基础知识 ·········· 182

6.5.2 基准轴的建立 ·········· 182

6.6 坐标系 ·········· 184

6.6.1 基准坐标系的基础知识 ·········· 184

6.6.2 基准坐标系的建立 ·········· 185

6.7 实例操作 ·········· 187

实例1 拨叉 ·········· 187

实例2 接头 ·········· 192

本章小结 ·········· 196

第7章 实体特征编辑 ·········· 197

7.1 特征复制 ·········· 197

7.1.1 特征复制工具简介 ·········· 197

7.1.2 使用参考命令复制特征 ·········· 198

7.1.3 平移复制特征 ·········· 201

7.1.4 旋转复制特征 ·········· 203

7.2 镜像几何 ·········· 204

7.2.1 镜像几何简介 ·········· 204

7.2.2 镜像几何 ·········· 204

7.3 阵列复制 ·········· 205

7.3.1 阵列复制简介 ·········· 205

7.3.2 尺寸阵列的建立 ·········· 208

7.3.3 方向阵列的建立 ·········· 210

7.3.4 轴阵列的建立 ·········· 211

7.3.5 填充阵列的建立 ·········· 213

7.3.6 参照阵列的建立 ·········· 215

7.3.7 表阵列的建立 ·········· 216

7.3.8 曲线阵列的建立 ·········· 217

7.4 局部组 ·········· 218

7.4.1 局部组简介 ·········· 218

7.4.2 局部组操作 ·········· 218

7.5 实例操作 ·········· 220

实例1 基盘 ·········· 220

实例2 弯管 ·········· 225

本章小结 ·········· 232

第8章 特征设计变更 ·········· 233

8.1 父子关系 ·········· 233

8.1.1 特征的放置产生父子关系 ·········· 233

8.1.2 尺寸及约束的标注参考
产生父子关系 ·········· 233

8.1.3 选择草绘平面产生特征
之间的父子关系 ·········· 234

8.1.4 基准特征的建立产生
父子关系 ·········· 234

8.1.5 查看信息 ·········· 234

8.2 修改 ·········· 236

8.2.1 修改特征名称 ·········· 236

8.2.2 修改尺寸 ·········· 236

8.3 编辑定义 ·········· 237

8.3.1 编辑定义简介 ·········· 237

8.3.2 编辑定义操作步骤 ·········· 237

8.4 隐含与恢复 ·············· 239
    8.4.1 隐含与恢复简介 ······· 239
    8.4.2 隐含特征操作步骤 ····· 239
    8.4.3 恢复特征操作步骤 ····· 240
8.5 插入与重新排序 ·········· 240
    8.5.1 插入与重新排序简介 ··· 240
    8.5.2 插入特征操作步骤 ····· 240
    8.5.3 重新排序操作步骤 ····· 243
8.6 实例操作 ··············· 245
    实例 连接口 ··············· 245
本章小结 ··················· 249

第 9 章 零件装配 ·········· 251
9.1 组件模式的启动与环境 ····· 251
    9.1.1 进入组件模式 ········ 251
    9.1.2 添加元件操控板 ······ 252
9.2 插入元件与约束 ·········· 254
9.3 在组件模式下设计元件 ····· 259
    9.3.1 创建元件 ··········· 259
    9.3.2 修改元件 ··········· 260
9.4 分解视图 ··············· 261
9.5 模型分析 ··············· 263
9.6 实例操作 ··············· 265
    实例 四驱车组装 ·········· 265
本章小结 ··················· 283

第 10 章 机构仿真 ·········· 285
10.1 机构仿真的步骤 ········· 285
10.2 机构连接 ·············· 286
10.3 制定驱动器 ············ 289
10.4 运行机构 ·············· 289
10.5 回放 ················· 290
10.6 凸轮机构仿真 ··········· 291
本章小结 ··················· 294

第 11 章 工程图创建 ········ 295
11.1 工程图概述 ············ 295
    11.1.1 新建工程图 ········ 295
    11.1.2 设置图纸格式 ······· 297
    11.1.3 设置工程图环境 ····· 298

11.1.4 图形文件交换 ······· 299
11.1.5 工程图的结构 ······· 300
11.2 标准视图创建 ··········· 300
    11.2.1 一般视图 ·········· 300
    11.2.2 投影视图 ·········· 301
    11.2.3 详细视图 ·········· 302
    11.2.4 辅助视图 ·········· 303
    11.2.5 旋转视图 ·········· 303
    11.2.6 半视图、局部视图、
            破断视图 ·········· 305
11.3 视图编辑 ·············· 308
    11.3.1 设置比例 ·········· 308
    11.3.2 创建剖视图 ········· 309
    11.3.3 定义视图显示 ······· 312
11.4 视图操控 ·············· 313
    11.4.1 移动视图 ·········· 313
    11.4.2 隐藏与恢复视图 ····· 314
    11.4.3 删除视图 ·········· 315
11.5 工程图编辑 ············ 315
    11.5.1 工程图中的二维草绘 ·· 316
    11.5.2 尺寸标注 ·········· 319
    11.5.3 创建注释文本 ······· 324
    11.5.4 几何公差 ·········· 328
本章小结 ··················· 334

第 12 章 典型实例 ·········· 335
12.1 轴类件建模实例 ········· 335
12.2 盘套类零件建模实例 ····· 337
    12.2.1 大端盖的创建 ······· 337
    12.2.2 套筒的创建 ········· 339
12.3 齿轮建模实例 ··········· 340
12.4 箱体建模实例 ··········· 343
    12.4.1 下箱体创建 ········· 343
    12.4.2 上箱体创建 ········· 352
12.5 产品装配实例 ··········· 359
12.6 二维装配图创建 ········· 362
    12.6.1 调整元件位置 ······· 362
    12.6.2 创建二维装配图 ····· 364
本章小结 ··················· 368

第 1 章
Pro/ENGINEER Wildfire 3.0 基础

☞ **本章导读**

Pro/ENGINEER Wildfire 3.0（简称 Pro/E 3.0）是美国参数技术公司（Parametric Technology Corporation，PTC）开发的大型 CAD/CAM/CAE 集成软件，该软件具有单一数据库、参数化、基于特征、全相关性等特征，是当今国内外应用最广的三维实体建模软件之一。

在本章中，首先介绍 Pro/E Wildfire 3.0（野火版 3.0）的特点和新增功能，然后对 Pro/E 3.0 版的用户界面和工作模式做详细的介绍，最后通过一个简单的实例，让读者对使用该软件进行产品设计有一个初步的认识。

☞ **学习要点**

➢ 概述
➢ 用户界面
➢ 文件管理
➢ 显示控制
➢ 简单实例

1.1 概述

PTC 公司提出的单一数据库、参数化、基于特征、全相关性及工程数据再利用等概念改变了传统 MDA（Mechanical Design Automation）的观念，成为了 MDA 领域的新业界标准。利用此概念写成的 Pro/E 软件能将设计至生产的过程集成在一起，让所有的用户同时进行同一产品的设计制造工作（即并行工程）。这些为传统的机械设计与制造工作带来了巨大的便利。自 2002 年推出 Pro/E Wildfire 版本以来，该软件在易用性、可用性和连通性上又有了质的突破，成功解决了功能强大但操作繁琐的难题。继 2004 年推出 Wildfire 2.0 后，于 2006 年 4 月又推出了功能更加强大、操作便捷的 Pro/E 3.0 版本。

1.1.1 Pro/E 3.0 的特点

Pro/E 3.0 是 PTC 公司 CAD/CAM/CAE 软件的最新版本，该版本在 2.0 的基础上又进一步提高了产品开发过程中的个人效率和流程效率，用户和用户团队可以更加快速、更加智能地开展工作，现简要介绍如下。

（1）加快装配速度。随着所设计的产品变得越来越高级和复杂，需要便于构建和修改组件的工具来完成。Pro/E 3.0 具有熟悉的用户界面，简化了装配过程，使装配元件的速度最快达到原来的 5 倍。通过新的多线程组件检索和增加的对 Windows 64 位操作系统的支持，用户不仅能够以更快的速度将信息输入 Pro/E 中，而且能够在 Pro/E 进程中处理更多的信息。

（2）加快工程图速度。传统的 2D 工程图依然是产品开发过程中的至关重要的交付件。现在，随着着色视图的加入，这些交付件变得更加丰富多彩。着色视图消除了含糊性，帮助用户更快地阐明设计概念。此外，Pro/E 3.0 还可以自动完成很多冗长的工程图任务（例如，反向箭头、对齐尺寸和缩放工程图视图），加快了工程图的创建，生产用图的创建速度比以前的 Pro/E 版本提高了 60%之多。

（3）加快草绘速度。草绘工作流程经过重新设计，减少了选择菜单的次数，使建立草绘变得更加容易，退出草绘环境的速度也大为提高。这一效率的提高减少了创建和修改特征的总体用时。利用新的草绘器调色板，使用和重复使用常见截面的速度大大提高。用户只需选择所保存的截面，然后将其放置在草绘中即可，从而将创建标准截面的总体时间缩短了近 55%。在修改大型的复杂草绘时，性能提高了 80%左右。

（4）加快钣金件创建速度。现代化、更加一致的用户界面使得钣金件的创建和修改更加容易。Pro/E 中的钣金件特征是能够"理解"用户的设计意图，会自动添加必要的几何，帮助用户快速完成设计。例如，当在单一特征中创建多个壁时，Pro/E 会自动包含斜切口，来避免几何重叠。通过这些改进，创建钣金件特征的速度可提高 90%，特征总数可减少 90%。

（5）加快 CAM 速度。更新了加工用户界面，现在更加直观并与 Pro/E 的其他界面更一致。另外，工具管理器采用了现代化的、熟悉的新用户界面，使得寻找工具所需的恰当刀具更加容易、快捷。这些提高效率的增强功能使创建制造几何的速度提高了 3 倍之多。

（6）模型更智能。通过利用 3D 模型中内置的智能信息，可以减少很多下游交付件，从而提高质量，缩短周期。例如，用 3D 工程图取代传统的 2D 工程图将为用户节省时间。此外，3D 工程图还使得最终产品的可视化更加容易，而可视化能够消除误解所造成的错误。Pro/E 3.0 提供了更多用于生成 3D 工程图的功能。而且，用户可以将制造过程信息嵌入 3D 设计模型中，从而推进首选的制造过程，促进设计的可制造性。通过使用我们的新的 AssemblySense™技术，现在可以在装配指令中嵌入规则和逻辑。例如，用户可以指定仅将具有 1/4-20 螺纹的螺栓装配到具有 1/4-20 螺纹的特定孔中。或者，可以指定轴承的内曲面采用某种精加工，以便装配到轴上。这一技术可确保用户的设计不仅珠联璧合，而且功能完善。

（7）共享更智能。如今，很多公司需要与合作伙伴和供应商共享设计信息，但又不希望让第三方公司访问其内部数据库。结果，必须将模型下载到数据库以外，之后必须手工调整所做的修改。现在我们有了新的可迁移工作区，可以方便地共享 Pro/INTRALINK®或 Windchill®中存储的设计数据及其相关元数据。合作伙伴或供应商可以在安全、可迁移的工作区中工作，在其中所做的所有变更都会得到跟踪。然后可以方便地将这些变更回馈到数据库中。这一功能对在办公室以外工作十分有用，因为随时可以方便地将所做变更添加到数据库中。

（8）Mechanica 的智能化过程向导。如今 FEA 专家稀缺，而通常设计工程师并不常从事 FEA 工作，对该过程不够熟悉。其结果是，设计工程师要么使用效率低下的过程，要么等待 FEA 专家的帮助。而随着具有 FEA 经验的员工面临退休，公司即将失去所积累的最佳实践知识。Pro/E 3.0 提供了新的可定制的过程向导，它能够捕捉到最佳实践，为各种过程推荐恰当的方法，并将这些实践提供给更广泛的用户。该过程向导能够指导工程师完成分析过程，提高效率，并可以更早更频繁地对设计进行验证。

（9）互操作性更加智能。今天的工程师需要无缝而及时地访问产品开发信息。有了 Pro/E 3.0，你可以享受对 Pro/E 与 Pro/INTRALINK 或 Windchill 之间的互操作性的多项改进所带来的益处。例如，主体项目报告实现自动化。下载的数据在被修改后会自动检出，并且只检出所需数据。对差异报告的改进提供了更详细的变更历史记录。最后，模型树中新增了一列，用于方便地报告任何项目的数据库状态。

（10）改进质量，提升服务水平。PTC 继续信守其提供高质量产品的承诺。通过提高发布标准，我们将确保这一最新版本品质空前优异。有效维护期内的客户将会自动升级到这一高质量的版本及 PTC 黄金级支持。PTC 黄金级支持意味着可以每周 5 天每天 24 小时享受技术电话支持，并可使用"智能化"知识库。现在，无论何时，只需点一下鼠标或打个电话就可以获得帮助。

1.1.2　Pro/E 3.0 新增功能简介

Pro/E 3.0 是 PTC 公司 Pro/E 野火产品的最新版本。与之前的 Wildfire、Wildfire 2.0 版本相比，Wildfire 3.0 蕴涵了丰富的实践，可以帮助用户更快、更轻松地完成工作。Wildfire 版在推出之时即提出了简单易用、功能强大、互联互通三大特点，随着 Wildfire 3.0 的推出，这些特点得到了充分体现。

（1）在 Wildfire 3.0 之前，扫描混合特征（Swept Blend）是通过菜单管理器进行操作来选择创建特征所需要的轨迹线、截面等元素，并定义曲面间的相切进行特征的创建；而在 Wildfire 3.0 中，采用了图标板和窗口操作结合的方式进行曲面创建和相切定义，特别是相切定义，直接在工作窗口中利用鼠标操作即可完成，大大提高了工程师设计的效率。

（2）Wildfire 3.0 的用户自定义特征放置方式抛弃了菜单管理器，进入窗口操作界面，方便了用户的管理。

（3）Wildfire 3.0 中复制特征（Ctrl+C）支持多次粘贴（Ctrl+V）操作，例如，可以简单地复制一个导圆角特征，然后多次粘贴到所选择的边上，从而实现这些边的快速导圆角操作。复制和粘贴可以被用在包括钣金模块在内的众多特征上。

（4）Wildfire 3.0 抽壳特征支持对不需要抽壳的曲面进行选择从而保证抽壳的准确性。

（5）阵列功能进一步得到增强。新增了曲线阵列功能、延曲面阵列、阵列后再阵列等功能。

（6）在草绘器下提供了常用的草绘截面，如工字、L 型、T 型截面，并且可以根据客户需要自定义截面进行保存，以便将来使用，大大提高了草绘截面的效率。

（7）简化了退出草绘器的确认步骤。在 Wildfire 3.0 版本以前，需要进行三次退出操作才可以退出草绘器，回到缺省环境；而 Wildfire 3.0 版本只需要一次退出操作即可回到缺省环境。

（8）草绘器下对字体的支持得到了扩充，增加了 OpenType Fonts（otf）字体，此字体支持库扩充以及字距调整，目前在其他三维软件中尚不支持此字体。

（9）装配已经完全使用图标板模式操作，更符合野火版 Pro/E 的风格，装配和机构运动可以在图标板环境中随意切换，支持在装配环境下使用原来属于机构运动中的拖动功能查看模型，并且可以实时显示各元件之间的干涉情况。在装配时，只需要在零件和组件中分别选择装配的参考元素（如曲面或者轴线），系统会自动分析约束类型并自动添加约束，实现了鼠标不离开工作窗口即完成装配的功能。

（10）在 ISDX（交互式曲面设计）模块中，Wildfire 3.0 可以对曲面间的相切关系直接进行定义，通过选择相切或者曲率连续即可定义曲面间的关系，软件会把相关的没有相切关系的曲线间自动添加相切关系，从而节省了软件设计曲面的时间，提高了效率。

（11）在 ISDX（交互式曲面设计）模块中，新增加了绘制圆和圆弧的工具，提高了交互式曲面设计模块的曲线创建能力，增加了曲线的旋转、缩放功能，方便了曲线的编辑。

（12）Wildfire 3.0 在渲染方面有了很大的改进，除了提供了场景的编辑和保存功能外，还推出了全新的球型灯光控制方法，可以通过拖拽在 3D 空间内精确地进行灯光控制。除此以外，Wildfire 3.0 还允许用户编辑 PhotoLUX 材质库，并支持业界知名的 Lightworks 材质库。

（13）在二维工程图方面，Wildfire 3.0 支持目前比较流行的放置着色视图的功能，并支持在 3D 视图上创建剖截面。支持将 BOM 表输出为 EXCEL 支持的 CSV 格式，方便用户利用 EXCEL 编辑用户材料清单。

1.2 用户界面

用户界面是交互式设计软件与用户进行信息交流的中介。系统通过界面反映当前信息状态或将要执行的操作，只须按照界面提供的信息做出判断，并经由输入设备进行下一步的操作。因此，用户界面是人机对话的桥梁。如图 1.1 所示的是进入 Pro/E 3.0 后的起始画面，画面左侧显示硬盘的文件夹及默认的工作目录，右侧为 Pro/E 浏览器的主页面。

图 1.1 进入 Pro/E Wildfire 3.0 后的起始画面

当创建新的文件或打开已有文件后，系统默认的用户界面如图 1.2 所示。

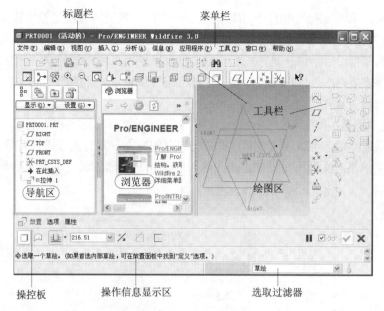

图 1.2　Pro/E Wildfire 3.0 的用户界面

Pro/E 用户界面由导航区、Pro/E 浏览器、绘图区、标题栏、菜单栏、工具栏和操控板、操作信息显示区、选取过滤器等组成，以下逐一介绍。

1.2.1　导航区

在界面中部左侧是具有四个选项卡的多页对话框组成的资源导航区，用于访问本地计算机资源。四个选项卡分别为模型树、文件夹浏览器、收藏夹、连接，如图 1.3 所示。单击导航区右侧的"展开/隐藏"按钮，可以"关闭/打开"导航区窗口。

（a）模型树　　　（b）文件夹浏览器　　　（c）收藏夹　　　（d）连接

图 1.3　导航区

（1）模型树：单击导航区中的 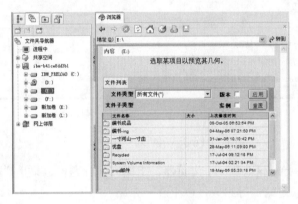 按钮，显示模型树。模型树表明了整个模型的特征构成，每个特征都以列表的方式显示在模型树中，列表显示的上下表明创建顺序的先后。每个特征前半部分是特征的图标，后半部分是特征名，用户既可以使用系统提供的缺省名称，也可根据需要自己命名。在模型树中，用户还可以对每个特征进行编辑定义、编辑参照、删除、隐藏、重命名、阵列、成组等操作。

（2）文件夹浏览器：单击导航区中的 按钮，显示本地文件资源。文件夹浏览器和 Windows 的资源管理器功能类似，可以快速搜索、打开已保存的文件，并对文件进行有效地管理。当单击导航显示区中的某一文件夹时，将在图形区自动显示浏览器窗口，如图 1.4 所示。

图 1.4　文件夹浏览

（3）收藏夹：用户可以收藏自己喜欢的资料和连接，以实现对个人资源的有效组织和管理。

（4）连接：用于快速访问有关 PTC 解决方案的页面和服务程序以及频繁访问的重要连接。

1.2.2　浏览器

在界面中部是一个嵌入式浏览器页面，此浏览器提供对内部和外部网站的访问功能。在浏览器的地址栏中输入适当的 URL 地址，即可访问网络资源。单击浏览器右侧的"展开/隐藏"按钮，可以"关闭/打开"浏览器窗口。

1.2.3　绘图区

绘图区是进行绘图设计的工作区，也是各种模型图像的显示区，绘制的各种特征将显示在这个区域中，通过鼠标操作可以控制模型观察的角度。

1.2.4　标题栏

界面最上方的蓝色部分称为标题栏，标题栏区域的最左侧显示当前模型文件的名称，当打开多个文件时，这些文件分别显示在独立的窗口中，但每次只有一个窗口处于可编辑状态，这个可编辑的窗口称为活动窗口，活动窗口标题栏的文件名后面有"活动的"字样，且标题栏具有深蓝色背景。

注　意

将指定窗口设置为活动窗口可以直接单击该窗口的标题栏，但是要完全激活窗口，还要用鼠标选取【窗口】|【激活】菜单命令或按下 CTRL+A 键。

1.2.5　菜单栏

　　菜单栏位于标题栏的下方，菜单栏中包括【文件】、【编辑】、【视图】、【插入】、【分析】、【信息】、【应用程序】、【工具】、【窗口】、【帮助】等主菜单，Pro/E 的所有操作命令与模型设计功能都可以通过主菜单实现，但菜单的命令大都可以同工具栏中的图标按钮更加快捷地执行。

　　用鼠标单击任意一个主菜单，将会弹出相应的下拉子菜单。下拉菜单中的菜单条右侧有箭头的表示该项操作有下一级下拉子菜单，菜单条右侧有省略号的表示单击该菜单将出现相应的对话框、菜单管理器或操控板。例如，用鼠标单击【视图】主菜单，将鼠标置于【方向】菜单条上，则出现如图 1.5 所示的画面。用鼠标单击【工具】主菜单，再单击【关系】菜单条，则出现如图 1.6 所示的对话框。用鼠标单击【编辑】主菜单，再单击【设置】菜单条，系统弹出零件设置的菜单管理器，如图 1.7 所示。

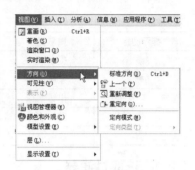

图 1.5　多层式下拉式菜单

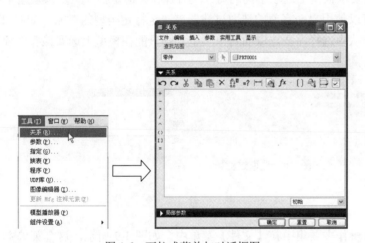

图 1.6　下拉式菜单与对话框图

图 1.7　菜单管理器

1.2.6　工具栏

　　下拉式菜单中的大部分命令在工具栏中都有对应的按钮。在工具栏中，用户可以通过鼠标单击相应的图标按钮执行操作。使用工具栏中的图标按钮进行操作有助于提高绘图设计的效率。

　　位于菜单栏下方的工具栏组成上工具箱，这里放置了各个设计模块中都可以使用的通用工具。而位于右工具箱中的工具栏则放置了常用的专用设计工具，其内容根据当前使用的设计模块的变化而改变。系统允许设计者自定义图形工具栏的结构和数量，设计者还可根据个人习惯设置工具栏的位置。

1.2.7　操控板

　　操控板是 Pro/E Wildfire 版本新加入的界面元素。当用户创建新特征时，系统使用操控板收集该特征的所有参数，用户一一确定这些参数的数值后即可生成该特征。如果没有指定某个参数数值，系统将使用缺省值。图 1.2 中所示为创建拉伸特征时的操控板。

1.2.8 操作信息显示区

这是用户和计算机进行信息交流的主要场所。在设计过程中，系统通过信息区向用户提示当前正在进行的操作以及需要用户继续执行的操作。系统常常通过信息区显示不同的图标给出不同种类的信息，如表 1.1 所示。设计过程中一定要养成随时浏览系统信息的好习惯。

表1.1 信息类型示例

提示图标	信息类型	示例
⇨	提示信息	选取一个草绘（如果首选内部草绘，可在放置面板中找到"编辑"选项）
✱	系统信息	暂停模式已被取消
🔯	出错信息	'PRT0002.PRT' 不存在于当前进程中
⚠	警告信息	警告：不是所有开放端都已被明确地对齐
✖	危险信息	

1.2.9 选取过滤器

在设计过程中，设计者需要从模型上选取不同的对象进行操作，但是在一些复杂模型中不容易选中需要的对象。这时可以使用界面底部的选取过滤器来选定特定类型的对象。如图 1.8 所示，单击过滤器下拉列表，从中选择需要选取的对象类型，则只能在模型上选取该类对象，其他类型的对象被过滤。

图 1.8 选取过滤器

1.3 文件管理

文件操作相关命令的菜单操作主要集中在【文件】菜单中，如图 1.9 所示，这个菜单中不但可以完成文件的建立、打开、保存、删除等常规操作，还可以完成工作目录的设置、备份和多文件管理等多项特殊操作。工具栏操作主要集中在"文件"工具栏，如图 1.10 所示。

图 1.9 【文件】菜单

图 1.10 "文件"工具栏

1.3.1　设置工作目录

工作目录是指分配存储 Pro/E 文件的区域。Pro/E 软件在运行过程中将大量的文件保存在当前工作目录中，并且打开文件最快捷的目录也是当前工作目录。为了更好地管理设计文件，在进入系统后，应立即进行当前工作目录的设定，操作步骤如下。

方法一：

（1）单击【文件】|【设置工作目录】，系统弹出【选取工作目录】对话框。

（2）在对话框中选取要设置为新工作目录的目录，如图 1.11 所示，如："E:\proelizi"。

（3）单击【确定】按钮将其设置为当前的工作目录。

方法二：

（1）在导航栏中，打开【文件浏览器】选项卡。

（2）浏览选中要设置为新工作目录的目录，单击鼠标右键，在系统弹出的快捷菜单中选择【设置工作目录】命令即可，如图 1.12 所示。

图 1.11　设置工作目录方法一

图 1.12　设置工作目录方法二

注　意

如果从用户工作目录以外的目录中检索文件，然后保存文件，则文件会保存到从中检索该文件的目录中。如果保存副本并重命名文件，副本会保存到当前的工作目录中。

（1）用以上两种方法完成以上操作后，"E:\proelizi"均可成为当前的工作目录，在下一次更改工作目录之前，文件的创建、保存、自动打开、调用、删除等操作均在该目录下进行。

（2）上面两种设置工作目录的方法均是一次有效。当退出 Pro/E 时，系统不会保存新工作目录的设置。在下一次打开 Pro/E 系统时，工作目录依然为系统默认的工作目录（一般为 C:\Documents and Settings\...\My Documents）。

（3）如果要使设置的工作目录一劳永逸，可采用如下方法。

1）在 Windows 桌面上，选中 Pro/E 启动图标 ▣，单击鼠标右键，在系统弹出的快捷菜单中选择【属性】命令，系统弹出 Pro/E 属性对话框。

2）打开属性对话框的快捷方式选项卡，在"起始位置"一栏中键入要设置为工作目录的路径，如图 1.13 所示。

3）以后每次重新启动 Pro/E 系统后，此次所设置的工作目录均为系统缺省工作目录。

图 1.13　设置工作目录方法三

1.3.2　新建文件

用户可创建新的草绘、零件、组件、制造模型、绘图、格式、报表、图表、布局、标记或交互文件，方法如下。

（1）选择【文件】|【新建】命令，或者单击"文件"工具栏中的图标按钮　，也可直接按下组合键 Crtl+N，系统弹出如图 1.14 所示的对话框。

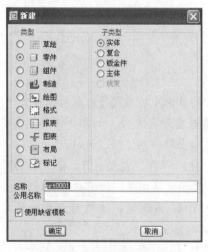

图 1.14　【新建】对话框

（2）在【新建】对话框中，在"类型"选项组中选择工作模式，并根据需要在"子类型"选项组中选择子模式。

注　意

与制图设计有关的模式主要有以下几种。

草绘模式：创建二维参数化草图。

零件模式：创建零件的三维模型。

组件模式：创建包括多个零件的装配图三维模型。

绘图模式：创建二维工程图文件。

格式模式：创建工程图和布局图的图纸格式文件。

（3）通过选取或不选取☑使用缺省模板，确定是否使用缺省模板。

注　意

（1）如果模板不支持对象类型，则"使用缺省模板"选项不可用。

（2）键入模板文件的名称，选取一个模板文件，或浏览到一个文件，然后选取该文件作为模板文件。每种模板可提供两个文件，一个为公制（mmns）模板，另一个为英制（inbls）模板。

（4）在"名称"后的输入框中输入新文件名。

注　意

（1）每次新建文件时，系统会根据新建文件的类型，给出相应的默认文件名称。如草绘模式的文件名称为 s2d0001、s2d0002…，零件模式的文件名称为 prt0001、prt0002…，组件模式为 asm0001、asm0002…，工程图模式为 drw0001、drw0002…。

（2）文件名称只能为英文形式。

（5）单击对话框中的【确定】按钮，启动相应的设计模块，系统打开相应的窗口。

1.3.3　打开文件

（1）选择【文件】|【打开】命令，或者单击"文件"工具栏中的图标按钮，也可直接按下组合键 Crtl+O，系统弹出如图 1.15 所示的对话框。

图 1.15　【文件打开】对话框

（2）找到所需文件后，单击【打开】按钮即可。

注 意

（1）利用【文件打开】对话框右上角的一系列按钮，各按钮功能如图 1.15 所示，可以提高打开文件的效率。

（2）单击【文件打开】对话框中的【预览】对话框，可以浏览选中的文件图形，以确认是否要打开该文件，如图 1.16 所示。

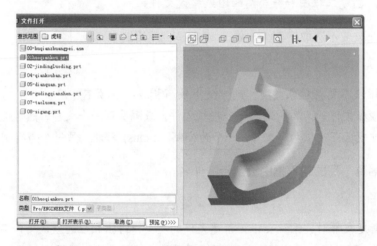

图 1.16　预览选中的文件

1.3.4　多窗口切换及关闭窗口

Pro/E 可以同时打开多个文件，并在【文件】菜单和【窗口】菜单下显示打开的文件列表，可以通过在列表中选取相应的文件名方便地实现文件窗口间的切换。

注 意

在某些情况下，文件是打开的，但画面上几乎所有的命令和图标都呈现灰色，不能进行任何操作，同时鼠标指针变为 形状。这时可通过选择主菜单【窗口】|【激活】命令，将当前窗口激活，就可以对该文件进行操作了。

选择【文件】|【关闭窗口】命令，或者选择【窗口】|【关闭】命令，也可直接选择窗口右上角的关闭按钮，均可以关闭当前文件窗口。

注 意

窗口关闭以后，该文件仍然驻留在内存中（即 Pro/E 中所说的进程）。要想将已经关闭但仍然驻留内存的文件从内存中清除，可以使用【文件】|【拭除】|【不显示】命令。如果想将当前文件关闭的同时从内存中清除，可以使用【文件】|【拭除】|【显示】命令。经常拭除已经关闭但仍驻留内存的文件，可提高系统运行速度。

1.3.5　保存文件、保存副本与备份

（1）保存文件。选择【文件】|【保存】命令，或者单击"文件"工具栏中的图标按钮，

也可直接按下组合键 Crtl+S，系统弹出如图 1.17 所示的【保存对象】对话框，单击【确定】按钮即可。

图 1.17　【保存对象】对话框

注　意

（1）【文件】|【保存】命令只能进行文件的同名保存，因此只需单击对话框中的【确定】按钮即可。如果在"模型名"一栏输入了新的文件名称，系统则不会有任何响应，不能保存文件。

（2）在每次同名保存之后，先前的文件并没有被覆盖掉，而是出现一个新的文件版本。例如，第 1 次保存文件名为####.prt.1，则第 2 次同名保存文件的名称是####.prt.2，依次类推。Pro/E 保存文件的这一特点有利于在设计者操作失误后顺利找回以前的设计结果，而不必像在其他软件中那样必须通过"另存为"命令来异名保存重要的中间设计结果。

（3）在默认情况下，使用【文件】|【打开】命令打开文件时看到的总是文件的最新版本。若要打开原版的模型，在【文件打开】对话框中单击【命令和设置】按钮，选择【所有版本】显示该文件的所有版本，再选择要打开的版本即可，如图 1.18 所示。

（a）操作前（只显示最新版本）

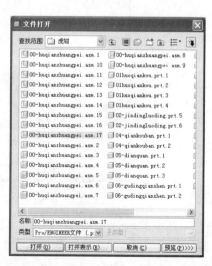

（b）操作后（显示所有版本）

图 1.18　显示文件的所有版本

（4）可以利用【文件】|【删除】命令从磁盘及内存中彻底删除文件的所有版本或者旧版本。若想删除模型所有旧版本的文件，选择【文件】|【删除】|【旧版本】菜单命令，在窗口底部的提示区出现提示框，如图 1.19 所示。输入文件名称，按【回车键】或单击 按钮即可。

图 1.19　输入删除旧版本的文件名称提示框

若想删除模型所有版本的文件，选择【文件】|【删除】|【所有版本】菜单命令，系统弹出如图 1.20 所示的警告提示框，选择【是(Y)】即可。

图 1.20　【删除所有确认】警示框

（2）保存副本。选择【文件】|【保存副本】命令，系统弹出如图 1.21 所示的【保存副本】对话框，选择保存文件副本的路径后，在"新建名称"一栏中键入文件的新名称（必须与原文件不同名），单击【确定】按钮即可。

图 1.21　【保存副本】对话框

注　意

（1）【保存副本】命令只是在硬盘上生成当前文件的 1 个异名备份，而 Pro/E 当前窗口中显示的依然是原文件。这一点是与一般 Windows 窗口软件的"另存为"命令不同的，要注意。

（2）利用【保存副本】命令在保存副本的同时，还可以输出各种格式的文件（如 igs、ntr 等），在其他三维实体建模软件、有限元分析软件中打开该文件。方法如图 1.22 所示，在"类型"一栏选择相应格式即可。

图 1.22 选择输出文件格式

（3）备份。选择【文件】|【备份】命令，系统弹出如图 1.23 所示的【备份】对话框，在列表框中选择备份文件的文件夹（也可在"备份到"一栏的文本框中直接键入文件夹名称），单击【确定】按钮即可。

图 1.23 选择输出文件格式

注　意

（1）使用【备份】命令可以将当前文件复制到其他目录中作为备份，备份文件名必须与当前文件同名；而使用【保存副本】命令保存时副本文件名必须与当前文件不同。

（2）当前文件为装配组件时，使用【保存副本】命令保存时还需定义装配件、各相关组件（零件）的新文件名，若使用【备份】命令则可以将装配件及所有与其相关的组件（零件）文件全部复制（文件名称均不改变）。

1.3.6　文件重命名

选择【文件】|【重命名】命令，系统弹出【重命名】对话框，用鼠标单击"模型"文本框右侧的按钮，选择当前进程中的要重命名的文件；在"新名称"一栏中键入新的文件名称；选择是在磁盘和进程中重命名还是仅在进程中重命名；单击【确定】按钮即可，如图 1.24 所示。

图 1.24　【重命名】对话框

1.4　显示控制

1.4.1　显示模式

在 Pro/E 中，模型的显示方式主要有四种，分别是线框模式、隐藏线模式、无隐藏线模式、着色模式。四种显示模式可以通过"模型显示"工具栏的图标按钮来实现，如图 1.25 所示。

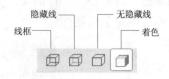

图 1.25　【模型显示】工具栏

四种显示模式中的显示特点如下。

（1）线框模式：可见线和隐藏线都以亮实线方式显示。

（2）隐藏线模式：可见线以亮实线显示，隐藏线变暗。

（3）无隐藏线模式：可见线以亮实线显示，不显示隐藏线。

（4）着色模式：模型以实体着色模式显示。

图 1.26～图 1.29 为四种显示模式的效果实例。

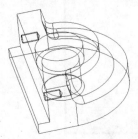

图 1.26　线框模式

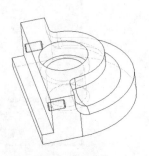

图 1.27　隐藏线模式

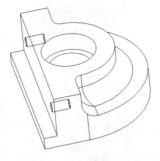

图 1.28　无隐藏线模式

图 1.29　着色模式

1.4.2　基准显示/隐藏

基准是建立模型的参考，主要起辅助设计的作用。在 Pro/E 设计过程中，用户可以根据需要建立一些必要的基准特征，系统有时也会自动提供一些必须的基准特征，如基准平面、基准轴线、基准点、基准坐标系等。有关基准特征的建立，在后面章节中有详细介绍，本节主要介绍这些基准的显示问题。首先看一个基准显示与隐藏的实例，如图 1.30 所示。

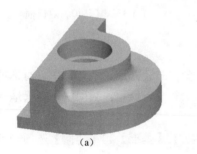

(a)

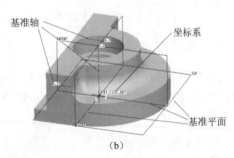

(b)

图 1.30　基准显示与隐藏实例
(a) 基准隐藏；　(b) 基准显示

通常有三种方法来控制基准的显示与否。

（1）工具栏方法。在基准工具栏上有四个按钮，如图 1.31 所示，分别控制基准平面、基准轴线、基准点、基准坐标系的显示与否。如果按钮凹陷，就表示系统将显示相对应的基准，反之，则隐藏。

图 1.31　【基准】工具栏

（2）主菜单方法。选择【视图】|【显示设置】|【基准显示】命令，系统弹出【基准显示】对话框，如图 1.32 所示。选中其中的复选框，表示系统将会显示相对应的基准，反之，则隐藏。

（3）环境设置方法。选择【工具】|【环境】命令，系统弹出【环境】对话框，如图 1.33 所示。在显示选项组中，选中其中的复选框，表示系统将会显示相对应的基准，反之，则隐藏。

图 1.32 【基准显示】对话框　　　　　　　图 1.33 【环境】对话框

1.4.3 系统颜色设置

选择【视图】|【显示设置】|【系统颜色】命令，系统弹出【系统颜色】对话框，如图1.34 所示。此对话框中显示的均为 Pro/E 系统提供的缺省系统颜色，利用它可轻松地标识模型几何、基准和其他重要的显示元素。

利用【系统颜色】对话框中的【图形】、【用户界面】、【基准】和【几何】选项卡可进一步向这些元素分配系统颜色。

（1）【图形】选项卡：图 1.34 中所示即为图形选项卡，用来设置图形元素的系统颜色。用鼠标单击要改变颜色的图形元素按钮，系统弹出【颜色编辑器】对话框，如图 1.35 所示。设置完成后，单击【关闭】按钮完成。

图 1.34 【系统颜色】对话框　　　　　　　图 1.35 【颜色编辑器】对话框

注 意

图 1.36 【混合颜色】对话框

　　【图形】选项卡中的【背景】可以调整整个图形区的背景颜色，如果想使用混合背景，单击混合背景后面的【编辑】按钮，打开如图 1.36 所示【混合颜色】对话框，分别调整顶、底两种颜色以确定图形顶端、底端的颜色，可以在窗口中动态观察颜色的变化。另外，需要注意的是，必须选中【混合颜色】复选框后，【编辑】按钮才有效。

　　（2）【用户界面】选项卡：该选项卡如图 1.37 所示，主要功能是为文本、可编辑区、选定区域以及背景设置颜色。单击颜色按钮可打开 16 色标准 Windows 调色板，如图 1.38 所示。单击【其它】按钮，在【颜色编辑器】对话框中可以定制颜色，单击【取消】可关闭调色板。

　　（3）【基准】选项卡：利用该选项卡可以设置基准平面、轴、点和坐标系的颜色。要改变缺省基准颜色，可单击颜色来显示 13 种缺省颜色设置，然后单击想要的颜色，如图 1.39 所示。

　　（4）【几何】选项卡：为参照、钣金件曲面、骨架曲面网格、电缆、面组边和 ECAD 区域设置颜色。要改变缺省几何颜色，可单击颜色来显示 13 种缺省颜色设置，选取想要的新颜色，如图 1.40 所示。

图 1.37 【用户界面】
选项卡

图 1.38 Windows
调色板

图 1.39 【基准】
选项卡

图 1.40 【几何】
选项卡

　　【系统颜色】对话框中还包括【文件】、【布置】两个主菜单，如图 1.41 和图 1.42 所示。现分别介绍如下：

图 1.41 【文件】主菜单

图 1.42 【布置】主菜单

（1）使用【文件】主菜单，可以打开现有的颜色配置或保存当前配置。

选择【文件】|【打开】命令，可以通过读取系统颜色文件（.scl 文件，scl 为 system_colors_file 的缩写），恢复先前使用的颜色配置。

选择【文件】|【保存】命令可以将当前系统颜色保存到 .scl 文件中，以备将来使用。

（2）使用【布置】菜单可以更改颜色配置，颜色配置会对系统颜色产生影响。Pro/ENGINEER 通过【布置】下拉主菜单提供以下颜色配置：

1）白底黑色：在白色背景上显示黑色图元。

2）黑底白色：在黑色背景上显示白色图元。

3）绿底白色：在深绿色背景上显示白色图元。

4）初始：将颜色配置重置为配置文件设置所定义的颜色。

5）缺省：将颜色配置重置为缺省 Pro/ENGINEER Wildfire 颜色配置（背景的灰度级由浅到深）。缺省颜色配置为灰度级由浅到深的背景。

使用 Pre-Wildfire 方案：将颜色配置重置为 Pro/ENGINEER 2001 版本（蓝黑色背景）。

图 1.43 和图 1.44 分别为白底黑色、黑底白色的效果显示。

图 1.43　白底黑色效果显示　　　　　图 1.44　黑底白色效果显示

1.4.4　模型颜色设置

在 Pro/E 中，用户可以将零件的某些或全部表面设置成所需要的颜色。操作方法如下：

（1）选择【视图】|【颜色和外观】菜单命令，系统弹出【外观编辑器】对话框，如图 1.45 所示。

（2）按照图 1.45 中所示的操作顺序即可以将零件上选定的表面设置为所需颜色。

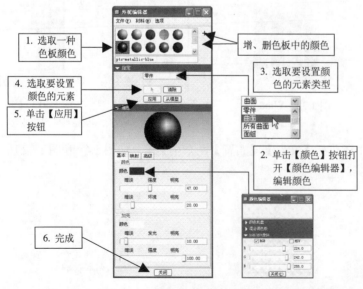

图 1.45　【外观编辑器】对话框

1.4.5　模型显示控制

在 Pro/E 中进行三维设计的过程中，用户可以对模型进行旋转、平移、缩放、精确视角的定位等显示操作，实现对模型任意角度、任意细节的逼真观察。

（1）模型显示快捷键。

1）模型旋转：按住鼠标中键并拖动鼠标。

2）模型缩放：滚动鼠标中键的滚轮（或者按住 Ctrl+鼠标中键），并拖动鼠标。

3）模型平移：按住 Shift+鼠标中键，并拖动鼠标。

4）标准方向显示：按 Shift+D 键。此功能是将模型恢复到默认的三维视角和最佳大小显示。

（2）【视图】工具栏。【视图】工具栏是用户最常使用的工具栏，使用它们可以调整模型在窗口中的显示以及视点位置，包括【重画】、【旋转中心开/关】、【定向模式开/关】、【放大】、【缩小】、【完全显示】、【重定向】、【保存的视图】、【图层】、【视图管理器】等，如图1.46 所示。

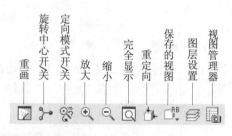

图 1.46　【视图】工具栏

【重画】：用于重画当前视图。

【旋转中心开/关】：用于打开和关闭视图的旋转中心。当打开旋转中心时，视图中出现标志，这时，视图的缩放和旋转操作都是以系统默认的旋转中心为参考点进行。当关闭旋转中心时，视图中不出现标志，这时，视图的缩放和旋转操作都是以鼠标的确认点为旋转中心进行的。

【定向模式开/关】：用于打开和关闭视图定向模式。视图中出现◇标志，按住鼠标中键拖动旋转视图，重新定向视图，其中，◇标志为视图的旋转中心。当打开旋转中心时，两标志重合，否则◇标志和鼠标中键单击的初始点重合。

【放大】：用于放大区域，使用鼠标左键框选要放大的区域即可。

【缩小】：用于缩小模型在视窗中的显示，每点一下该图标按钮，模型显示缩小一半。

【完全显示】：模型以当前视角和最佳的显示大小显示在图形窗口中。

【重定向】：单击工具栏中的按钮（或选择【视图】|【方向】|【重定向】菜单命令），系统弹出如图 1.47 所示的【方向】对话框，在此对话框中可以进行设置以重新定义视图的方向，还可以对重新定义的视图方向进行保存，以后可以快速切换到这一方向进行观察。

【保存的视图】：单击工具栏中的按钮，系统弹出如图 1.48 所示的保存视图列表框，列表框中既包括系统缺省的标准视图，也包括用户利用【重定向】命令自己保存的视图。在列表框中选择相应的视图名称，就可以调整窗口中模型对象的方向。

【图层设置】：用于设置图层、层项目和显示状态。

【视图管理器】：用于打开视图管理器，对视图进行管理。

图 1.47 【方向】对话框 　　　　　　　　　图 1.48 保存视图列表

1.5 简单实例

本节以一个简单的拉伸特征,为例来说明在 Pro/E 3.0 环境下进行简单三维实体建模的主要过程,如图 1.49 所示。

创建步骤如下:

1. 进入 Pro/E 3.0 零件设计环境

(1)用鼠标双击桌面上的 Pro/E 图标 ,进入 Pro/E 3.0 初始画面,如图 1.1 所示。

(2)选择【文件】|【新建】命令(或者单击"文件"工具栏中的图标按钮 ,也可直接按下组合键 Crtl+N),系统弹出如图 1.50 所示的对话框。

图 1.49 简单实例模型 　　　　　　　　　图 1.50 【新建】对话框

(3)在【新建】对话框中,在"类型"选项组中选择"零件"工作模式;在"子类型"选项组中选择"实体"子模式;在"名称"后的输入框中输入新文件名"shili-1"。

(4)单击【确定】按钮,系统打开零件设计窗口,在图形窗口中显示三个默认的基准平面 TOP、FRONT、RIGHT。

2. 创建拉伸实体

(1)选择【插入】|【拉伸】命令(或者单击"基础特征"工具栏中的图标按钮),窗口底部出现拉伸操控板,如图 1.51 所示。

(2)单击操控板中的【放置】按钮,在其上滑面板中单击【定义】按钮,如图 1.52 所示。

(3)系统弹出【草绘】对话框。根据信息栏中的系统提示,用鼠标左键单击选取窗口中的任意一个基准平面作为草绘平面(本例中选取的是 FRONT 平面),系统自动将 RIGHT 平面作为草绘方向参照平面(也可用鼠标重新选取其他平面),如图 1.53 所示。

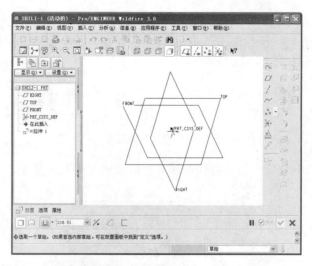

图 1.51　窗口下部出现操控板

图 1.52　【放置】上滑面板

图 1.53　【草绘】对话框

（4）用鼠标单击【草绘】对话框中的【草绘】按钮（或者直接在图形窗口中的任意位置单击鼠标中键），系统进入二维草绘界面。

（5）单击窗口右侧工具栏中的 ▢ 按钮，在绘图区绘制图中所示的矩形，单击 ◯ ▾ 按钮，绘制图中所示的圆（本步骤中的图形只要满足位置关系即可，不要求具体尺寸），如图 1.54 所示。

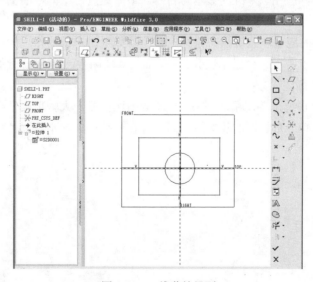

图 1.54　二维草绘界面

（6）单击窗口右侧工具栏中的 ✔ 按钮，系统回到三维实体设计界面，在如图 1.55 所示的操控板中输入拉伸长度值（本例中为"20"），按 Enter 键。单击操控板中的 ☑ 按钮，拉伸特征创建完成。

图 1.55　输入拉伸长度值

（7）同时按下 Ctrl+D 键，拉伸特征的缺省视图显示如图 1.56 所示。

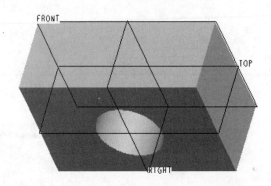

图 1.56　特征的缺省视图显示

3．保存文件

选择【文件】|【保存】命令（或者单击【文件】工具栏中的图标按钮🖫），单击【确定】保存文件。

本章小结

本章介绍了 Pro/E 3.0 版本的特点及新功能，对其工作界面进行了简要介绍，如打开/关闭文件的方法、过滤器的应用、基准的显示与否等。最后通过一个简单的例子来引导读者建立第一个三维模型。

在刚接触 Pro/E 时应多注意键盘、鼠标的使用，如单击左键的作用为选中，单击右键（确切地说应该是按住右键不放）会显示快捷菜单，而中键则相当于确定；键盘中的组合键的功能应多记忆，这样会提高建模效率。

曾经有业内人士说过，要想精通 Pro/E，就必须连自己的大脑也要学会用参数化的、基于特征的、全相关的、单一数据库的思维进行思考。在后续的学习中，读者将会慢慢理解这几个词语的含义。

第 2 章
二维草图绘制

☞本章导读

创建三维实体时，通常需要绘制二维草图来创建剖面图，然后由剖面图生成各种三维实体特征。在读者学习创建特征时，应先了解如何正确使用草绘功能，它将为以后的实体建模打下良好的基础。本章将在介绍二维草图绘制的工作环境、各种绘制与编辑命令的基础上，通过几个实例，使读者掌握二维草图绘制的各种功能和综合技巧的使用。

☜学习要点

- ➢ 草绘工作环境
- ➢ 草绘环境设置
- ➢ 图形绘制
- ➢ 图形编辑

- ➢ 尺寸标注与编辑
- ➢ 设置几何约束
- ➢ 实例操作

2.1 草绘工作环境

2.1.1 进入草绘工作环境的方式

进入草绘工作环境的常用方法有两种，现分别介绍如下。

方法一：

（1）选择【文件】|【新建】命令（或直接单击主工具栏上的新建文件图标▯），系统弹出如图 2.1 所示的【新建】对话框。

（2）在对话框中选取草绘工作模式，并在名称一栏中输入草绘文件的名称（或使用系统默认的名称）。

（3）单击对话框中的【确定】按钮，系统进入草绘工作环境，草绘工作环境界面如图 2.2 所示。

提 示

用户通过此种方式可以将草图绘制的结果保存成草绘文件，此文件可以在以后的三维图形设计进程中调用以作为要创建特征的截面。

方法二：

（1）选择【文件】|【新建】命令（或直接单击主工具栏上的新建文件图标▯），系统弹

出如图 2.1 所示的【新建】对话框。

（2）在对话框中选取"零件"工作模式，并在名称一栏中输入零件文件的名称（或使用系统默认的名称），单击【确定】按钮，系统进入零件工作环境，如图 2.2 所示。

（3）选择某一种创建基础特征命令（如选择【插入】|【拉伸】菜单或者单击屏幕右侧"基础特征"工具栏中的图标按钮），窗口底部出现操控板。

图 2.1 【新建】对话框

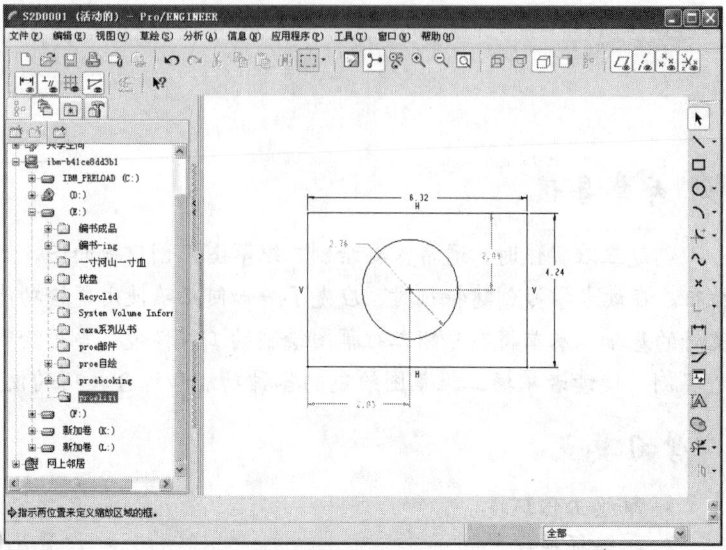

图 2.2 草绘工作环境

（4）单击操控板中的【放置】按钮，在其上滑面板中单击【定义】按钮，如图 2.3 所示。

（5）系统弹出【草绘】对话框。根据信息栏中的系统提示，用鼠标左键单击选取草绘平面和草绘方向参照平面，如图 2.4 所示。

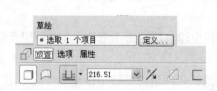

图 2.3 操控板

图 2.4 【草绘】对话框

（6）用鼠标单击【草绘】对话框中的【草绘】按钮（或者直接在图形窗口中的任意位置单击鼠标中键），系统进入草绘工作环境。

提　示

利用此种方式进行草图绘制，只有草绘结果正确时才能退出草绘环境，进而直接生成三维实体特征。

2.1.2 工作界面简介

图 2.5 所示是采用前面 2.1.1 节中方法而进入的草绘工作环境。Pro/E 草绘器默认的背景颜色是黑色，本书为了方便读者阅读，将草绘器的背景颜色改成了白色。具体方法见本书 1.4.3 系统颜色设置一节。与零件设计环境相比，主要区别如下。

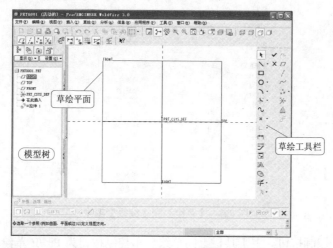

图 2.5 草绘工作环境

（1）草绘工具栏。取代了零件环境中的特征工具栏，提供二维草绘的常用命令按钮，其中右侧带有小黑三角的（·）图标按钮表示其中包括下一级子命令，单击这些小黑三角，可以显示其下一级命令按钮，进而可以进行命令选择，各图标工具按钮的功能如表 2.1 所示。

表 2.1 草绘工具功能简介

类 别	图 标	功 能
选取工具		选取图元
几何图元绘制工具		绘制直线
	□	绘制矩形
	○◎○○○○·	以各种方式绘制圆
		绘制圆弧
		倒角
	∿	绘制样条曲线
	×	绘制点、坐标系
		转换或偏移现有实体上的边线
	A	绘制文字，作为剖面的一部分
		标准图形插入
尺寸工具		添加尺寸
		编辑尺寸
约束工具		设置约束
图元编辑工具		图元修剪、延伸、打断
		图元镜像、缩放、旋转、复制
退出草绘工具	✓	完成绘制，确认图形并退出草绘器
	✗	放弃绘制并退出

（2）下拉主菜单。草绘器中多出一个【草绘】菜单，另外，【编辑】菜单的内容也不同于零件环境，如图 2.6 所示，【草绘】菜单中的大部分命令可以由草绘工具栏实现。

图 2.6　【草绘】和【编辑】菜单

（3）草绘显示控制按钮。主工具栏上的草绘显示控制按钮为 Pro/E 草绘器界面所独有的，各按钮功能如图 2.7 所示。

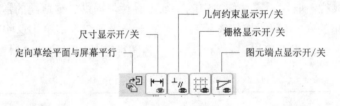

图 2.7　草绘器显示控制工具栏

单击图 2.7 所示的控制工具栏上的工具按钮即可控制元素的显示状态。按下按钮将显示相应的元素，弹起按钮将关闭相应元素的显示，具体示例如图 2.8 和图 2.9 所示。

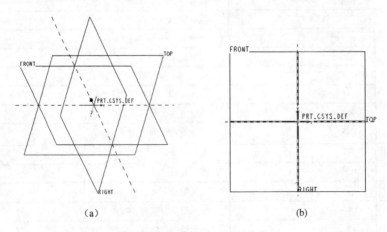

(a)　　　　　　　　　　　　　(b)

图 2.8　定向草绘平面与屏幕平行

（a）定向前；（b）定向后

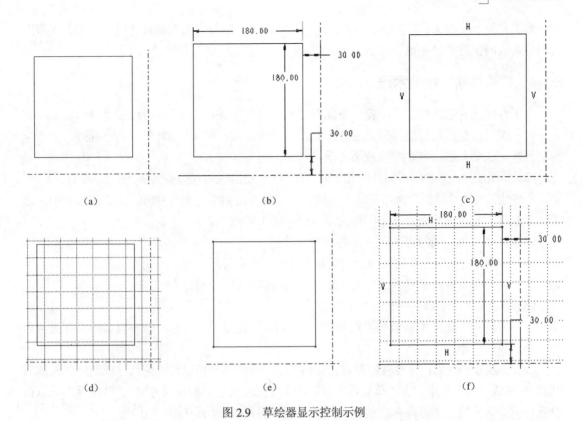

图 2.9　草绘器显示控制示例

（a）基本图形；（b）显示尺寸；（c）显示几何约束；（d）显示栅格；（e）显示图元端点；（f）全部显示

2.1.3　目的管理器

选择主菜单中的【草绘】｜【目的管理器】命令，可以选择"目的管理器"或"菜单管理器"方式绘制草图。

"菜单管理器"方式是 Pro/E 2001 之前的版本所采用的草绘方式，在此方式下绘制草图时，菜单管理器的下拉瀑布式菜单出现在屏幕上，如图 2.10 所示，用户作图比较随意。但是，菜单管理器方式一直存在以下的不足之处。

（1）必须给定截面各像素充分的约束条件，待再生成功才算完成截面绘制。

（2）如遇截面复杂的情况，给定的约束条件不足或过多，就必须一一检查，严重影响设计创意的发挥。

（3）初学者在尚未熟悉界面的情况下，必须在开始就用心把截面绘制得很精确，否则一旦再生后，往往会出现意料之外的结果。为防止出现问题，必须以完成某一像素就马上再生。

（4）原有的绘图命令均要使用层次性的应用命令，必须一一单击要使用的命令，无法通过单键完成该操作。

图 2.10　菜单管理器

选择【目的管理器】方式，可以使用户动态地标注和约束几何图形，从而保证截面是全尺寸和全约束的，而多余尺寸都将被转化为参考尺寸。

为了方便 Pro/E2001 之前的老用户，所以现在的 Pro/E 野火版在缺省使用"目的管理器"的同时，依旧保持了"菜单管理器"方式。

2.1.4 "草绘器"中的术语

为了方便读者正确使用草绘器，下面对"草绘器"中使用的术语进行逐一解释。

（1）图元：截面几何的任何元素（如直线、圆弧、圆、样条、圆锥、点或坐标系）。当草绘、分割、求交截面几何、参照截面外的几何时，可创建图元。

（2）参照图元：当参照截面外的几何时，在 3D 草绘器中创建的截面图元。参照的几何（例如，零件边）对"草绘器"为"已知"。例如，对零件边创建一个尺寸时，也就在截面中创建了一个参照图元，该截面是这条零件边在草绘平面上的投影。

（3）尺寸：图元或图元之间关系的测量。

（4）约束：定义图元几何或图元间关系的条件。约束符号出现在应用约束的图元旁边。例如，可以约束两条直线平行。这时会出现一个平行约束符号来表示。

（5）参数："草绘器"中的一个辅助数值。

（6）关系：关联尺寸和/或参数的等式。例如，可使用一个关系将一条直线的长度设置为另一条直线的一半。

（7）弱尺寸或约束：在没有用户确认的情况下"草绘器"可以移除的尺寸或约束就被称为"弱"尺寸或"弱"约束。由"草绘器"创建的尺寸是弱尺寸。添加尺寸时，"草绘器"可以在没有任何确认的情况下移除多余的弱尺寸或约束。弱尺寸和约束以灰色出现。

（8）强尺寸或约束："草绘器"不能自动删除的尺寸或约束被称为"强"尺寸或"强"约束。由用户创建的尺寸和约束总是强尺寸和强约束。如果几个强尺寸或约束发生冲突，则"草绘器"要求移除其中一个。强尺寸和强约束以黄色出现。

（9）冲突：两个或多个强尺寸或约束的矛盾或多余条件。出现这种情况时，必须通过移除一个不需要的约束或尺寸来立即解决。

2.2 草绘环境设置

2.2.1 设定草绘背景颜色和线条颜色

选择【视图】|【显示设置】|【系统颜色】命令，系统弹出【系统颜色】对话框，利用【系统颜色】对话框中的【图形】、【用户界面】、【基准】和【几何】选项卡可进一步向这些元素分配系统颜色，新颜色既适用于新建几何，也适用于修改后的几何。

另外，使用对话框中的【文件】主菜单，可以打开现有的颜色配置或保存当前配置。使用【布置】菜单可以更改系统界面颜色配置。

具体设定方法与三维设计环境大体相同，参见 1.4.3 节系统颜色设置。

2.2.2 设定草绘器的优先选项

通过单击【草绘】|【选项】命令，系统弹出【草绘器优先选项】对话框，对话框包含【显示】、【约束】、【参数】三个选项卡，如图 2.11～图 2.13 所示。在该对话框中可定制"草绘器"

设计环境，具体如下：

（1）如图 2.11 所示的【杂项】选项卡中，可以设置与视图显示有关的参数。

【栅格】：显示/隐藏屏幕栅格。

【顶点】：显示/隐藏顶点。

【约束】：显示/隐藏栅格。

【尺寸】：显示/隐藏尺寸。

【弱尺寸】：显示/隐藏弱尺寸。

【帮助文本上的图元】：是否显示帮助文本中的图元 ID。

【捕捉到栅格】：参加或脱离捕捉栅格选项。

【锁定已修改的尺寸】：是否自动锁定已修改的尺寸。

【锁定用户定义的尺寸】：是否自动锁定用户定义的尺寸。

【始于草绘视图】：进入草绘模式时自动定向模型，使草绘平面平行于屏幕。

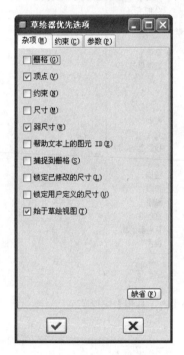
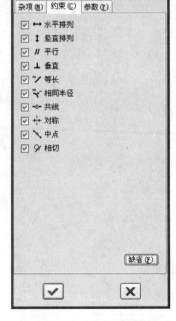

图 2.11　【显示】选项卡　　　　图 2.12【约束】选项卡　　　　图 2.13【参数】选项卡

（2）如图 2.12 所示的【约束】选项卡中，提供了在设计中使用的约束类型。选中某一约束复选按钮后，该约束被启用，否则禁用该约束。

（3）如图 2.13 所示的【参数】选项卡中，列出下列选项：

1）【栅格】：可以修改栅格"原点"、"角度"和"类型"。

2）【栅格间距】：可更改笛卡尔和极坐标栅格的间距。从下拉列表框中选取"自动"或"手工"来实现下列操作：① 自动：依据缩放因子调整栅格比例；② 手工：x 和 y 保持恒定的指定值。

3）【精度】：可以修改系统显示尺寸的小数位数。此外，可以改变"草绘器"求解的相对精度。

注 意

在以上三个选项卡中，设置完成后，均要单击 ☑ 按钮，应用更改并关闭对话框；要重置缺省显示优先选项，可单击【缺省】按钮；要忽略更改并关闭对话框，可单击 ☒ 。

2.2.3 显示/隐藏工具栏

在上工具箱的图形工具条上单击鼠标右键，系统将弹出如图 2.14 所示的【上工具箱】快捷菜单，在右工具箱的图形工具条上单鼠标右键，系统弹出如图 2.15 所示的【右工具箱】快捷菜单，使用这两个快捷菜单可以重定义窗口中显示的图形工具条的内容。其方法是单击需要显示的工具条名称，系统将在该工具条名称前显示一个"√"符号，同时该工具条显示在窗口中。

图 2.14 【上工具箱】快捷菜单

图 2.15 【右工具箱】快捷菜单

2.3 图形绘制

本节介绍常用的几何图元绘制命令，大多数绘制工具的命令都可以通过两种方法来启动，即在【草绘】菜单中单击相应的命令子菜单或直接用鼠标单击右工具箱中的图元绘制按钮。

2.3.1 绘制直线

选择【草绘】|【线】|【线】命令或者单击 ↘ 按钮，在绘图区单击左键输入直线的一个端点，移动鼠标，单击左键输入直线的另一个端点，即可绘制过这两点的直线段，继续输入目标点可绘制出连续线段，单击中键完成直线绘制，如图 2.16 所示。

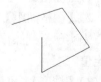

图 2.16 绘制直线

2.3.2　绘制矩形

选择【草绘】|【矩形】命令或者单击□按钮，在绘图区单击左键输入矩形的一个对角点，移动鼠标，单击左键输入矩形的另一角点，单击中键完成矩形绘制，如图 2.17 所示。

图 2.17　绘制矩形

2.3.3　绘制圆

选择【草绘】|【圆】|【圆心和点】命令或者单击○按钮，在绘图区单击左键输入圆心，移动鼠标单击左键确定半径，单击中键完成圆的绘制，如图 2.18 所示。

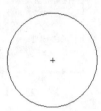

图 2.18　绘制圆

2.3.4　绘制圆弧

选择【草绘】|【弧】|【3 点/相切端】命令或者单击⌒按钮，在绘图区单击左键输入圆弧的起点，移动鼠标，单击左键输入圆弧的终点，移动鼠标确定半径，单击中键完成圆弧绘制，如图 2.19 所示。

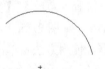

图 2.19　绘制圆弧

2.3.5　绘制圆角

选择【草绘】|【圆角】|【圆形】命令或者单击⌐按钮，单击左键选取两条不平行的直线，系统自动完成圆角操作，如图 2.20 所示。

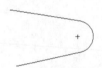

图 2.20　绘制圆角

2.3.6　绘制样条

选择【草绘】|【样条】命令或者单击∿按钮，在绘图区移动鼠标，单击左键输入一系列点，最后单击中键即可绘制样条曲线，如图 2.21 所示。

图 2.21　绘制样条

2.3.7　绘制点和坐标系

选择【草绘】|【点】命令或者单击×按钮，在绘图区单击左键即可输入点，单击左键完成点的绘制；选择【草绘】|【坐标系】命令或者单击⅄按钮，在绘图区单击左键输入坐标系原点，单击中键结束坐标系绘制，如图 2.22 所示。

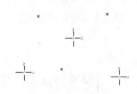

图 2.22　绘制点和坐标系

2.3.8　绘制文字

选择【草绘】|【文本】命令或者单击A按钮，在绘图区单击左键确定文字的起始点，移动鼠标，单击左键确定文字的高度和方向，系统弹出【文本】对话框，在文本行中输入文字，并适当设置，如图 2.23 所示，单击【确定】或单击中键完成文本绘制，如图 2.24 所示。

图 2.23 【文本】对话框

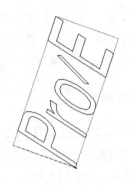

图 2.24 绘制文本

2.3.9 调色板工具

选择【草绘】|【数据来自文件】|【调色板】命令或者单击 按钮，弹出【草绘器调色板】对话框，如图 2.25 所示，若工作目录下有可用的 Pro/E 数据文件，将弹出类似图 2.26 所示的对话框。使用方法是单击一项可以预览相应草图效果；双击一项，再在绘图区中单击，弹出【缩放旋转】对话框，输入比例和旋转角度后，单击 或中键完成操作。弹起草绘器 中所有按钮，如图 2.27 所示。

图 2.25 【草绘器调色板】
对话框

图 2.26 【草绘器调色板】
对话框

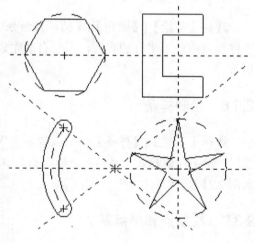

图 2.27 用调色板绘制草图

2.4 图形编辑

在创建草绘时，常需要修改图元形状、调整图元位置，本节将介绍图元编辑的基本命令，如修剪、镜像、缩放等。

2.4.1 图元修剪

选择【编辑】|【修剪】|【删除段】命令或者单击 按钮，单击左键选择需要删除的图元，

单击中键完成修剪。该命令仅用于修剪掉多余的部分，如图 2.28 所示。

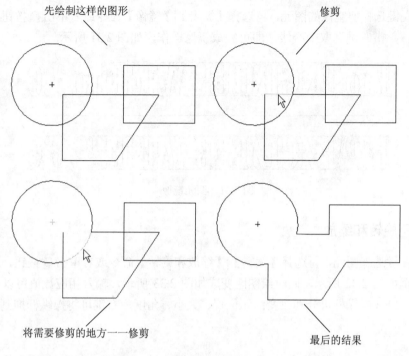

图 2.28　动态修剪

2.4.2　修剪拐角

选择【编辑】|【修剪】|【拐角】命令或者单击 + 按钮，单击鼠标左键依次选择两条不平行的直线，系统自动完成操作。该命令同时具有修剪和延伸两种效果，视情况不同而定，图 2.29 列出了一些常见的拐角修剪类型。

图 2.29　修剪拐角

在该图中，对于第一种情况，结果只有一种，对于后两种情况，结果会因鼠标点击位置不同而不同，请读者自己尝试、总结。

2.4.3　图元分割

选择【编辑】|【修剪】|【分割】命令或者单击 ∠ 按钮，该命令只将曲线打断。在需要设置断点的位置单击左键，最后单击中键完成分割操作，如图 2.30 所示。

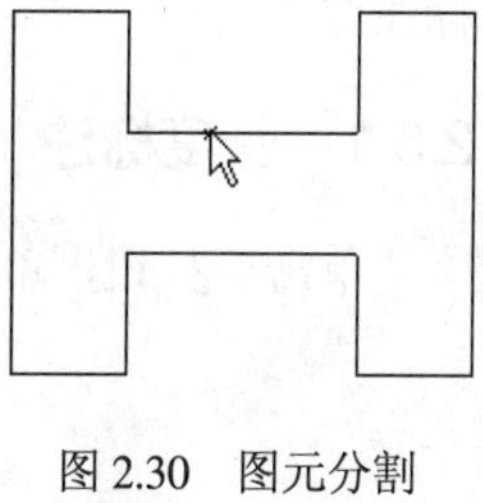

图 2.30　图元分割

2.4.4 图元镜像

先单击左键选择要镜像的图元，再选择【编辑】|【镜像】命令或者单击 按钮，弹出【选取】对话框，单击左键选取中心线，即可完成镜像操作，如图 2.31 所示。

图 2.31 图元镜像

2.4.5 图元旋转和缩放

先单击左键选择图元，再选择【编辑】|【缩放和旋转】命令或者单击 按钮，弹出【缩放旋转】对话框如图 2.32 所示，同时绘图区变成如图 2.33 所示，输入相应数值可以改变图元，左键拖动 1、2、3 操纵杆可分别改变图元位置、大小、角度，右键可将操纵杆拖到其他位置。

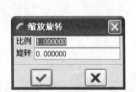

图 2.32 【缩放旋转】对话框

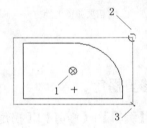

图 2.33 缩放旋转

2.4.6 图元复制

先选择图元，再选择【编辑】|【复制】命令或者单击 按钮，接着选择【编辑】|【粘贴】命令或者单击 按钮，在绘图区中左键输入一点，也弹出如图 2.32 所示的对话框，绘图区变为如图 2.33 所示，操作方法同上，不再赘述。

2.5 尺寸标注与编辑

尺寸标注的基本方法是：单击 按钮，然后单击左键选择几何图元，单击中键确定尺寸的标注位置。

2.5.1 长度标注

单击 按钮，单击左键选择线段，单击中键确定尺寸标注位置，如图 2.34 所示。

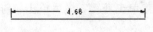

图 2.34 标注长度

注　意

在创建图元时，系统一般会自动定义一些弱尺寸，点选弱尺寸，再单击右键，在弹出菜单中选择【强】，或选择【编辑】|【切换到】|【加强】，或按快捷键 Ctrl+T 均可。显示弱尺寸的方法见 2.2.2 节。

2.5.2　距离标注

单击 按钮，单击左键选择两条平行线段，单击中键确定尺寸标注位置，如图 2.35 所示。

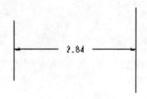

图 2.35　标注距离

2.5.3　角度标注

单击 按钮，单击左键选择两条不平行线段，单击中键确定尺寸标注位置，如图 2.36 所示。

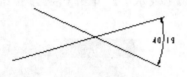

图 2.36　标注角度

2.5.4　半径、直径标注

单击 按钮，单击左键选择圆弧或圆，单击中键确定尺寸位置，这样标注的是半径，若想标注直径，选择圆弧或圆时就应使用左键双击，如图 2.37 所示。

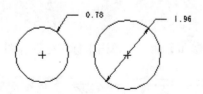

图 2.37　半径、直径标注

2.5.5　样条标注

当创建一条样条曲线时，系统自动创建的弱尺寸表达了起点和终点的关系，并没有对中间点进行标注，如图 2.38 所示。

单击 按钮，左键点选两个关键点，单击中键确定尺寸标注位置，如图 2.39 所示，顺便说一句，当用户创建尺寸后，弱尺寸会自动变化。

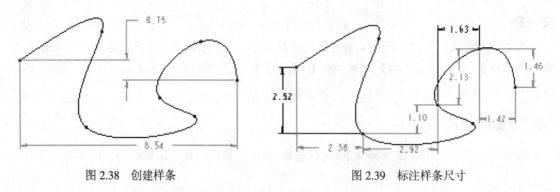

图 2.38 创建样条　　　　　　　　　　图 2.39 标注样条尺寸

标注样条时只能选取样条的关键点，选取其他点则无法标注。

2.5.6 基线标注

选择【草绘】|【尺寸】|【基线】命令，单击左键选择图元，中键确定尺寸标注位置，如图 2.40 所示。

若选择的图元为圆或圆弧，在单击中键确定尺寸标注位置时，系统弹出【尺寸定向】对话框，如图 2.41 所示，选择【竖直】或【水平】，单击【接受】按钮，创建基线如图 2.42 所示（这里我们选择【竖直】）。

图 2.40 基线标注（1）　　　图 2.41 【尺寸定向】对话框　　　图 2.42 基线标注（2）

2.5.7 参照标注

选择【草绘】|【尺寸】|【参照】命令，单击鼠标左键选择图元，单击中键确定尺寸位置，如图 2.43 所示。

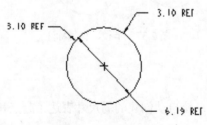

图 2.43 标注参照尺寸

显然，参照尺寸允许重复标注，而强尺寸是不允许的。

2.5.8 标注编辑

双击一个尺寸，可直接编辑尺寸数值，如图 2.44 所示，按 Enter 键或中键结束操作。

选择【编辑】|【修改】命令或者单击 按钮，单击左键选择一个尺寸，系统弹出【修改尺寸】对话框，如图 2.45 所示，单击 或中键完成修改。

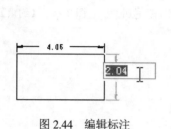

图 2.44 编辑标注

图 2.45 【修改尺寸】对话框

2.6 设置几何约束

2.6.1 几何约束基础知识

草绘时，图元和图元间往往需要建立某种关系，如平行、相切、重合等，以便于定位，这就是几何约束。Pro/E 提供了九种约束方式，如表 2.2 所示。

表 2.2 约束种类

图 标	功 能
↕	使图元（直线或两顶点）垂直
↔	使图元（直线或两顶点）平行
⊥	使两图元垂直
9	使两图元（直线与圆、圆与圆）相切
＼	使一点位于一直线的中点
◈	使两图元重合
⊹	使两图元对称
=	使两图元等长、等半径或等曲率
//	使两直线平行

在绘制图元时，Pro/E 会根据鼠标位置实时显示不同的约束符号，方便绘制，如表 2.3 所示。

表 2.3 常见的约束符号

约束名称	约束符号	约束名称	约束符号
竖直	V	平行	//
水平	H	对称	→ ←
垂直	⊥	等长	L
相切	T	等半径	R
中点	未	在图元上	○
共线	≡	对齐	一 或者 |

2.6.2　几何约束生成

生成约束的方法都很类似，先选择【草绘】|【约束】命令或者单击 按钮，系统弹出【约束】工具栏，如图 2.46 所示，单击需要创建的约束类型，按照提示选取图元，单击中键完成操作。

下面以图 2.47 的草绘为例说明如何创建两条直线的对称约束：在【约束】工具栏中选择 按钮，先选择中心线，再选择 1、2 两点，使这两点关于中心线对称，如图 2.48 所示。同样操作使另外两点也对称，如图 2.49 所示。

图 2.46　【约束】工具栏

图 2.47　创建这样的草绘　　　　图 2.48　约束 1、2 点　　　　图 2.49　完成平行约束

2.7　实例操作

为把更多的篇幅用于介绍实例应用，以提高读者的实践经验，本书在命令解释方面没有全部解释，而是选择部分命令进行解释，抛砖引玉，在每章的实例应用一节，我们尽量以最详尽、最易懂的方式，归纳、应用每章的内容，并阐述部分技巧。

草绘时，应注意绘图顺序，这对以后的复杂绘图很有帮助。如先绘制中心线、结构圆等结构线，再绘制其他图元，这样便于定位、标注，提高绘图效率。

本例效果如图 2.50 和图 2.51 所示。

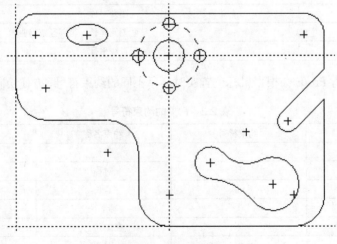

图 2.50　草绘效果图

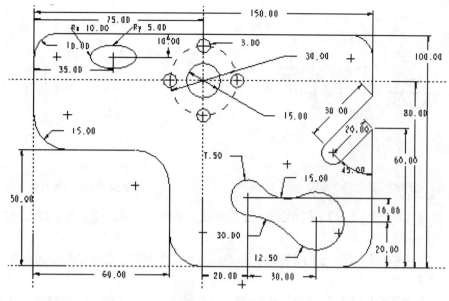

图 2.51　显示尺寸

（1）新建草绘，并作如下操作：

1）【草绘】|【线】|【线】命令或者单击 ⋮ 按钮，绘制四条主中心线。

2）选择【草绘】|【矩形】命令或者单击 □ 按钮，绘制矩形。

3）选择【草绘】|【圆】|【椭圆】命令或者单击 ○ 按钮，绘制椭圆。

4）选择【草绘】|【圆】|【圆心和点】命令或者单击 ○ 按钮，绘制圆。

5）选择【草绘】|【圆】|【同心】命令或者单击 ◎ 按钮，绘制同心圆。

6）选择【草绘】|【线】|【线】命令或者单击 ╲ 按钮，绘制两条直线。

不要求准确，只须满足位置关系即可，如图 2.52 所示。

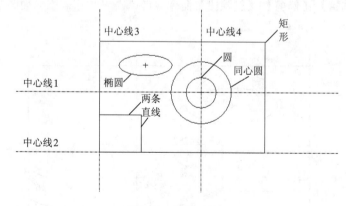

图 2.52　草绘（1）

　　（2）选中大圆，选择【编辑】|【切换构造】命令将大圆变为构造线。选择【草绘】|【圆】
|【圆心和点】命令或者单击 ○ 按钮，绘制四个小圆，注意拖动鼠标时，使四个小圆半径相等，
如图 2.53 所示。

　　（3）选择【草绘】|【线】|【线】命令或者单击 ╲ 按钮，绘制三条直线，注意约束关系，
如图 2.54 所示。

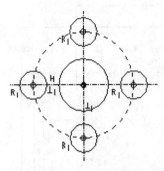

图 2.53 绘制四个小圆

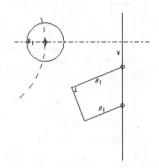

图 2.54 绘制三条直线

（4）选择【草绘】|【圆】|【圆心和点】命令或者单击 O 按钮，绘制两个圆，如图 2.55 所示。

（5）选择【草绘】|【圆角】|【圆形】命令或者单击 ⌣ 按钮，在刚绘制的两圆间倒圆角，如图 2.56 所示。

（6）选择【草绘】|【弧】|【3 点/相切端】命令或者单击 ⌒ 按钮，绘制圆弧，圆弧的端点为直线两端点，将圆心约束在直线中点，如图 2.57 所示。

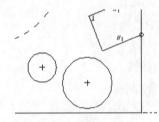

图 2.55 绘制两个圆

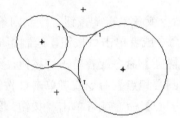

图 2.56 倒圆角

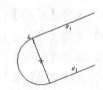

图 2.57 绘制圆弧

（7）选择【编辑】|【修剪】|【删除段】命令或者单击 ⤳ 按钮，修剪如图 2.58 所示的六处，修剪结果如图 2.59 所示。

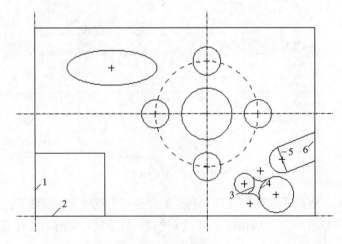

图 2.58 修剪这六处

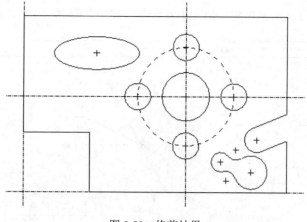

图 2.59　修剪结果

（8）选择【草绘】|【圆角】|【圆形】命令或者单击┗按钮，倒圆角，如图 2.60 所示。

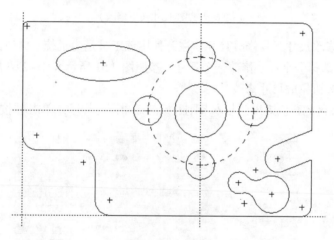

图 2.60　倒圆角

（9）选择【草绘】|【约束】命令或者单击⬚按钮，单击⊟按钮，约束中心线 2 上方的两个圆角等半径，约束中心线 2 下方的四个圆角等半径，如图 2.61 所示。

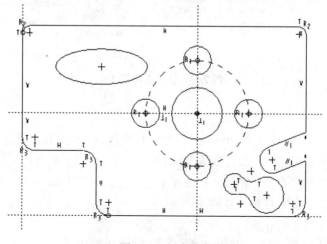

图 2.61　创建约束

（10）单击 按钮，创建尺寸，但先不要修改，如图 2.62 所示。

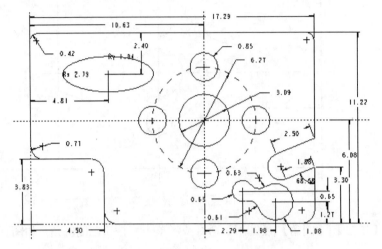

图 2.62　创建尺寸（不修改）

（11）利用 修改尺寸工具修改尺寸，注意使用该工具是为了统一修改，故将【再生】前的对勾去掉，然后选择一个尺寸修改一个尺寸（参照图 2.51 所示），图 2.63 所示为尺寸修改列表，最后单击 按钮完成尺寸修改。

（12）此时绘图区的草图效果已与本节刚开始的效果图一样了，单击 按钮保存草绘文件。

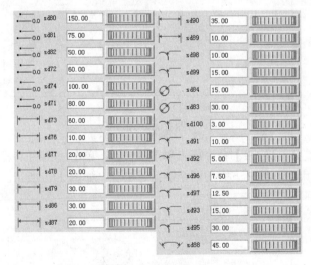

图 2.63　要修改的尺寸

本章小结

草图绘制是 Pro/E 的一个重要功能，是以后进行实体设计的基础，通过本章的学习，读者应对草绘的概念及方法有基本了解，明确草绘的一般流程。

（1）绘制基本形状，不要求精确，仅要求满足一定的位置关系。

（2）约束图元关系，并进行尺寸标注。

（3）检查错误，修正后存盘。

从下一章起，介绍 Pro/E 的核心功能之一：三维实体设计。

第 3 章
基础实体特征

☞ **本章导读**

特征是三维实体建模中有一个极其重要的概念。在 Pro/E 中，按照特征的作用不同，可以分为：基础实体特征、放置实体特征和基准特征三种。其中，基础实体特征是放置实体特征的基础和载体，创建基础实体特征的基本方法对于创建其他特征有很好的指导作用。本章将介绍使用拉伸、旋转、扫描、混合四个工具创建基础实体特征的一般过程，它们是进行复杂零件实体设计的基础。放置实体特征和基准特征分别在第 4 章和第 6 章介绍。

在本章的每节中，以一个简单的例子辅助说明本节知识，最后一节我们以一个较为复杂的例子综合运用本章内容。

👌 **学习要点**

➢ 拉伸特征

➢ 旋转特征

➢ 扫描特征

➢ 混合特征

➢ 实例操作

3.1 拉伸

拉伸是定义三维几何的一种方法，通过将二维截面延伸到垂直于草绘平面的指定距离处来实现。在绘制截面形状不变的实体、曲面时，最常用的方法就是创建拉伸项。另外，需要注意的是使用"拉伸"工具可以通过添加或移除材料以创建实体或曲面。下面是一个简单实例，如图 3.1 所示，其中（a）图为草绘剖面，（b）图为拉伸结果。

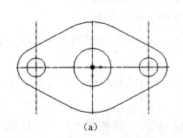
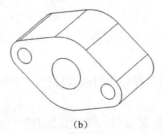

（a）   （b）

图 3.1 拉伸实体特征

3.1.1 拉伸工具操控板

（1）进入 Pro/E 环境，选择【文件】|【新建】命令，选择类型为【零件】，子类型为【实体】，输入文件名称（本例中为 lashen），将【使用缺省模板】前的对勾去掉，单击【确定】，如图 3.2 所示。

（2）系统弹出【新文件选项】对话框，如图 3.3 所示，选择 mmns_part_solid 为设计模板，单击【确定】，进入零件设计环境。

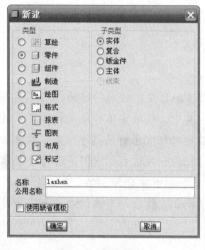

图 3.2 新建零件

图 3.3 选择设计模板

注　意

由于系统默认的是英制模板。根据国家设计标准，我们设计零件时一般要选择公制模板 mmns_part_solid 为系统设计模板。

（3）选择【插入】|【拉伸】命令（或者单击右侧工具栏中的拉伸工具按钮），在操作界面底部弹出拉伸工具操控板，如图 3.4 所示。

图 3.4 拉伸工具操控板

1. 对话栏

（1）□：拉伸为实体，完成拉伸操作后，将得到实体。

（2）□：拉伸为曲面，完成拉伸操作后，得到的将是曲面。

（3）┷：定义拉伸的深度，单击其右边的小三角，可发现共有三种定义方式，如表 3.1 所示。

（4）％：反向拉伸，单击此按钮后，拉伸方向会与以前相反，重复单击则会在两个方向上切换。

（5）△：拉伸去除材料，当已经创建了一些特征时，该按钮才可用，所以此时读者看到的按钮是灰色的。

表 3.1　定义拉伸深度的方式

按　　钮	作　　用
	默认的拉伸方式，直接在其后的文本框中输入深度值，系统将以草绘平面为起始点，以指定深度进行拉伸，拉伸方向为草绘平面的法线正方向
	对称拉伸，也需要输入深度值，系统将以草绘平面为中点，向两边对称拉伸。注意，在文本框中输入的深度值是拉伸项的总深度
	拉伸至选定的点、线、面，我们需要指定合适的点、线、面，系统将以草绘平面为起始点，以所指定的点、线、面为终点创建拉伸项

（6）▭：加厚草绘，激活该按钮后，操控板变为如图 3.5 所示，在文本框中输入厚度值可以控制加厚厚度，单击其后的 ╱ 按钮可在以下三者间切换：一侧加厚、另一侧加厚、两侧加厚。

图 3.5　加厚

2．上滑面板

拉伸工具中有三个上滑面板，下面一一介绍：

（1）【放置】上滑面板。

在【拉伸】操控板中，单击【放置】按钮，弹出上滑面板，如图 3.6 所示。其中的【草绘】选择器显示了本次拉伸操作所使用的草绘，如果没有现成的草绘供选择，也可以进行定义，下个小节将详细叙述。

图 3.6　【放置】上滑面板

（2）【选项】上滑面板。

在【拉伸】操控板中，单击【选项】按钮，弹出上滑面板，如图 3.7 所示。当需要向草绘平面的两侧不对称拉伸时，可在此进行相关定义。在【第一侧】后面的下拉菜单中，同样也有 ▭、▭、▭ 三个选项，意义与刚才所介绍的类似。

对于【封闭端】选项，现在是不可用的，当创建某些拉伸曲面（草绘为封闭的）时才可用。

（3）【属性】上滑面板。

在【拉伸】操控板中，单击【属性】按钮，弹出上滑面板，如图 3.8 所示。在【名称】后面的文本框中输入新名称然后回车可以改变特征名称。

图 3.7　【选项】上滑面板　　　　　　　　图 3.8　【属性】上滑面板

单击 ⓘ 按钮可以查看特征的详细信息，在第 8 章会有更详细的介绍。

注　意

读者应多注意窗口底部的提示区，里面显示了当前系统做了什么以及需要做什么，如在进入零件设计环境后，提示区显示：

"●用 D:\proeWildfire 3.0\templates\mmns_part_solid.prt 作为模板"意思是当前环境下，系统使用了指定的模板。

在进入拉伸工具后，系统会提示：

"⇨选取一个草绘（如果首选内部草绘，可在放置面板中找到【定义】选项）"表示要完成拉伸操作，需要指定合适的草绘。

3.1.2　拉伸特征操作步骤

（1）选择【插入】|【拉伸】命令（或者单击 按钮），弹出【拉伸】操控板，如图 3.9 所示。

图 3.9　拉伸工具操控板

（2）在【拉伸】操控板中，单击【放置】按钮，弹出【草绘】上滑面板，如图 3.10 所示。

（3）在【草绘】上滑面板中，单击【定义】按钮，弹出【草绘】对话框，如图 3.11 所示。

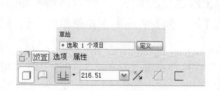

图 3.10　【放置】上滑面板

图 3.11　【草绘】对话框

（4）鼠标左键点选 TOP 面作为草绘平面，使用默认参照平面及方向，单击【草绘】按钮，进入草绘环境。

注　意

在弹出【草绘】对话框时，系统默认已经自动激活【平面】选择器，所以这步中直接选择平面。如果发现选错了，可以单击激活选择器，然后重新选择。

在【草绘】对话框中，【草绘平面】指将要进行草图绘制的平面，【反向】按钮控制草绘平面的法线方向，到这里已经可以确定用户在哪个平面草绘，是正面还是背面；接下来由【参照】和【方向】控制参照面法线的朝向或参照线的正方向，从而确定用户草绘时看到的是站着的、躺着的、还是倒立的平面。至此，草绘平面才算完全确定。

（5）在草绘环境中，使用草绘工具栏中的 ⋮ 工具绘制四条中心线，如图 3.12 所示。其中，中心线 1、2 分别与竖直、水平参照重合。

（6）使用草绘工具栏中的 ○ 工具绘制四个圆，尺寸、位置及约束关系如图 3.13 所示。

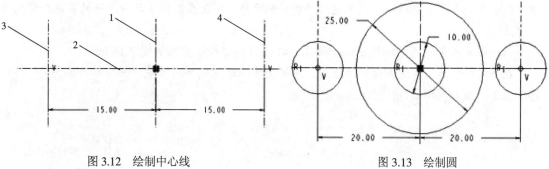

图 3.12　绘制中心线　　　　　　　　　　图 3.13　绘制圆

（7）使用草绘工具栏中的 ＼ 工具绘制四条公切线，如图 3.14 所示。

（8）使用草绘工具栏中的 ⁑ 工具修剪不需要的部分，修剪结果如图 3.15 所示，注意不要漏掉一些短边。

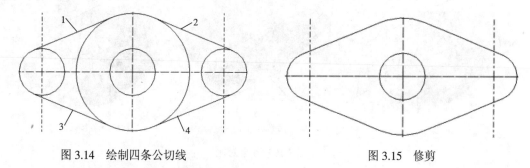

图 3.14　绘制四条公切线　　　　　　　　图 3.15　修剪

（9）使用草绘工具栏中的 ○ 工具绘制两个圆，尺寸、位置如图 3.16 所示。

（10）单击 ✔ 按钮完成草绘，返回实体环境。

（11）在操控板中的深度值文本框中输入 20，其他选项均为默认，单击 ⟨图标⟩ 按钮预览效果，如图 3.17 所示。

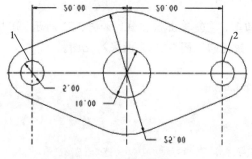

图 3.16　绘制两个圆　　　　　　　　　　图 3.17　拉伸特征

提 示

可使用模型工具栏 ⊟ ⊟ ⊟ ⊟ 中的相关按钮控制特征的显示方式。使用基准显示工具栏 ⌁ ⌁ ⌁ ⌁ 中的相关按钮控制基准显示方式。

以上我们介绍了创建一个简单的拉伸实体的方法，下面我们简述拉伸工具的其他功能的使用方法。

由于刚才我们使用 ☑ ∞ 按钮进行预览，故此时的操控板变为如图 3.18 所示。

在每次操作后，系统都会有所反应，为了更清晰地看到不同效果，一般都会单击 ☑ ∞ 按钮进行预览，然后再单击 ▶ 按钮返回

图 3.18 预览模式下的操控板

请读者继续如下操作。

（1）单击操控板中的 ▶ 按钮，退出预览模式，回到拉伸工具。

（2）单击操控板中的 ⁄ 按钮，观察绘图区的变化，再次单击 ⁄ 按钮，对比学习 ⁄ 按钮的作用，图 3.19 为效果对比图。

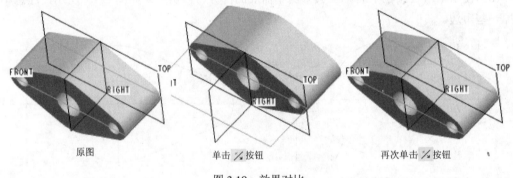

原图　　　　　　　　单击 ⁄ 按钮　　　　　　　　再次单击 ⁄ 按钮

图 3.19 效果对比

（3）单击操控板中的 ⊏ 按钮，此时操控板变为如图 3.20 所示。

图 3.20 加厚拉伸

（4）在 ⊏ 按钮后面的文本框中输入 2，然后回车，重复单击 ⁄ 按钮，如图 3.21 所示。同样，读者可单击 ☑ ∞ 按钮进行预览，然后再单击 ▶ 按钮返回，图 3.22 为效果对比图。

在这里输入2　　重复单击此按钮

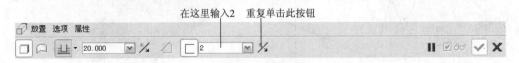

图 3.21 加厚操作

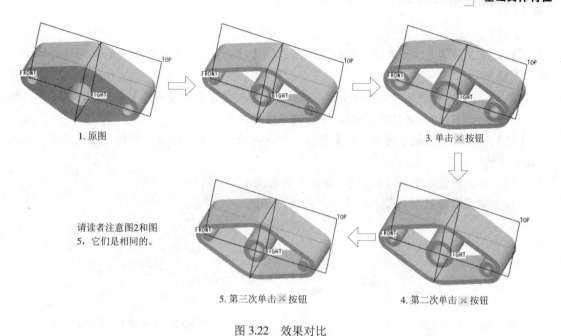

1. 原图   3. 单击 ✗ 按钮

请读者注意图2和图
5，它们是相同的。

5. 第三次单击 ✗ 按钮   4. 第二次单击 ✗ 按钮

图 3.22　效果对比

（5）回到拉伸操控板，单击 ▭ 按钮，此时的操控板变为如图 3.23 所示。显然，此时的加厚按钮 ▭ 不可用了。

图 3.23　拉伸为曲面操控板

（6）单击 ☑∞ 按钮进行预览，此时可得到拉伸曲面，如图 3.24 所示。曲面特征是一类很灵活的特征，可能初学者现在还体会不到，在第 5 章将会详细介绍。

（7）单击 ▭ 按钮，回到拉伸为实体模式。

（8）单击操控板上 ⊥ 按钮旁边的小三角，在滑出的按钮组里单击 ⊟ 按钮。

（9）为方便对比，读者可在文本框中输入不同的深度值，然后回车，体会对称拉伸按钮的概念。图 3.25 为效果对比图。

图 3.24　拉伸为曲面

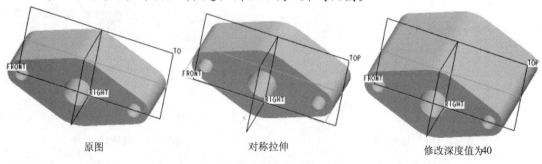

原图   对称拉伸   修改深度值为40

图 3.25　效果对比

（10）单击操控板中的【放置】，弹出上滑面板，显然，此时的【草绘】选择器中已经有适当的草绘了。

（11）在选择器上单击右键，弹出菜单，选择【移除】命令可对不适合的草绘进行移除，如图 3.26 所示。

当然，这里的草绘是不需要移除的，如果读者已经单击选择【移除】命令了，可以单击编辑工具栏中的↻按钮或者使用 Ctrl+Z 快捷键撤销操作。

（12）单击上滑面板中的【编辑】按钮，可以再次进入草绘环境，编辑、修改草绘，以达到设计目的。

（13）单击操控板中的【选项】，弹出上滑面板。

（14）将上滑面板中的各个项目进行修改，如图 3.27 所示。

图 3.26　移除

图 3.27　【选项】上滑面板

（15）单击☑⊙∞按钮进行预览，图 3.28 为效果对比图。

（16）单击操控板中的【属性】，弹出上滑面板，如图 3.29 所示。

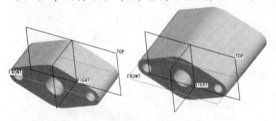

图 3.28　效果对比

图 3.29　【属性】上滑面板

（17）修改文本框中的名称为"零件 001"，如图 3.30 所示。

此时，模型树中的特征名称随之改变，图 3.31 为效果对比图。

更改名称前　　更改名称后

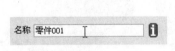

图 3.30　修改名称

图 3.31　效果对比

为方便下节学习，先将本拉伸特征的各个项目属性设置为单侧拉伸，深度为 20，不需加厚，拉伸为实体，特征名称为:拉伸_1。

（12）达到设计意图后，单击☑按钮完成拉伸特征的创建。

（13）保存文件，选择【文件】|【保存】命令（或者单击【文件】工具栏中的图标按钮▢），单击【确定】保存文件。

3.1.3　拉伸特征的编辑

Pro/E 中的编辑功能非常方便，可以修改三维实体本身的一些尺寸，如深度、长度、宽度、直径、距离等，下面进行详细介绍。

进入编辑模式很简单，只需要将鼠标指向模型树中的某个特征，单击右键，再弹出的菜单中选择【编辑】命令即可。

在上一小节中，已经创建了一个特征，我们就以此为例进行编辑操作。

（1）将鼠标指向模型树中的拉伸 1，单击右键，在弹出的右键菜单中选择【编辑】命令，如图 3.32 所示。

此时，绘图区变为图 3.33 所示，显然，特征周围出现了一些尺寸。

提　示

还可以这样进入编辑模式：在绘图区中单击选择某特征，单击右键，再弹出的菜单中选择【编辑】命令即可，如图 3.34 所示。

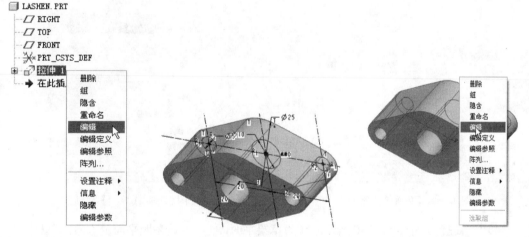

图 3.32　选择【编辑】命令　　　图 3.33　绘图区变化　　　图 3.34　进入编辑模式的另一种方法

（2）双击一个尺寸，这里，我们双击拉伸深度尺寸 20，将其改为 50，回车，如图 3.35 所示。

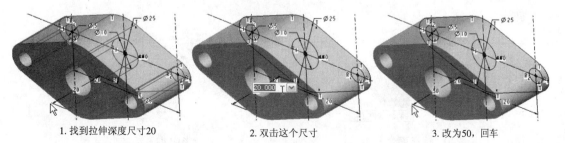

1. 找到拉伸深度尺寸20　　　2. 双击这个尺寸　　　3. 改为50，回车

图 3.35　编辑尺寸值

（3）显然，此时的尺寸是改变了，但实体并没有随之而变，这是因为还没有再生。选择【编辑】|【再生】命令（或者使用 Ctrl+G 组合键，或者单击编辑工具栏中的 按钮），即可再生，此时的实体已经改变了，如图 3.36 所示。

图 3.36　再生后

到此，关于拉伸的内容已经基本介绍完毕了，还有切除命令 尚未介绍，下面作补充介绍。

接着上例进行操作，先将刚刚的拉伸深度 50 改回到 20，并再生。

（1）选择【插入】|【拉伸】命令（或者单击 按钮），弹出【拉伸】操控板，如图 3.37 所示。显然，因为已经有基体了，故此时的切除按钮 可用。

图 3.37　拉伸工具操控板

（2）在【拉伸】操控板中，单击【放置】按钮，弹出【草绘】上滑面板，如图 3.38 所示。

（3）在【草绘】上滑面板中，单击【定义】按钮，弹出【草绘】对话框，如图 3.39 所示。

细心的读者会发现，这里的【使用先前的】按钮可用了（在建立第一个特征时并不可用），这是因为在上个操作中有可用的草绘平面，如果单击【使用先前的】按钮，草绘平面将会是 TOP 面。

图 3.38　【放置】上滑面板

图 3.39　【草绘】对话框

（4）鼠标左键点选如图 3.40 所示面作为草绘平面，使用默认参照平面及方向，单击【草绘】按钮，进入草绘环境。

（5）使用草绘工具栏中的 工具绘制一个圆，尺寸、位置如图 3.41 所示。

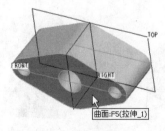

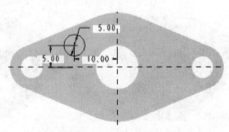

图 3.40　选择草绘平面

图 3.41　绘制小圆

（6）单击✔按钮完成草绘，返回实体环境。

（7）单击操控板中的◿按钮。

（8）单击两个╱按钮，使拉伸向实体内部切除，对应的绘图区两个小黄箭头为图 3.42 所示。

（9）输入深度值为 20，单击☑∞按钮预览，如图 3.43 所示。

图 3.42　小黄箭头方向

图 3.43　切除材料

这里的确定深度方式有六种，如表 3.2 所示。

表3.2　确定深度

按　钮	作　用
⊥	直接在后面的文本框中输入切除深度值，系统按指定深度进行拉伸切除，拉伸方向为草绘平面的正法向
⊟	向草绘平面的两侧对称拉伸切除，切除材料的总深度等于所输入的深度值
⊒	从草绘平面拉伸切除至下一曲面
⋕	从草绘平面拉伸切除至与所有面相交
⊥	从草绘平面拉伸切除至指定面
⊥	从草绘平面拉伸切除至指定点、线、面

（10）符合设计意图后单击☑按钮完成切除操作。

3.2　旋转

旋转也是常用的一种定义三维几何的方法，将草绘的截面绕指定的旋转轴进行旋转一定角度，即得到旋转实体或曲面。通过旋转工具，可以得到球体、端盖等具有旋转表面的三维几何，使用旋转工具也可以进行切除材料、加厚等操作。下面将通过实例创建一个简单的旋转实体，在图 3.44 中，（a）图为草绘的截面，（b）图为旋转一周所得到的旋转实体。

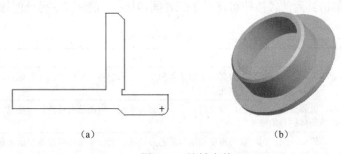
（a）　　　　　　　　　　　　（b）

图 3.44　旋转实体

3.2.1 旋转工具操控板

（1）进入 Pro/E 环境，选择【文件】|【新建】命令，选择类型为【零件】，子类型为【实体】，输入文件名称（本例中为 xuanzhuan），将【使用缺省模板】前的对勾去掉，单击【确定】，如图 3.45 所示。

（2）系统弹出【新文件选项】对话框，如图 3.46 所示，选择 mmns_part_solid 为设计模板，单击【确定】，进入零件设计环境。

图 3.45　新建零件

图 3.46　选择设计模板

（3）选择【插入】|【旋转】命令（或者单击右侧工具栏中的拉伸工具按钮 ◈），在操作界面底部弹出旋转工具操控板，如图 3.47 所示。

图 3.47　旋转工具操控板

1. 对话栏

（1）▢：旋转为实体，完成旋转操作后，将得到实体。

（2）◠：旋转为曲面，完成旋转操作后，得到的将是曲面。

（3）⬇：定义旋转的角度，单击其右边的小三角，共有三种定义方式，如表 3.3 所示。

（4）✗：反向旋转，单击此按钮，旋转方向会相反，重复单击则会在这两个方向上切换。

（5）◿：旋转去除材料，当已经创建了一些特征时，该按钮才可用，所以此时读者看到的按钮是灰色的。

（6）▢：加厚草绘，激活该按钮后，操控板变为如图 3.48 所示，在文本框中输入厚度值可以控制加厚厚度，单击其后的✗按钮可在以下三者间切换：一侧加厚、另一侧加厚、两侧加厚。

表 3.3　定义旋转角度的方式

按　钮	作　用
⬇	默认的旋转方式，直接在其后的文本框中输入角度值，系统将以草绘平面为起始点，以指定角度进行旋转，旋转方向为草绘平面的法线正方向
▣	对称旋转，也需要输入角度值，系统将以草绘平面为中点，向两边对称旋转。注意，在文本框中输入的角度值是旋转体的总角度
⬇	旋转至选定的点、线、面，我们需要指定合适的点、线、面，系统将以草绘平面为起始点，以所指定的点、线、面为终点创建旋转实体

图 3.48 加厚

2．上滑面板

旋转工具中有三个上滑面板，下面一一介绍。

（1）【放置】上滑面板：在【旋转】操控板中，单击【放置】按钮，弹出上滑面板，如图 3.49 所示。其中的【草绘】选择器显示了本次旋转操作所使用的草绘，如果没有做好的草绘供选择，也可以进行定义。【轴】选择器中显示本次旋转操作所使用的旋转轴。通常，这个轴包含在草绘中，也可以使用外部轴。

图 3.49 【放置】上滑面板

（2）【选项】上滑面板：在【旋转】操控板中，单击【选项】按钮，弹出上滑面板，如图 3.50 所示。当需要向草绘平面的两侧不对称旋转时，可在此进行相关定义。在【第一侧】后面的下拉菜单中，同样也有 ⊥ 、 ⊟ 、 ⊥ 三个选项，意义与刚才所介绍的类似。

对于【封闭端】选项，现在是不可用的，当创建某些旋转曲面时才可用。

图 3.50 【选项】上滑面板

（3）【属性】上滑面板：在【旋转】操控板中，单击【属性】按钮，弹出上滑面板，如图 3.51 所示。在【名称】后面的文本框中输入新名称然后回车可以改变特征名称。

图 3.51 【属性】上滑面板

3.2.2 旋转特征操作步骤

（1）选择【插入】|【旋转】命令（或者单击 ⊹ 按钮），弹出【旋转】操控板，如图 3.52 所示。

图 3.52　旋转工具操控板

（2）在【旋转】操控板中，单击【放置】按钮，弹出【草绘】上滑面板，如图 3.53 所示。

（3）在【草绘】上滑面板中，单击【定义】按钮，弹出【草绘】对话框，如图 3.54 所示。

图 3.53　【放置】上滑面板

图 3.54　【草绘】对话框

（4）鼠标左键点选 RIGHT 面作为草绘平面，使用默认参照平面及方向，单击【草绘】按钮，进入草绘环境。

（5）使用草绘工具栏中的 ┆ 中心线工具绘制一条中心线，注意它与竖直参照重合，如图 3.55 所示。

注　意

　　这条中心线将被作为默认的旋转轴，在较复杂的设计中，可能会有多条中心线，Pro/E 会把第一条绘制的中心线作为旋转轴，如果需要更换旋转轴，则可以将鼠标指向一条中心线，单击左键选中它，然后单击右键，在弹出的菜单中选择【旋转轴】命令，如图 3.56 所示，则这条中心线将会被作为旋转轴。

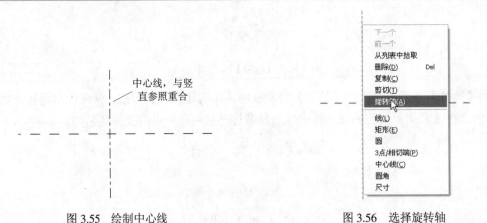

图 3.55　绘制中心线

图 3.56　选择旋转轴

注　意

　　由于创建的是旋转体，所以必须要有旋转轴，且须保证草绘图元都在旋转轴的一侧，这个旋转轴可以在草图中绘制，亦可以选取外部图元，如直线、基准轴等。

（6）参照图 3.44 左图所示草绘，使用 ↘ 工具绘制连续的封闭直线段，先不修改尺寸，形状符合即可，最后达到如图 3.57 所示效果。

（7）使用草绘工具栏中的 ﹀ 倒圆角工具在图 3.58（a）处倒圆角，倒完圆角后如图 3.58（b）所示。

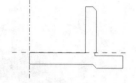

图 3.57　绘制直线段

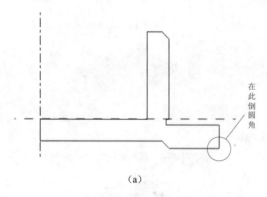

（a）

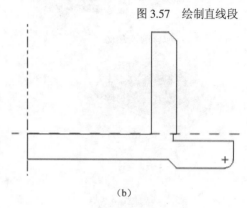

（b）

图 3.58　倒圆角

（8）使用草绘工具栏中的 ﹂ 创建尺寸工具创建尺寸，配合 ≠ 工具修改尺寸，完成后如图 3.59 所示。

（9）单击草绘工具栏中的 ✔ 按钮完成草绘，回到零件设计环境。

（10）不作任何设置，直接单击 ☑∞ 按钮预览，如图 3.60 所示。

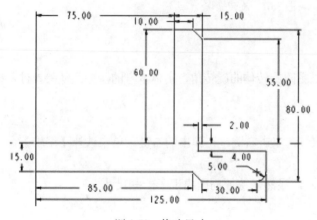

图 3.59　修改尺寸

图 3.60　旋转实体

注　意

旋转工具可以更改旋转角度、旋转方向、旋转方式，可以旋转为曲面、创建加厚旋转，当然，在有基体时也可以进行旋转切除。请读者参照拉伸部分内容并结合图 3.61 自行练习。

另外，完成这里的小练习后，请读者将本次旋转设置为如图 3.60 所示效果。

（11）达到设计意图后单击操控板上的 ✔ 按钮完成旋转特征的创建。

（12）保存文件，选择【文件】|【保存】命令（或者单击【文件】工具栏中的图标按钮 ﹂），单击【确定】保存文件。

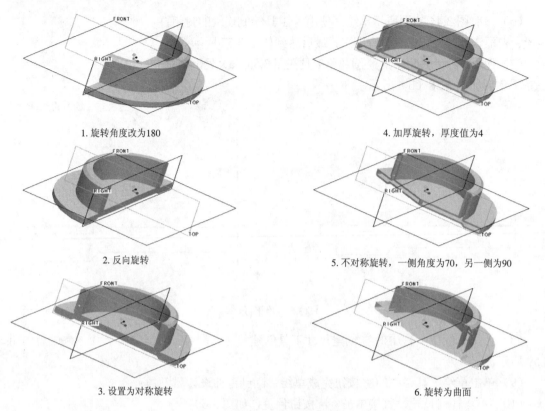

1. 旋转角度改为180

2. 反向旋转

3. 设置为对称旋转

4. 加厚旋转，厚度值为4

5. 不对称旋转，一侧角度为70，另一侧为90

6. 旋转为曲面

图 3.61　旋转操作

3.2.3　旋转特征的编辑

在旋转特征的编辑模式下，可以更改旋转体的旋转角、实体本身的一些尺寸等，进入编辑模式的方法与拉伸特征相同。

下面我们接着前例进行操作。

（1）将鼠标指向模型树中的旋转 1，单击右键，在弹出的右键菜单中选择【编辑】命令，如图 3.62 所示。

此时，绘图区变为如图 3.63 所示，显然，特征周围出现了一些尺寸。

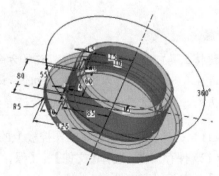

图 3.62　选择【编辑】命令　　　　图 3.63　绘图区变化

（2）双击一个尺寸，这里，我们双击旋转角度尺寸 360，将其改为 270，回车，如图 3.64 所示。

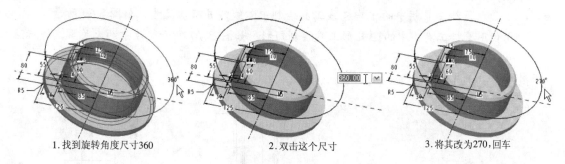

| 1．找到旋转角度尺寸360 | 2．双击这个尺寸 | 3．将其改为270，回车 |

图 3.64　编辑尺寸值

（3）选择【编辑】|【再生】命令（或者使用 Ctrl+G 组合键，或者单击编辑工具栏中的 按钮），进行再生操作，此时的实体已经改变了，如图 3.65 所示。

图 3.65　再生后

注　意

刚刚提到在有基体的情况下可以使用切除按钮 ，下面我们进行简单介绍。

接着上例进行操作，先请读者再将刚刚的拉伸深度 50 改回到 20，并再生。

（1）选择【插入】|【旋转】命令（或者单击 按钮），弹出【旋转】操控板，如图 3.66 所示。

图 3.66　旋转工具操控板

（2）在【旋转】操控板中，单击【放置】按钮，弹出【草绘】上滑面板，如图 3.67 所示。

（3）在【草绘】上滑面板中，单击【定义】按钮，弹出【草绘】对话框，如图 3.68 所示。

图 3.67　【放置】上滑面板

图 3.68　【草绘】对话框

（4）鼠标左键点选 TOP 面作为草绘平面，使用默认参照平面及方向，单击【草绘】按钮，进入草绘环境。

（5）使用草绘工具栏中的┊中心线工具绘制中心线，并标注尺寸，如图 3.69 所示。

（6）使用草绘工具栏中的□矩形工具绘制矩形，如图 3.70 所示，注意约束关系，并标注尺寸。

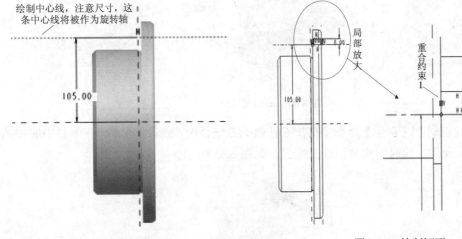

图 3.69　绘制中心线　　　　　　　　　　图 3.70　绘制矩形

（7）单击✔按钮完成草绘，返回实体环境。

（8）单击操控板中的◿按钮。

（9）单击操控板中的☑∞按钮预览，如图 3.71 所示。

（10）读者可自行创建旋转切除特征，直到达到图 3.72 所示效果。

图 3.71　旋转切除　　　　　　　　　　图 3.72　旋转切除

使用以后章节讲到的放置孔工具及特征阵列工具可以更方便的达到以上设计目的。

当然，这几个孔也可以通过拉伸切除来实现，读者可自行尝试，一个零件往往有很多种不同的造型方法，在实际设计中，只有灵活运用，才可以事半功倍。

3.3　扫描

定义一个截面，将其按照指定轨迹移动得到的三维实体就是扫描特征。换言之，要创建扫描特征，必须指定截面和轨迹。这里我们讲的扫描工具用于创建具有相同截面的三维模型，如轨道等。Pro/E 可以创建扫描实体、曲面，可以进行切除材料等操作。本节将使用扫描工具完成如图 3.73 所示实体，其中图（a）截面、图（b）为轨迹，图（c）为扫描后的实体。

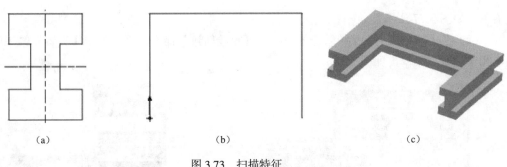

（a）	（b）	（c）

图 3.73 扫描特征

3.3.1 扫描工具简介

（1）进入 Pro/E 环境，选择【文件】|【新建】命令，选择类型为【零件】，子类型为【实体】，输入文件名称（本例中为 saomiao），将【使用缺省模板】前的对勾去掉，单击【确定】，如图 3.74 所示。

（2）系统弹出【新文件选项】对话框，如图 3.75 所示，选择 mmns_part_solid 为设计模板，单击【确定】，进入零件设计环境。

（3）选择【插入】|【扫描】，其级联菜单如图 3.76 所示。我们可以看到，扫描工具组共有七项，但现在只有三项可用，当有基体时，其他项才可用。

图 3.74 新建零件

图 3.75 选择设计模板

图 3.76 【扫描】级联菜单

注　意

其实扫描工具与前面所学的拉伸、旋转工具类似，只是 PTC 公司将拉伸、旋转工具的伸出项、切除材料、加厚、曲面等功能整合到所谓的操控板中了，而扫描和下节要学的混合工具都没有被整合，依然采用菜单管理器的形式。当然，并不是 PTC 不想整合，只是整合困难很大。随着读者的不断学习，会发现，拉伸、旋转可以建立的实体，用扫描都可以做到，从某种意义上说，拉伸和旋转只是扫描的特例。

3.3.2 扫描特征操作步骤

（1）选择【插入】|【扫描】|【伸出项】，系统弹出【伸出项：扫描】对话框和【扫描轨迹】

菜单,如图 3.77 所示。

(2) 在【扫描轨迹】菜单管理器中选择【草绘轨迹】命令,系统弹出【设置草绘平面】菜单和【选取】菜单,如图 3.78 所示。

图 3.77　【伸出项:扫描】对话框和【扫描轨迹】菜单　　图 3.78　【设置草绘平面】菜单和【选取】菜单

(3) 在绘图区选择 TOP 面为草绘平面,单击【正向】为草绘方向,单击【缺省】确定草绘视图,进入定义轨迹的草绘环境,流程图如图 3.79 所示。

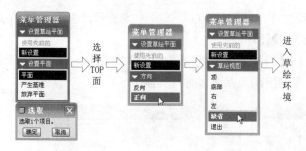

图 3.79　进入定义轨迹的草绘环境

(4) 参照图 3.73 (2) 图,使用草绘工具栏中的 ＼ 直线工具在草绘环境中绘制轨迹,并标注尺寸,注意约束关系,如图 3.80 所示。单击 ✔ 按钮完成草绘,并进入定义截面的草绘环境。

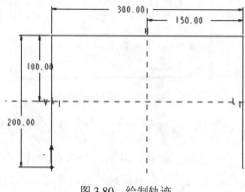

图 3.80　绘制轨迹

注　意

请读者注意图 3.80 中的箭头,它表示扫描特征的起始点及方向,若想更换起始点,可在一点上单击鼠标,先选中它,然后单击右键,在弹出的菜单中选择【起始点】命令,则该点被作为起始点,若该起始点的方向不止一个,重复以上操作会改变其方向,如图 3.81 所示。

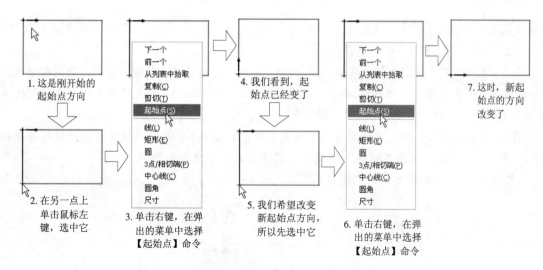

图 3.81　起始点操作

另外，在选中一点时，也可以在【草绘】|【特征工具】菜单中找到【起始点】命令，如图3.82 所示。

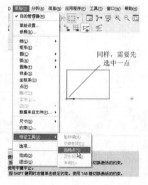

图 3.82　选择【起始点】命令的另一种方法

（5）在截面绘制环境中，使用草绘工具栏中的 ◎ 调色板工具中的 I 型轮廓绘制截面如图3.83 所示，注意尺寸和约束关系，单击 ✔ 按钮完成草绘，回到零件设计环境。

（6）此时【伸出项：扫描】对话框中各元素均已被定义，如图 3.84 所示，单击【预览】查看扫描特征，如图 3.85 所示。

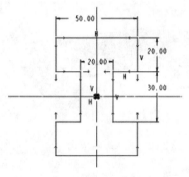

图 3.83　绘制截面

图 3.84　【伸出项：扫描】对话框

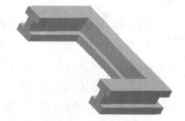

图 3.85　扫描特征

注 意

关于扫描特征还有一些问题需要注意。

（1）本例中定义轨迹时是一个开放的草绘，如果定义的是封闭草绘，在完成草绘轨迹后，会出现【属性】菜单，如图 3.86 所示。若选择【增加内部因素】，则需绘制开放截面；若选择【无内部因素】，则需绘制封闭截面，读者可自己体会其中差别。

（2）某些情况下，若定义的轨迹曲率太大，或是截面太大，导致在轨迹上移动时与自身相交，将会出现"设计意图不明确"的提示，意味着需要修改某些细节。

图 3.87 给出了此处系统的判断方式。

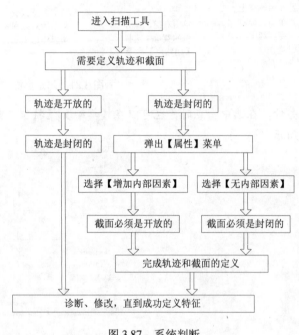

图 3.86 【属性】菜单   图 3.87 系统判断

（7）保存文件，选择【文件】|【保存】命令（或者单击【文件】工具栏中的图标按钮），单击【确定】保存文件。

3.3.3 扫描特征的编辑

扫描特征的编辑与拉伸、旋转类似，但略有不同。通过编辑，可以改变扫描特征的轨迹尺寸和截面尺寸。

关于进入编辑模式，扫描特征的进入和前者相同，这里我们再介绍一种：将鼠标指向绘图区的特征，双击即可进入。

下面，我们接着前例操作：

（1）将鼠标指向绘图区的扫描特征，双击，此时绘图区变为如图 3.88 所示，表示进入编辑模式。

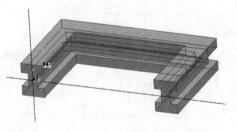

图 3.88 进入编辑模式

现在并没有出现任何尺寸可供编辑，因为系统需要我们确定需要编辑轨迹还是截面。

（2）将鼠标指向如图 3.89 所示的轨迹处双击，初学者可能需要多点几次，因为可能点错，如操作正确，绘图区变为如图 3.90 所示。

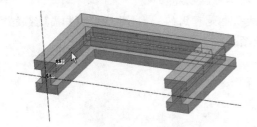

图 3.89　双击轨迹

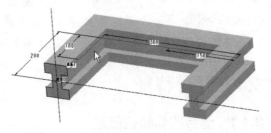

图 3.90　编辑轨迹

注　意

此时就可以编辑轨迹的尺寸了，同样需要注意的是编辑完成后需要进行再生操作，建议读者在熟悉 Pro/E 后多使用快捷键，这里，如需要再生，按快捷键 Ctrl+G。

（3）在绘图区的其他位置单击鼠标，则可退出轨迹编辑状态，如图 3.91 所示。

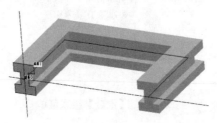

图 3.91　退出轨迹编辑状态

（4）此时，在如图 3.92 所示截面边界处双击即可进入截面编辑状态，进入编辑截面状态后如图 3.93 所示。

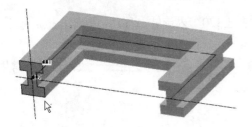

图 3.92　双击截面边界

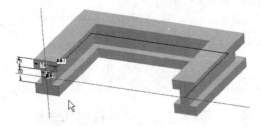

图 3.93　截面编辑状态

注　意

此时就可以编辑截面的尺寸了，完成后需要再生。

（5）在绘图区的其他位置单击鼠标，则可退出截面编辑状态。

（6）在绘图区其他位置再次单击鼠标，则可退出编辑模式。

注 意

编辑模式并不仅仅只能编辑尺寸，视情况不同，编辑模式下还可以编辑基准、修饰、公差、表面光洁度或其他特征。

到此，我们只介绍了扫描工具的伸出项，读者不妨再看一下【扫描】级联菜单，如图 3.94 所示，因为有基体了，所以可以创建切口（即切除材料）了。如果有曲面存在的话，最后两项也是可用的。　图 3.94　【扫描】级联菜单

希望读者能够自己学习一下扫描工具的其他项。

3.4　混合特征

3.4.1　混合实体特征概述

定义两个或两个以上截面，系统把这些截面用曲面连接起来，就是混合特征。可见，建立混合特征的关键在于定义截面。当然，建立过程中还有一些系统必须的选项，下一节将作详细介绍。

图 3.95 为选择【插入】|【混合】后的级联菜单，同样，我们只介绍【伸出项】，其他需要读者自行练习。

图 3.95　【混合】级联菜单

混合特征有平行、旋转、一般，意义分别为：

（1）平行：所绘制的截面互相平行。

（2）旋转：所绘制的截面均可绕 Y 轴在 120°内旋转，无须平行，截面需逐个绘制，两截面间需由坐标系对齐。

（3）一般：所绘制的截面均可绕 X、Y、Z 轴在±120°内旋转、移动，同样，也需逐个绘制，之间也需用坐标系对齐。

其中，平行混合最常用，作重点介绍；旋转混合较常用，作简单介绍；一般混合最不常用，只给出一般的创建步骤，有兴趣的读者可自行练习。

3.4.2　平行混合实体特征操作步骤

（1）进入 Pro/E 环境，选择【文件】|【新建】命令，选择类型为【零件】，子类型为【实体】，输入文件名称（本例中为 pingxinghunhe），将【使用缺省模板】前的对勾去掉，单击【确定】，如图 3.96 所示。

（2）系统弹出【新文件选项】对话框，如图 3.97 所示，选择 mmns_part_solid 为设计模板，单击【确定】，进入零件设计环境。

图 3.96　新建零件　　　　　　　　　　图 3.97　选择设计模板

（3）选择选择【插入】|【混合】|【伸出项】，系统弹出【混合选项】菜单，如图 3.98 所示。

（4）在【混合选项】菜单中，选择【平行】|【规则截面】|【草绘截面】|【完成】，弹出【伸出项：混合，平行，规则截面】对话框和【属性】菜单，如图 3.99 所示。

图 3.98　【混合选项】菜单　　　　图 3.99　【伸出项：】对话框和【属性】菜单

（5）在【属性】菜单中，选择【直的】|【完成】。

（6）这时系统要求定义草绘平面，选择【新设置】|【平面】，选择 TOP 面，选择【正向】|【缺省】，进入草绘环境。

（7）利用草绘工具栏中的 □ 矩形工具绘制三个截面，注意每绘制完一个剖面后要选择【草绘】|【特征工具】|【切换剖面】命令（或单击右键，选择【切换剖面】命令），再绘制下一个剖面，如图 3.100 所示，不要求准确，绘制完毕后单击 ✔ 退出草绘环境。

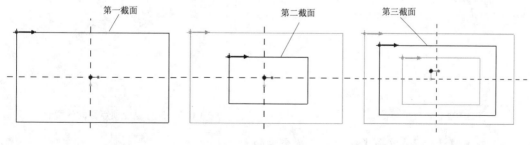

图 3.100　绘制截面

注 意

与扫描特征的轨迹定义类似，这里我们也可以定义起始点和起始点的方向。不同的是：扫描特征的轨迹有起始点，截面没有；混合特征是截面有起始点，没有轨迹。

（8）此时，绘图区下方提示输入第一截面与第二截面间的距离，这里输入 50，回车。

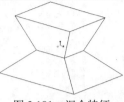

（9）接着输入第二截面与第三截面间的距离 80，回车。

（10）此时特征已完全定义，单击【预览】，如图 3.101 所示（为方便讲解，暂不单击【确定】）。

图 3.101　混合特征

注 意

读者可作如下尝试，熟悉平行混合工具。

（1）双击【属性】，选择【光滑】|【完成】，单击【预览】，如图 3.102 所示，可以看出选择【直的】与【光滑】的区别。

（2）双击【截面】，把第二截面变为一个圆，发现无法完成草绘，提示为"每个截面的图元数必须相等"，只需人为地用 工具定义四个点即可把圆分为四个图元，这时单击 按钮就可完成草绘了，预览结果如图 3.103 所示。

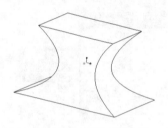

图 3.102　光滑的混合特征

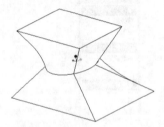

图 3.103　含有圆形截面的混合

当一个截面只有一个点图元时，该截面只能是第一个或最后一个截面。再次编辑截面，把第一个截面变为一个点，单击 按钮完成草绘，预览结果如图 3.104 所示。

当把第二截面变为三角形后，为使图元数一致，选择一个非起始点的顶点，单击右键，选择【混合顶点】，单击 按钮完成草绘，预览结果如图 3.105 所示。

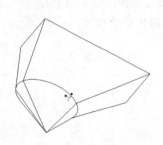

图 3.104　含有单点截面的混合

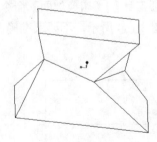

图 3.105　含有混合顶点截面的混合

（3）双击【方向】，单击【反向】可改变方向。

（4）双击【深度】可重定义截面间距离。

（11）预览，达到设计意图后，单击【确定】按钮。

（12）保存文件，选择【文件】|【保存】命令（或者单击【文件】工具栏中的图标按钮），单击【确定】保存文件。

3.4.3　旋转混合实体特征操作步骤

（1）新建文件，选择类型为【零件】，子类型为【实体】，输入文件名为 xuanzhuanhunhe，将【使用默认模板】前的对勾去掉，单击【确定】，弹出【新文件选项】对话框，选择 mms_part_solid 选项，单击确定，进入设计环境。

（2）选择【插入】|【混合】|【伸出项】，系统弹出【混合选项】菜单。

（3）在【混合选项】菜单中，选择【旋转的】|【规则截面】|【草绘截面】|【完成】，弹出【伸出项：混合，旋转的，草绘截面】对话框和【属性】菜单。

（4）在【属性】菜单中，选择【直的】|【开放】|【完成】。

（5）这时系统要求定义草绘平面，选择【新设置】|【平面】，选择 TOP 面，选择【正向】|【缺省】，进入草绘环境。

（6）使用 ↳ 添加坐标系，并绘制第一截面，如图 3.106 所示，单击 ✔ 完成第一截面的绘制。

（7）系统要求输入第二截面相对第一截面的旋转角，输入 90，回车。

（8）此时再次进入草绘环境，使用 ↳ 添加坐标系，并绘制第二截面，如图 3.107 所示（注意把圆分为四段），单击 ✔ 完成第二截面的绘制。

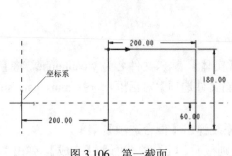

图 3.106　第一截面

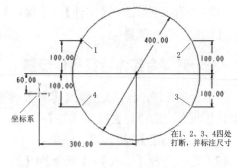

图 3.107　第二截面

（9）此时系统询问是否继续绘制，若不需要，则单击【否】，这里，我们单击【是】。

（10）此时系统要求输入第三截面相对于第二截面的旋转角，输入 90，回车。

（11）此时再次进入草绘环境，使用 ↳ 添加坐标系，并绘制第三截面，如图 3.108 所示，单击 ✔ 完成第三截面的绘制。

（12）系统再次询问是否继续绘制，单击【否】，完成定义。

（13）预览效果，如图 3.109 所示。

图 3.108　第三截面

图 3.109　旋转混合

注　意

请读者作如下尝试，熟悉旋转混合工具。

（1）重复混合特征操作，其余操作均不变，只是在【属性】菜单中，选择【光滑】|【开放】|【完成】，绘制草图时，把第一或最后一个截面绘制为一点，绘制完该截面后，系统会立即弹出【端点类型】对话框，询问端点类型为【尖点】还是【光滑】，如图 3.110 所示，最终效果是不一样的如图 3.111 和图 3.112 所示。

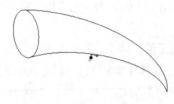
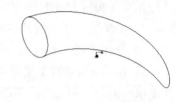

图 3.110　【端点类型】对话框　　　　图 3.111　尖点　　　　　图 3.112　光滑

（2）当混合特征的一端是建立在已存实体的一个面时，【相切】选项便可用了，双击【相切】，系统询问"是否混合与任何曲面在第一端相切"单击【是】，选择与系统自动加亮的图元相对应的面，表示与之相切，依次选完后，系统询问"是否混合与曲面在其他端相切"，单击【否】，单击【预览】，可知这两种情况的差别。

（14）单击【确定】，完成建立旋转混合特征。

（15）保存文件，选择【文件】|【保存】命令（或者单击【文件】工具栏中的图标按钮），单击【确定】保存文件。

3.4.4　一般混合实体特征操作步骤

（1）新建文件，选择类型为【零件】，子类型为【实体】，输入文件名为 yibanhunhe，将【使用默认模板】前的对勾去掉，单击【确定】，弹出【新文件选项】对话框，选择 mms_part_solid 选项，单击【确定】，进入设计环境。

（2）选择选择【插入】|【混合】|【伸出项】，系统弹出【混合选项】菜单。

（3）在【混合选项】菜单中，选择【一般】|【规则截面】|【草绘截面】|【完成】，弹出【伸出项：混合，一般，草绘截面】对话框和【属性】菜单。

（4）在【属性】菜单中，选择【光滑】|【完成】。

（5）这时系统要求定义草绘平面，选择【新设置】|【平面】，选择 TOP 面，选择【正向】|【缺省】，进入草绘环境。

（6）绘制第一截面草图。

（7）确定第二截面相对第一截面的角度关系，分别输入绕 X、Y 和 Z 轴的旋转角度，回车。

（8）绘制第二截面草图。

（9）若需继续绘制，单击【是】，并重复（7）和（8），直到绘制完成所有截面，然后单击【否】。

（10）系统要求确定两截面间的距离，依次输入，回车。

（11）若有相切关系，定义相切关系，至此已完成所有定义。

（12）预览无误后，单击【确定】完成混合特征。

（13）保存文件，选择【文件】|【保存】命令（或者单击【文件】工具栏中的图标按钮），单击【确定】保存文件。

3.5 实例操作

本节将通过实例，让读者对所学的拉伸、旋转、扫描、混合进行综合复习，给读者一个自我提高的机会，读者在学习时，大可不必完全按照我们的步骤一步一步来，只要能够达到练习目的即可。

实例 1 螺栓

本例将制作如图 3.113 所示的一个螺栓未完成体，因为还没有螺纹。

图 3.113 螺栓

下面开始操作：

（1）进入 Pro/E 环境，选择【文件】|【新建】命令，选择类型为【零件】，子类型为【实体】，输入文件名称（本例中为 luoshuan），将【使用缺省模板】前的对勾去掉，单击【确定】，如图 3.114 所示。

（2）系统弹出【新文件选项】对话框，如图 3.115 所示，选择 mmns_part_solid 为设计模板，单击【确定】，进入零件设计环境。

图 3.114 新建零件

图 3.115 选择设计模板

（3）选择【插入】|【拉伸】命令（或者单击按钮），弹出【拉伸】操控板，如图 3.116 所示。

图 3.116　拉伸工具操控板

（4）在【拉伸】操控板中，单击【放置】按钮，弹出【草绘】上滑面板，如图 3.117 所示。

（5）在【草绘】上滑面板中，单击【定义】按钮，弹出【草绘】对话框，如图 3.118 所示。

（6）鼠标左键点选 TOP 面作为草绘平面，使用默认参照平面及方向，单击【草绘】按钮，进入草绘环境。

图 3.117　【放置】上滑面板　　　　　　　　　　图 3.118　【草绘】对话框

（7）使用草绘工具栏中◎调色板工具中的六边形绘制如图 3.119 所示的正六边形，注意边长为 100，六边形的几何中心在水平与竖直参照的交点。

（8）单击 ✔ 按钮完成草绘，回到零件设计环境。

（9）在操控板中的深度值文本框中输入 50，其他保持默认，单击☑完成拉伸操作，如图 3.120 所示。

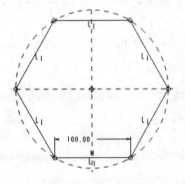

图 3.119　绘制六边形

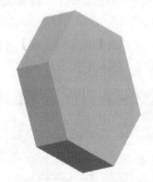

图 3.120　拉伸特征

（10）选择【插入】|【旋转】命令（或者单击 ⬩ 按钮），弹出【旋转】操控板，如图 3.121 所示。

图 3.121　旋转工具操控板

（11）在【旋转】操控板中，单击【放置】按钮，弹出【草绘】上滑面板，如图 3.122 所示。

（12）在【草绘】上滑面板中，单击【定义】按钮，弹出【草绘】对话框，如图 3.123 所示。

图 3.122　【放置】上滑面板　　　　　　　图 3.123　【草绘】对话框

（13）鼠标左键点选 RIGHT 面作为草绘平面，使用默认参照平面及方向，单击【草绘】按钮，进入草绘环境。

（14）使用草绘工具栏中的⁝中心线工具绘制中心线，注意中心线与水平参照重合，然后使用＼直线工具绘制三角形，如图 3.124 左图所示，注意尺寸和约束关系。

注　意

达到相同的效果，读者并非一定要草绘三角形（封闭），如图 3.124 中的右图也是一种可行之法（开放），请读者尝试。

（15）单击 ✔ 按钮完成草绘，回到零件设计环境。

（16）单击 ⬰ 按钮，激活切除材料状态，单击 ✔ 按钮完成旋转切除操作，如图 3.125 所示。

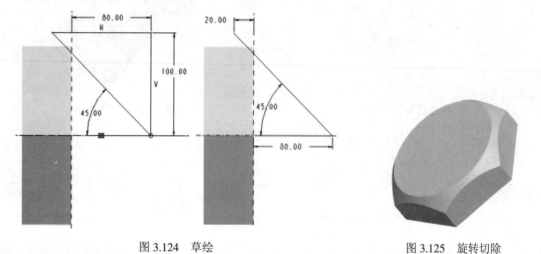

图 3.124　草绘　　　　　　　　　　　图 3.125　旋转切除

（17）选择【插入】|【旋转】命令（或者单击 ✛ 按钮），弹出【旋转】操控板，如图 3.126 所示。

（18）在【旋转】操控板中，单击【放置】按钮，弹出【草绘】上滑面板，如图 3.127 所示。

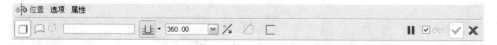

图 3.126　旋转工具操控板

（19）在【草绘】上滑面板中，单击【定义】按钮，弹出【草绘】对话框，如图 3.128 所示。

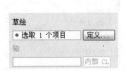

图 3.127 【放置】上滑面板

图 3.128 【草绘】对话框

（20）鼠标左键点选 FRONT 面作为草绘平面，使用默认参照平面及方向，单击【草绘】按钮，进入草绘环境。

（21）使用草绘工具栏中的┊中心线工具绘制与竖直参照重合的中心线，使用╲直线工具草绘，如图 3.129 所示，注意尺寸和约束关系。

（22）单击 ✔ 按钮完成草绘，回到零件设计环境。

（23）在操控板中，不作任何设置，保持默认值，单击☑按钮完成旋转特征的创建，如图 3.130 所示。

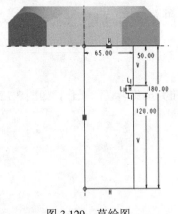

图 3.129 草绘图

3.130   旋转特征

（24）保存文件，选择【文件】|【保存】命令（或者单击【文件】工具栏中的图标按钮🖫），单击【确定】保存文件。

注 意

到此，本例结束，但正如本例刚开始所说，这个螺栓还没有螺纹，有兴趣的读者可继续进行如下操作。

（1）选择【插入】|【螺旋扫描】|【切口】命令，弹出【切剪：螺旋扫描】对话框和【属性】菜单，如图 3.131 所示。

图 3.131   【切剪：螺旋扫描】对话框和【属性】菜单

（2）在【属性】菜单中，选择【常数】|【穿过轴】|【右手定则】|【完成】命令。

（3）在弹出的【设置草绘平面】菜单中选择【新设置】|【平面】命令，如图 3.132 所示。

（4）然后在绘图区选择 FRONT 面作为草绘平面，然后选择【正向】|【缺省】命令，进入草绘环境。

（5）使用草绘工具栏中的┊中心线工具绘制中心线，注意与竖直参照重合，然后再使用╲直线工具绘制一条直线，注意位置，如图 3.133 所示。

图 3.132　【设置草绘平面】菜单

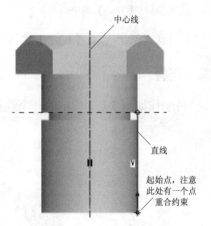

图 3.133　草绘扫引轨迹

（6）单击✔按钮完成草绘，回到零件设计环境。

（7）此时系统底部要求输入节距值，这里输入 14，回车。

（8）此时系统再次进入草绘环境，要求绘制截面，使用草绘工具栏中的╲直线工具绘制，如图 3.134（a）所示截面，注意尺寸和约束关系，（b）图为局部放大图。

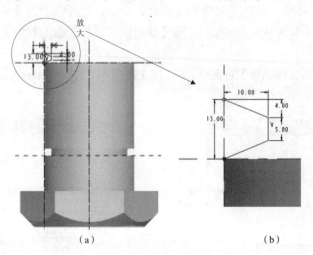

图 3.134　草绘截面

（9）单击✔按钮完成草绘，回到零件设计环境。

（10）此时系统弹出【方向】菜单，要求定义材料侧方向，选择【正向】，如图 3.135 所示。

（11）至此，完成螺旋扫描切除的全部定义。单击【预览】按钮可以查看最终效果，如图 3.136 所示。

图 3.135 【方向】菜单

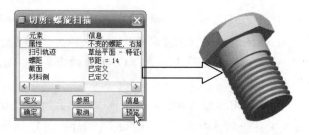

图 3.136 螺旋扫描切除特征

（12）确认无误后单击【确定】完成操作。

实例2 连杆

本例将制作如图 3.137 所示的一个连杆，建模方法很多，这里只列出一种。

图 3.137 连杆

下面开始操作：

（1）进入 Pro/E 环境，选择【文件】|【新建】命令，选择类型为【零件】，子类型为【实体】，输入文件名称（本例中为 liangan），将【使用缺省模板】前的对勾去掉，单击【确定】，如图 3.138 所示。

（2）系统弹出【新文件选项】对话框，如图 3.139 所示，选择 mmns_part_solid 为设计模板，单击【确定】，进入零件设计环境。

图 3.138 新建零件

图 3.139 选择设计模板

（3）选择【插入】|【混合】|【伸出项】命令，弹出【混合选项】菜单，如图 3.140 所示。

（4）在【混合选项】菜单中，选择【平行】|【规则截面】|【草绘截面】|【完成】命令，弹出【伸出项：混合，平行，规则截面】对话框和【属性】菜单，如图 3.141 所示。

图 3.140　【混合选项】菜单　　　图 3.141　【伸出项：混合，平行，规则截面】对话框和【属性】菜单

（5）在【属性】菜单中，选择【直的】|【完成】命令，弹出【设置草绘平面】菜单和【选取】对话框，如图 3.142 所示。

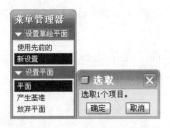

图 3.142　【设置草绘平面】菜单和【选取】对话框

（6）在绘图区选择 TOP 面作为草绘平面，然后选择【正向】|【缺省】命令，进入草绘环境。

（7）使用草绘工具栏中的矩形工具 □ 绘制第一截面，如图 3.143 所示。

（8）在绘图区单击右键，选择【切换剖面】命令，使用草绘工具栏中的矩形工具 □ 绘制第二截面，如图 3.144 所示。

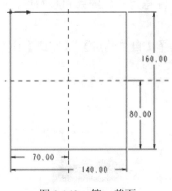
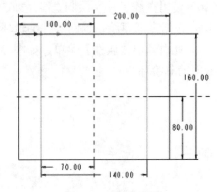

图 3.143　第一截面　　　　　　　　图 3.144　第二截面

（9）确认无误后单击 ✔ 按钮完成草绘，返回零件编辑环境。

（10）此时弹出【方向】菜单，如图 3.145 所示，选择【正向】。

（11）此时弹出【深度】菜单，如图 3.146 所示。选择【盲孔】，此时在窗口底部弹出提示框，要求输入深度，这里我们输入 500，然后回车。

（12）此时特征已完全定义，单击对话框中的【确定】按钮，完成混合特征，如图 3.147 所示。

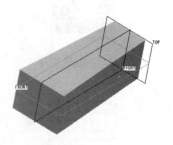

图 3.145　【方向】菜单　　　　图 3.146　【深度】菜单　　　　图 3.147　混合特征

（13）选择【插入】|【扫描】|【伸出项】命令，弹出【伸出项：扫描】对话框和【扫描轨迹】菜单，如图 3.148 所示。

（14）在【扫描轨迹】菜单中选择【草绘轨迹】命令，弹出【设置草绘平面】菜单和【选取】对话框，如图 3.149 所示。

（15）在绘图区中选择 RIGHT 面，然后选择【正向】|【缺省】命令，进入绘制轨迹的草绘环境。

图 3.148　【伸出项】对话框和【扫描轨迹】菜单　　　图 3.149　【设置草绘平面】菜单和【选取】对话框

（16）使用直线工具＼绘制直线，如图 3.150 所示，注意尺寸、约束和起始点方向。完成后单击✔按钮完成草绘，返回零件编辑环境。

（17）此时弹出【属性】菜单，如图 3.151 所示，选择【自由端点】|【完成】命令，进入绘制截面的草绘环境。

图 3.150　草绘轨迹　　　　　　　　　　　图 3.151　【属性】菜单

（18）使用圆工具绘制如图 3.152 所示的两个圆，注意尺寸和约束关系。完成后单击 ✓ 按钮完成草绘，返回零件编辑环境。

（19）此时特征已完全定义，单击对话框中的【确定】按钮，完成扫描特征的创建，如图 3.153 所示。

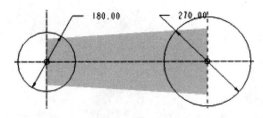

图 3.152 草绘截面

图 3.153 扫描特征

（20）选择【插入】|【拉伸】命令（或者单击 ⬠ 按钮），弹出拉伸工具操控板，如图 3.154 所示。

图 3.154 拉伸工具操控板

（21）单击操控板中的【放置】，弹出上滑面板，如图 3.155 所示。

（22）单击上滑面板中的【定义】按钮，弹出【草绘】对话框，如图 3.156 所示。

图 3.155 【放置】上滑面板

图 3.156 【草绘】对话框

（23）在绘图区中选择如图 3.157 所示平面为绘图平面，然后直接单击对话框中的【草绘】按钮，进入草绘环境。

（24）此时弹出【参照】对话框和【选取】对话框，如图 3.158 所示。

图 3.157 选择草绘平面

图 3.158 【参照】对话框和【选取】对话框

（25）我们暂不选取参照，直接单击【参照】对话框中的【关闭】，然后弹出【缺少参照】提示框，如图 3.159 所示，单击【是】，开始草绘。

（26）利用草绘工具栏中的偏移工具 、修剪工具 完成如图 3.160 所示草绘。

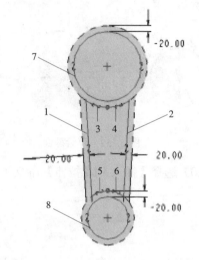

图 3.159　【缺少参照】提示框　　　　　　　　　图 3.160　草绘

注　意

关于偏移工具 有以下注意之处。

单击 按钮后，弹出【类型】对话框和【选取】对话框，如图 3.161 所示。

其中，【单个】表示选取单个边；【链】用于选择连续的边，使用此选项后，单击选择起始边，然后选择最终边，即可选择连接该两边的边链，如果有多种可能，还会弹出【选取】对话框，如图 3.162 所示，单击【下一个】或【先前】，系统在绘图区会显示不同的结果，如果满足要求，单击【接受】即可；【环】用于选择单个封闭环，同样，如果有多种选择，会弹出【选取链】对话框，如图 3.163 所示。

图 3.161　【类型】对话框和【选取】对话框　　图 3.162　【选取】对话框　　图 3.163　【选取链】对话框

在选取完成后，窗口底部会弹出提示：于箭头方向输入偏距，注意，这个数值可正可负，同时在绘图区会有箭头显示，输入在此方向的偏距后回车，完成偏移。

在图 3.160 中，边 1 和 2 是使用偏移单个边完成的，边 3~6 是使用在单个边工具完成的，当然，需要进行适当修剪，边 7 和 8 是使用偏移环完成的，

（27）完成草绘后单击✔按钮完成草绘，返回零件编辑环境。

（28）单击操控板上的切除按钮◿，然后单击两个╱按钮，直到黄色箭头朝向正确，如图3.164 所示。

（29）单击☑∞ 预览，如图 3.165 所示，确认无误后单击☑按钮完成创建。

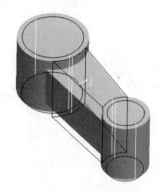

图 3.164　黄色箭头

图 3.165　拉伸切除

注　意

读者可以自己练习对一些简单零件或产品进行建模，如一些形状不太复杂的桌子、椅子、杯子、减速器外壳等的初步建模。值得注意的是：在练习中不要盲目练习，拿到一个零件后应先想想建模的大致顺序和各个步骤所使用的工具，如何拆分零件是最合适的，有时间的话，思考其他的建模方法，这样提高得更快。

例如，我们需要建立一个简单的孔，可以用拉伸切除材料（需要草绘圆）、用旋转切除材料（需草绘一个矩形）、用扫描切口（轨迹为直线、截面为圆）、用平行混合切口（两个截面都是圆，且直径相等）。但这些方法都不是最直接、最方便的，我们在下一章会学到放置实体特征，其中有个是孔工具，它是专门用来建立孔特征的，所以一般情况下，会使用放置孔工具来建立孔，这是最合适的。

本章小结

本章作为实体建模的基础章节，介绍了四个基本实体特征：拉伸、旋转、扫描和混合，利用这些工具已经可以建立一些较为简单、较为规则的实体零件了。相对而言，拉伸、旋转操作较为简单、也较为常用，扫描、混合较复杂，但不太常用。总的来说，这四个工具都是需要在草绘环境中绘制一个或几个特殊截面，然后以某种方式移动得到实体。

在实例操作中，除了应用所学的几个工具外，我们还扩展性地给出了螺旋扫描工具的用法，螺旋扫描也是扫描的一种，同样需要指出轨迹和截面，只是确定轨迹时仅需要定义螺旋线的直径和螺距，轨迹则由系统自动生成。

第 4 章
放置实体特征

📖 **本章导读**

　　放置实体特征其实是系统提供的参数化特征模型，通过定义其位置及大小、深度等形状参数，可直接在实体上创建某种放置特征。放置特征种类有孔、壳、筋、倒角、圆角、拔模等，本章将向读者详细介绍这些放置特征的创建方法。放置特征需要放置在基础实体特征之上，不能凭空创建，所以新建实体零件文件时，放置工具都是不可用的。在学习本章之前，读者还应明确，在定义放置特征时，应告诉系统:（1）在何处放置该特征,（2）该特征的各个形状参数是多少。

👆 **学习要点**

➢ 孔特征

➢ 壳特征

➢ 筋特征

➢ 倒角特征

➢ 圆角特征

➢ 拔模特征

➢ 实例操作

4.1　孔特征

　　孔特征包括圆孔和螺纹孔两大类，圆孔可以直接创建直孔，也可以通过草绘截面方式绘制阶梯孔、锥孔等。

4.1.1　孔特征的操控板

　　在存在实体的情况下，选择【插入】|【孔】命令（或者单击特征工具栏中的 ⊤ 按钮），弹出孔特征操控板，如图 4.1 所示。

图 4.1　孔特征操控板

1. 直孔模式下的对话栏

（1）□：创建直孔模式，有两种定义方法。

1）【简单】：指定直径和深度，系统自动创建符合要求的孔。

2）【草绘】：草绘截面和旋转轴，系统将按照设计要求生成孔。

（2）□：确定深度按钮组，具体介绍见表 4.1。

表 4.1　确定深度

按 钮	作 用
🔽	直接在后面的文本框中输入深度值，系统按指定深度进行钻孔
🔅	向放置平面的两侧对称钻孔，孔的总深度等于所输入的深度值
🔽	从放置平面钻孔至下一曲面
🔽	从放置平面钻孔至与所有面相交
🔽	从放置平面钻孔至指定面
🔽	从放置平面钻孔至指定点、线、面

2. 直孔模式下的上滑面板

在创建直孔模式下，有三个上滑面板可用：

（1）【放置】上滑面板。单击操控板上的【放置】按钮，弹出上滑面板，如图 4.2 所示（为便于讲解，此图是完全定义的情况）。

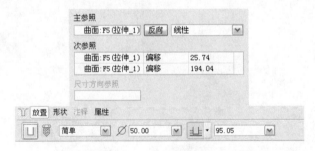

图 4.2　【放置】上滑面板

其中，【主参照】选择器用于选择孔的放置平面。

在选定参照后，【反向】按钮可用，用于控制钻孔方向。

选定参照后【反向】按钮后面的下拉列表也可用，用于选择控制孔放置位置的方式，其中有四项：

1）线性：选择两个线性参照，并输入距离，从而定位孔的位置。

2）径向：选择基准轴和角度参考，输入基准轴相对于参考的极坐标，即可确定孔的位置。

3）直径：与径向类似，读者可在使用中体会。

4）同轴：顾名思义，孔的轴线与现有轴线重合。

按照习惯，使用线性和同轴参照较为常见。

【次参照】选择器：用于选择和做确定孔位置的参照。随着所选控制孔放置位置的方式不同，需要一个或两个参照。

【尺寸方向参照】选择器：当【次参照】选择器中为一个线性参照（如轴）时，该选择器才被激活，用于确定偏移方向。

（2）【形状】上滑面板。单击操控板上的【形状】，弹出上滑面板，如图 4.3 所示，这里用于定义孔的形状，与操控板上的定义是相吻合的。另外，【侧2】用于创建不对称的两侧孔。

若当前是草绘直孔模式，则【形状】上滑面板中会显示草绘。

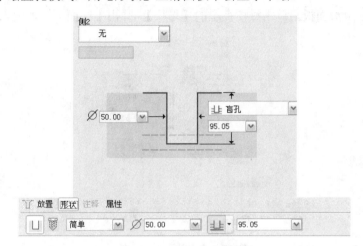

图 4.3　【形状】上滑面板

（3）【注释】上滑面板不可用。

（4）【属性】上滑面板中显示了特征名称，以及特征的详细信息。

3．标准孔模式下的对话栏

（1）　：创建标准孔模式，单击此按钮后，操控板有较大变化，如图 4.4 所示。

图 4.4　标准孔

在此模式下，我们可以选择合适的标准，可选的有 ISO、UNC、UNF 三种，然后选择相应的孔尺寸，进而确定钻孔深度，确定钻孔深度的方式可参考表 4.2。注意：与表 4.1 略有不同。

表 4.2　确定深度

按　钮	作　用
	直接在后面的文本框中输入深度值，系统按指定深度进行钻孔
	从放置平面钻孔至下一曲面
	从放置平面钻孔至与所有面相交
	从放置平面钻孔至指定面
	从放置平面钻孔至指定面组

（2）　：添加攻丝。当确定深度的方式为　时，攻丝方式为必选，按钮为灰色；当确定深度方式为其他四种时，攻丝方式为可选，按钮可用。

（3）　：添加埋头孔。可选，按钮按下时将创建埋头孔。

（4）　：添加沉孔。可选，按钮按下时将创建沉孔。以上三个按钮互不冲突，只是在定义形状时有范围限制。

4．标准孔模式下的上滑面板

在创建标准孔模式下，四个上滑面板均可用。

（1）【放置】上滑面板。与创建直孔模式下的上滑面板相同，用于定义孔的放置位置，不再赘述。

（2）【形状】上滑面板。单击操控板上的【形状】，弹出上滑面板，如图4.5所示。

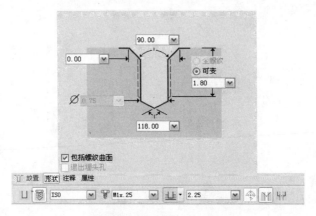

图 4.5　【形状】上滑面板

此上滑面板也是用于定义孔的形状参数，不过都是有范围限制的。【全螺纹】表示整个孔上都有螺纹；【包括螺纹曲面】表示会将螺纹曲面添加到实体模型中，从而显示内螺纹；【退出埋头孔】表示在底部添加埋头孔。这些选项随所选深度定义方式不同，可用或不可用，如将定义深度方式设为通孔，则全部可用。

（3）【注释】上滑面板。单击操控板上的【注释】，弹出上滑面板，如图4.6所示。

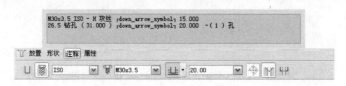

图 4.6　【注释】上滑面板

在完成标准孔的创建后，注释会被一起创建，其中显示了该孔的标准、大小、深度、等级等参数。

（4）【属性】上滑面板。单击操控板上的【属性】，弹出上滑面板，除了显示特征名称和特征信息外，还包括了该孔所有的参数，如图4.7所示。

图 4.7　【属性】上滑面板

4.1.2　放置简单直孔

1．新建文件

（1）进入 Pro/E 环境，选择【文件】|【新建】命令，选择类型为【零件】，子类型为【实体】，输入文件名称（本例中为 zhikong），将【使用缺省模板】前的对勾去掉，单击【确定】，如图 4.8 所示。

（2）系统弹出【新文件选项】对话框，如图 4.9 所示，选择 mmns_part_solid 为设计模板，单击【确定】，进入零件设计环境。

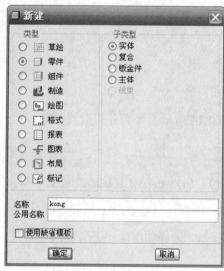

图 4.8　新建零件

图 4.9　选择设计模板

2．创建被钻孔的实体

（1）选择【插入】|【拉伸】命令（或者单击 按钮），弹出【拉伸】操控板。

（2）在操控板中单击【放置】，弹出上滑面板。

（3）在【放置】上滑面板中单击【定义】按钮，弹出【草绘】对话框。

（4）选择 TOP 面作为草绘平面，使用默认参照及方向，单击【草绘】对话框中的【草绘】按钮，进入草绘环境。

（5）利用草绘工具绘制如图 4.10 所示草绘，完成后单击 ✔ 按钮，返回零件设计环境。

（6）单击操控板上的 设置为对称拉伸，输入深度值为 50，单击 按钮，完成拉伸基体，如图 4.11 所示。

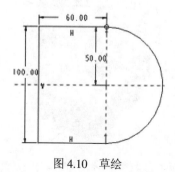

图 4.10　草绘

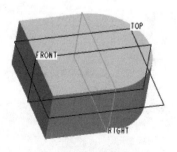

图 4.11　被钻孔的实体

3．放置孔特征

（1）选择【插入】|【孔】命令（或者单击 按钮），弹出【孔】操控板，如图 4.12 所示。

图 4.12　【孔】操控板

（2）单击操控板中的【放置】，弹出上滑面板，如图 4.13 所示。

图 4.13　【放置】上滑面板

（3）单击激活【主参照】选择器，然后选择如图 4.14 所示面作为孔的放置平面。

注　意

刚进入孔工具时，【主参照】选择器是默认激活的，所以也可以直接选择放置平面。

（4）选择孔放置方式为【线性】。

（5）此时【次参照】选择器可用，单击激活该选择器，选择如图 4.15 所示的 1 面，然后按着 Ctrl 键选择 2 面。

（6）更改【放置】上滑面板中次参照的偏移量，如图 4.16 所示。

（7）将操控板上的直径值改为 30，深度确定方式设置为 打通孔，单击 按钮完成放置孔特征，如图 4.17 所示。

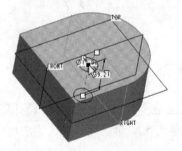

图 4.14　选择主参照

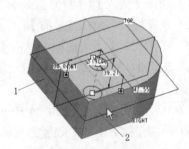

图 4.15　选择次参照

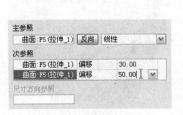

图 4.16　更改偏移量

图 4.17　放置孔

4．保存文件

选择【文件】|【保存】命令（或者单击【文件】工具栏中的图标按钮 🖫），单击【确定】按钮保存文件。

4.1.3　放置草绘孔

1．新建文件

（1）进入 Pro/E 环境，选择【文件】|【新建】命令，选择类型为【零件】，子类型为【实体】，输入文件名称（本例中为 caohuikong），将【使用缺省模板】前的对勾去掉，单击【确定】，如图 4.18 所示。

（2）系统弹出【新文件选项】对话框，如图 4.19 所示，选择 mmns_part_solid 为设计模板，单击【确定】按钮，进入零件设计环境。

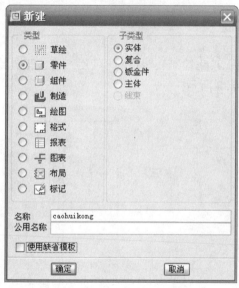
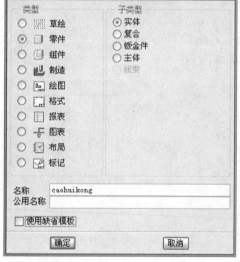

图 4.18　新建零件　　　　　　　　　图 4.19　选择设计模板

2．创建被钻孔的实体

（1）选择【插入】|【旋转】命令（或者单击右侧工具栏中的 ⬦ 按钮），弹出旋转工具操控板。

（2）在操控板中单击【放置】按钮，弹出上滑面板。

（3）在【放置】上滑面板中单击【定义】按钮，弹出【草绘】对话框。

（4）选择 TOP 面作为草绘平面，使用默认参照及方向，单击【草绘】按钮，进入草绘环境。

（5）利用中心线工具 ⦙ 绘制中心线作为旋转轴，注意中心线与竖直参照重合，然后利用矩形工具 ▭ 绘制矩形，如图 4.20 所示。

（6）完成后单击 ✓ 按钮，回到零件编辑环境，其他选项保持默认，单击 ☑ ∞ 按钮预览，如图 4.21 所示，确认无误后单击 ☑ 按钮完成旋转特征的创建。

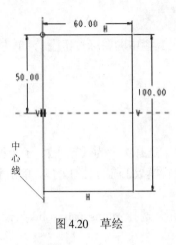

图 4.20　草绘

图 4.21　旋转实体特征

3．放置草绘孔

（1）单击▢按钮，弹出【孔】操控板，然后选择创建方式为【草绘】，如图 4.22 所示。

（2）单击操控板上的▨按钮，进入草绘环境。

（3）在草绘环境中绘制孔的截面，先是用中心线工具⋮绘制旋转轴，再使用╲直线工具绘制连续、封闭的直线，注意尺寸和约束关系，如图 4.23 所示。

图 4.22　【孔】操控板

图 4.23　草绘孔截面

注　意

草绘孔的截面时，此截面应满足以下条件。

（1）不能是空截面。

（2）所绘图元不能出现自交。

（3）所绘图元必须是封闭的。

（4）所绘图元中有旋转轴。

（5）所有图元均在该旋转轴的一侧。

（6）所绘图元中，至少有一个图元垂直于旋转轴。

（4）完成草绘后单击✔按钮，回到零件编辑环境。

（5）单击操控板上的【放置】，弹出上滑面板，如图 4.24 所示。

（6）在【放置】上滑面板中，单击激活【主参照】选择器，然后选择如图 4.25 所示平面作为孔的放置平面。

图 4.24 【放置】上滑面板　　　　　　　　　图 4.25 孔的主参照

（7）在【放置】上滑面板中，我们将孔的放置方式改为【同轴】，然后单击激活【次参照】选择器，如图 4.26 所示。显然，我们只需选择一个参照（只能是轴）。

图 4.26 同轴

（8）保证 ![] 按钮处于按下的状态，即显示轴，然后选择基体圆柱的轴，如图 4.27 所示。

（9）此时该草绘孔已完全定义，单击 ![] 按钮预览，如图 4.28 所示，确认无误后单击 ![] 按钮完成草绘孔的创建。

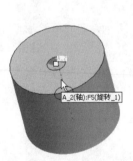

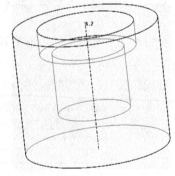

图 4.27 选择次参照　　　　　　　　　　图 4.28 草绘孔

4. 保存文件

选择【文件】|【保存】命令（或者单击【文件】工具栏中的图标按钮 ![]），单击【确定】按钮保存文件。

4.1.4 放置标准孔

1. 新建文件

（1）进入 Pro/E 环境，选择【文件】|【新建】命令，选择类型为【零件】，子类型为【实体】，输入文件名称（本例中为 biaozhunkong），将【使用缺省模板】前的对勾去掉，单击【确定】按钮，如图 4.29 所示。

（2）系统弹出【新文件选项】对话框，如图 4.30 所示，选择 mmns_part_solid 为设计模板，单击【确定】按钮，进入零件设计环境。

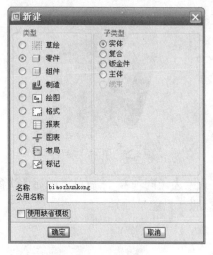

图 4.29 新建零件

图 4.30 选择设计模板

2. 创建被钻孔的实体

（1）选择【插入】|【拉伸】命令（或者单击右侧工具栏中的 📭 按钮），弹出拉伸特征操控板。

（2）单击操控板中的【放置】，弹出上滑面板。

（3）在【放置】上滑面板中，单击【定义】按钮，弹出【草绘】对话框。

（4）选择 TOP 面作为草绘平面，使用默认参照及方向，单击【草绘】按钮，进入草绘环境。

（5）使用草绘工具栏中的矩形工具绘制矩形，如图 4.31 所示，完成草绘后单击 ✔ 按钮，回到零件编辑环境。

（6）在操控板中，使用默认的指定深度值拉伸方式，在深度值文本框中输入 50，单击 ☑ 👓 按钮预览，如图 4.32 所示，确认无误后单击 ☑ 按钮完成拉伸实体的创建。

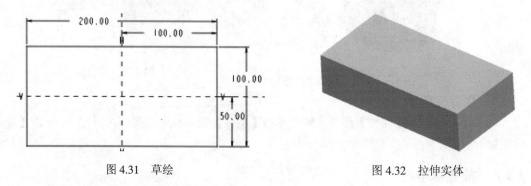

图 4.31 草绘

图 4.32 拉伸实体

3. 放置标准孔

（1）单击右侧工具栏中的 🔟 按钮，弹出【孔】操控板，单击 🔳 按钮，操控板变为如图 4.33 所示。

图 4.33 标准孔操控板

（2）选择 ISO 标准，螺纹尺寸为 M68×6，先不要修改深度值，保持默认，然后使 两个按钮按下。

（3）单击操控板上的【放置】，弹出上滑面板。

（4）在【放置】上滑面板中，单击激活【主参照】选择器，然后在绘图区选择如图 4.34 所示基体上表面作为孔的放置平面。

图 4.34　孔的主参照

（5）在【放置】上滑面板中，使用默认的【线形】方式确定次参照，单击激活【次参照】选择器，然后选择如图 4.35 所示的 1 面，再按着 Ctrl 键选择 2 面。最后更改【放置】上滑面板中相应的偏距值，如图 4.36 所示。

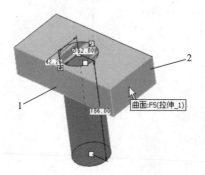

图 4.35　选择次参照

图 4.36　修改偏移值

（6）单击操控板中的【形状】，弹出上滑面板，修改后如图 4.37 所示。

（7）再次回到操控板，将深度值改为 60。

（8）此时该孔已经完全定义，单击 按钮预览，如图 4.38 所示，确认无误后单击 按钮完成标准孔的创建。

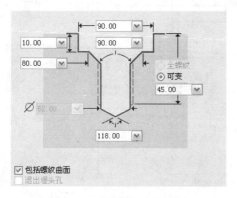

图 4.37　【形状】上滑面板

图 4.38　标准孔

插　曲

读者可能在创建时发现图 4.38 中所示孔有问题，它没有显示完全，或者说这个孔没有达到设计意图，如图 4.39 所示。

读者可以利用编辑功能改变基体的厚度，达到设计意图，如图 4.40 所示。

当然，读者也可以编辑孔的形状参数达到设计意图，如图 4.41 所示。

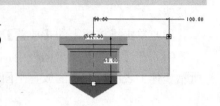

图 4.39　发现问题

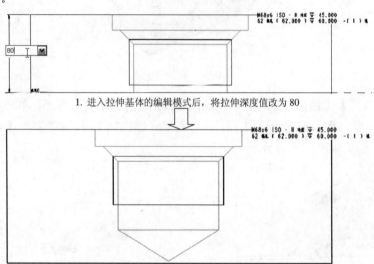

1. 进入拉伸基体的编辑模式后，将拉伸深度值改为 80

2. 按快捷键 Ctrl+G 再生后

图 4.40　编辑基体

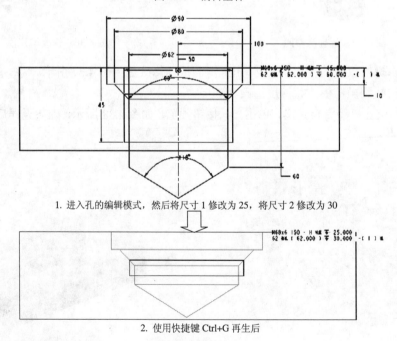

1. 进入孔的编辑模式，然后将尺寸 1 修改为 25，将尺寸 2 修改为 30

2. 使用快捷键 Ctrl+G 再生后

图 4.41　编辑孔

实际设计中不可能一次就正确、恰当，往往需要反复几次，希望读者在不断练习中增长经验。

4. 保存文件

选择【文件】|【保存】命令（或者单击【文件】工具栏中的图标按钮），单击【确定】保存文件。

4.2 壳特征

"壳"，顾名思义就是把实体内部挖空，该工具将保证挖空后的实体内部厚度处处相等。

工业中的许多地方都用到壳特征，如手机外壳、显示器外壳、减速器外壳等都需要进行抽壳。

Pro/E 3.0 版本中，放置壳特征的工具得到了进一步加强，可以选择不需要抽壳的曲面，使设计更符合用户要求。

创建壳特征时，时机是很重要的，图 4.42 和图 4.43 将说明这点。

图 4.42 中壳的建立顺序是：拉伸—孔—壳。

图 4.43 中壳的建立顺序是：拉伸—壳—孔。

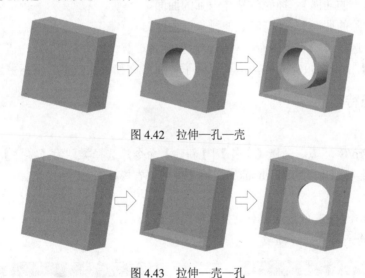

图 4.42　拉伸—孔—壳

图 4.43　拉伸—壳—孔

4.2.1　壳特征操控板

在存在基础实体的情况下，单击抽壳按钮，将弹出壳特征操控板，如图 4.44 所示。

图 4.44　壳特征操控板

1. 对话栏

（1）【厚度】文本框：文本框中的数值表示抽壳操作完成后，壳体的厚度。

（2）：单击反向按钮后，厚度方向变为相反方向，重复单击会在两种情况间循环。

2．上滑面板

操控板上有三个上滑面板：

（1）【参照】上滑面板。单击操控板上的【参照】，弹出上滑面板，如图4.45所示。

【移除的曲面】选择器：选取开口面，这些面将直接被挖去，没有厚度。

【非缺省厚度】选择器：显然，在操控板上的【厚度】文本框中已经定义了全局厚度，而对于厚度值不同的面，则需要在这里定义。

（2）【选项】操控板。单击操控板上的【选项】，弹出上滑面板，如图4.46所示。

图4.45　【参照】上滑面板　　　　　　　　　图4.46　【选项】操控板

①【排除的曲面】选择器：被选中的曲面将不进行抽壳操作。

②【延伸内部的曲面】：抽壳时延伸内部的曲面。

③【延伸排除的曲面】：抽壳时延伸排除的曲面。

对于这两个选项，稍后会做专门举例，以便读者理解。

（3）【属性】上滑面板。同样，这里包含了特征名称和特征信息，不再赘述。

4.2.2　创建壳特征

1．新建文件

（1）进入Pro/E环境，选择【文件】|【新建】命令，选择类型为【零件】，子类型为【实体】，输入文件名称（本例中为chouke），将【使用缺省模板】前的对勾去掉，单击【确定】，如图4.47所示。

（2）系统弹出【新文件选项】对话框，如图4.48所示，选择mmns_part_solid为设计模板，单击【确定】，进入零件设计环境。

图4.47　新建零件　　　　　　　　　　　图4.48　选择设计模板

2．创建被抽壳的特征

（1）选择【插入】|【拉伸】命令（或者单击右侧工具栏中的 按钮），弹出拉伸工具操控板。

（2）单击操控板上的【放置】，弹出上滑面板。

（3）在【放置】上滑面板中，单击【定义】按钮，弹出【草绘】对话框。

（4）选择 TOP 面作为草绘平面，使用默认参照及方向，单击【草绘】按钮，进入草绘环境。

（5）使用草绘工具栏中的矩形工具 绘制矩形，如图 4.49 所示。完成后单击 按钮返回零件编辑环境。

（6）在操控板上使用默认的定义深度方式，直接输入深度值为 100，单击 按钮完成拉伸特征的创建，如图 4.50 所示。

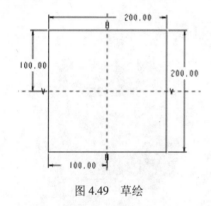

图 4.49　草绘 　　　　　　　　　　　　　　图 4.50　拉伸特征

（7）选择【插入】|【拉伸】命令（或者单击右侧工具栏中的 按钮），弹出拉伸工具操控板。

（8）单击操控板上的【放置】，弹出上滑面板。

（9）在【放置】上滑面板中，单击【定义】按钮，弹出【草绘】对话框。

（10）选择如图 4.51 所示平面作为草绘平面，使用默认参照及方向，单击【草绘】按钮，进入草绘环境。

（11）使用草绘工具栏中的矩形工具 绘制矩形，如图 4.52 所示。完成后单击 按钮返回零件编辑环境。

（12）在操控板上使用默认的定义深度方式，直接输入深度值为 80，单击 按钮完成第二个拉伸特征的创建，如图 4.53 所示。

 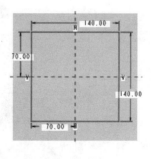 

图 4.51　选择草绘平面 　　　　　　图 4.52　草绘 　　　　　　图 4.53　拉伸特征

3. 抽壳

（1）选择【插入】|【壳】命令（或者单击右侧工具栏中的 按钮），弹出壳特征操控板。如图 4.54 所示。

图 4.54　壳特征操控板

（2）单击选择如图 4.55 所示平面为开口面，然后将操控板上的厚度值改为 10。

> **注　意**
>
> 默认状态下，【参照】上滑面板中的【移除的曲面】选择器是激活的，所以可以直接选择开口面。

（3）单击 按钮预览，如图 4.56 所示（为方便讲解，先不单击 按钮）。

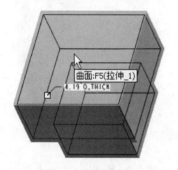

图 4.55　选择开口面

图 4.56　壳特征

> **注　意**
>
> 以上是一个最简单的壳特征的创建方法，下面将继续介绍壳特征的其他选项：

1.【非缺省厚度】

（1）单击 按钮，返回壳特征操控板。

（2）单击操控板上的【参照】，弹出上滑面板，然后单击激活【非缺省厚度】选择器，如图 4.57 所示。

（3）在绘图区选择如图 4.58 所示平面，该平面的厚度将另外指定。

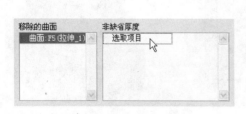

图 4.57　【参照】上滑面板

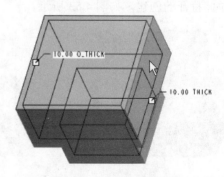

图 4.58　非缺省厚度平面

（4）此时【参照】上滑面板中的【非缺省厚度】选择器中有刚选择的平面。双击此厚度值，然后将其改为 30，回车，如图 4.59 所示。

（5）单击 ☑∞ 按钮预览，如图 4.60 所示，显然，所选面的厚度值不一样。

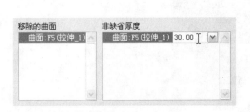

图 4.59　更改厚度值

图 4.60　含有非缺省厚度平面的抽壳

2.【延伸内部曲面】

（1）单击 ▶ 按钮，返回壳特征操控板，为便于讲解，先将【参照】上滑面板中两个选择器全部清空（指向某项，单击右键，在弹出的菜单中选择【移除】命令），如图 4.61 所示。

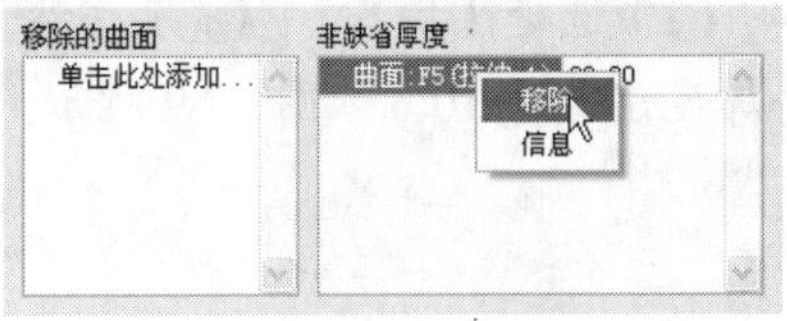

图 4.61　清空选择器

（2）激活【参照】上滑面板中的【移除的曲面】选择器，单击选择如图 4.62 所示侧面。此时如果预览壳特征，将如图 4.63 所示。但没有达到理想效果，继续操作。

（3）单击操控板中的【选项】，弹出【选项】上滑面板，单击激活上滑面板中的【排除的曲面】选择器，如图 4.64 所示。

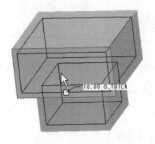

图 4.62　选择抽壳面

图 4.63　抽壳

图 4.64　【选项】上滑面板

（4）选择如图 4.65 所示的 1 面，然后按着 Shift 键选择 2 面，此时【选项】上滑面板如图 4.66 所示，对应的绘图区中则应该有一组平面被选中，如图 4.67 所示。

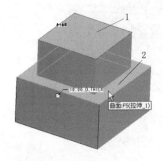

图 4.65　选择种子和边界曲面

图 4.66　【选项】上滑面板

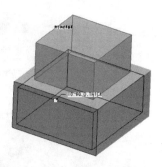

图 4.67　种子和边界曲面

（5）单击 ☑ 👓 按钮预览，如图 4.68 所示。此时满足要求，单击 ☑ 按钮完成创建。

图 4.68　抽壳

3.【延伸排除的曲面】

（1）选择【插入】|【壳】命令（或者单击右侧工具栏中的 ◎ 按钮），弹出壳特征操控板，将厚度值改为 10，如图 4.69 所示。

图 4.69　壳特征操控板

（2）单击选择如图 4.70 所示平面作为开口面。

（3）单击操控板上的【选项】，弹出【选项】上滑面板，单击激活【排除的曲面】选择器，并选择【延伸排除的曲面】选项，如图 4.71 所示。

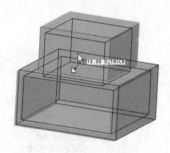

图 4.70　选择移除的曲面

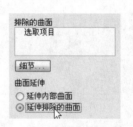

图 4.71　【选项】上滑面板

（4）随便单击选择一个面，然后单击右键，在弹出的菜单中选择【实体曲面】，如图 4.72 所示。此时绘图区中则显示所有曲面被选中，如图 4.73 所示。

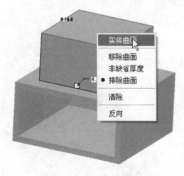

图 4.72　选择实体曲面

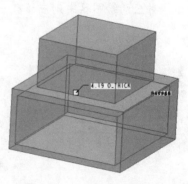

图 4.73　选中实体曲面效果

（5）按着 Ctrl 键选择小长方体的五个表面，如图 4.74 所示，完成后【选项】上滑面板如图 4.75 所示，对应的绘图区如图 4.76 所示，

（6）单击  按钮预览，如图 4.77 所示。此时满足要求，单击 ☑ 按钮完成创建。

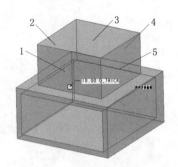

图 4.74　排除 5 个面

图 4.75　【选项】上滑面板

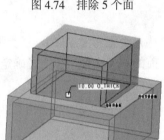

图 4.76　排除完成

图 4.77　抽壳

在以上操作中，难点在于选择曲面，读者多练习即可掌握，简言之在于 Ctrl 键、Shift 键的使用。另外，读者应明白，使用 Ctrl 键选择的项目是单个项目的罗列，而使用 Shift 键选择的项目表示一个项目组，是一个整体。

4. 保存文件

选择【文件】|【保存】命令（或者单击【文件】工具栏中的图标按钮 ），单击【确定】保存文件。

4.3　筋特征

筋特征是用于加固零件的，用筋特征工具可以很方便地在零件间创建筋。

4.3.1　筋特征操控板

在存在基础实体的情况下，选择【插入】|【筋】命令（或者单击右侧工具栏中的 按钮），弹出筋特征操控板，如图 4.78 所示。

图 4.78　筋特征操控板

1．对话栏

【厚度值】文本框：在完成截面定义后，此文本框可用，其数值表示筋的厚度。单击其后的反向按钮可在一侧、另一侧、两侧对称添加材料模式间切换。

2．上滑面板

筋特征操控板中共有两个上滑面板：

（1）【参照】上滑面板：单击操控板中的【参照】，弹出上滑面板，如图 4.79 所示。单击【定义】可进入草绘环境，草绘筋的截面；【反向】按钮用于改变筋放置的方向。

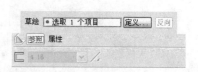

图 4.79　【参照】上滑面板

（2）【属性】上滑面板：显示特征名称和特征信息，同样不做过多介绍。

4.3.2　创建筋特征

1．新建文件

（1）进入 Pro/E 环境，选择【文件】|【新建】命令，选择类型为【零件】，子类型为【实体】，输入文件名称（本例中为 jin），将【使用缺省模板】前的对勾去掉，单击【确定】，如图 4.80 所示。

（2）系统弹出【新文件选项】对话框，如图 4.81 所示，选择 mmns_part_solid 为设计模板，单击【确定】，进入零件设计环境。

图 4.80　新建零件

图 4.81　选择设计模板

2．创建放置筋的实体

（1）选择【插入】|【拉伸】命令（或者单击右侧工具栏中的 按钮），弹出拉伸工具操控板。

（2）单击操控板上的【放置】，弹出上滑面板。

（3）在【放置】上滑面板中，单击【定义】按钮，弹出【草绘】对话框。

（4）选择 TOP 面作为草绘平面，使用默认参照及方向，单击【草绘】按钮，进入草绘环境。

（5）使用草绘工具栏中的矩形工具 绘制矩形，如图 4.82 所示。完成后单击 按钮返回零件编辑环境。

（6）在操控板上使用两侧对称的定义深度方式 ，然后输入深度值为 200，单击 按钮完成拉伸特征的创建，如图 4.83 所示。

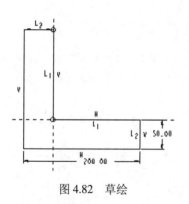

图 4.82 草绘

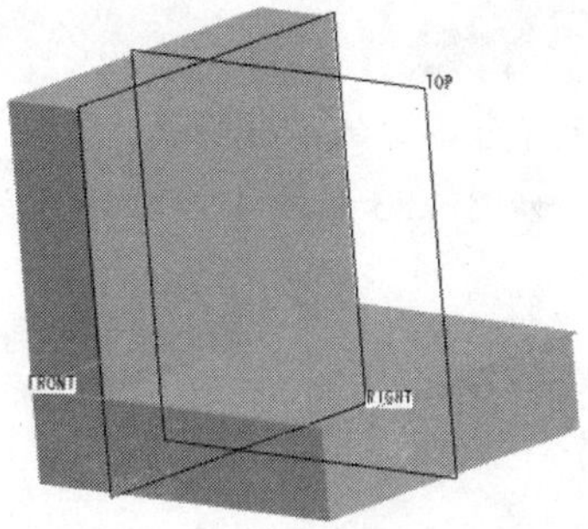

图 4.83 拉伸特征

3．放置筋特征

（1）选择【插入】|【筋】命令（或者单击右侧工具栏中的 按钮），弹出筋特征操控板，如图 4.84 所示。

图 4.84 筋特征操控板

（2）在操控板中，单击【参照】，弹出上滑面板，如图 4.85 所示。

图 4.85 【参照】上滑面板

（3）在【参照】上滑面板中，单击【定义】按钮，弹出【草绘】对话框。

（4）选择 TOP 面作为草绘平面，使用默认参照及方向，单击【草绘】按钮进入草绘环境。

（5）使用草绘工具栏中的直线工具 绘制一条直线，注意尺寸和约束关系，如图 4.86 所示。

注 意

草绘截面要开放，且开放端需与实体边界对齐。

（6）完成草绘后单击 按钮，回到零件编辑环境。需让绘图区黄色箭头朝内（单击黄色箭头或单击【参照】上滑面板中的【反向】按钮均可）。

（7）在操控板中输入筋厚度为 40，单击其后的【反向】使筋为两侧对称。

（8）单击 按钮预览，如图 4.87 所示，无误后单击 按钮完成筋特征的放置。

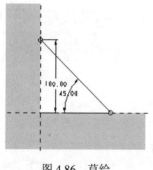

图 4.86 草绘

图 4.87 筋特征

注 意

读者可自己尝试，当筋被放置在有旋转体的实体上时，Pro/E 会自动判断，并使筋符合用户要求，如图 4.88 和图 4.89 所示（为方便读者观察，我们把筋的宽度设得很夸张）。

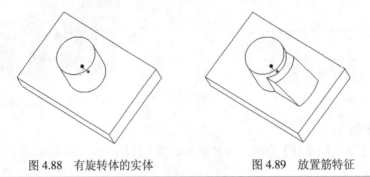

图 4.88   有旋转体的实体   图 4.89   放置筋特征

4.4 倒角特征

倒角是用来处理棱边、棱角的，Pro/E 中有两个倒角工具：边倒角、拐角倒角。

4.4.1 倒角特征操控板

在存在基础实体的情况下，选择【插入】|【倒角】|【边倒角】命令（或者单击右侧工具栏中的 按钮），窗口底部弹出边倒角操控板，如图 4.90 所示。

图 4.90   边倒角操控板

1．对话栏

（1）：设置模式，对倒角的形状参数进行设置，选择适当的定义方式，并进行定义。如默认的 D×D 模式，只需要定义 D 值即可（D 表示倒角后新旧两边的间距）。

（2）：过渡模式，对于倒角相交处进行定义。

2．上滑面板

边倒角工具中共有五个上滑面板：

（1）【集】上滑面板。单击操控板上的【集】，弹出上滑面板，如图 4.91 所示。

【组】列表：列出了当前所有的组，每个组可以有多个倒角参照，但只有一个倒角尺寸，不同组间尺寸可以相同，可以不同。

【参照】选择器：选取合适的倒角参照，这里显示的是与【组】列表里相对应的倒角参照。

【值】列表：列出了某倒角参照的倒角参数，可以在下面的下拉列表中选择参数确定方式（默认值为【偏移曲面】）。

图 4.91   【集】上滑面板

（2）【过渡】。上滑面板：单击操控板上的【过渡】，弹出上滑面板，如图 4.92 所示。

【过渡】列表：在过渡模式下，列出过渡倒角，可以对列表中的项目进行删除操作。

（3）【段】上滑面板。单击操控板上的【段】，弹出上滑面板，如图 4.93 所示。

【组】列表：在创建某些倒角时，一些地方不能进行明确地倒角，此列表列出了这些特殊段所在组。

【段】列表：列出了不能被明确倒角的特殊段。

图 4.92 【过渡】上滑面板

（4）【选项】上滑面板。单击操控板上的【选项】，弹出上滑面板，如图 4.94 所示。

图 4.93 【段】上滑面板

图 4.94 【选项】上滑面板

当放置倒角的基体是曲面时，【选项】上滑面板为左图，其中：

【相同面组】：倒角后与基体曲面进行合并。

【新面组】：倒角后放置一个独立的倒角面。

当放置倒角的基体是实体时，【选项】上滑面板为右图，其中：

【实体】：倒角后与基础实体进行合并。

【曲面】：倒角后放置一个独立的倒角面。

（5）【属性】上滑面板：显示了倒角特征的特征名称和特征信息。

4.4.2 创建边倒角特征

1. 新建文件

（1）进入 Pro/E 环境，选择【文件】|【新建】命令，选择类型为【零件】，子类型为【实体】，输入文件名称（本例中为 biandaojiao），将【使用缺省模板】前的对勾去掉，单击【确定】，如图 4.95 所示。

（2）系统弹出【新文件选项】对话框，如图 4.96 所示，选择 mmns_part_solid 为设计模板，单击【确定】，进入零件设计环境。

2. 创建放置倒角的基体

（1）选择【插入】|【拉伸】命令（或者单击 按钮），弹出【拉伸】操控板。

（2）在操控板中单击【放置】，弹出上滑面板。

（3）在【放置】上滑面板中单击【定义】按钮，弹出【草绘】对话框。

（4）选择 TOP 面作为草绘平面，使用默认参照及方向，单击【草绘】对话框中的【草绘】按钮，进入草绘环境。

（5）利用草绘工具绘制如图 4.97 所示草绘，完成后单击 ✔ 按钮，返回零件设计环境。

（6）使用默认的定义深度方式，输入深度值为 100，单击 ☑ 按钮，完成拉伸实体，如图 4.98 所示。

图 4.95　新建零件

图 4.96　选择设计模板

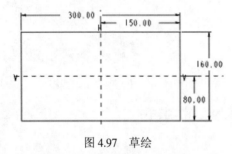

图 4.97　草绘

图 4.98　拉伸实体

（7）选择【插入】|【拉伸】命令（或者单击 按钮），弹出【拉伸】操控板。

（8）在操控板中单击【放置】，弹出上滑面板。

（9）在【放置】上滑面板中单击【定义】按钮，弹出【草绘】对话框。

（10）选择如图 4.99 所示平面作为草绘平面，使用默认参照及方向，单击【草绘】对话框中的【草绘】按钮，进入草绘环境。

（11）利用草绘工具绘制如图 4.100 所示草绘，完成后单击 ✔ 按钮，返回零件设计环境。

（12）使用默认的定义深度方式，输入深度值为 80，单击 ☑ 按钮，完成拉伸基体，如图 4.101 所示。

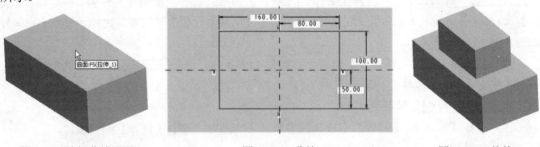

图 4.99　选择草绘平面　　　　　图 4.100　草绘　　　　　图 4.101　基体

3. 创建边倒角特征

（1）选择【插入】|【倒角】|【边倒角】命令（或者单击右侧工具栏中的 按钮），窗口底部弹出边倒角操控板，如图 4.102 所示。

图 4.102　边倒角操控板

（2）使用默认状态下的设置模式，选择默认的 D×D 方式，并将 D 值设为 20。

（3）单击选择如图 4.103 所示边作为倒角参照。

注 意

默认情况下，进入边倒角工具时，【集】上滑面板中的【参照】选择器是激活的，所以上述第（3）步直接选择倒角参照。

当选择新边时，若按着 Ctrl 键选择，则这边与前一条边被自动编为一组，改变尺寸时，同组尺寸会一齐改变；若没有按着 Ctrl 键，这边则被编为不同组，不同组的尺寸可被分别改变，互不影响。

（4）单击 按钮预览（为便于练习，先不要单击），得到如图 4.104 所示的边倒角特征。

图 4.103　选择倒角参照

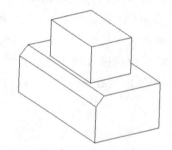

图 4.104　边倒角特征

注 意

以上所介绍的是最基本，也是最简单、最常用的倒角方式。读者可练习倒角工具的其他用法：

1. 设置【段】上滑面板

（1）单击操控板中的 按钮，退出预览模式。

（2）为便于对比，读者可先单击操控板中的【段】，弹出上滑面板，如图 4.105 所示。显然此时的定义是明确的。

（3）将操控板中的 D 值改为 50，回车，此时绘图区变为如图 4.106 所示。对应的【段】上滑面板为如图 4.107 所示。显然此时的定义是不明确的，有多种可能性。

图 4.105　【段】上滑面板

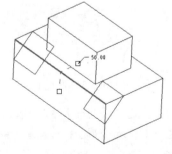

图 4.106　绘图区

图 4.107　【段】上滑面板

（4）我们将【段 1】设置为【排除】，此时【段 2】只能是【包括】，此时定义明确，如图 4.108 所示。

（5）单击 ☑∞ 按钮预览，如图 4.109 所示。

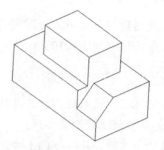

图 4.108　【段】上滑面板　　　　　　　　　图 4.109　排除段 1 后

2. 倒角过渡

（1）单击操控板中的 ▶ 按钮，退出预览模式。

（2）先将 D 值改为 20，回车。

（3）按着 Ctrl 键选择如图 4.110 所示 1、2 两条边。

（4）单击操控板中的 ⋔ 按钮，切换到过渡模式，选择三边交叉处，如图 4.111 所示。

（5）此时操控板中的过渡类型下拉列表中有三项：【缺省（相交）】、【曲面片】、【拐角平面】，选择一项，然后单击 ☑∞ 按钮预览，分别得到如图 4.112 和图 4.114 所示不同效果图（下文有解释）。

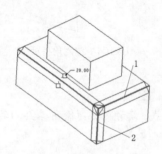

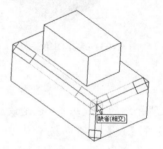

图 4.110　选择倒角参照　　　　　　　　　图 4.111　选择过渡

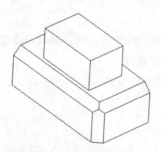

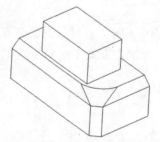

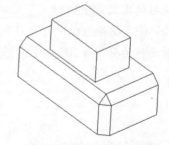

图 4.112　【缺省（相交）】　　　图 4.113　【曲面片】　　　图 4.114　【拐角平面】

　　其中图 4.113 是这样的得到的：当选择【曲面片】选项时，操控板中出现一个【可选曲面】选择器，单击激活它后，选择如图 4.115 所示面，然后在操控板中的【半径】文本框中输入 60，回车即可，此时操控板如图 4.116 所示。

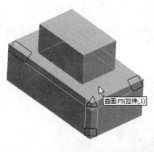

图 4.115　选择可选曲面　　　　　　　　　　　　　图 4.116　操控板

（5）达到设计意图后单击☑按钮完成倒角特征的放置。

4．保存文件

选择【文件】|【保存】命令（或者单击【文件】工具栏中的图标按钮▯），单击【确定】保存文件。

4.4.3　创建拐角倒角特征

1．新建文件

（1）进入 Pro/E 环境，选择【文件】|【新建】命令，选择类型为【零件】，子类型为【实体】，输入文件名称（本例中为 guaijiaodaojiao），将【使用缺省模板】前的对勾去掉，单击【确定】，如图 4.117 所示。

（2）系统弹出【新文件选项】对话框，如图 4.118 所示，选择 mmns_part_solid 为设计模板，单击【确定】，进入零件设计环境。

图 4.117　新建零件　　　　　　　　　　　　　　图 4.118　选择设计模板

2．创建放置倒角的基体

（1）选择【插入】|【拉伸】命令（或者单击▯按钮），弹出【拉伸】操控板。

（2）在操控板中单击【放置】，弹出上滑面板。

（3）在【放置】上滑面板中单击【定义】按钮，弹出【草绘】对话框。

（4）选择 TOP 面作为草绘平面，使用默认参照及方向，单击【草绘】对话框中的【草绘】按钮，进入草绘环境。

（5）利用草绘工具绘制如图 4.119 所示草绘，完成后单击✔按钮，返回零件设计环境。

（6）使用默认的定义深度方式，输入深度值为 100，单击☑按钮，完成拉伸实体，如图 4.120 所示。

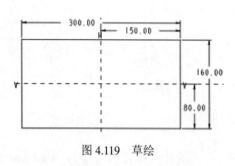

图 4.119　草绘

图 4.120　拉伸实体

3. 放置拐角倒角特征

（1）选择【插入】|【倒角】|【拐角倒角】命令，弹出【倒角（拐角）：拐角】对话框和【选取】对话框，如图 4.121 所示。

图 4.121　【倒角（拐角）：拐角】对话框和【选取】对话框

（2）首先明确要在哪个顶点放置拐角特征，与这个点相连的必须有三条边，每条线的中点与特征顶点间的直线区域都是可选区域，在这个可选区域内单击鼠标左键选择一点，这样就确定了在那里放置拐角特征，这里，我们单击选择如图 4.122 所示边。此时系统弹出【选出/输入】菜单和【选取】对话框，如图 4.123 所示。

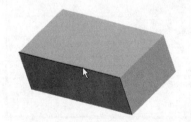

图 4.122　选择边

图 4.123　【选出/输入】菜单和【选取】对话框

（3）在【选出/输入】菜单中选择【选出点】命令，然后再绘图区单击加亮边上的一点确定尺寸。

注　意

也可单击【输入】，输入系统加亮边的倒角长度，精确定义。当然，这两种方式可以视情况混合使用。

（4）重复步骤（3）两次后完成定义，单击【倒角（拐角）：拐角】对话框中的【预览】按钮预览拐角倒角效果，如图4.124所示。

（5）达到设计意图后单击【确定】完成拐角倒角特征的创建。

4. 保存文件

选择【文件】|【保存】命令（或者单击【文件】工具栏中的图标按钮 ），单击【确定】保存文件。

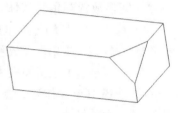

图 4.124　拐角倒角

4.5　圆角特征

圆角特征是用来处理棱边的，应用非常广泛，种类也较多，这里介绍较常用的三种：恒定值倒圆角、可变值倒圆角、完全倒圆角。

选择【插入】|【倒圆角】命令（或者单击右侧工具栏中的 按钮），窗口底部弹出圆角工具操控板，如图4.125所示。圆角工具与上一节介绍的倒角工具非常类似，这里不再赘述，下面直接进行操作。

图 4.125　圆角工具操控板

4.5.1　恒定值倒圆角

1. 新建文件

（1）进入 Pro/E 环境，选择【文件】|【新建】命令，选择类型为【零件】，子类型为【实体】，输入文件名称（本例中为 hengzhiyuanjiao），将【使用缺省模板】前的对勾去掉，单击【确定】，如图4.126所示。

（2）系统弹出【新文件选项】对话框，如图4.127所示，选择 mmns_part_solid 为设计模板，单击【确定】，进入零件设计环境。

图 4.126　新建零件

图 4.127　选择设计模板

2．创建放置圆角的基体

（1）选择【插入】|【拉伸】命令（或者单击 ☐ 按钮），弹出【拉伸】操控板。

（2）在操控板中单击【放置】，弹出上滑面板。

（3）在【放置】上滑面板中单击【定义】按钮，弹出【草绘】对话框。

（4）选择 TOP 面作为草绘平面，使用默认参照及方向，单击【草绘】对话框中的【草绘】按钮，进入草绘环境。

（5）利用草绘工具绘制如图 4.128 所示草绘，注意尺寸和约束关系，完成后单击 ✔ 按钮，返回零件设计环境。

（6）使用默认的定义深度方式，输入深度值为 100，单击 ☑ 按钮，完成拉伸实体，如图 4.129 所示。

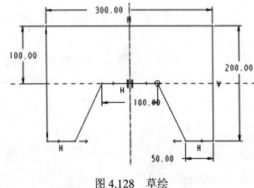

图 4.128　草绘

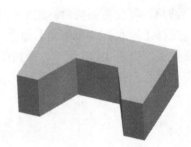

图 4.129　拉伸实体

3．恒定值倒圆角

（1）选择【插入】|【倒圆角】命令（或者单击右侧工具栏中的 ☜ 按钮），窗口底部弹出圆角工具操控板，如图 4.130 所示。

图 4.130　圆角工具操控板

（2）默认状态下，【设置】上滑面板中的【参照】选择器是激活的，直接单击如图 4.131 所示一边作为倒圆角参照。

（3）在操控板上的圆角半径文本框中输入 15，回车。

（4）单击 ☑☜ 按钮，预览圆角效果，如图 4.132 所示。

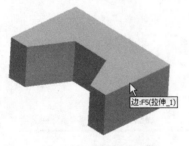

图 4.131　选择倒圆角参照

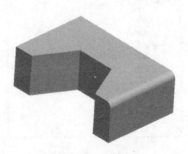

图 4.132　圆角

注　意

若我们希望在实体上表面的八个边放置圆角，我们当然可以按着 Ctrl 键选择，不过太麻烦了，下面介绍【链】的选择方法：

（1）单击操控板上的▶按钮回到圆角工具。

（2）系统现在应该是处于【参照】选择器被激活，且已经选择了一个圆角参照的状态，我们按着 Shift 键，将鼠标移到实体上表面，此时上表面的所有边被加亮，单击即可选择所有边，如图 4.133 所示。

（3）单击☑◌◌按钮预览，如图 4.134 所示。

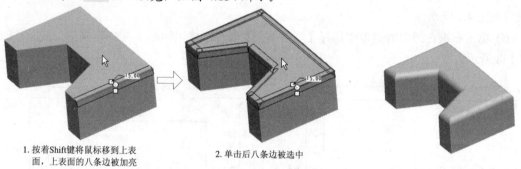

1. 按着Shift键将鼠标移到上表
　面，上表面的八条边被加亮

2. 单击后八条边被选中

图 4.133　选择"链"

图 4.134　圆角

（4）达到设计意图后单击✔按钮完成圆角放置。

4．保存文件

选择【文件】|【保存】命令（或者单击【文件】工具栏中的图标按钮🖫），单击【确定】保存文件。

4.5.2　可变值倒圆角

1．新建文件

（1）进入 Pro/E 环境，选择【文件】|【新建】命令，选择类型为【零件】，子类型为【实体】，输入文件名称（本例中为 kebianzhiyuanjiao），将【使用缺省模板】前的对勾去掉，单击【确定】，如图 4.135 所示。

（2）系统弹出【新文件选项】对话框，如图 4.136 所示，选择 mmns_part_solid 为设计模板，单击【确定】，进入零件设计环境。

图 4.135　新建零件

图 4.136　选择设计模板

2．创建放置圆角的基体

（1）选择【插入】|【混合】|【伸出项】命令，弹出【混合选项】菜单。

（2）在【混合选项】菜单中选择【平行】|【规则截面】|【草绘截面】|【完成】命令，弹出【伸出项：……】对话框和【选取】对话框。

（3）在【属性】菜单中，选择【直的】|【完成】命令，弹出【设置草绘平面】菜单和【选取】对话框。

（4）选择 TOP 面作为草绘平面，单击【正向】|【缺省】，进入草绘环境。

（5）在草绘环境中，使用草绘工具栏中的矩形工具□绘制第一截面，注意尺寸和约束关系，完成后如图 4.137 所示。

（6）单击右键在弹出的菜单中选择【切换剖面】命令，使用矩形工具□绘制第二截面，如图 4.138 所示。

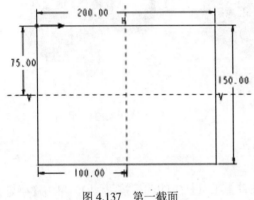

图 4.137　第一截面

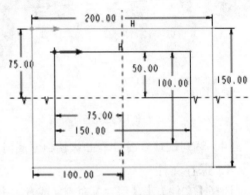

图 4.138　第二截面

（7）单击 ✔ 按钮完成草绘截面，此时系统弹出【深度】菜单，选择【盲孔】|【完成】命令。

（8）此时在系统底部弹出询问框，要求输入深度，我们输入 80，回车。

（9）此时特征已完全定义，单击【确定】按钮，完成混合特征的创建，如图 4.139 所示。

图 4.139　混合特征

3．可变值倒圆角

（1）选择【插入】|【倒圆角】命令（或者单击右侧工具栏中的 按钮），窗口底部弹出圆角工具操控板，如图 4.140 所示。

图 4.140　圆角工具操控板

（2）我们直接单击如图 4.141 所示一边作为倒圆角参照。

（3）单击操控板上的【设置】，弹出上滑面板，在下方的半径列表中单击右键，再弹出的菜单中选择【添加半径】命令，如图 4.142 所示，重复添加三次，完成后如图 4.143 所示，我们可以改变【半径】、【比值】列的相关参数精确控制可变值倒圆角。

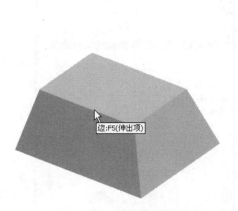

图 4.141　选择圆角参照

图 4.142　添加半径

图 4.143　添加三次

（4）我们也可以拖动绘图区中的手柄粗略控制圆角的参数，如图 4.144 所示。

（5）单击 ☑∞ 按钮预览，如图 4.145 所示。

（6）达到设计意图后单击 ✓ 按钮完成操作。

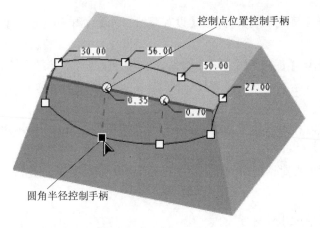

图 4.144　拖动手柄

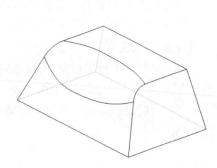

图 4.145　可变值倒圆角

4．保存文件

选择【文件】|【保存】命令（或者单击【文件】工具栏中的图标按钮🖬），单击【确定】保存文件。

4.5.3　完全倒圆角

1．新建文件

（1）进入 Pro/E 环境，选择【文件】|【新建】命令，选择类型为【零件】，子类型为【实体】，输入文件名称（本例中为 wanquanyuanjiao），将【使用缺省模板】前的对勾去掉，单击【确定】，如图 4.146 所示。

（2）系统弹出【新文件选项】对话框，如图 4.147 所示，选择 mmns_part_solid 为设计模板，单击【确定】，进入零件设计环境。

图 4.146　新建零件　　　　　　　　图 4.147　选择设计模板

2．创建放置圆角的基体

（1）选择【插入】|【扫描】|【伸出项】命令，弹出【伸出项：扫描】对话框和【扫描轨迹】菜单。

（2）在【扫描轨迹】菜单中，选择【草绘轨迹】，弹出【设置草绘平面】菜单和【选取】对话框。

（3）选择 TOP 面作为绘图平面，选择【正向】|【缺省】命令，进入绘制轨迹的草绘环境。

（4）利用草绘工具栏中的圆弧工具 ⌐ 绘制半圆，注意尺寸和约束关系，如图 4.148 所示。单击 ✔ 按钮完成草绘轨迹。

（5）此时进入绘制截面的草绘环境，利用草绘工具栏中的矩形工具绘制如图 4.149 所示矩形。单击 ✔ 按钮完成草绘轨迹。

（6）此时系统返回零件设计环境，单击对话框中的【确定】按钮完成扫描特征的创建，如图 4.150 所示。

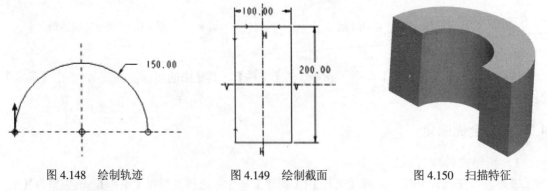

图 4.148　绘制轨迹　　　　　　图 4.149　绘制截面　　　　　　图 4.150　扫描特征

3．完全倒圆角

（1）选择【插入】|【倒圆角】命令（或者单击右侧工具栏中的 ⌐ 按钮），窗口底部弹出圆角工具操控板，如图 4.151 所示。

图 4.151　圆角工具操控板

（2）选择如图 4.152 所示的 1 边，然后按着 Ctrl 键选择 2 边。

（3）单击操控板上的【设置】，弹出上滑面板，如图 4.153 所示，此时【完全倒圆角】可用，单击此按钮即可。

注　意

选择的参照符合系统要求时，【完全倒圆角】按钮才会激活。这个参照须满足只有两条边，平行的两条边确定的平面与零件的某一面重合。

（4）单击 按钮预览，如图 4.154 所示。

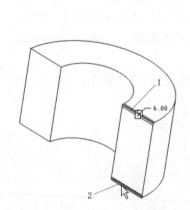
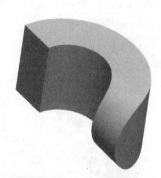

图 4.152　选择圆角参照　　　　图 4.153　设置完全倒圆角　　　　图 4.154　完全倒圆角

（5）达到设计意图后单击 按钮完成操作。

4．保存文件

选择【文件】|【保存】命令（或者单击【文件】工具栏中的图标按钮 ），单击【确定】保存文件。

4.6　拔模特征

工业中有很多零件需用模具来制造，而这些零件若是"直上直下"，模具就会很难开模，利用拔模特征工具可以很方便的创建拔模特征，使零件有一定斜度，从而解决模具的开模问题。在创建时应注意：① 拔模角为 $-30°\sim+30°$；② 选定面只能是平面或圆柱面；③ 选定面的边界处存在圆角特征时，无法拔模。下面首先将拔模特征工具的操控板作简要介绍。

4.6.1　拔模特征操控板

在有基础实体的情况下，选择【插入】|【斜度】命令（或者单击右侧工具栏中的 按钮），窗口底部弹出操控板，如图 4.155 所示。

图 4.155　斜度操控板

对话栏上只有两个选择器，而它们又都包含在上滑面板中，所以我们只介绍上滑面板，共有五个：

（1）【参照】上滑面板。用于定义拔模参数，单击操控板中的【参照】，弹出上滑面板，如图 4.156 所示。

【拔模曲面】选择器：选择需要拔模的曲面，可以是单个曲面、多个曲面、面组等，完成操作后，这些面会具有一定的斜度。

【拔模枢轴】选择器：与操控板上的 选择器对应，用于选择拔模枢轴，所谓拔模枢轴，可以选择线、边，也可以选择一个面，当选择面时，系统会认为该面的边界边是拔模枢轴，拔模枢轴在操作后长度不变。

【拖动方向】选择器：与操控板上的 选择器相对应，用于选择测量拔模角角度的参照，可以选择线、边，也可以是一个边，拖动方向将会是线、边的线性方向或者面的法向。另外，当先用【拔模枢轴】选择器选择一个面参照时，【拖动方向】选择器会被自动赋予同一个面，读者可在学习中体会。

（2）【分割】上滑面板。用于定义分割拔模，单击操控板中的【分割】，弹出上滑面板，如图 4.157 所示。

图 4.156　【参照】上滑面板

图 4.157　【分割】上滑面板

【分割选项】：选择分割方式，可选的有三种：不分割、根据拔模枢轴分割、根据分割对象分割。

【分割对象】选择器：当选择【根据分割对象分割】时，此选择器可用，单击【定义】按钮，可以进入草绘环境草绘分割线。

【侧选项】：在分割拔模模式下可用，用于选择拔模侧。可选的项有三个：独立拔模侧面、只拔模第一侧、只拔模第二侧。

（3）【角度】上滑面板。单击操控板上的【角度】，弹出上滑面板，如图 4.158 所示。

角度列表：列出了当前的拔模角。另外，还可以增加拔模控制点，从而用于定义分割拔模。

（4）【选项】上滑面板。单击操控板上的【角度】，弹出上滑面板，如图 4.159 所示。

【排除环】选择器：当【拔模曲面】选择器中含有一个以上的环时，此选择器可用，用于选择需要排除的环。

【拔模相切曲面】：使与拔模曲面相切的曲面也参与拔模。

【延伸相交曲面】：使拔模曲面与相邻的曲面相交。

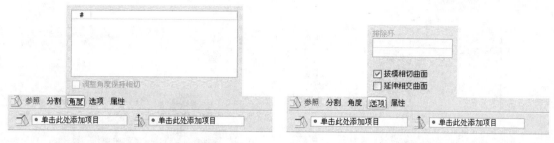

图 4.158 【角度】上滑面板　　　　　　　图 4.159 【选项】上滑面板

（5）【属性】上滑面板：显示特征名称和特征信息。

4.6.2　基本拔模特征

1．新建文件

（1）进入 Pro/E 环境，选择【文件】|【新建】命令，选择类型为【零件】，子类型为【实体】，输入文件名称（本例中为 jibenbamo），将【使用缺省模板】前的对勾去掉，单击【确定】，如图 4.160 所示。

（2）系统弹出【新文件选项】对话框，如图 4.161 所示，选择 mmns_part_solid 为设计模板，单击【确定】，进入零件设计环境。

图 4.160　新建零件

图 4.161　选择设计模板

2．创建放置拔模特征的基体

（1）选择【插入】|【旋转】命令（或者单击右侧工具栏中的 ⊕ 按钮），弹出旋转工具操控板。

（2）在操控板中单击【放置】，弹出上滑面板。

（3）在【放置】上滑面板中单击【定义】按钮，弹出【草绘】对话框。

（4）选择 TOP 面作为草绘平面，使用默认参照及方向，单击【草绘】对话框中的【草绘】按钮，进入草绘环境。

（5）利用草绘工具绘制如图 4.162 所示草绘，先画中心线，并注意尺寸和约束关系，完成后单击 ✔ 按钮，返回零件设计环境。

（6）所有选项保持默认，单击 ☑ 按钮，完成旋转实体，如图 4.163 所示。

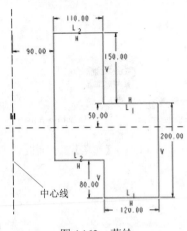

图 4.162　草绘

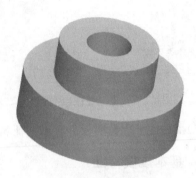

图 4.163　旋转实体

3．基本拔模

（1）选择【插入】|【斜度】命令（或者单击 按钮），弹出拔模工具操控板，如图 4.164 所示。

图 4.164　拔模工具操控板

（2）默认状态下，【参照】上滑面板中的【拔模曲面】选择器是激活的，选择如图 4.165 所示 1 面，然后按着 Ctrl 键选择 2 面。

（3）单击激活操控板上的【拔模枢轴】选择器 ，然后选择如图 4.166 所示顶面。

（4）此时操控板上的【拖动方向】选择器 被自动赋予顶面，这符合我们要求，故不作更改，只需在后面的拔模角文本框中输入 10，回车。

（5）单击文本框后的 按钮，调整方向至符合要求，单击 按钮预览拔模特征，如图 4.167 所示。

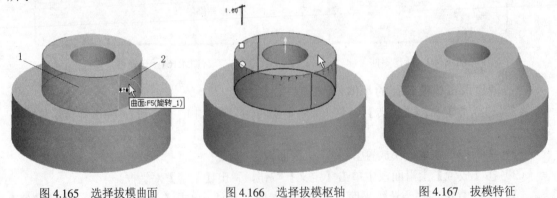

图 4.165　选择拔模曲面　　　图 4.166　选择拔模枢轴　　　图 4.167　拔模特征

（6）为方便下节操作，我们单击 按钮返回拔模工具即可。

4.6.3　可变拔模特征

我们接着上节的例子继续操作：

1. 可变拔模

（1）单击操控板上的【角度】，弹出上滑面板。

（2）在列表框中单击右键，然后在弹出的菜单中选择【添加角度】命令，如图 4.168 所示，再重复添加两次，并对相应参数进行修改，最后如图 4.169 所示。

图 4.168 添加角度

图 4.169 完成定义

注 意

最后一行的位置参数为 1，回车后自动消失，故出现如图 4.169 所示效果。另外，【调整角度保持相切】选项是系统自动选上的。

在添加角度时，绘图区是有反应的，与可变圆角特征类似，我们可以拖动手柄进行粗略设置。

（3）单击 按钮预览可变拔模特征，如图 4.170 所示。

图 4.170 可变拔模特征

（4）达到设计意图后单击 按钮完成操作。

2. 保存文件

选择【文件】|【保存】命令（或者单击【文件】工具栏中的图标按钮 ），单击【确定】保存文件。

4.6.4 分割拔模特征

1.新建文件

（1）进入 Pro/E 环境，选择【文件】|【新建】命令，选择类型为【零件】，子类型为【实体】，输入文件名称（本例中为 biaozhunkong），将【使用缺省模板】前的对勾去掉，单击【确定】，如图 4.171 所示。

（2）系统弹出【新文件选项】对话框，如图 4.172 所示，选择 mmns_part_solid 为设计模板，单击【确定】，进入零件设计环境。

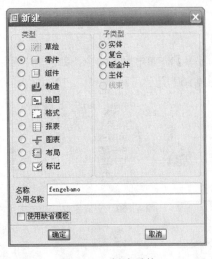

图 4.171　新建零件　　　　　　　　　　图 4.172　选择设计模板

2．创建放置拔模特征的实体

（1）选择【插入】|【拉伸】命令（或者单击右侧工具栏中的 按钮），弹出拉伸特征操控板。

（2）单击操控板中的【放置】，弹出上滑面板。

（3）在【放置】上滑面板中，单击【定义】按钮，弹出【草绘】对话框。

（4）选择 TOP 面作为草绘平面，使用默认参照及方向，单击【草绘】按钮，进入草绘环境。

（5）使用草绘工具栏中的圆工具 ○ 绘制两个圆，如图 4.173 所示，完成草绘后单击 ✔ 按钮，回到零件编辑环境。

（6）在操控板中，使用默认的指定深度值拉伸方式，在深度值文本框中输入 120，单击 ☑∞ 按钮预览，如图 4.174 所示，确认无误后单击 ☑ 按钮完成拉伸实体的创建。

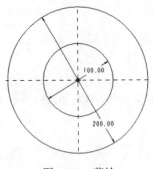

图 4.173　草绘　　　　　　　　　　　　图 4.174　拉伸实体

3．分割拔模

（1）选择【插入】|【斜度】命令（或者单击 按钮），弹出拔模工具操控板，如图 4.175 所示。

图 4.175　拔模工具操控板

（2）在窗口下面的过滤器中选择【目的曲面】，如图 4.176 所示。

（3）将鼠标指向零件中部，此时加亮情况如图 4.177 所示，单击选择后应该是选中了内孔曲面和外表面，如图 4.178 所示。

图 4.176　选择【目的曲面】过滤器

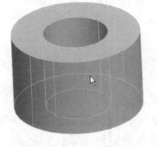

图 4.177　加亮情况

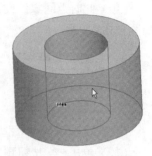

图 4.178　选中目的曲面

（4）单击激活操控板上的【拔模枢轴】选择器 ，然后选择如图 4.179 所示顶面。

（5）此时操控板上的【拖动方向】选择器 被自动赋予顶面，这符合我们要求，故不作更改。

（6）单击操控板上的【分割】，弹出上滑面板，选择【分割选项】为【根据分割对象分割】，如图 4.180 所示。

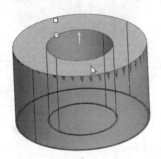

图 4.179　选择拔模枢轴

图 4.180　【分割】上滑面板

（7）单击【分割】上滑面板中的【定义】按钮，弹出【草绘】对话框，如图 4.181 所示。这和我们常见的【草绘】对话框完全相同。

（8）选择 RIGHT 面作为草绘平面，使用默认参照及方向，单击【草绘】进入草绘环境。

（9）使用草绘工具栏中的直线工具绘制一条穿过零件边界的直线，如图 4.182 所示。单击 ✔ 按钮完成草绘。

图 4.181　【草绘】对话框

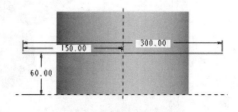

图 4.182　绘制分割线

125

注 意

对于分割线的要求是，超过实体边界，只有一个环（封闭、开放均可）。

（10）此时返回零件设计环境，在操控板中则出现两个角度值文本框，分别输入 20、10，如图 4.183 所示。

图 4.183　输入角度值

（11）单击两个文本框后的 ✗ 按钮，调整方向至符合要求，如图 4.184 所示。

（12）单击 ☑ 按钮预览最终效果如图 4.185 所示，确认无误后单击 ✔ 按钮完成操作。

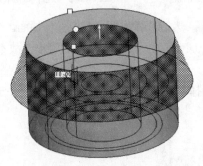

图 4.184　绘图区实时预览效果

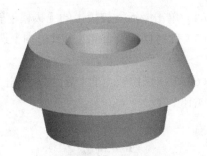

图 4.185　分割拔模

4．保存文件

选择【文件】|【保存】命令（或者单击【文件】工具栏中的图标按钮 🔲），单击【确定】保存文件。

4.7　实例操作

实例 1　水阀

本例将制作如图 4.186 所示的一个水阀，其中包含了基本实体的创建和本章所学的放置实体的创建。

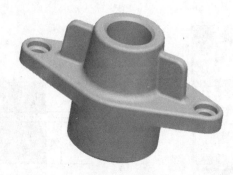

图 4.186　零件

1．新建文件

（1）进入 Pro/E 环境，选择【文件】|【新建】命令，选择类型为【零件】，子类型为【实体】，输入文件名称（本例中为 shuifa），将【使用缺省模板】前的对勾去掉，单击【确定】，如图 4.187 所示。

（2）系统弹出【新文件选项】对话框，如图 4.188 所示，选择 mmns_part_solid 为设计模板，单击【确定】，进入零件设计环境。

图 4.187　新建零件

图 4.188　选择设计模板

2．创建基本实体

（1）选择【插入】|【拉伸】命令（或者单击 按钮），弹出【拉伸】操控板。

（2）在操控板中单击【放置】，弹出上滑面板。

（3）在【放置】上滑面板中单击【定义】按钮，弹出【草绘】对话框。

（4）选择 TOP 面作为草绘平面，使用默认参照及方向，单击【草绘】对话框中的【草绘】按钮，进入草绘环境。

（5）利用草绘工具绘制如图 4.189 所示草绘，注意尺寸和约束关系，完成后单击 ✔ 按钮，返回零件设计环境。

（6）在操控板上，使用默认的确认深度方式，输入深度值为 50，单击 按钮，完成拉伸实体，如图 4.190 所示。

图 4.189　草绘

图 4.190　拉伸实体

（7）选择【插入】|【拉伸】命令（或者单击 按钮），弹出【拉伸】操控板。

（8）在操控板中单击【放置】，弹出上滑面板。

（9）在【放置】上滑面板中单击【定义】按钮，弹出【草绘】对话框。

（10）选择如图 4.191 所示顶面作为草绘平面，使用默认参照及方向，单击【草绘】对话框中的【草绘】按钮，进入草绘环境。

（11）利用草绘工具绘制如图 4.192 所示草绘，注意尺寸和约束关系，完成后单击 ✔ 按钮，返回零件设计环境。

（12）在操控板上，使用默认的确认深度方式，输入深度值为 150，单击 ☑ 按钮，完成拉伸实体，如图 4.193 所示。

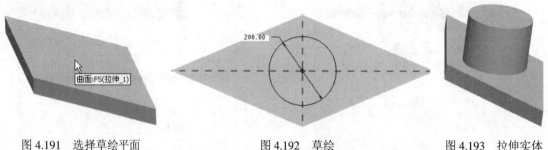

图 4.191　选择草绘平面　　　　　图 4.192　草绘　　　　　图 4.193　拉伸实体

（13）选择【插入】|【旋转】命令（或者单击右侧工具栏中的 ◈ 按钮），弹出旋转工具操控板。

（14）在操控板中单击【放置】，弹出上滑面板。

（15）在【放置】上滑面板中单击【定义】按钮，弹出【草绘】对话框。

（16）选择 FRONT 面作为草绘平面，使用默认参照及方向，单击【草绘】按钮，进入草绘环境。

（17）利用中心线工具 ┆ 绘制中心线作为旋转轴，注意中心线与竖直参照重合，然后利用矩形工具 ▢ 绘制矩形，如图 4.194 所示。

（18）完成后单击 ✔ 按钮，回到零件编辑环境，其他选项保持默认，单击 ☑∞ 按钮预览，如图 4.195 所示，确认无误后单击 ☑ 按钮完成旋转特征的创建。

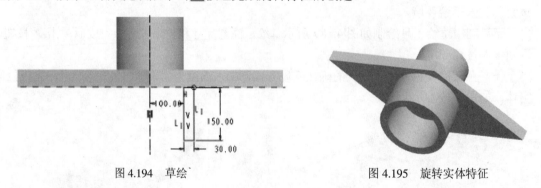

图 4.194　草绘　　　　　　　　　　图 4.195　旋转实体特征

3．创建放置特征

（1）选择【插入】|【倒圆角】命令（或者单击右侧工具栏中的 ↘ 按钮），窗口底部弹出圆角工具操控板。

（2）默认状态下，【设置】上滑面板中的【参照】选择器是激活的，我们直接单击如图 4.196 所示 1 边，然后按着 Ctrl 键选择 2 边，以将这两边编入一组，然后在操控板上的【半径】文本框中输入 50，回车。

（3）选择如图 4.197 所示的 1 边，按着 Ctrl 键选择 2 边，然后在操控板上的【半径】文本框中输入 150，回车。

（4）单击☑按钮，完成圆角特征的放置，如图 4.198 所示。

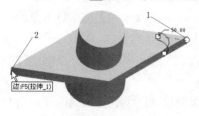 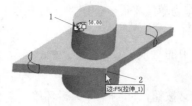 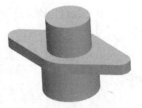

图 4.196　选择圆角参照　　　图 4.197　选择圆角参照　　　图 4.198　圆角

（5）选择【插入】|【斜度】命令（或者单击按钮），弹出拔模工具操控板

（6）默认状态下，【参照】上滑面板中的【拔模曲面】选择器是激活的，我们先将过滤器改为【目的曲面】，然后选择如图 4.199 所示目的曲面。

（7）单击激活操控板上的【拔模枢轴】选择器，然后选择如图 4.200 所示顶面。

（8）此时操控板上的【拖动方向】选择器被自动赋予顶面，这符合我们要求，故不作更改，只需在后面的拔模角文本框中输入 5，回车。

（9）单击文本框后的按钮，调整方向至符合要求，单击按钮预览拔模特征，如图 4.201 所示。

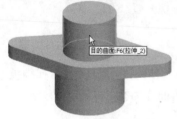  

图 4.199　选择拔模曲面　　　图 4.200　选择拔模枢轴　　　图 4.201　拔模特征

（10）单击☑按钮，完成拔模特征的放置。

（11）选择【插入】|【孔】命令（或者单击按钮），弹出【孔】操控板。

（12）【主参照】选择器是默认激活的，选择如图 4.202 所示面作为孔的放置平面。

（13）在【放置】上滑面板中选择孔放置方式为【同轴】。

（14）此时【次参照】选择器可用，单击激活该选择器，选择如图 4.203 所示轴。

（15）将操控板上的直径值改为 130，深度确定方式设置为打通孔，单击☑按钮完成放置孔特征，如图 4.204 所示。

 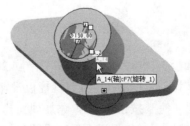 

图 4.202　选择主参照　　　图 4.203　选择次参照　　　图 4.204　放置孔

（16）选择【插入】|【筋】命令（或者单击右侧工具栏中的 按钮），弹出筋特征操控板。

（17）在操控板中，单击【参照】，弹出上滑面板。

（18）在【参照】上滑面板中，单击【定义】按钮，弹出【草绘】对话框。

（19）选择 FRONT 面作为草绘平面，使用默认参照及方向，单击【草绘】按钮进入草绘环境。

（20）使用草绘工具栏中的直线工具＼绘制两条直线，注意尺寸和约束关系，如图 4.205 所示。

（21）完成草绘后单击✓按钮，回到零件编辑环境。需保证绘图区黄色箭头朝内（单击黄色箭头或单击【参照】上滑面板中的【反向】按钮均可）。

（22）在操控板中输入筋厚度为 30，单击其后的【反向】使筋为两侧对称。

（23）单击 按钮预览，如图 4.206 所示。无误后单击 按钮完成筋特征的放置。

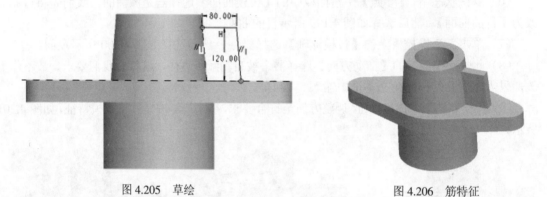

图 4.205　草绘　　　　　　　　　　　　图 4.206　筋特征

（24）选择【插入】|【孔】命令（或者单击右侧工具栏中的 按钮），弹出【孔】操控板。

（25）【主参照】选择器是默认激活的，选择如图 4.207 所示面作为孔的放置平面。

（26）在【放置】上滑面板中选择孔放置方式为【同轴】。

（27）此时【次参照】选择器可用，单击激活该选择器，选择 FRONT 面，然后按着 Ctrl 键选择 RIGHT 面作为线性次参照，如图 4.208 所示。

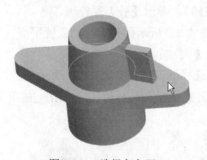 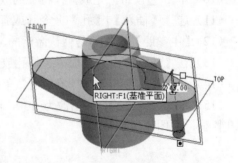

图 4.207　选择主参照　　　　　　　　　图 4.208　选择次参照

（28）更改【放置】上滑面板中次参照的偏移量，如图 4.209 所示。

（29）单击操控板上的 按钮创建标准孔，并将操控板设置为：ISO 类型，尺寸型号 M42 ×4.5， 打通孔，不添加攻丝（使 按钮弹起），添加埋头孔与沉孔（使 按钮按下）。

（30）单击操控板上的【选项】，弹出上滑面板，设置为如图 4.210 所示。

图 4.209　更改偏移量

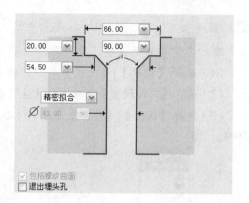

图 4.210　【选项】上滑面板

（31）单击☑按钮完成放置孔特征，如图 4.211 所示。

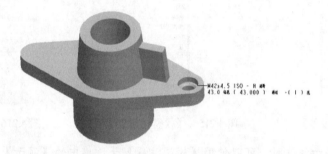

图 4.211　放置孔

我们需要在另一侧放置筋和孔，但再重复操作一次不免浪费时间，Pro/E 提供了一个镜像工具，可以方便的创建对称的特征，这在以后章节我们会有系统介绍，下面只给出操作步骤。

（32）按着 Ctrl 键在模型树种中选择我们刚刚创建的筋特征和标准孔特征，此时系统会加亮这两个特征。

（33）选择【编辑】|【镜像】命令（或者单击右侧工具栏中的按钮），窗口底部弹出镜像工具操控板，如图 4.212 所示。

图 4.212　镜像工具操控板

（34）【镜像平面】选择器是默认激活的，直接选择 RIGHT 面作为镜像平面。

（35）单击☑按钮完成镜像，完成后如图 4.213 所示。

图 4.213　镜像特征

注 意

有时不需要显示这些注释，有时需要显示注释，读者可进行以下操作：

（1）选择【编辑】|【设置】命令，弹出【零件设置】菜单，如图 4.214 所示。

（2）选择【零件设置】菜单中的【注释】命令，弹出【模型注释】子菜单，如图 4.215 所示。

（3）选择【拭除】|【全部】命令，系统弹出【确认】询问框，如图 4.216 所示，单击【是】即可。

图 4.214　【零件设置】菜单　　　图 4.215　【模型注释】子菜单　　　图 4.216　【确认】询问框

当我们需要显示注释时，可以使用【模型注释】子菜单中的【显示】命令。

（36）此时零件的大致框架已经出来了，还剩下一些棱角的圆角及倒角处理，读者可根据自己需要，或者参考图 4.217 和图 4.218 练习圆角和倒角操作，这里就不详述了。

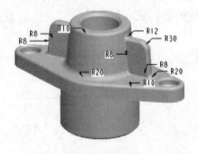

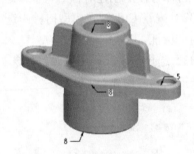

图 4.217　圆角　　　　　　　　　　　　　　图 4.218　倒角

（37）完成后如图 4.219 所示（两个视角）。

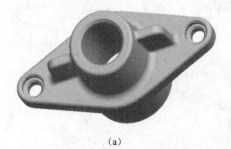

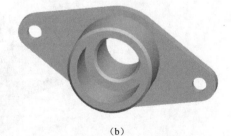

（a）　　　　　　　　　　　　　　　　　　（b）

图 4.219　最终效果

4．保存文件

选择【文件】|【保存】命令（或者单击【文件】工具栏中的图标按钮🖫），单击【确定】保存文件。

实例 2　车轮

本例将制作一个简单的车轮，如图 4.220 所示。

继续操作前，请读者注意，从本节开始，我们将会简化一些步骤，若读者遗忘或不清楚，请参考前面章节。

1．新建文件

（1）进入 Pro/E 环境，选择【文件】|【新建】命令，选择类型为【零件】，子类型为【实体】，输入文件名称（本例中为 chelun），将【使用缺省模板】前的对勾去掉，单击【确定】，如图 4.221 所示。

（2）系统弹出【新文件选项】对话框，如图 4.222 所示，选择 mmns_part_solid 为设计模板，单击【确定】，进入零件设计环境。

图 4.220　车轮

图 4.221　新建零件

图 4.222　选择设计模板

2．建立基础实体

（1）建立拉伸特征。在 TOP 面绘制如图 4.223 所示草绘，设置为对称拉伸，深度为 100，完成后如图 4.224 所示。

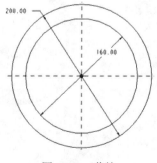

图 4.223　草绘

图 4.224　拉伸特征

（2）建立拉伸特征。在 TOP 面绘制如图 4.225 所示草绘，利用【选项】上滑面板设置为两侧不对称对称拉伸，一侧为 50，另一侧为 40，完成后如图 4.226 所示。

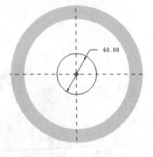

图 4.225　草绘

图 4.226　拉伸特征

3．创建放置特征

（1）创建拔模特征。选择如图 4.227 所示曲面为拔模曲面（选择 1 面，然后按着 Ctrl 键选择 2 面），拔模枢轴为 TOP 面，拖动方向参照为 TOP 面，利用【分割】上滑面板设置分割拔模：选择【根据拔模枢轴分割】，然后在操控板上设置拔模角，两个均为 5，单击拔模角文本框后的两个 ✕ 按钮，直到达到如图 4.228 所示效果。

（2）创建壳特征。选择如图 4.229 所示平面为移除曲面，然后利用【选项】上滑面板选择排除的曲面，如图 4.230 所示，选择【延伸内部曲面】选项，最后设置壳厚度为 15，完成后如图 4.231 所示。

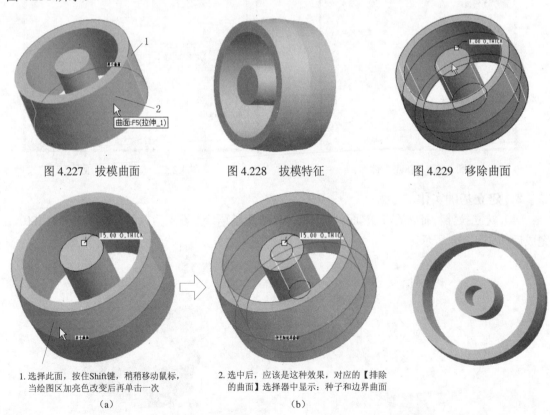

图 4.227　拔模曲面　　　　　图 4.228　拔模特征　　　　　图 4.229　移除曲面

1. 选择此面，按住 Shift 键，稍稍移动鼠标，
当绘图区加亮色改变后再单击一次

（a）

2. 选中后，应该是这种效果，对应的【排除的曲面】选择器中显示：种子和边界曲面

（b）

图 4.230　排除的曲面　　　　　　　　　　　图 4.231　壳特征

注 意

本步骤完全可以用拉伸切除、放置孔等工具完成，这里只是为了复习孔特征工具用法和种子曲面的选法。

（3）放置筋特征。在 FRONT 面草绘筋的截面，如图 4.232 所示，注意不允许封闭截面，然后设置筋厚度为 20，并调整为两侧对称筋，完成后如图 4.233 所示。

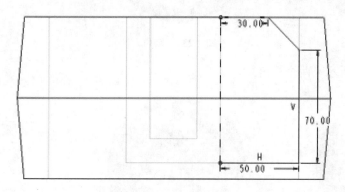

图 4.232　草绘筋截面 　　　　　　　　　　　　图 4.233　筋特征

（4）阵列筋。如果一个一个绘制，必然会效率低下，而本例又不像上例一样可以进行镜像，下面介绍阵列，同样，以后章节会有系统介绍，这里只给出操作步骤。

在模型树中选中筋特征，然后选择【编辑】|【阵列】命令（或者单击右侧工具栏中的 ⊞ 按钮），弹出阵列工具操控板，设置为如图 4.234 所示，并用操控板上的选择器选择特征的中心轴线，完成后如图 4.235 所示。

图 4.234　阵列工具操控板

图 4.235　阵列特征

（5）车轮的大致形状以创建完毕，只剩下细节处的圆角与倒角，读者可自己设计圆角、倒角参数，也可以参考图 4.236 和图 4.234 进行创建。

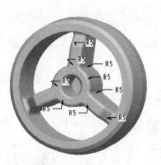

图 4.236 圆角

图 4.237 倒角

完成后的最终效果如图 4.238 所示（两个视角）。

图 4.238 车轮

4．保存文件

选择【文件】|【保存】命令（或者单击【文件】工具栏中的图标按钮 ），单击【确定】保存文件。

本章小结

本章主要学习了第二类特征——放置特征，主要用于对基础实体进行挖空、修饰、完善，能够很大程度地提高建模准确性和效率。这类特征的特点是，系统的内部已经建立了一个特征形状库，只要能够告诉系统放置位置，系统就可以准确地在那里开孔、倒角或者进行拔模。

如果利用前面所学的基础实体工具，可以代替一些简单的放置特征，而且效率会较高，当然只是特例，如拉伸一个空心圆柱，就比拉伸一个实心圆柱后再开通孔要方便。

另外，还向读者提了一下关于镜像、阵列工具的用法，有兴趣的读者完全可以尝试、探索这些工具的功能，会在特征编辑一章详细介绍。

本章中还穿插了选取种子曲面、环曲面、边链等高级操作，不要求初学者一次性掌握，可在日后的学习工作中慢慢体会。

第 5 章
曲 面 特 征

本章导读

前面两章中，我们使用基础实体特征工具和放置特征工具已经可以建立一些较规则的三维实体，但对于一些外形为复杂曲面的产品依然力不从心。Pro/E 提供了曲面特征这类强大工具，通过创建曲面、并对其进行适当的操作，我们可以完成任何复杂度的曲面，通过实体化等操作，我们可以得到实体。不过从工程应用角度看，曲面更多的应用于外形设计。鉴于篇幅问题，本章只向读者介绍简单的曲面创建方法和特征操作，而更为复杂、更为强大的工具如造型工具，我们并未涉及，有兴趣的读者可以参阅相关书籍。

学习要点

➢ 曲面特征简介
➢ 建立曲面特征的基本方法
➢ 曲面特征操作
➢ 实例操作

5.1 曲面特征简介

曲面特征的创建方法很多，基本方法有拉伸、旋转、扫描、混合，创建时与实体特征的创建很类似。而高级方法有扫描混合、边界混合、可变剖面扫描、造型等工具。我们着重介绍四种基本创建方法。

在曲面的操作方面，Pro/E 提供了复制、镜像、平移、旋转等类似于实体特征操作的工具，也提供了相交、合并、修剪、延伸、偏移、加厚、实体化等曲面特征特有的操作工具。我们着重介绍曲面特征特有的七种操作工具。

5.2 建立曲面特征的基本方法

建立曲面特征的基本工具与创建实体类似，下面只介绍步骤，读者可参考第 3 章。

5.2.1 拉伸曲面特征的建立

1. 新建文件

（1）进入 Pro/E 环境，选择【文件】|【新建】命令，选择类型为【零件】，子类型为【实

体】，输入文件名称（本例中为 lashenqumian），将【使用缺省模板】前的对勾去掉，单击【确定】，如图 5.1 所示。

（2）系统弹出【新文件选项】对话框，如图 5.2 所示，选择 mmns_part_solid 为设计模板，单击【确定】，进入零件设计环境。

图 5.1　新建零件

图 5.2　选择设计模板

2．建立拉伸曲面

（1）选择【插入】|【拉伸】命令（或者单击右侧工具栏中的 按钮），弹出拉伸工具操控板。

（2）单击操控板上的 按钮切换到曲面建立模式。

（3）单击操控板上的【放置】按钮，上滑面板

（4）单击【放置】上滑面板上的【定义】按钮，弹出【草绘】对话框。

（5）鼠标左键点选 TOP 面作为草绘平面，使用默认参照平面及方向，单击【草绘】按钮，进入草绘环境。

（6）利用草绘工具栏中的相关工具绘制草图，如图 5.3 所示，然后单击 ✔ 按钮退出草绘环境，回到零件设计环境。

（7）选择拉伸方式为默认的 ，并在其后的文本框中指定深度值为 50，单击 按钮预览曲面特征如图 5.4 所示。

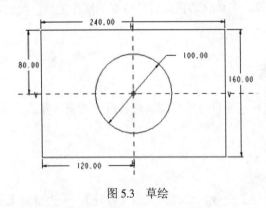

图 5.3　草绘

图 5.4　拉伸曲面

很显然上述方法所建立的曲面是不闭合的，我们继续如下操作：

（1）单击▶按钮继续，回到操控板。

（2）然后单击【选项】，弹出上滑面板，此时的【封闭端】选项可用，如图 5.5 所示勾选它。

（3）然后单击☑∞按钮预览曲面特征，此时的曲面是封闭的，如图 5.6 所示。

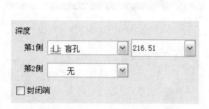

图 5.5　【封闭端】　　　　　　　　　　图 5.6　封闭曲面

曲面模式下的草绘有以下要求：

（1）如果勾选【封闭端】选项，则草绘必须是封闭的；如果没有勾选，则草绘可以是封闭的，也可以是开放的，如图 5.7 所示为开放草绘建立的开放曲面。

（2）若绘制开放草图，须注意最多只能有一个开放环。

（3）不能混合有开放环和封闭环。

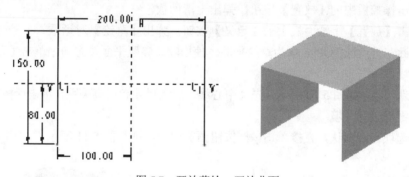

图 5.7　开放草绘、开放曲面

（8）达到设计意图后单击☑按钮完成拉伸曲面操作。

3．保存文件

选择【文件】|【保存】命令（或者单击【文件】工具栏中的图标按钮▢），单击【确定】保存文件。

5.2.2　旋转曲面特征的建立

1．新建文件

（1）进入 Pro/E 环境，选择【文件】|【新建】命令，选择类型为【零件】，子类型为【实体】，输入文件名称（本例中为 xuanzhuanqumian），将【使用缺省模板】前的对勾去掉，单击【确定】，如图 5.8 所示。

（2）系统弹出【新文件选项】对话框，如图5.9所示，选择mmns_part_solid为设计模板，单击【确定】，进入零件设计环境。

图5.8　新建零件　　　　　　　　　　　　　　图5.9　选择设计模板

2．建立旋转曲面

（1）选择【插入】|【旋转】命令（或者单击右侧工具栏中的 按钮），弹出旋转工具操控板。

（2）单击操控板上的 按钮切换到曲面建立模式。

（3）单击操控板中的【放置】按钮，弹出上滑面板。

（4）单击【放置】上滑面板上的【定义】按钮，弹出【草绘】对话框。

（5）鼠标左键点选TOP面作为草绘平面，使用默认参照平面及方向，单击【草绘】按钮，进入草绘环境。

（6）绘制草绘，如图5.10所示，先画中心线，注意尺寸和约束关系，单击 按钮结束草图绘制，返回零件设计环境。

（7）各选项保持默认，直接单击 按钮预览曲面特征如图5.11所示。

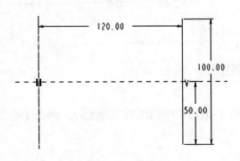

图5.10　草绘　　　　　　　　　　　　　　　图5.11　旋转曲面

提　示

同样，通过配合【封闭端】选项的使用，我们可以创建这样的旋转曲面，如图5.12～图5.14所示（为便于观察，我们将旋转角度设为60）。

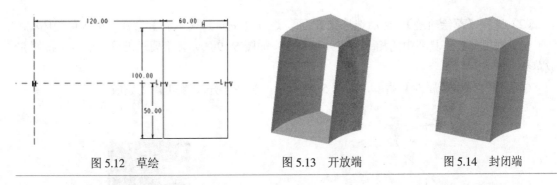

图 5.12　草绘　　　　　　图 5.13　开放端　　　　　图 5.14　封闭端

（8）达到设计意图后单击✅按钮完成拉伸曲面操作。

3．保存文件

选择【文件】|【保存】命令（或者单击【文件】工具栏中的图标按钮🖫），单击【确定】保存文件。

5.2.3　扫描曲面特征的建立

1．新建文件

（1）进入 Pro/E 环境，选择【文件】|【新建】命令，选择类型为【零件】，子类型为【实体】，输入文件名称（本例中为 saomiaoqumian），将【使用缺省模板】前的对勾去掉，单击【确定】，如图 5.15 所示。

（2）系统弹出【新文件选项】对话框，如图 5.16 所示，选择 mmns_part_solid 为设计模板，单击【确定】，进入零件设计环境。

图 5.15　新建零件

图 5.16　选择设计模板

2．建立扫描曲面

（1）选择选择【插入】|【扫描】|【曲面】，系统弹出【曲面：扫描】对话框和【扫描轨迹】菜单，如图 5.17 和图 5.18 所示。

图 5.17　【曲面：扫描】对话框

图 5.18　【扫描轨迹】菜单

（2）选择【草绘轨迹】，然后选择 TOP 面，选择【正向】|【缺省】命令，进入草绘环境。

（3）利用草绘工具栏中的相关工具绘制草图，如图 5.19 所示，不要求准确，单击 ✔ 按钮完成草绘。

（4）此时弹出【属性】菜单，如图 5.20 所示，选择【开放终点】|【完成】。

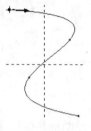

图 5.19　草绘轨迹　　　　　　　　　　　图 5.20　【属性】菜单

（5）此时再次进入草绘环境以定义截面，绘制草图，如图 5.21 所示，依然不要求准确，单击 ✔ 按钮完成草绘。

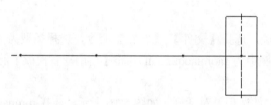

图 5.21　草绘截面

（6）此时【曲面：扫描】对话框中的各元素均已定义，如图 5.22 所示，单击【预览】，得到扫描曲面，如图 5.23 所示。

注　意

双击【曲面：扫描】对话框中的【属性】元素，选择【封闭端】|【完成】，预览得到如图 5.24 所示封闭曲面。

图 5.22　【曲面：扫描】对话框　　　　图 5.23　扫描曲面　　　　图 5.24　封闭端

（7）达到设计意图后，单击【确定】按钮完成扫描曲面的创建。

3．保存文件

选择【文件】|【保存】命令（或者单击【文件】工具栏中的图标按钮 ▦），单击【确定】保存文件。

5.2.4 混合曲面特征的建立

与混合实体的建立类似，混合曲面也分为三种：平行、旋转、一般。

这里我们只介绍平行混合曲面的建立步骤，后两种请读者自行参照前面相关章节进行练习。

1．新建文件

（1）进入 Pro/E 环境，选择【文件】|【新建】命令，选择类型为【零件】，子类型为【实体】，输入文件名称（本例中为 pingxinghunhe），将【使用缺省模板】前的对勾去掉，单击【确定】，如图 5.25 所示。

（2）系统弹出【新文件选项】对话框，如图 5.26 所示，选择 mmns_part_solid 为设计模板，单击【确定】，进入零件设计环境。

图 5.25 新建零件　　　　　　　　　　　　　　　　图 5.26 选择设计模板

2．建立平行混合曲面

（1）选择选择【插入】|【混合】|【曲面】，系统弹出【混合选项】菜单，如图 5.27 所示。

（2）在【混合选项】菜单中，选择【平行】|【规则截面】|【草绘截面】|【完成】，弹出【伸出项：混合，平行，规则截面】对话框和【属性】菜单，如图 5.28 和图 5.29 所示。

图 5.27 【混合选项】菜单　　图 5.28 【伸出项：……】对话框　　图 5.29 【属性】菜单

（3）在【属性】菜单中，选择【直的】|【开放终点】|【完成】。

（4）这时系统要求定义草绘平面，选择【新设置】|【平面】，选择 TOP 面，选择【正向】|【缺省】，进入草绘环境。

（5）绘制三个截面，注意绘制完一个截面后要选择【草绘】|【特征工具】|【切换剖面】，（或单击右键，选择【切换剖面】命令），再绘制下一个截面，如图 5.30 所示，绘制完毕后单击 ✓ 退出草绘环境。

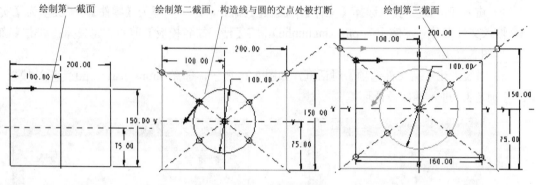

图 5.30　绘制截面

（6）此时系统弹出【深度】菜单，如图 5.31 所示。

（7）在【深度】菜单中，我们选择【盲孔】|【完成】命令，窗口底部弹出文本框，要求输入截面间距，输入 50，回车，再输入 60，回车即可。

（8）单击【预览】，得到平行混合曲面，如图 5.32 所示。

图 5.31　【深度】菜单

图 5.32　平行混合曲面

（9）达到设计意图后单击【确定】完成混合曲面的创建。

注　意

同样，我们可以重新定义【属性】元素，图 5.33 是选择【光滑】|【封闭端点】|【完成】后的曲面。

图 5.33　光滑、封闭端

3. 保存文件

选择【文件】|【保存】命令（或者单击【文件】工具栏中的图标按钮🖫），单击【确定】保存文件。

注　意

有一种很简单的平面，看图 5.34，请读者思考，这个平面如何创建。

可以用拉伸为曲面工具，草绘直线，然后定义深度即可；可以用扫描为曲面工具，先绘制一条直线作为轨迹线，再绘制一条直线作为截面，也可以；或者使用混合曲面工具，两个截面为等长线段，然后定义深度，也行。方法很多，不过上面的办法显得太笨了，Pro/E 中有个填充工具，方便且灵活。下面简单介绍一下，请读者自己尝试。

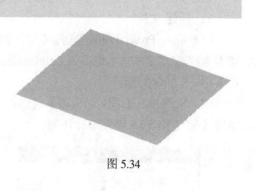

图 5.34

（1）选择【编辑】|【填充】，系统弹出填充工具操控板，我们发现面板非常简单，如图 5.35 所示。

图 5.35　填充工具操控板

（2）单击【参照】，在上滑面板中单击【定义】，然后选择 TOP 面为草绘平面，单击【草绘】按钮，进入草绘环境。

（3）绘制草绘如图 5.36 所示，完成后即可得到图 5.34 所示的平面。

读者可尝试绘制如图 5.37 所示的草图，将得到如图 5.38 所示的平面。

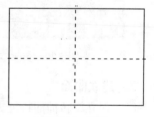

图 5.36　草绘

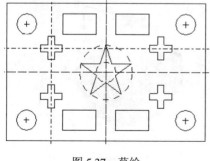

图 5.37　草绘

图 5.38　填充

5.3　曲面特征操作

曲面特征被创建后，往往需要配合其操作工具，才能构建、完成复杂的三维模型，本节将简单进行介绍。

曲面特征的操作主要有相交、合并、修剪、延伸、偏移、加厚、实体化等。

5.3.1 相交

通过相交工具可以创建两曲面的交线，操作很简单，下面以实例说明：

1．新建文件

（1）进入 Pro/E 环境，选择【文件】|【新建】命令，选择类型为【零件】，子类型为【实体】，输入文件名称（本例中为 qumianxiangjiao），将【使用缺省模板】前的对勾去掉，单击【确定】，如图 5.39 所示。

（2）系统弹出【新文件选项】对话框，如图 5.40 所示，选择 mmns_part_solid 为设计模板，单击【确定】，进入零件设计环境。

图 5.39　新建零件　　　　　　　　　　图 5.40　选择设计模板

2．建立曲面

（1）建立旋转曲面特征。在 TOP 面绘制如图 5.41 所示草绘，旋转轴与竖直参照重合，其他选项为默认值，旋转后得到如图 5.42 所示球面。

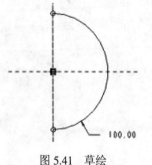

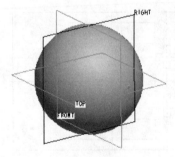

图 5.41　草绘　　　　　　　　　　　图 5.42　球面

（2）建立拉伸曲面特征。在 TOP 面绘制如图 5.43 所示草绘，完成后设置为对称拉伸，拉伸深度为 200，完成后如图 5.44 所示。

3．创建相交

（1）按着 Ctrl 键在绘图区中选择所创建的两个曲面（或者在模型树中选择）。

（2）选择【编辑】|【相交】命令，系统自动生成两曲面的交线，如图 5.45 所示。

图 5.43　草绘

图 5.44　拉伸曲面

图 5.45　相交

注　意

若先选择一个曲面，再选择【编辑】|【相交】命令，系统将弹出【相交】操控板，如图5.46 所示。

图 5.46　【相交】操控板

按着 Ctrl 键选择另一个曲面，然后单击 按钮同样可完成相交操作。

4．保存文件

选择【文件】|【保存】命令（或者单击【文件】工具栏中的图标按钮），单击【确定】保存文件。

5.3.2　合并

两个曲面进行合并操作后可以组成一个单独曲面，它可以是由原曲面的所有部分组成，也可以由原每个曲面的一部分合成。

1．新建文件

（1）进入 Pro/E 环境，选择【文件】|【新建】命令，选择类型为【零件】，子类型为【实体】，输入文件名称（本例中为 qumianhebing），将【使用缺省模板】前的对勾去掉，单击【确定】，如图 5.47 所示。

（2）系统弹出【新文件选项】对话框，如图 5.48 所示，选择 mmns_part_solid 为设计模板，单击【确定】，进入零件设计环境。

图 5.47　新建零件

图 5.48　选择设计模板

2．建立曲面

（1）建立旋转曲面特征。在 TOP 面绘制如图 5.49 所示草绘，注意旋转轴与竖直参照重合，完成后将旋转角设置为 180，旋转后得到如图 5.50 所示球面。

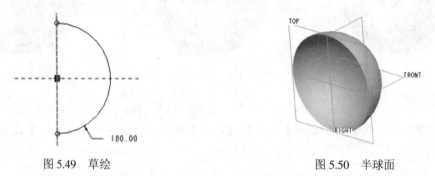

图 5.49　草绘　　　　　　　　　　　　　图 5.50　半球面

（2）建立拉伸曲面特征。在 TOP 面绘制如图 5.51 所示草绘，完成后使用默认定义深度方式，拉伸深度为 100，完成后如图 5.52 所示。

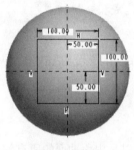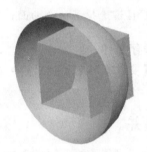

图 5.51　草绘　　　　　　　　　　　　　图 5.52　拉伸曲面

3．合并曲面

（1）在绘图区中按着 Ctrl 键选择所创建的两个曲面（或者在模型树中选择）。

（2）选择【编辑】|【合并】命令，系统弹出合并工具操控板，如图 5.53 所示。

图 5.53　合并工具操控板

【参照】上滑面板：单击操控板上的【参照】，弹出上滑面板，如图 5.54 所示。

【面组】选择器列出了将要进行合并操作的两个面组。

【交换】按钮：可以交换两个面组在列表中的顺序。

【选项】上滑面板：单击操控板上的【选项】，弹出上滑面板，如图 5.55 所示。

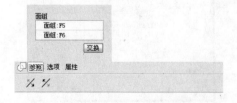

图 5.54　【参照】上滑面板　　　　　　　图 5.55　【选项】上滑面板

【求交】：合并时求两曲面的交集，完成后各个面组均只会保留某一侧。

【连接】：合并时仅仅将两面相连，但是要求一个面组的一侧边在另一个面组上。

：对应于【面组】选择器中的第一个面组，用于选择此面组的保留侧。

：对应于【面组】选择器中的第二个面组，用于选择此面组的保留侧。

（3）通过单击 和 按钮，然后预览，可以得到四种合并曲面，如图 5.56 所示。

 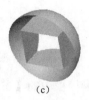

（a）　　　　　　　（b）　　　　　　　（c）　　　　　　　（d）

图 5.56　不同的合并曲面

注　意

本例中，【选项】上滑面板中的【连接】选项是不能用的（会出现预览时会提示错误），因为这两个曲面不符合要求，如果先合适地进行下节的修剪操作，就可以使用了，请读者尝试。

（4）达到设计要求后单击 按钮完成合并操作。

4．保存文件

选择【文件】|【保存】命令（或者单击【文件】工具栏中的图标按钮 ），单击【确定】保存文件。

5.3.3　修剪

选择一个曲面作为"被减面"，在选择一个曲面作为"减面"，修剪的结果就是得到"差面"。

1．新建文件

（1）进入 Pro/E 环境，选择【文件】|【新建】命令，选择类型为【零件】，子类型为【实体】，输入文件名称（本例中为 qumianxiujian），将【使用缺省模板】前的对勾去掉，单击【确定】，如图 5.57 所示。

（2）系统弹出【新文件选项】对话框，如图 5.58 所示，选择 mmns_part_solid 为设计模板，单击【确定】，进入零件设计环境。

图 5.57　新建零件

图 5.58　选择设计模板

2．建立曲面

我们仍然使用图 5.52 所示的曲面，读者可自行创建。

3．修剪曲面

（1）首先选择被修剪的曲面，我们在绘图区选择半球面（或者在模型树中选择）。

（2）选择【编辑】|【修剪】命令，系统弹出修剪工具操控板，如图 5.59 所示。

图 5.59　修剪工具操控板

【参照】上滑面板：单击操控板中的【参照】，弹出上滑面板，如图 5.60 所示。

【修剪的面组】选择器：用于选择被修剪的面组，相当于一块"布"。

【修剪对象】选择器：用于选择修剪被修剪面组的曲面或曲线链，相当于"剪刀"。

【选项】上滑面板：单击操控板中的【选项】，弹出上滑面板，如图 5.61 所示。

图 5.60　【参照】上滑面板

图 5.61　【选项】上滑面板

【保留修剪曲面】：在修剪操作完成后，保留我们的"剪刀"。

【薄修剪】："剪刀"修剪的区域按其后文本框中的数值扩大。

【垂直于曲面】、【自动拟合】、【控制拟合】：薄修剪的方式，分别为：在垂直于剪刀面的方向加厚、沿坐标轴自动拟合、沿选定的坐标系轴控制拟合。

【排除曲面】选择器：用于选择不需要薄修剪的曲面。

【自动】：让系统自动排除曲面以成功完成修剪操作。

（3）在绘图区选择拉伸面作为修剪面。

（4）连续单击操控板上的 按钮，并预览，可以得到如图 5.62 所示三种结果，其中第三种看起来和修剪前没有什么变化，这是因为修剪时选择保留两侧。这与草绘环境下的修剪、打断类似。

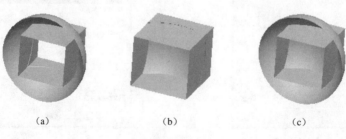

(a)　　　　　　　　　(b)　　　　　　　　　(c)

图 5.62　修剪

注 意

如果将【选项】上滑面板中【保留修剪曲面】前的对勾去掉，对应的，将得到如图 5.63 所示的修剪结果。

(a)   (b)   (c)

图 5.63 不保留修剪曲面

4．保存文件

选择【文件】|【保存】命令（或者单击【文件】工具栏中的图标按钮），单击【确定】保存文件。

5.3.4 延伸

将曲面的边界延伸一定距离，延伸部分可以与原曲面类似，也可以与原曲面无关。

1．新建文件

（1）进入 Pro/E 环境，选择【文件】|【新建】命令，选择类型为【零件】，子类型为【实体】，输入文件名称（本例中为 qumianyanshen），将【使用缺省模板】前的对勾去掉，单击【确定】，如图 5.64 所示。

（2）系统弹出【新文件选项】对话框，如图 5.65 所示，选择 mmns_part_solid 为设计模板，单击【确定】，进入零件设计环境。

图 5.64 新建零件

图 5.65 选择设计模板

2．建立曲面

建立旋转曲面特征：

在 TOP 面绘制如图 5.66 所示草绘，读者自行设计尺寸，注意设置为两侧对称旋转，旋转角度为 180，完成后如图 5.67 所示。

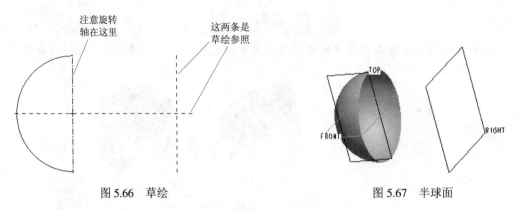

注意旋转
轴在这里

这两条是
草绘参照

图 5.66　草绘　　　　　　　　　　　　　　　图 5.67　半球面

3．延伸曲面

（1）首先选择如图 5.68 所示的一条边。

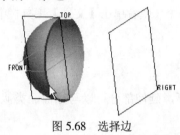

图 5.68　选择边

注　意

将过滤器中的项目改为【几何】后，更容易选择边，如图 5.69 所示。

图 5.69　过滤器

（2）选择【编辑】|【延伸】命令，系统弹出延伸工具操控板，如图 5.70 所示。

图 5.70　延伸工具操控板

：沿原始曲面延伸，需要定义延伸距离和延伸方式。

：延伸到某一参照平面，只需定义参照平面即可。

【参照】上滑面板：单击操控板上的【参照】，弹出上滑面板，如图 5.71 所示。

图 5.71　【参照】上滑面板

【边界边】选择器：用于选择需要延伸的曲面的边界线或链。

【量度】上滑面板：单击操控板上的【量度】，弹出上滑面板，如图 5.72 所示。

图 5.72　【量度】上滑面板

【点】列表：可以增加控制点，以创建可变延伸特征（类似于可变拔模等特征）。

【选项】上滑面板：单击操控板上的【选项】，弹出上滑面板，如图 5.73 所示。

【方式】选项：用于选择延伸方式，有【相同】、【切线】、【逼近】三种，分别指与原曲面相同、与原曲面相切于边界、逼近原曲面边界。

【拉伸第一侧】：用于定义第一延伸侧。

【拉伸第二侧】：用于定义第二延伸侧。

（3）直接输入长度值（输入一个能明显看到效果的数值），其他选项不变。

（4）单击 按钮，如图 5.74 所示。

图 5.73　【选项】上滑面板

图 5.74　延伸曲面

注　意

读者可继续尝试如下操作：

1. 改变延伸方式

（1）单击【选项】，在上滑面板中选择【方式】下拉菜单中的【切线】。

（2）单击 按钮，如图 5.75 所示，然后单击 按钮继续。

2. 增加延伸控制点

（1）单击【量度】，在上滑面板空白处单击右键，选择【添加】，如图 5.76 所示。

（2）再添加一个控制点，最后的上滑面板如图 5.77 所示。其中，【终点 1】和【终点 2】分别代表位置数值为 0 和 1，读者不用在意本例中的【距离】值，可手动输入，也可单击绘图区中的手柄并拖动，如图 5.78 所示。

图 5.75　切线延伸

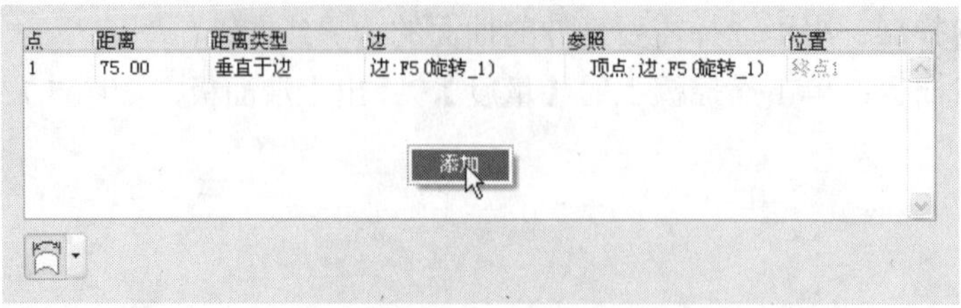

图 5.76　添加控制点

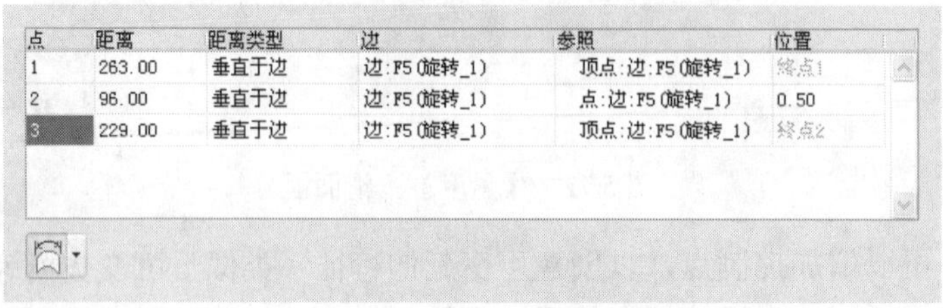

图 5.77　上滑面板

（3）单击按钮，如图 5.79 所示，然后单击按钮继续。

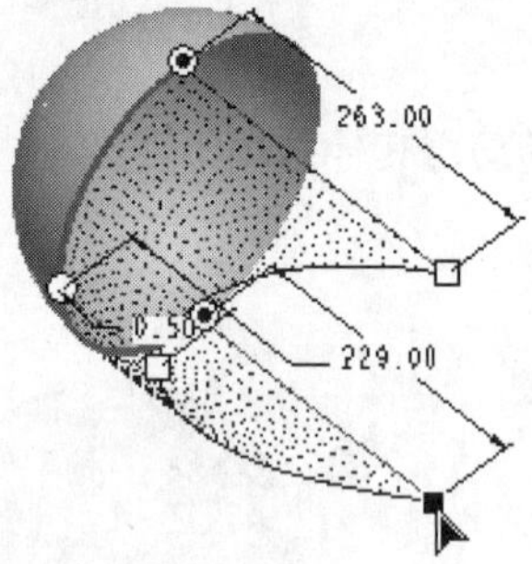

图 5.78　拖动手柄

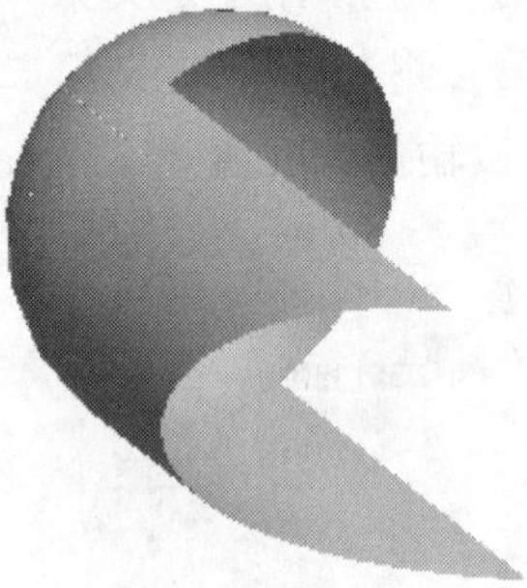

图 5.79　预览效果

3. 延伸到曲面

（1）单击按钮切换到延伸至曲面模式，此时的操控板变得很简单，只需选择延伸到的平面（边界边已经选择）。

（2）选择如图 5.80 所示 RIGHT 面。

（3）单击按钮，如图 5.81 所示，然后单击按钮继续。

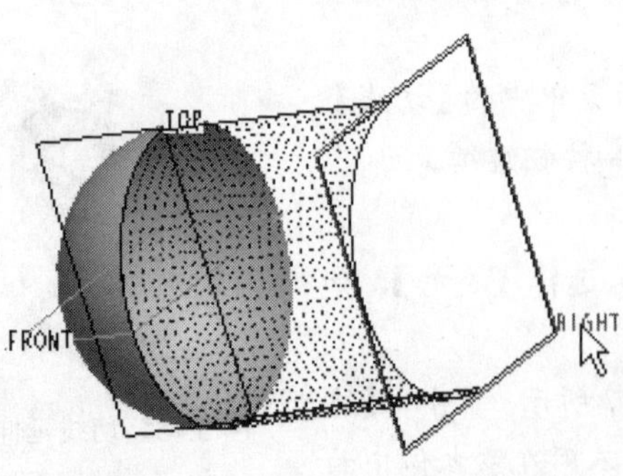

图 5.80　选择延伸到的平面

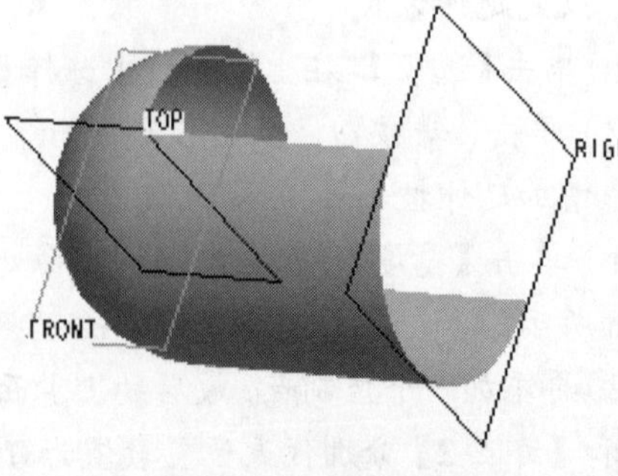

图 5.81　延伸到平面

（5）达到设计要求后单击 ✔ 按钮完成延伸操作。

4．保存文件

选择【文件】|【保存】命令（或者单击【文件】工具栏中的图标按钮 🖫），单击【确定】保存文件。

5.3.5　偏移

1．新建文件

（1）进入 Pro/E 环境，选择【文件】|【新建】命令，选择类型为【零件】，子类型为【实体】，输入文件名称（本例中为 qumianpianyi），将【使用缺省模板】前的对勾去掉，单击【确定】，如图 5.82 所示。

（2）系统弹出【新文件选项】对话框，如图 5.83 所示，选择 mmns_part_solid 为设计模板，单击【确定】，进入零件设计环境。

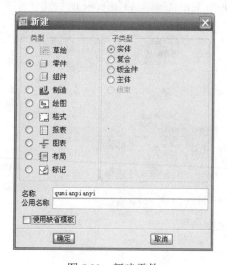

图 5.82　新建零件

图 5.83　选择设计模板

2．建立曲面

建立拉伸曲面：先设置为曲面模式，然后在 TOP 面绘制如图 5.84 所示草绘，完成后设置拉伸高度为 200，拉伸方式为两侧对称拉伸，如图 5.85 所示。

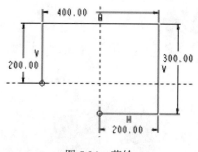

图 5.84　草绘

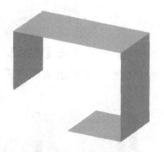

图 5.85　拉伸面

3．偏移曲面

（1）首先选中所创建的拉伸曲面。

（2）选择【编辑】|【偏移】命令，系统弹出偏移工具操控板，如图 5.86 所示。

图 5.86　【偏移】操控板

：标准偏移，偏移后的曲面与原曲面相似。

：拔模偏移，可使曲面产生拔模效果。

：展开偏移。

：替换实体表面。

【参照】上滑面板：单击操控板上的【参照】，弹出上滑面板，如图 5.87 所示。

【偏移曲面】选择器：用于选择将要进行偏移的曲面。

【草绘】选择器：在拔模偏移模式下出现此选择器，用于定义拔模后的偏移曲面。

【选项】上滑面板：单击操控板上的【选项】，弹出上滑面板，如图 5.88 所示。

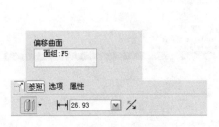

图 5.87　【参照】上滑面板

图 5.88　【选项】上滑面板

【排除曲面】选择器：用于选择排除的曲面，这些曲面将不进行偏移。

【创建侧曲面】：在原曲面与偏移后的曲面间创建侧曲面。

（3）在【偏距】文本框中输入 60。

注　意

输入的数字过大时，可能会导致特征本身发生自交，无法创建特征。

（4）单击 按钮，如图 5.89 所示。

注　意

单击 按钮，然后单击【选项】，在上滑面板中选择【创建侧曲面】，单击 按钮，如图 5.90 所示，读者可对比该选项的作用。

图 5.89　标准偏移

图 5.90　创建侧曲面

注 意

读者可继续进行如下尝试：

1. 创建拔模偏移

（1）在操控板上单击▶按钮，再单击⬚按钮。

（2）单击【参照】按钮，在上滑面板中单击【定义】按钮，利用已学知识在 FRONT 面草绘矩形，如图 5.91 所示。

（3）在【参照】上滑面板中定义偏移曲面组为如图 5.92 所示曲面。

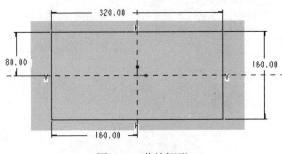

图 5.91 草绘矩形

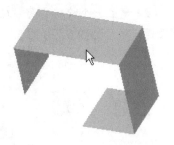

图 5.92 选择偏移曲面组

（4）在【偏距】文本框中输入 150，【拔模角】文本框中输入 20。

（5）单击☑◐按钮，如图 5.93 所示。

2. 创建展开偏移

（1）在操控板上单击▶按钮，再单击⬚按钮。

（2）由于上一小节中已有草绘存在，故系统将使用默认草绘（当然，读者可尝试单击【选项】，在弹出的上滑面板中单击【编辑】重新定义草绘）。

（3）单击☑◐按钮，如图 5.94 所示。

请读者注意展开偏移模式下有两个╱按钮，它们的意义必然不同，一个是反转材料侧，另一个是反转偏移方向，图 5.95 所示为反转材料侧的效果。

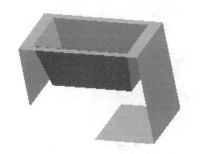

图 5.93 拔模偏移

图 5.94 展开偏移

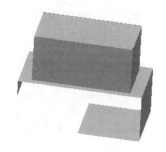

图 5.95 反转材料侧

3. 替换实体表面

这里我们使用另一个简单例子来向大家介绍：

（1）拉伸一个长方体（实体），在 TOP 面绘制如图 5.96 所示草绘，完成后设置拉伸高度为 200，单侧拉伸，如图 5.97 所示。

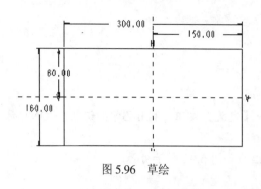

图 5.96 草绘

图 5.97 拉伸长方体

（2）建立一个旋转曲面，在 RIGHT 面绘制如图 5.98 所示草绘，注意首先画中心线，完成后设置旋转角为 360，如图 5.99 所示。

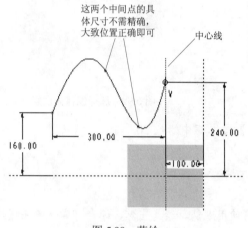

这两个中间点的具体尺寸不需精确，大致位置正确即可

中心线

图 5.98 草绘

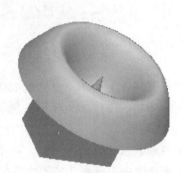

图 5.99 建立旋转曲面

（3）选择长方体上表面，如图 5.100 所示，然后选择【编辑】|【偏移】命令，单击操控板上的 按钮，然后选择建立的旋转曲面。

（4）单击 按钮，如图 5.101 所示。

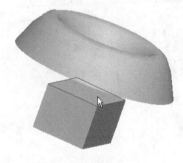

图 5.100 选择上表面

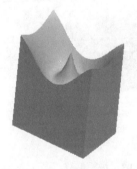

图 5.101 替换实体表面

（5）达到设计要求后单击 按钮完成偏移操作。

（6）保存文件。选择【文件】|【保存】命令（或者单击【文件】工具栏中的图标按钮 ），单击【确定】保存文件。

5.3.6　加厚

1．新建文件

（1）进入 Pro/E 环境，选择【文件】|【新建】命令，选择类型为【零件】，子类型为【实体】，输入文件名称（本例中为 qumianjiahou），将【使用缺省模板】前的对勾去掉，单击【确定】按钮，如图 5.102 所示。

（2）系统弹出【新文件选项】对话框，如图 5.103 所示，选择 mmns_part_solid 为设计模板，单击【确定】按钮，进入零件设计环境。

图 5.102　新建零件　　　　　　　　　　图 5.103　选择设计模板

2．建立曲面

建立拉伸曲面。在 TOP 面绘制如图 5.104 所示草绘，完成后设置拉伸高度为 200，拉伸方式为两侧对称拉伸，如图 5.105 所示。

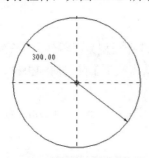

图 5.104　草绘　　　　　　　　　　图 5.105　建立拉伸曲面

3．曲面加厚

（1）首先选择所建立的拉伸曲面。

（2）选择【编辑】|【加厚】命令，弹出【加厚】操控板，如图 5.106 所示。

图 5.106　【加厚】面板

□：创建加厚实体，加厚后将被填充材料。

◺：切除材料，当存在实体时可用。

【参照】上滑面板：单击操控板上的【参照】，弹出上滑面板，如图 5.107 所示。

【面组】选择器：用于选择需要加厚的曲面或面组。

【选项】上滑面板：单击操控板上的【选项】，弹出上滑面板，如图 5.108 所示。

【排除曲面】选择器：用于选择不需要加厚的曲面。

（3）在厚度值文本框中输入厚度值为 50。

（4）单击 按钮，如图 5.109 所示。

图 5.107　【参照】上滑面板　　　图 5.108　【选项】上滑面板　　　图 5.109　加厚曲面

注　意

加厚工具与下节要介绍的实体化工具都会使曲面变为实体。

4．保存文件

选择【文件】|【保存】命令（或者单击【文件】工具栏中的图标按钮），单击【确定】保存文件。

5.3.7　实体化

1．新建文件

（1）进入 Pro/E 环境，选择【文件】|【新建】命令，选择类型为【零件】，子类型为【实体】，输入文件名称（本例中为 qumianshitihua），将【使用缺省模板】前的对勾去掉，单击【确定】，如图 5.110 所示。

（2）系统弹出【新文件选项】对话框，如图 5.111 所示，选择 mmns_part_solid 为设计模板，单击【确定】，进入零件设计环境。

图 5.110　新建零件　　　　　　　　　　　　图 5.111　选择设计模板

2．建立曲面

建立拉伸曲面：

在 TOP 面绘制如图 5.112 所示草绘，拉伸高度为 200，拉伸方式为两侧对称拉伸，注意选择【选项】上滑面板中的【封闭端】，以创建封闭曲面，如图 5.113 所示。

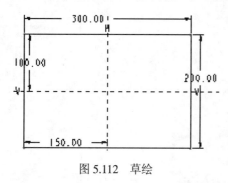

图 5.112　草绘

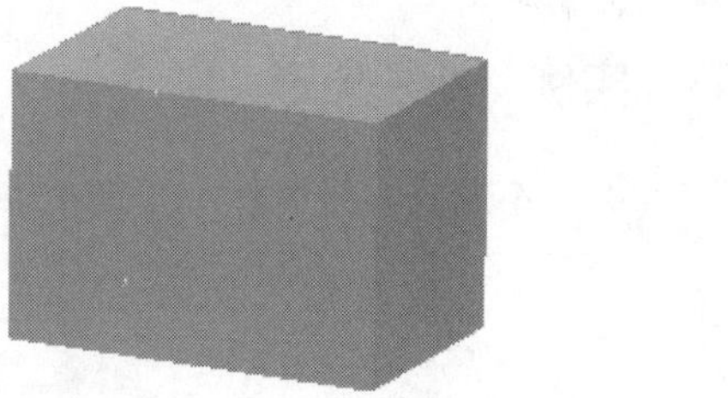

图 5.113　创建拉伸封闭曲面

3．实体化曲面

（1）首先选择所建立的拉伸曲面。

（2）选择【编辑】|【实体化】命令，弹出【实体化】操控板，如图 5.114 所示。

▢：用实体材料填充封闭曲面的内部。

◿：切除曲面的某一侧材料。

▱：用曲面替换实体的部分曲面，要求曲面边界必须位于实体表面。

（3）本例中没有其他选项可用，直接单击 ☑∞ 按钮预览效果，如图 5.115 所示。

图 5.114　【实体化】面板

图 5.115　实体化

注　意

本例中，实体化前后似乎看不出区别，读者可切换到无隐藏线的线框显示模式（单击 ▢ 按钮）来查看二者不同，如图 5.116 和图 5.117 所示。

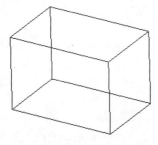

图 5.116　实体化前（无隐藏线）

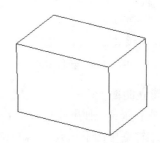

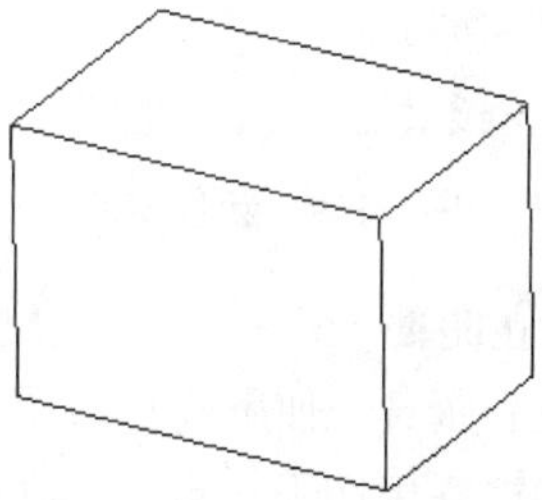

图 5.117　实体化后（无隐藏线）

4．保存文件

选择【文件】|【保存】命令（或者单击【文件】工具栏中的图标按钮），单击【确定】保存文件。

5.4 实例操作

实例　瓶子外形

本例我们将制作一个简单的瓶子，如图 5.118 所示。

图 5.118　瓶子

在绘制时读者不必在意一些中间点的尺寸，只需形状符合即可。

1．新建文件

（1）进入 Pro/E 环境，选择【文件】|【新建】命令，选择类型为【零件】，子类型为【实体】，输入文件名称（本例中为 pingzi），将【使用缺省模板】前的对勾去掉，单击【确定】，如图 5.119 所示。

（2）系统弹出【新文件选项】对话框，如图 5.120 所示，选择 mmns_part_solid 为设计模板，单击【确定】，进入零件设计环境。

图 5.119　新建零件

图 5.120　选择设计模板

2．建立曲面

（1）建立瓶身。使用旋转曲面工具，在 TOP 面草绘，如图 5.121 所示（中心线与竖直参照重合，两端样条相切于一点），保证端点绘制无误，其他尺寸无严格要求，绘出大致形状即可，完成后保持默认，最后得到如图 5.122 所示瓶身。

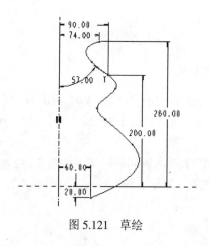

图 5.121　草绘

图 5.122　旋转曲面

（2）建立一侧瓶耳。使用扫描曲面工具，在 FRONT 面草绘轨迹，如图 5.123 所示（两段直线，中间有一段样条，端点相切），紧接着绘制截面，如图 5.124 所示，尺寸无严格要求，但须将端点绘制正确，最后得到如图 5.125 所示瓶耳。

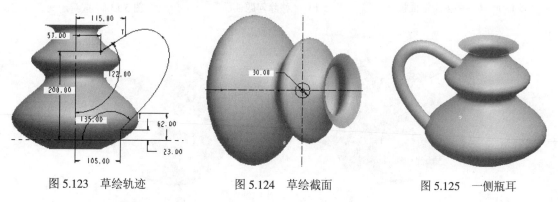

图 5.123　草绘轨迹　　　　　图 5.124　草绘截面　　　　　图 5.125　一侧瓶耳

（3）曲面合并。显然，我们刚才建立的一侧瓶耳和瓶身有部分相交，如图 5.126 所示，我们需要进行合并操作。

按着 Ctrl 键选中瓶身和瓶耳两项，然后进入相交工具，调节两个反向按钮直到绘图区变为如图 5.127 所示，完成曲面合并后，如图 5.128 所示。

图 5.126　曲面合并前

图 5.127　曲面合并

图 5.128　曲面合并后

（4）镜像建立另一侧瓶耳。按着 Ctrl 键选中瓶耳和曲面合并两项，然后单击右侧工具栏中的 按钮进入镜像工具，选择 TOP 面作为镜像平面，完成后系统又弹出【合并】操控板，如图 5.129 所示，其中的【参照】显示红色，表示此上滑面板中有部分内容需要重新定义。

图 5.129　【合并】操控板

单击【参照】，弹出上滑面板，如图 5.130 所示，显然其中的"面组：F6"前面有一个红点标记，表示此曲面需要重新定义，右键单击此项，然后选择【删除】命令，如图 5.131 所示，将错误的项目删除。

然后按着 Ctrl 键选择刚刚镜像得来的瓶耳，此时的上滑面板问题解决，如图 5.132 所示，操控板上的【参照】也显示黑色，最后单击☑按钮完成，如图 5.133 所示（两个视角）。

图 5.130　【参照】上滑面板

图 5.131　移除问题曲面

图 5.132　重新定义

（a）　　　　　　　　　　　（b）

图 5.133　瓶子

3．保存文件

选择【文件】|【保存】命令（或者单击【文件】工具栏中的图标按钮），单击【确定】保存文件。

本章小结

曲面特征主要用于外形设计，如汽车表面设计、手机外壳设计等，随着现代设计对产品外形和性能的要求不断提高，参数曲面的应用越来越多，曲面特征的创建方法和基础实体特征具有很大的相似性。一般来说，使用一定方法将曲面特征实体化是曲面设计的最终归宿，所以，曲面特征也是构建三维实体模型的一种。

本章只是简单地介绍了几个基本曲面特征的创建（拉伸、旋转等），介绍了曲面特征的操作（相交、合并等），实例操作中对本章所学知识进行应用，并扩展性地介绍了一个高级曲面工具。若想更精通曲面的创建，请参阅一些专门介绍曲面的书籍。

☞ 本章导读

前面我们学习了基础实体特征、放置实体特征、曲面特征的创建，在创建这几种特征的过程中，系统经常会要求我们先选取或建立一些点、线、面作为参照（也称为基准），这些作为参照（或基准）的点、线、面在 Pro/E 中也视为一种特征，称为基准特征。基准特征作为一类辅助特征，虽然不直接生成模型的一部分，但却是造型过程中必不可少的。设计中，借助于基准特征，可以实现图元的精确定位。

👌 学习要点

- ➢ 基准特征概述
- ➢ 基准平面
- ➢ 基准曲线
- ➢ 基准点

- ➢ 基准轴线
- ➢ 坐标系
- ➢ 实例操作

6.1　基准特征概述

基准特征不同于实体特征与曲面特征，它用于为实体或曲面提供标注、约束等定义时所需的参照，有了参照，可以很方便的进行修改、移动等操作。基准特征共有五种：基准平面、基准曲线、基准点、基准轴、基准坐标系。读者可以回忆一下，建立三维模型时，Pro/E 的绘图环境中有三个平面：TOP、FRONT、RIGHT，在三面的交汇处显示一个笛卡儿坐标系 PRT_CSYS_DEF，它们都是系统给出的最基本的基准特征。

正确地建立基准，不仅方便了操作，它更是精确建立三维模型的前提，但它们往往在整个零件完成后"隐身"，充当幕后英雄，因而常被人忽视，这里我们再次提醒读者，不要漏掉这个"英雄"。

6.2　基准平面

6.2.1　基准平面的基础知识

基准面可用于草绘平面、尺寸标注参照、确定视角、装配参考以及剖视图的创建等方面。系统缺省的基准平面名称为 DTM1、DTM2……（刚进入环境时，系统创建的三个基准平面除外）。

选择【插入】|【模型基准】|【平面】命令（或者单击右侧基准特征工具栏中创建基准平面的按钮 ▱），系统弹出【基准平面】对话框，如图 6.1 所示。

【放置】选项卡

【显示】选项卡

【属性】选项卡

图 6.1 【基准平面】对话框

对话框中各选项意义如下：

【参照】选择器：用于选择建立基准面时所需的参照以及基准面相对于参照的约束类型。

【偏距】：约束参数。

【反向】：用于调整基准面的法向方向。

【调整轮廓】：激活后可以调整基准面的显示大小。

【大小】：输入宽度和高度来调节基准面的显示大小。

【参照】：将基准面的显示调整为选定参照。

【名称】：显示特征名称，并可以进行修改。

ℹ：显示特征信息。

6.2.2 基准平面的建立

确定基准平面的方法多种多样，我们应从几何角度来考虑确定一个平面。基准平面的创建需要参照，这个参照可以是点、线、面，也可以是另一基准特征，只有配合使用才能达到设计意图。

1．新建文件

新建实体零件文件，文件名为：jizhunqumian，注意取消默认模板，选择 mmns_part_solid（毫米牛顿秒）作为设计模板。

2．创建提供参照的基体

（1）创建一个拉伸长方体。在 TOP 面绘制如图 6.2 所示草绘，完成后设置拉伸深度为 100，如图 6.3 所示。

图 6.2 草绘

图 6.3 拉伸体

（2）创建拉伸圆柱体。在长方体上表面绘制如图 6.4 所示草绘，完成后拉伸高度为 150，如图 6.5 所示。

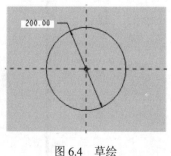

图 6.4　草绘

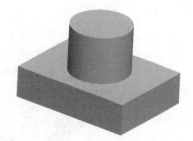

图 6.5　拉伸体

（3）放置倒角特征。在长方体上表面的四条边放置倒角（读者可利用以前所学边链的选择方法选择，也可以逐条选择），参数为 D×D，D=50，完成后如图 6.6 所示。

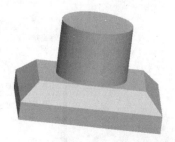

图 6.6　倒角

3．创建基准平面

（1）选择【插入】|【模型基准】|【平面】命令（或者单击右侧工具栏中的 ⌂ 按钮），弹出【基准平面】对话框。

注　意

要注意配合 ⌂ ⁄ ×× ⁄ 这几个按钮的使用，控制基准的显示与否。

（2）建立基准平面方法很多，图 6.7～图 6.11 列出了一些建立基准平面的方法。

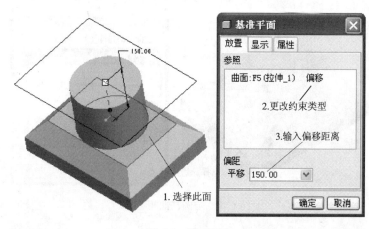

图 6.7　偏移平面

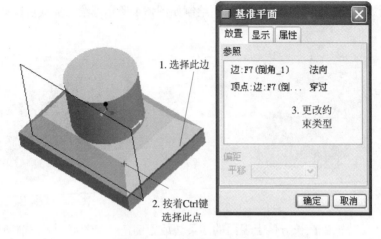

图 6.8 过一点且垂直于一边

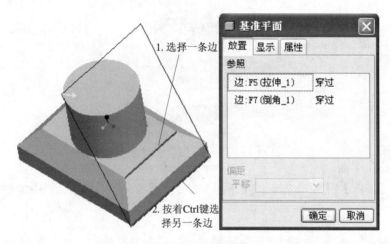

图 6.9 过两条边

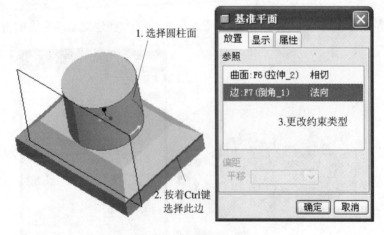

图 6.10 与圆柱面相切

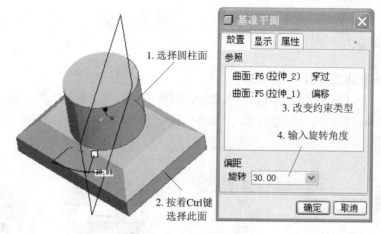

图 6.11 旋转

（3）选择合适的一种方法创建基准曲面以达到设计意图。

4．保存文件

选择【文件】|【保存】命令（或者单击【文件】工具栏中的图标按钮），单击【确定】保存文件。

6.3 基准曲线

6.3.1 基准曲线的基础知识

基准曲线可用于扫描工具的轨迹参考，用于倒角、圆角的参考，还可用于曲面特征的边界参考以及定义切削路径等方面。

创建基准曲线的方法有两大种：

1．使用草绘工具

选择【插入】|【模型基准】|【草绘】命令（或者单击右侧工具栏中的 按钮），系统弹出【草绘】对话框，界面如图 6.12 所示，这个对话框大家很熟悉了，我们不作过多介绍，图 6.13 为用【草绘】工具所绘制的基准曲线。

图 6.12 【草绘】对话框

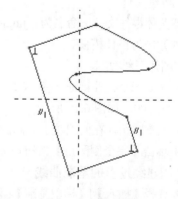

图 6.13 草绘基准曲线

注 意

基准曲线可封闭可开放。

2．使用基准曲线工具

选择【插入】|【模型基准】|【曲线】命令（或者单击右侧工具栏中的～按钮），系统弹出【曲线选项】菜单，提示选择创建方式，图 6.14 所示为选择不同方式的界面及简介，稍后我们将用实例来介绍其用法。

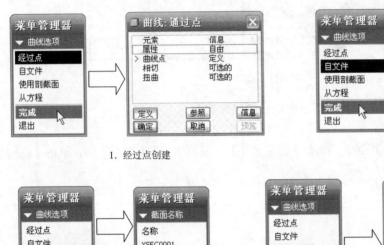
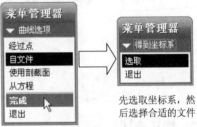

1．经过点创建

2．自文件创建

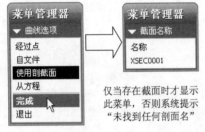
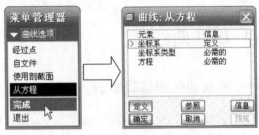

3．使用剖截面创建

4．从方程创建

图 6.14　曲线工具

6.3.2　【经过点】基准曲线的建立

经过点基准曲线的建立需要"点"，顶点、基准点均可，本例中使用的是实体的顶点。

1．新建文件

新建实体零件文件，命名为：jingguodian，注意取消默认模板，选择 mmns_part_solid（毫米牛顿秒）作为设计模板。

2．创建三维实体

（1）建立一个拉伸特征。在 TOP 面绘制如图 6.15 所示草绘，完成后设置两侧对称拉伸，拉伸深度为 200，如图 6.16 所示。

（2）放置圆角。在面积较小的侧面完全倒圆角：选择两条平行的侧边，然后在【设置】上滑面板中单击【完全倒圆角】按钮，完成后如图 6.17 所示。

3．创建经过点的基准曲线

（1）选择【插入】|【模型基准】|【曲线】命令（或者单击右侧工具栏中的～按钮），弹出【曲线选项】菜单。

（2）选择【经过点】|【完成】命令，弹出【曲线：通过点】对话框、【连结类型】菜单、以及【选取】对话框，如图 6.18 所示。

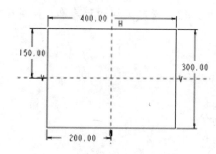

图 6.15　草绘

图 6.16　拉伸体

图 6.17　完全倒圆角

图 6.18　【曲线：通过点】对话框、【连结类型】菜单、【选取】对话框

（3）在【连接类型】菜单中，选择【样条】|【整个阵列】|【添加点】命令。

（4）系统要求选取点，依次单击选择如图 6.19 所示 1～6 六个点，然后单击【完成】。

（5）为方便讲解，先不单击【确定】，单击【预览】观察所创建基准曲线。

注　意

读者可作如下尝试：

1. 定义【属性】元素

（1）双击【曲线：通过点】对话框中的【属性】元素，弹出【曲线类型】菜单，如图 6.20 所示。

（2）选择【面组/曲面】|【完成】命令，选择实体的完全圆角面，单击【确定】，可以预览如图 6.21 所示。

选择【面组／曲面】后，创建的基准曲线将会在所选曲面上。

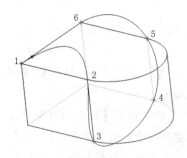

图 6.19　选择六个点

图 6.20　【曲线类型】菜单

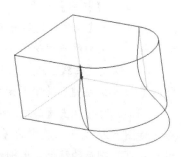

图 6.21　选择【面组／曲面】后

2. 定义【相切】元素

（1）先将【属性】元素改回【自由】。

（2）双击【曲线：通过点】对话框中的【相切】元素，弹出【定义相切】菜单，如图 6.22 所示。

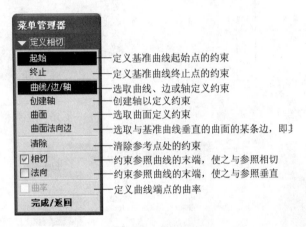

图 6.22 【定义相切】菜单

（3）选择【起始】|【曲线/边/轴】|【相切】，选择与起始点相交的边，如图 6.23 所示，然后选择【正向】。

（4）选择【终止】|【曲线/边/轴】|【相切】，选择与终止点相交的边，如图 6.24 所示，然后选择【反向】。

（5）单击【预览】，如图 6.25 所示。

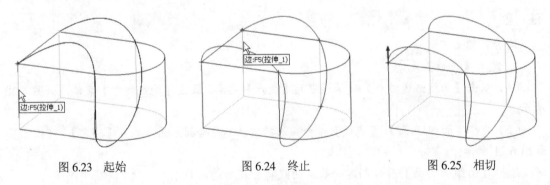

图 6.23 起始   图 6.24 终止   图 6.25 相切

3. 定义【扭曲】元素

（1）双击【曲线：通过点】对话框中的【扭曲】元素，可发现无法定义，因为要定义该元素只能在定义曲线点时选择两个点。

（2）双击【曲线：通过点】对话框中的【曲线点】元素，选择【样条】|【整个阵列】|【删除点】命令，左键删除前面定义的 3～6 四个点（只剩下 1、2 两点）。

（3）此时再双击【曲线：通过点】对话框中的【扭曲】元素，便会弹出【修改曲线】对话框，如图 6.26 所示。其中的【移动平面】设置块用来设置点的运动平面及运动方向，【区域】设置块可控制点的移动对周围元素的影响，【诊断】设置块可对相应元素进行精确分析和设置。

对上述各设置块进行合适设置后可建立很灵活的基准曲线。

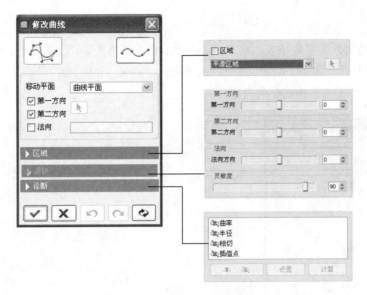

图 6.26 【修改曲线】对话框

（6）达到设计意图后单击【确定】完成基准曲线的创建。

4. 保存文件

选择【文件】|【保存】命令（或者单击【文件】工具栏中的图标按钮 ），单击【确定】保存文件。

6.3.3 【自文件】基准曲线的建立

自文件基准曲线的关键在于文件，文件中定义了这条基准曲线的所有参数包括：这条曲线是开放还是封闭、起始点位置、经过哪些点等。

1. 新建文件

新建实体零件文件，命名为：ziwenjian，注意取消默认模板，选择 mmns_part_solid（毫米牛顿秒）作为设计模板。

2. 创建来自文件的基准曲线

（1）选择【插入】|【模型基准】|【曲线】命令（或者单击右侧工具栏中的 按钮），弹出【曲线选项】菜单。

（2）选择【自文件】|【完成】命令，弹出【得到坐标系】菜单，如图 6.27 所示。

图 6.27 【得到坐标系】菜单

（3）系统要求选择坐标系，在绘图区内单击左键选择坐标系 PRT_CSYS_DEF（也可在模型树中单击左键选择 PRT_CSYS_DEF）。

（4）系统弹出【打开】对话框，要求选择文件，选择所需文件后，单击【打开】，绘图区出现基准曲线。

注 意

Pro/E 支持的文件类型有很多，这里只介绍 Pro/E 专用格式.ibl 文件，该文件可直接用记事本等文本编辑器打开，图 6.28 所示为一个例子文件，输入 Pro/E 后，所得基准曲线如图 6.29 所示，下面解释一下文件中包含的内容：

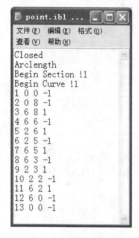

图 6.28　例子文件

图 6.29　【自文件】基准曲线

（1）第一行为 Closed 或 Open，表示曲线为封闭的或开放的。

（2）第二行为 Arclength 或 Pointwise，表示曲线被点等分且平滑或起始点相连。

（3）第三、四行分别为 Begin Section 和 Begin Curve，是曲线的起始标志。

（4）接下来的就是点的坐标了，每个坐标占一行，行首用输入数字将点编号以便于区分，然后写入 X、Y、Z 坐标，中间用空格分开。

最后要说明的是，这个格式并非绝对不能变，如图 6.30 所示的格式也是很方便阅读且正确无误的，当然，一些标志性词语是决不能写错的。

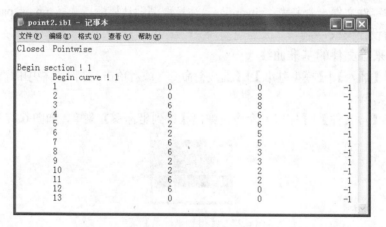

图 6.30　另一种格式

3．保存文件

选择【文件】|【保存】命令（或者单击【文件】工具栏中的图标按钮），单击【确定】保存文件。

6.3.4 【使用剖截面】基准曲线的建立

使用剖截面基准曲线的功能是：当存在剖截面时，将该剖截面与三维模型的交线作为基准曲线。本例中，我们将先创建一个简单的剖截面，然后再使用【使用剖截面】基准曲线工具。

1．新建文件

新建实体零件文件，命名为 poujiemian，注意取消默认模板，选择 mmns_part_solid（毫米牛顿秒）作为设计模板。

2．创建三维实体

（1）创建平行混合伸出项。属性为【直的】，在 TOP 面绘制截面，注意在画完第一截面后需切换剖面，如图 6.31 所示。完成后设置深度为 150，最后得到如图 6.32 所示的混合特征。

（2）在混合特征的顶面放置一个孔，次参照为 RIGHT 面和 FRONT 面，偏移值均为 0，孔直径为 100，并设置为打通孔，完成后如图 6.33 所示。

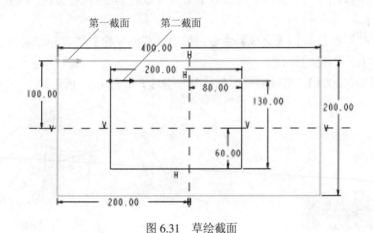

图 6.31　草绘截面

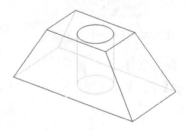

图 6.32　混合特征　　　　　　　　　　　　图 6.33　放置孔

3．创建剖截面

（1）选择【视图】|【视图管理器】命令，系统弹出【视图管理器】对话框，如图 6.34 所示。

（2）单击【X 截面】选项卡，单击【新建】按钮，使用默认名称 Xsec0001，直接回车，系统弹出【剖截面】菜单，如图 6.35 所示。

（3）选择【平面】|【单一】|【完成】。

（4）选择 FRONT 面，产生剖面，如图 6.36 所示。

（5）单击【关闭】按钮，完成剖截面的创建。

  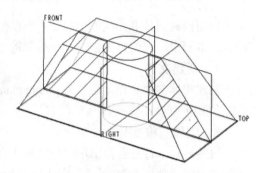

图 6.34 【视图管理器】对话框　图 6.35 【剖截面】菜单　　　图 6.36 选择 FRONT 面

4．使用剖截面创建基准曲线

（1）选择【插入】|【模型基准】|【曲线】命令（或者单击右侧工具栏中的 按钮），弹出【曲线选项】菜单。

（2）选择【使用剖截面】|【完成】命令，弹出【截面名称】菜单，如图 6.37 所示。我们看到其中包含有我们创建的剖截面。

（3）选择【Xsec0001】，系统将立即创建基准曲线，如图 6.38 所示。

图 6.37 【截面名称】菜单

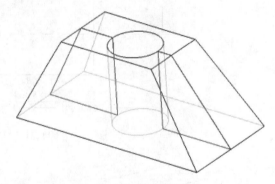

图 6.38 剖截面基准曲线

5．保存文件

选择【文件】|【保存】命令（或者单击【文件】工具栏中的图标按钮 ），单击【确定】保存文件。

6.3.5 【从方程】基准曲线的创建

顾名思义，此类基准曲线创建的基础是方程，输入合适的方程后，系统会根据此方程绘制曲线。

1．新建文件

新建实体零件文件，命名为：congfangcheng，注意取消默认模板，选择 mmns_part_solid（毫米牛顿秒）作为设计模板。

2．使用方程创建基准曲线

（1）选择【插入】|【模型基准】|【曲线】命令（或者单击右侧工具栏中的 按钮），弹出【曲线选项】菜单。

（2）选择【从方程】|【完成】命令，弹出【曲线：从方程】对话框、【得到坐标系】菜单以及【选取】对话框，如图 6.39 所示。

（3）系统要求选择坐标系，在绘图区内单击左键选择坐标系 PRT_CSYS_DEF（也可在模型树中单击左键选择 PRT_CSYS_DEF）。

（4）此时系统弹出【设置坐标类型】菜单，要求选择坐标类型，如图 6.40 所示，选择【笛卡儿】。

图 6.39　【曲线：从方程】对话框、【得到坐标系】菜单、【选取】对话框　图 6.40　【设置坐标类型】菜单

（5）此时系统自动切换到默认的方程编辑器，在文件的最后添加方程，如图 6.41 所示。

（6）完成后保存后，然后关闭该文件，系统又自动切换回 Pro/E 环境。

（7）单击【确定】，得到如图 6.42 所示基准曲线。

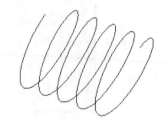

图 6.41　方程编辑　　　　　　　图 6.42　从方程创建的基准曲线

3．保存文件

选择【文件】|【保存】命令（或者单击【文件】工具栏中的图标按钮），单击【确定】保存文件。

6.4　基准点

6.4.1　基准点的基础知识

基准点可用作建立基准、建立一些三维特征时的参考，在高级应用中，还可用于有限元分析网络中的受力点等。

系统缺省的基准点名称为 PNT0、PNT1……

基准点的创建有四种：

（1）创建一般基准点（单击右侧工具栏中的 按钮，弹出【基准点】对话框，如图 6.43 所示）。

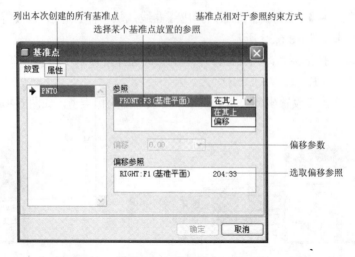

图 6.43　一般基准点工具

　　（2）草绘基准点（单击右侧工具栏中的 ▨ 按钮，弹出【草绘的基准点】对话框，如图 6.44 所示，草绘基准点工具较简单，这里就不作专门介绍了，读者可自行练习，图 6.45 所示为用草绘基准点工具绘制的基准点）。

图 6.44　草绘基准点工具

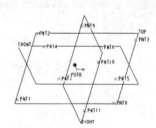

图 6.45　草绘基准点

　　（3）偏移坐标系创建基准点（单击 ✶ 按钮，界面及简介如图 6.46 所示）。

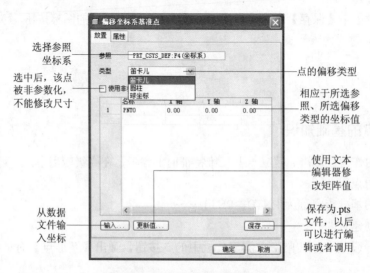

图 6.46　偏移坐标系基准点工具

（4）创建域基准点（单击 ▦ 按钮，界面如图 6.47 所示，创建域基准点在 Pro/E 中的高级应用方面如分析才会用到，这里不作深入探讨，有兴趣的读者可参考相关书籍）。

图 6.47　域基准点工具

下面我们将着重讲解创建一般基准点和偏移坐标系创建基准点的方法。

6.4.2　一般基准点的创建

1．新建文件

新建实体零件文件，命名为：yibanjizhundian 注意取消默认模板，选择 mmns_part_solid（毫米牛顿秒）作为设计模板。

2．建立实体

（1）建立一个拉伸特征。在 TOP 面绘制如图 6.48 所示草绘，完成后设置拉伸深度为 50，得到拉伸体如图 6.49 所示。

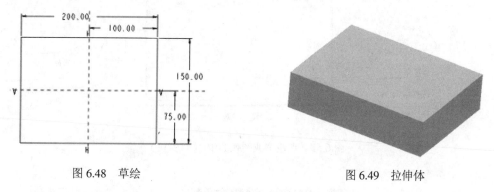

图 6.48　草绘　　　　　　　　　　　　图 6.49　拉伸体

（2）放置圆角特征。在一条棱上放置圆角特征，如图 6.50 所示，半径为 50。

（3）放置倒角特征。在两条棱上放置倒角特征，如图 6.50 所示，参数分别为 D×D，50 和 D×D，30。

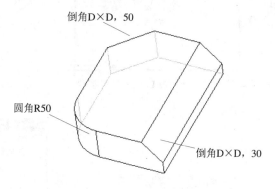

图 6.50　放置特征

3．创建一般基准点

（1）选择【插入】|【模型基准】|【点】|【点】命令（或者单击右侧工具栏中的 ⁂ 按钮），弹出【基准点】对话框。

（2）一般基准点的创建方法很多，如图 6.51～图 6.54 所示列出了一些常见的创建方法。

1. 选择图示直线作为点的放置参照

2. 设置相关参数

3. 创建的基准点

图 6.51 点在直线上（PNT0）

1. 选择圆弧

2. 设置参数

3. 创建的基准点

图 6.52 点在圆或圆弧的中心（PNT1）

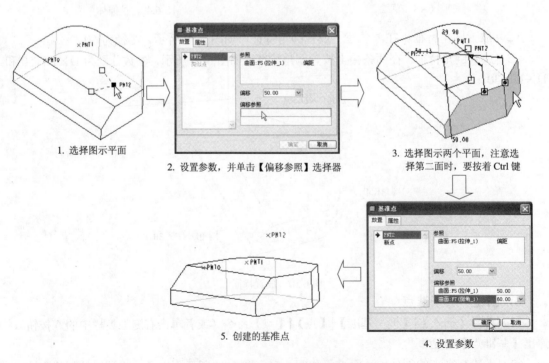

1. 选择图示平面

2. 设置参数，并单击【偏移参照】选择器

3. 选择图示两个平面，注意选择第二面时，要按着 Ctrl 键

5. 创建的基准点

4. 设置参数

图 6.53 点从平面偏移（PNT2）

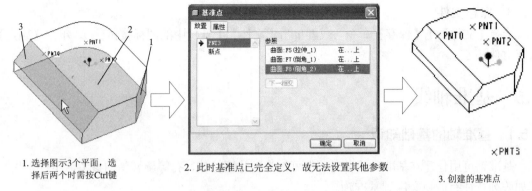

1. 选择图示3个平面，选
择后两个时需按Ctrl键

2. 此时基准点已完全定义，故无法设置其他参数

3. 创建的基准点

图 6.54　点在合适的相交处（PNT3）

4．保存文件

选择【文件】|【保存】命令（或者单击【文件】工具栏中的图标按钮 ），单击【确定】
保存文件。

6.4.3　偏移坐标系基准点的创建

1．新建文件

新建实体零件文件，命名为 pianyizuobiaoxi，注意取消默认模板，选择 mmns_part_solid（毫
米牛顿秒）作为设计模板。

2．创建偏移坐标系基准点

（1）选择【插入】|【模型基准】|【点】|【偏移坐标系】命令（或者单击右侧工具栏中的
按钮），弹出【偏移坐标系基准点】对话框。

（2）用【参照】选择器选择坐标系（在绘图区中单击左键或在模型树中选择
PRT_CSYS_DEF）。

（3）在【类型】后面的下拉列表中选择【笛卡儿】坐标系。

（4）单击列表中的单元格，新建一个基准点（单击其下面的单元格可以继续创建），然后
设置参数，如图 6.55 所示。

（5）单击【确定】按钮，完成创建，如图 6.56 所示。

图 6.55　【偏移坐标系基准点】对话框

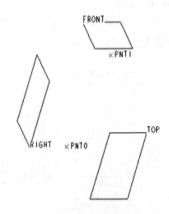

图 6.56　偏移坐标系创建的基准点

3．保存文件

选择【文件】|【保存】命令（或者单击【文件】工具栏中的图标按钮），单击【确定】保存文件。

6.5 基准轴线

6.5.1 基准轴的基础知识

基准轴可用作建立基准时的参考，也可作为创建圆柱体、孔等旋转体的参考，还有一些工具如阵列特征有时也会用到基准轴。

系统缺省的基准轴名称为 A_1、A_2……。

单击右侧工具栏中的 / 按钮，弹出【基准轴】对话框，如图 6.57 所示。

　　（a）【放置】选项卡　　　　（b）【显示】选项卡　　　　（c）【属性】选项卡

图 6.57 【基准轴】对话框

【参照】选择器：用于选择建立基准轴所需参照，如点、线、面等，并选择约束类型。

【偏移参照】选择器：用于选择偏移参照，以进一步确定轴的位置，这点与放置孔特征类似。

6.5.2 基准轴的建立

1．新建文件

新建实体零件文件，命名为：jizhunzhou，注意取消默认模板，选择 mmns_part_solid（毫米牛顿秒）作为设计模板。

2．建立实体

（1）建立拉伸实体。在 TOP 面绘制如图 6.58 所示草绘，完成后设置拉伸深度为 180，最后得到如图 6.59 所示拉伸体。

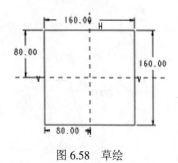

图 6.58 草绘

图 6.59 拉伸实体

（2）放置拔模特征。拔模曲面为拉伸体的四个侧面，拔模枢轴、拖动方向均为拉伸体的顶面，设置拔模角为 15，调整拔模方向，如图 6.60 所示，最后得到如图 6.61 所示的拔模特征。

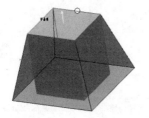

图 6.60　调整拔模方向

图 6.61　拔模特征

3．建立基准轴

（1）选择【插入】|【模型基准】|【轴】命令（或者单击右侧工具栏中的 / 按钮），弹出【基准轴】对话框。

（2）同样，我们列举一些常见的基准轴创建方法，如图 6.62～图 6.65 所示。

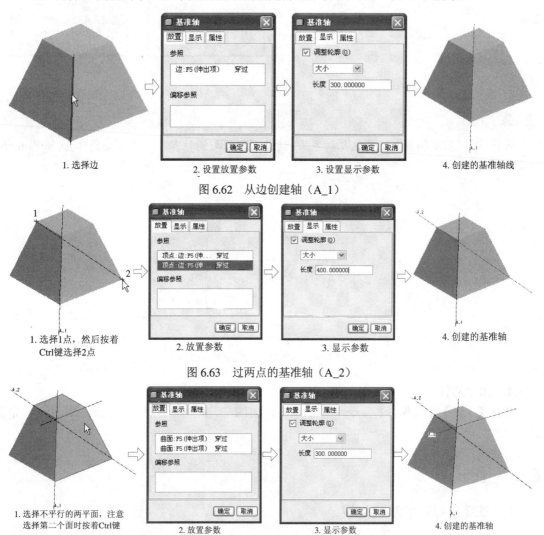

图 6.62　从边创建轴（A_1）

图 6.63　过两点的基准轴（A_2）

图 6.64　轴在两平面的交线上（A_3）

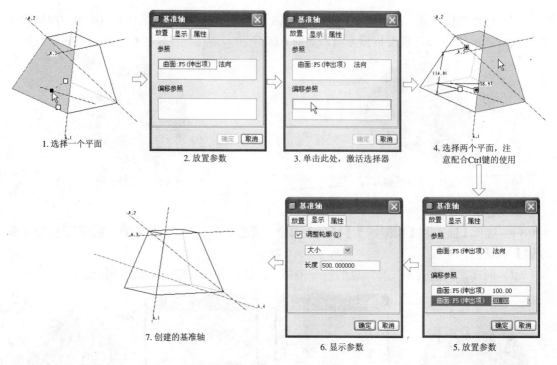

1. 选择一个平面

2. 放置参数

3. 单击此处，激活选择器

4. 选择两个平面，注意配合Ctrl键的使用

7. 创建的基准轴

6. 显示参数

5. 放置参数

图 6.65　轴垂直于平面（A_4）

注　意

同样，创建基准轴时也不仅这几种方法，请读者练习与圆柱有关的基准轴的建立，如图 6.66 所示。

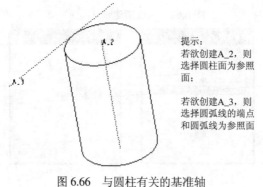

提示：
若欲创建A_2，则选择圆柱面为参照面；

若欲创建A_3，则选择圆弧线的端点和圆弧线为参照面

图 6.66　与圆柱有关的基准轴

4．保存文件

选择【文件】|【保存】命令（或者单击【文件】工具栏中的图标按钮🖫），单击【确定】保存文件。

6.6　坐标系

6.6.1　基准坐标系的基础知识

基准坐标系实体建模中很少用，但在装配、制造、工程分析等模块中较常用。

系统缺省的基准坐标系名称为 CS0、CS1……。

单击右侧工具栏中的 按钮，弹出【坐标系】对话框，如图 6.67 所示。

（a）【原始】选项卡

（b）【定向】选项卡

（c）【属性】选项卡

图 6.67　【坐标系】对话框

【参照】选择器：选择合适的参照，并选择约束类型。

【偏移类型】：当【参照】选择器中是一个坐标系时可用，共有四种：笛卡尔、圆柱、球坐标、自文件，用于定义参照的偏移坐标系类型，可以在下面对应的文本框中输入偏移参数。

【定向根据】：用于确定坐标轴的方向。

6.6.2　基准坐标系的建立

1．新建文件

新建实体零件文件，命名为 jizhunzuobiaoxi，注意取消默认模板，选择 mmns_part_solid（毫米牛顿秒）作为设计模板。

2．建立实体

（1）建立扫描实体特征。在 TOP 面草绘轨迹如图 6.68 所示，草绘制截面如图 6.69 所示，完成后生成的扫描特征如图 6.70 所示。

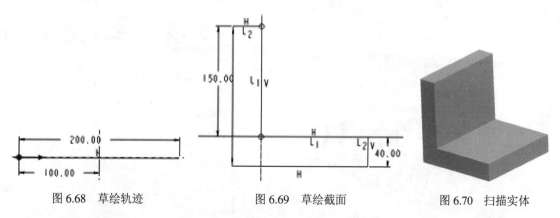

图 6.68　草绘轨迹　　　　　图 6.69　草绘截面　　　　　图 6.70　扫描实体

（2）放置筋特征。在 RIGHT 面草绘筋截面，如图 6.71 所示，完成后设置筋厚度为 40，调整为两侧对称筋，生成的筋特征如图 6.72 所示。

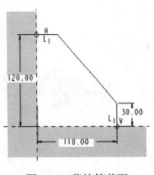

图 6.71　草绘筋截面

图 6.72　筋特征

3．建立基准坐标系

（1）选择【插入】|【模型基准】|【坐标系】命令（或者单击右侧工具栏中的 ✳ 按钮），弹出【坐标系】对话框。

（2）这里我们只列举一种坐标系建立的方法，抛砖引玉，供读者参考，首先需要选择合适的参照，本例中选取坐标系 PRT_CSYS_DEF 作为参照。

注　意

读者最含糊的可能就是这步，参照的选择，除了坐标系外，这里再给出几种组合：

一个点、两条直线（不能平行）、三个面（需相交）、一个面和一条边等。读者可自行选择符合几何定位规则的参照，选择时应注意，可最多选择三个参照，选择第二、第三个时应按住 Ctrl 键。

（3）确定坐标原点位置，可通过拖动手柄、输入偏移值等方式确定，如图 6.73 所示。

注　意

随着第一部分所选参照的不同，这步会有所不同。如若选择的参照是一个点，本步就略去了，因为坐标原点的位置就在那个点上。

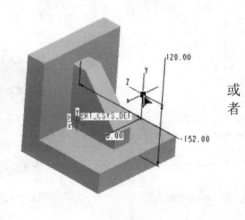

或者

（a）拖动手柄，粗略定位　　　　　（b）输入偏移值，精确定位

图 6.73　确定坐标原点位置

（4）确定坐标轴的方向，可通过输入旋转角度（或者拖动手柄）、使 Z 轴垂直屏幕（根据当前视图确定）、根据参照确定等方式确定，如图 6.74 所示，随着第一部分所选参照的不同，这部分也会有所不同。

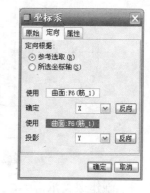

（a）输入旋转角度， 　（b）根据当前视角确 　（c）选取参照，根据参
确定坐标轴方向 　　　定坐标轴方向 　　　　照确定坐标轴方向

图 6.74　确定坐标轴的方向

（5）到此已经完成坐标系的定义，确认无误后单击【确定】即可。

4．保存文件

选择【文件】|【保存】命令（或者单击【文件】工具栏中的图标按钮📷），单击【确定】保存文件。

6.7　实例操作

实例 1　拨叉

本例将制作如图 6.75 所示的一个拨叉，其中包含了基准特征的简单应用，同时也对前面所学的基本实体工具和放置特征工具进行了应用、复习。

图 6.75　拨叉

1．新建文件

新建实体零件文件，命名为 jizhunzuobiaoxi，注意取消默认模板，选择 mmns_part_solid（毫米牛顿秒）作为设计模板。

2．创建圆筒

使用拉伸工具，在 TOP 面绘制如图 6.76 所示草绘，完成后设置拉伸深度为 76，其他选项保持默认，得到如图 6.77 所示圆筒。

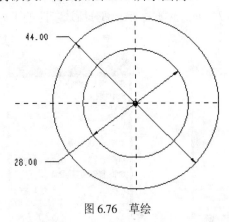

图 6.76　草绘

图 6.77　圆筒

3．创建拨叉爪

（1）进入拉伸工具。

（2）单击操控板上的【放置】，弹出上滑面板。

（3）单击上滑面板上的【定义】按钮，弹出【草绘】对话框。

（4）单击 ▱ 按钮，弹出【基准平面】对话框。

（5）单击圆筒顶面，然后在【基准平面】对话框中的【偏距】文本框中输入 38，单击【确定】按钮完成基准面的创建。

（6）此时的【草绘】对话框中被默认赋予我们创建的基准面，使用默认参照及方向，单击【草绘】进入草绘环境。

（7）绘制如图 6.78 所示草绘，完成后设置拉伸深度为 6，其他选项保持默认。得到如图 6.79 所示拨叉爪。

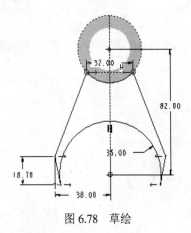

图 6.78　草绘

图 6.79　拨叉爪

注　意

本步骤所创建的是内部基准面，这是建立基准平面的另一种方法。其实所有的基准特征都可以这样作为辅助特征来创建。这样做的好处是使模型树中变得简洁，而且这样创建的基准特征是默认隐藏的，在创建复杂模型时可以使绘图区变得一目了然。

4．创建拨叉爪垫

（1）一侧爪垫。使用拉伸工具，在拨叉叉体的上表面绘制如图6.80所示草绘，完成后设置两侧拉伸，一侧深度为8，另一侧为1.5，得到如图6.81所示拨叉爪垫。

（2）另一侧爪垫。选中步骤3中的拨叉爪垫，然后进入镜像工具，选择RIGHT面作为镜像平面，完成后得到另一侧拨叉爪垫，如图6.82所示。

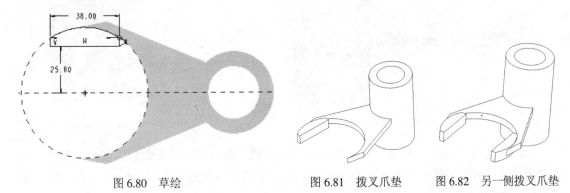

图6.80 草绘　　　　　　　　图6.81 拨叉爪垫　　　图6.82 另一侧拨叉爪垫

5．放置筋

进入筋特征工具，在RIGHT绘制草绘，如图6.83所示，完成后设置筋厚度为6，调整筋的添加材料方向为向里，且为两侧对称添加，得到如图6.84所示筋。

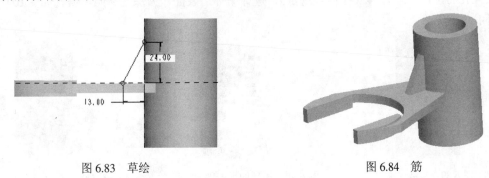

图6.83 草绘　　　　　　　　　　　　　图6.84 筋

6．创建吊环

（1）创建基准面。进入基准面工具，选择圆筒的外表面和FRONT面（注意配合Ctrl键的使用）作为参照，设置约束方式如图6.85所示，完成后得到如图6.86所示基准面。

图6.85 设置约束方式

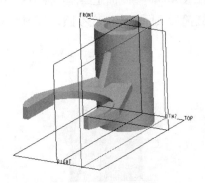

图6.86 基准面DTM2

（2）创建吊环的一部分。使用拉伸工具，参考步骤 2 创建内部基准面DTM3（参考为DTM2，偏距为 8），此面被作为草绘平面，绘制草绘如图 6.87 所示，完成后设置拉伸方式为 ▣（拉伸至选定），选择圆柱面作为深度参照，得到如图 6.88 所示吊环的一部分。

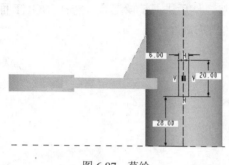

图 6.87 草绘

图 6.88 吊环的一部分

（3）创建吊环的另一部分。使用拉伸工具，在已绘制吊环一部分的后表面绘制草绘如图 6.89 所示，完成后设置拉伸方式为 ▣（拉伸至选定），选择前表面作为深度参照，得到如图 6.90 所示吊环另一部分。

（4）放置吊环孔。使用孔工具，选择吊环前表面为主参照，将次参照属性设置为【同轴】，激活【次参照】选择器，然后创建内部基准轴（参考为吊环圆柱面），此轴被作为次参照，完成后设置孔的拉伸方式为 ▣（拉伸至选定），选择吊环后表面作为深度参照，得到如图 6.91 所示吊环孔。

图 6.89 草绘　　　　　　　图 6.90 吊环的另一部分　　　　　　图 6.91 吊环孔

7．创建后基板

（1）后基板初步建模。使用拉伸工具，参照步骤 2 创建内部基准面 DTM4（将 FRONT 面向后偏移 48），在此面上绘制如图 6.92 所示草绘，完成后设置拉伸方式为 ▣（拉伸至选定），选择圆筒后表面作为深度参照，得到如图 6.93 所示基板。

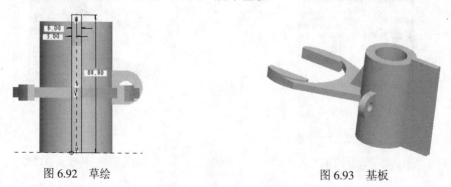

图 6.92 草绘　　　　　　　　　　　　图 6.93 基板

（2）后基板修饰（侧切除）。使用拉伸切除工具，在基板左侧面上绘制草绘如图 6.94 所示，完成后设置拉伸方式为 ⬚（拉伸至选定），选择基板右侧面作为深度参照，完成后如图 6.95 所示。

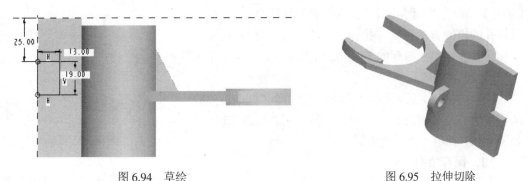

图 6.94　草绘　　　　　　　　　　　　图 6.95　拉伸切除

（3）后基板修饰（顶切除）。使用拉伸切除工具，在基板顶面上绘制草绘如图 6.96 所示，完成后设置拉伸方式为 ⬚（拉伸至选定），选择基板右侧面作为深度参照，完成后如图 6.97 所示。

注　意

本步骤中，为保证切除不影响圆筒模型，草绘时绘制的图元并非一个矩形，如图 6.96 中，右边的图元是一段圆弧，半径等于圆筒外圆半径。

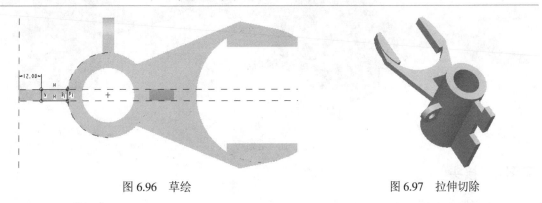

图 6.96　草绘　　　　　　　　　　　　图 6.97　拉伸切除

（4）后基板修饰（顶面加材料）。使用拉伸工具，在基板左侧面上绘制草绘如图 6.98 所示，完成后设置拉伸方式为 ⬚（拉伸至选定），选择基板右侧面作为深度参照，完成后如图 6.99 所示。

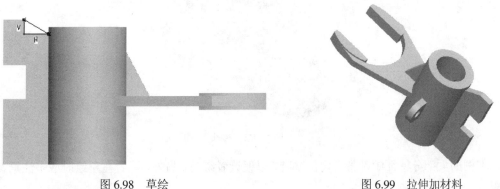

图 6.98　草绘　　　　　　　　　　　　图 6.99　拉伸加材料

8．放置前孔

使用放置简单直孔工具，选择圆柱外表面为主参照，将次参照设为【径向】，选择次参照为顶面和 RIGHT 面，【轴向】偏距为 8，【角度】值为 0，设置孔径为 6，完成后设置孔的拉伸方式为 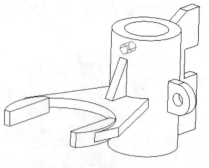（拉伸至选定），选择圆柱内前侧面作为深度参照，得到如图 6.100 所示前孔。

9．圆滑处理

在一些棱角上放置圆角、倒角特征，除了图中标注的圆角参数外，其他为 1～2，读者可按自己意图进行设计，如图 6.101 所示（两个视角）。

图 6.100　前孔

10．保存文件

选择【文件】|【保存】命令（或者单击【文件】工具栏中的图标按钮 ），单击【确定】保存文件。

至此，本例结束。

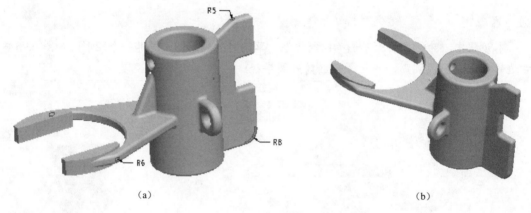

（a）　　　　　　　　　　　　　　　　　　　（b）

图 6.101　圆滑处理

实例 2　接头

本例将制作如图 6.102 所示的一个接头。

图 6.102　接头

本例的大部分特征中都带有内部基准，以便读者练习，另外，读者在草绘时应多注意参照、约束。

对于一些需要输入偏距值的文本框，读者会发现输入数值并回车后，可能会与设计意图相反，只需加入负号回车即可，此时虽然文本框中依然显示正值，但绘图区中的方向已符合要求，读者可自行体会。

1．新建文件

新建实体零件文件，命名为 jizhunzuobiaoxi，注意取消默认模板，选择 mmns_part_solid（毫米牛顿秒）作为设计模板。

2．接头筒

使用拉伸工具，在 TOP 面草绘，如图 6.103 所示，完成后输入拉伸深度为 100，其他选项为默认，得到如图 6.104 所示接头筒。

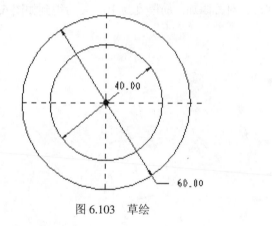

图 6.103　草绘

图 6.104　接头筒

3．侧壁

（1）基板。使用拉伸工具，在内部基准面 DTM1（从 RIGHT 面偏移 118）上草绘，如图 6.105 所示。完成后设置拉伸方式为 ⊥（拉伸至选定），选择圆柱外侧面作为深度参照，得到如图 6.106 所示侧壁。

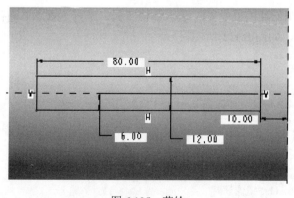

图 6.105　草绘

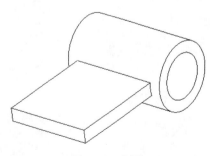

图 6.106　侧壁

（2）完全倒圆角。进入圆角工具，选择如图 6.107 所示 1 边，然后按着 Ctrl 键选择 2 边，在【设置】上滑面板中按下【完全倒圆角】按钮，完成后如图 6.108 所示。

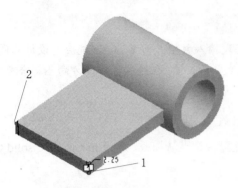

图 6.107　选择圆角参照

图 6.108　完全倒圆角

4．放置筋

（1）在一侧放置。进入筋工具，在内部基准面 DTM2（从 TOP 面偏移 50）上草绘，如图 6.109 所示，完成后调整筋的加材料方向为向内，对称添加，筋厚度为 10，最后得到如图 6.110 所示筋。

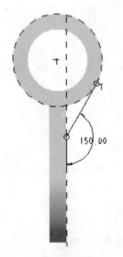

图 6.109　草绘

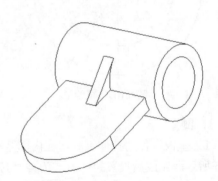

图 6.110　筋

（2）在另一侧镜像放置。选中我们刚刚创建的筋特征，进入镜像工具，选择 FRONT 面作为镜像平面，完成后在另一侧得到筋特征，如图 6.111 所示。

图 6.111　镜像筋

5．基板修饰

（1）在基板一侧创建凸台。使用旋转工具，在 DTM4（从 RIGHT 面偏移 78）上草绘，如图 6.112 所示，完成后保持默认设置，得到如图 6.113 所示凸台。

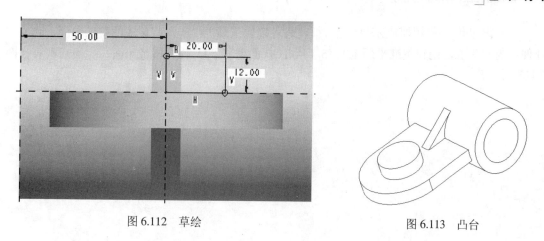

图 6.112　草绘　　　　　　　　　　图 6.113　凸台

（2）放置孔。进入简单直孔工具，以凸台上表面为主参照，次参照属性设置为【同轴】，然后选择凸台的旋转轴作为次参照，设置孔径为 24，打通孔，完成后如图 6.114 所示。

图 6.114　放置孔

（3）在基板另一侧创建凸台。使用拉伸工具，在内部基准面 DTM5（从 FRONT 面偏移 10）上草绘，如图 6.115 所示。完成后设置拉伸方式为 （拉伸至选定），选择基板作为深度参照，得到如图 6.116 所示凸台。

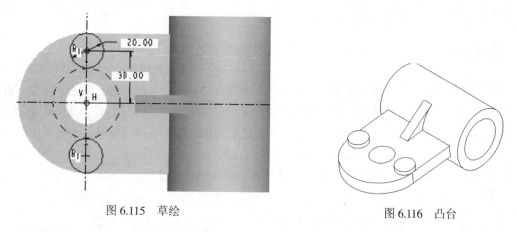

图 6.115　草绘　　　　　　　　　　图 6.116　凸台

（4）在一个凸台上放置孔。进入简单直孔工具，以凸台上表面为主参照，次参照属性设置为【同轴】，然后选择凸台的旋转轴作为次参照，设置孔径为 12，打通孔，完成后如图 6.117 所示。

（5）镜像孔。选中刚刚创建的孔特征，进入镜像工具，由于没有现成的镜像平面，我们同样使用内部基准，创建基准平面 DTM6（从 TOP 面偏移 50）作为镜像平面，完成后得到如图6.118 所示孔。

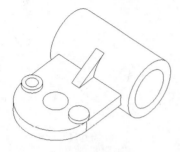
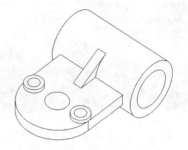

图 6.117　放置孔 　　　　　　　　　　　　　　　图 6.118　镜像孔

至此，本例结束，如图 6.119 所示为最终效果（两个视角）。

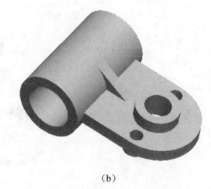

（a） 　　　　　　　　　　　　　　　　　　　　　　（b）

图 6.119　接头

6．保存文件

选择【文件】|【保存】命令（或者单击【文件】工具栏中的图标按钮），单击【确定】按钮保存文件。

本章小结

本章主要介绍了基准特征的创建，关键在于选择合适的参照，然后进行约束、定位，直到符合几何要求。这里，要再次提醒读者，不要局限于书本中的方法，只要符合几何约束要求，就能够成功创建基准特征。学完本章后，读者应经常利用基准特征进行建模，不仅效率高，而且有利于产品的后续开发，避免一些不必要的特征父子关系等。到这里，关于零件设计的一些基础知识已经全部介绍完毕，读者可以尝试对大部分零件进行建模。

第7章
实体特征编辑

☞ **本章导读**

在 Pro/E 中，特征是构建实体的基本单位，同时特征又是模型的基本操作单位，在模型上选取特征后，可以使用阵列、复制等方法为其创建副本，也就是对特征进行编辑，实体特征的编辑功能包括对特征的复制、镜像、阵列、建立局部组等操作。熟练掌握特征的各项编辑操作能够大大加快设计效率。

一个三维模型由为数众多的特征按照设计顺序以反革命积木方式"拼装"而成，这样创建的实体模型具有清晰的结构。当然，还可以使用修改、重定义等操作来修改和完善设计中的缺陷。由于 Pro/E 以特征建模作为设计主线，因此，很好地掌握特征的各项操作能够简化设计过程，能够轻松实现对设计意图的修改，使设计作品更加完善。

✋ **学习要点**

➢ 特征复制
➢ 镜像几何
➢ 阵列复制
➢ 局部组
➢ 实例操作

7.1 特征复制

7.1.1 特征复制工具简介

选择【编辑】|【特征操作】命令，弹出【特征】菜单，如图 7.1 所示，选择【复制】命令，弹出【复制特征】菜单，如图 7.2 所示。

菜单上各命令的意义如下：

【新参考】：复制特征时，重选参照。

【相同参考】：复制特征时，使用原特征的参照。

【镜像】：镜像复制特征。

【移动】：将原特征进行平移和旋转，得到新特征。

【选取】：用鼠标选取。

【所有特征】：选择所有特征。

图 7.1　【特征】菜单

图 7.2　【复制特征】菜单

【不同模型】：从不同模型中复制。

【不同版本】：从不同的版本中复制。

【自继承】：从继承特征中复制。

【独立】：复制完成后，新特征不会因原特征的变化而变化。

【从属】：复制完成后，新特征将会随原特征的变化而变化。

【完成】：完成操作，继续下一步。

【退出】：退出操作。

在进行特征复制时，应明确 Pro/E 的思路：首先选择要复制的特征，然后指定复制后的新特征所处位置及其形状，最后进行检查、重定义，完成特征的复制。下面我们进行具体介绍。

7.1.2　使用参考命令复制特征

参考复制时，关键在于重选（或保留）参照，以及对相关尺寸进行定义。

1．新建文件

新建实体零件文件，命名为：cankaofuzhi，注意取消默认模板，选择 mmns_part_solid（毫米牛顿秒）作为设计模板。

2．建立实体

（1）建立长方体。使用拉伸工具，在 TOP 面绘制如图 7.3 所示草绘，完成后设置拉伸深度为 100，最后得到如图 7.4 所示拉伸体。

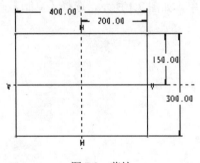

图 7.3　草绘

图 7.4　长方体

（2）建立圆柱体。使用拉伸工具，在长方体顶面绘制如图 7.5 所示草绘，完成后设置拉伸深度为 100，最后得到如图 7.6 所示拉伸体。

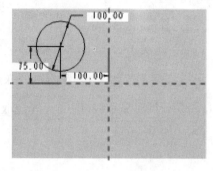

图 7.5　草绘

图 7.6　圆柱体

在进行下一步前，我们先来分析一下这两个简单的实体特征：

长方体以 TOP 面为草绘平面绘制草绘，然后以 FRONT 面和 RIGHT 面为参照定位草绘中矩形的尺寸和约束关系。

圆柱体以长方体顶面为草绘平面绘制草绘，然后以 FRONT 面和 RIGHT 面为参照定位草绘中矩形的尺寸和约束关系。

明确这些后，我们继续进行以下操作。

3．复制特征

（1）选择【编辑】|【特征操作】命令，弹出【特征】菜单。

（2）选择【复制】命令，弹出【复制特征】菜单。

（3）选择【新参考】|【选取】|【独立】|【完成】，弹出【选取特征】菜单和【选取】菜单，如图 7.7 所示。

（4）选择小圆柱体，如图 7.8 所示，单击【完成】。

图 7.7　【选取特征】菜单、【选取】菜单

图 7.8　选择小圆柱体

（5）此时绘图区的圆柱体定位尺寸参数和形状尺寸参数均显示出来，如图 7.9 所示，同时系统弹出【组元素】对话框、【组可变尺寸】菜单和【选取】菜单，如图 7.10 所示。其中绘图区中的尺寸与【组可变尺寸】菜单中的 Dim 1、Dim 2……相互对应，被选中的尺寸是需要修改的尺寸，我们选中所有的尺寸，单击【完成】。

（6）系统要求依次输入 Dim 1、Dim 2……的值，这里输入 50、50、−75、−100，注意每输完一个值就回车一次。

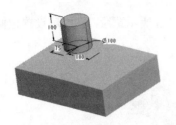

图 7.9　绘图区　　　　　图 7.10　【组元素】对话框、【组可变尺寸】菜单和【选取】菜单

（7）输入完毕后系统弹出【参考】菜单，如图 7.11 所示，同时提示窗口中显示【选取 草绘平面参照对应于加亮的曲面】，选择【相同】。

图 7.11　【参考】菜单

（8）此时提示窗口中显示【选取 水平草绘参照对应于加亮的曲面】，选择前侧面如图 7.12 所示。

（9）此时提示窗口显示【选取 截面尺寸标注参照对应于加亮的曲面】，选择右侧面如图 7.13 所示。

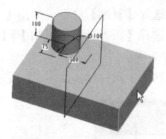

图 7.12　选择前侧面　　　　　　　　　　图 7.13　选择右侧面

（10）此时系统弹出【方向】菜单，如图 7.14 所示，要我们选择【正向】或【反向】，这里我们选择【正向】。

（11）此时系统的绘图区出现我们复制的特征，如图 7.15 所示，同时弹出【组放置】菜单，如图 7.16 所示。

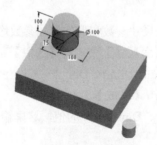

图 7.14　【方向】菜单　　　图 7.15　特征复制　　　图 7.16　【组放置】菜单

本操作到此本应告一段落了，但发现提示窗口显示【警告:拉伸_3 完全在模型外部】，如果这是设计者预料中的，当然可单击【完成】结束操作。

但我们原本是打算把复制的圆柱放置在长方体表面上的，此时可进行如下操作：

（1）选择【重定义】命令，系统又弹出【组元素】对话框（此时的对话框是完全定义的），如图 7.17 所示。

（2）双击【再生操作】，弹出【方向】菜单，选择【反向】命令，此时的复制特征变为如图 7.18 所示。

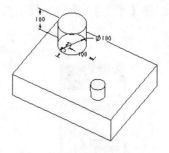

图 7.17 【组元素】对话框　　　　　　　　图 7.18 重定义后的复制特征

也可以双击【可变尺寸】，选择后两个尺寸，即刚才输入-75 和-100 的两个尺寸，把它们分别改为 75 和 100，这样也能得到如图 7.18 所示的复制特征。

在本例所示的复制操作中，我们选择的是【新参考】|【选取】|【独立】|【完成】命令。

如果选择【相同参考】|【选取】|【独立】|【完成】命令，将与上述步骤类似，只是【组元素】对话框中少了【参照】元素，如图 7.19 所示。

如果选择【新参考】|【选取】|【从属】|【完成】命令，则相当于给原特征与新特征之间添加了父子关系（关于父子关系这个概念将在以后章节详细介绍）。

读者可自己尝试、练习。

图 7.19 【组元素】对话框

4．保存文件

选择【文件】|【保存】命令（或者单击【文件】工具栏中的图标按钮 ），单击【确定】保存文件。

7.1.3 平移复制特征

平移复制的特点是能让特征沿某线的方向（或者某面的法向、某坐标系的一个坐标轴）移动，从而形成新特征。

1．新建文件

新建实体零件文件，命名为 pingyifuzhi，注意取消默认模板，选择 mmns_part_solid（毫米牛顿秒）作为设计模板。

2．建立实体

使用图7.6所示的实体，创建方法可参考上节。

3．平移复制特征

（1）选择【编辑】|【特征操作】命令，弹出【特征】菜单。

（2）选择【复制】命令，弹出【复制特征】菜单。

（3）选择【移动】|【选取】|【独立】|【完成】，弹出【选取特征】菜单。

（4）选择小圆柱体，单击【完成】，弹出【移动特征】菜单，如图7.20所示。

（5）选择【平移】，弹出【选取方向】菜单。

（6）选择【平面】，然后选择如图7.21所示前侧面。

图7.20　【移动特征】菜单

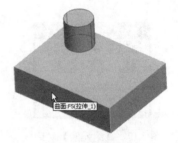

图7.21　选择前侧面

（7）此时系统弹出【方向】菜单，选择【正向】命令。

（8）窗口下部弹出提示框，要求输入偏移距离，我们输入150，回车。

注　意

可选择平面（平面的法向或其反向）、曲线/边/轴（与之同向或反向）、坐标系（与其坐标轴同向或反向）来确定移动方向。

（9）选择【移动特征】菜单中的【完成移动】命令，这时系统又弹出我们熟悉的【组元素】对话框，可以进行尺寸修改。这里我们不进行修改，直接选择【完成】。

注　意

在这里修改的尺寸会与刚才的平移进行叠加，即系统将先进行尺寸修改、后进行平移。

（10）单击【组元素】对话框中的【确定】按钮，完成复制操作，得到平移复制特征如图7.22所示。

图7.22　移动复制

4．保存文件

选择【文件】|【保存】命令（或者单击【文件】工具栏中的图标按钮），单击【确定】保存文件。

7.1.4 旋转复制特征

旋转复制的特点在于使特征绕某线（某面及一点，某坐标系的一个坐标轴）旋转一定角度，从而得到新特征。

1．新建文件

新建实体零件文件，命名为 xuanzhuanfuzhi，注意取消默认模板，选择 mmns_part_solid（毫米牛顿秒）作为设计模板。

2．建立实体

依然使用如图 7.6 所示的实体，创建方法可参考上节。

3．旋转复制特征

（1）选择【编辑】|【特征操作】命令，弹出【特征】菜单。

（2）选择【复制】命令，弹出【复制特征】菜单。

（3）选择【移动】|【选取】|【独立】|【完成】，弹出【选取特征】菜单。

（4）选择小圆柱体，单击【完成】，弹出【移动特征】菜单。

（5）选择【旋转】，弹出【选取方向】菜单。

（6）选择【曲线/边/轴】，然后选择如图 7.23 所示的边，然后选择【正向】，再在下方的提示框内输入 36，回车。

注 意

可选择平面（平面的方向或其反向，注意：若选择平面，则还需一个点来进一步确定）、曲线/边/轴（与之同向或反向）、坐标系（与其坐标轴同向或反向）来确定旋转轴。

（7）选择【完成移动】，弹出【组元素】选项卡，同样我们不进行尺寸修改，直接单击【完成】按钮。

（8）单击【确定】完成复制操作，如图 7.24 所示。

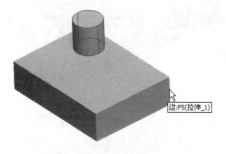

图 7.23 选择边

图 7.24 旋转复制

4．保存文件

选择【文件】|【保存】命令（或者单击【文件】工具栏中的图标按钮），单击【确定】保存文件。

7.2 镜像几何

7.2.1 镜像几何简介

在学习草图绘制一章时，读者已经知道如何进行图元镜像，在第四章、第六章的实例操作中我们也使用过镜像操作，在进行镜像时，我们也要明确 Pro/E 的思路：首先选择要镜像的特征，然后选择基准平面（或者创建新的基准面）即可。

这里的镜像工具与刚刚的复制工具在同一菜单下，我们就不进行介绍了，下一节我们仍以实例来向读者介绍其使用方法。

7.2.2 镜像几何

1．新建文件

新建实体零件文件，命名为 jingxiangjihe，注意取消默认模板，选择 mmns_part_solid（毫米牛顿秒）作为设计模板。

2．建立实体

我们继续使用如图 7.6 所示的实体，创建方法同上。

3．镜像几何

（1）选择【编辑】|【特征操作】命令，弹出【特征】菜单。

（2）选择【复制】命令，弹出【复制特征】菜单。

（3）选择【镜像】|【选取】|【独立】|【完成】，弹出【选取特征】菜单。

（4）选择小圆柱体，单击【完成】，弹出【设置平面】菜单。

（5）选择合适的平面做为镜像面，这里选择 RIGHT 面，如图 7.25 所示。

（6）此时系统直接建立镜像，如图 7.26 所示。

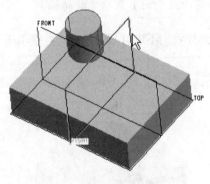

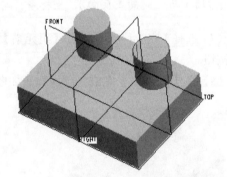

图 7.25　选择镜像面　　　　　　　　　　图 7.26　镜像几何

注　意

正如我们以前所介绍的，单击选择一个特征，然后单击右侧工具栏中的 按钮，最后选择镜像平面，同样也可以进行镜像操作。

值得注意的是，这样操作时，特征将被复制为从属项，要想改变为独立项，可将【选项】上滑面板中的【复制为从属项】前面的对勾去掉即可，如图 7.27 所示。

图 7.27　更改选项

4. 保存文件

选择【文件】|【保存】命令（或者单击【文件】工具栏中的图标按钮），单击【确定】保存文件。

7.3　阵列复制

7.3.1　阵列复制简介

阵列是指通过一次操作，把原始特征复制为多个特征。由于阵列是由参数驱动的，故可通过改变原特征参数、副本数、副本间距离等改变阵列。

我们在第 4 章的实例操作中使用的是轴阵列，在 Pro/E Wildfire 3.0 中，阵列功能得到很大加强，共有七种阵列方式可供选择：尺寸阵列、方向阵列、轴阵列、填充阵列、表阵列、参照阵列、曲线阵列；从阵列类型上分，又可以分为三种：相同阵列、变化阵列、一般阵列。如图 7.28～图 7.34 所示为阵列工具界面及相关介绍，下节我们将通过实例详细介绍它们的使用方法。

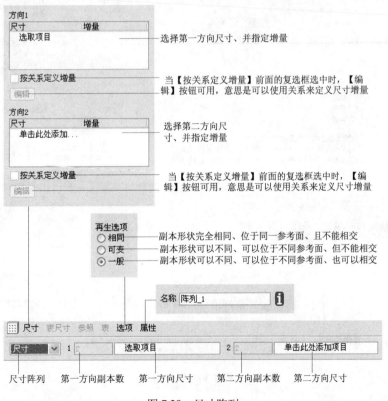

图 7.28　尺寸阵列

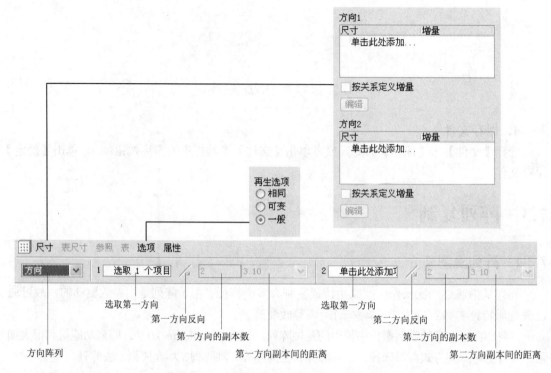

图 7.29　方向阵列

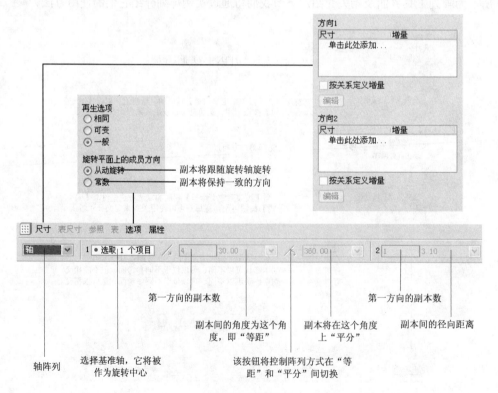

图 7.30　轴阵列

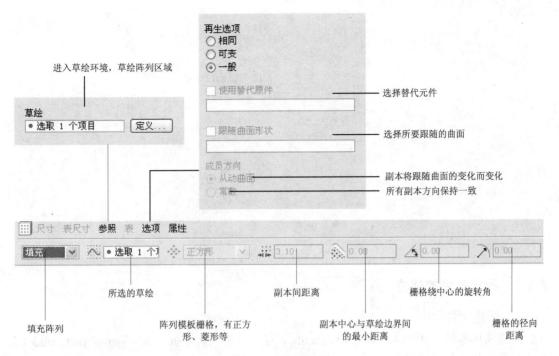

图 7.31 填充阵列

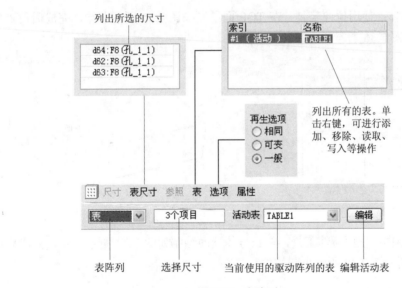

图 7.32 表阵列

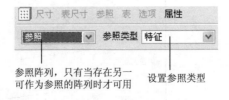

图 7.33 参照阵列

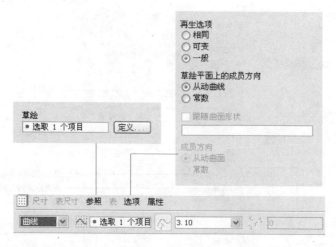

图 7.34　曲线阵列

7.3.2　尺寸阵列的建立

1．新建文件

新建实体零件文件，命名为 chicunzhenlie，注意取消默认模板，选择 mmns_part_solid（毫米牛顿秒）作为设计模板。

2．建立实体

（1）建立拉伸体：使用拉伸工具，在 TOP 面绘制如图 7.35 所示草绘，完成后设置拉伸深度为 100，得到如图 7.36 所示长方体。

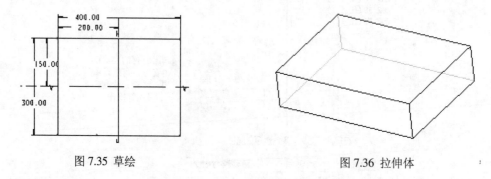

图 7.35 草绘　　　　　　　　　　　　　　　图 7.36 拉伸体

（2）建立拉伸体：使用拉伸工具，在长方体顶面绘制如图 7.37 所示草绘，完成后设置拉伸深度为 50，得到如图 7.38 所示小圆柱体。

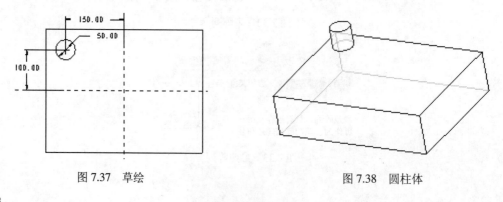

图 7.37　草绘　　　　　　　　　　　　　　图 7.38　圆柱体

3．创建阵列

（1）在绘图区选择圆柱体，然后选择【编辑】|【阵列】命令或者单击 按钮，弹出阵列工具操控面板。

（2）在操控面板上，选择阵列方式为【尺寸】。

（3）单击操控面板上的【尺寸】，弹出【尺寸】上滑面板。

（4）用【方向一】选择器选择数值为 150 的尺寸，在弹出的文本框中输入-100，然后回车，如图 7.39 所示。

（5）用【方向二】选择器选择数值为 100 的尺寸，在弹出的文本框中输入-100，然后回车，如图 7.40 所示。

注　意

每个选择器都可以选择多个尺寸，定义多个尺寸增量，从而创建较灵活的阵列，当然，需要按着 Ctrl 键选择。

另外，也可以使用操控面板上对应的选择器进行选择。

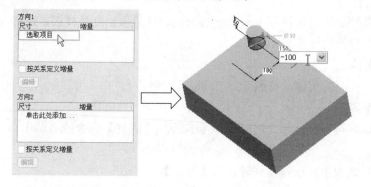

图 7.39　定义第一方向尺寸

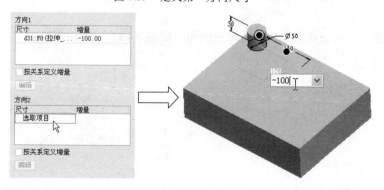

图 7.40　定义第二方向尺寸

（6）在操控面板上输入第一方向数为 4，第二方向数为 3，如图 7.41 所示。

图 7.41　输入各个方向副本数

（7）单击 按钮，得到如图 7.42 所示尺寸阵列。

图 7.42　尺寸阵列

4．保存文件

选择【文件】|【保存】命令（或者单击【文件】工具栏中的图标按钮），单击【确定】保存文件。

7.3.3　方向阵列的建立

1．新建文件

新建实体零件文件，命名为 fangxiangzhenlie，注意取消默认模板，选择 mmns_part_solid（毫米牛顿秒）作为设计模板。

2．建立实体

创建与上节相同的实体，如图 7.38 所示。

3．创建阵列

（1）在绘图区选择圆柱体，然后选择【编辑】|【阵列】命令或者单击按钮，弹出阵列工具操控面板。

（2）在操控面板上，选择阵列方式为【方向】。

（3）用第一方向选择器选择长方体前侧面，如图 7.43 所示，并输入第一方向副本数为 3，间距为 100。

（4）用第二方向选择器选择长方体右侧面，如图 7.44 所示，并输入第二方向副本数为 4，间距为 100。

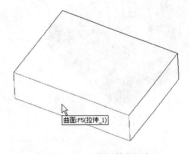

图 7.43　选择前侧面

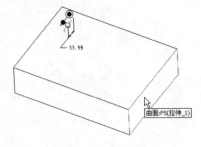

图 7.44　选择右侧面

此时的操控面板如图 7.45 所示。

图 7.45　操控面板

注　意

用这里的选择器进行选择时，可以选择面、边、坐标系或轴等图元。

（5）单击☑，得到如图 7.46 所示阵列。

图 7.46　方向阵列

注　意

在进行方向阵列时，【尺寸】上滑面板依然可用，用法同尺寸阵列，其实，这两种阵列的不同处在于尺寸阵列使用现有尺寸控制阵列，方向阵列使用合适的参照控制阵列。

4．保存文件

选择【文件】|【保存】命令（或者单击【文件】工具栏中的图标按钮🖫），单击【确定】保存文件。

7.3.4　轴阵列的建立

1．新建文件

新建实体零件文件，命名为 zhouzhenlie，注意取消默认模板，选择 mmns_part_solid（毫米牛顿秒）作为设计模板。

2．建立实体

（1）建立拉伸特征：使用拉伸工具，在 TOP 面绘制如图 7.47 所示草绘，完成后设置拉伸深度为 50，得到如图 7.48 所示大圆盘，圆柱直径、高度分别为 1000 和 50。

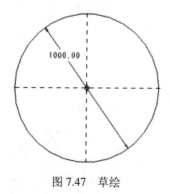

图 7.47　草绘　　　　　　　　　　　图 7.48　大圆盘

（2）在大圆柱顶面放置一个简单直孔特征，设置为完全穿透，直径为 100，选择线性次参照为 RIGHT 和 FRONT 面，偏移量分别为 0 和 400，如图 7.49 所示。

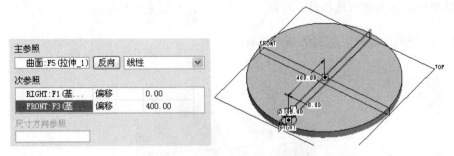

图 7.49　放置孔

3．创建阵列

（1）在绘图区选择孔，然后选择【编辑】|【阵列】命令（或者单击右侧工具栏中的▦按钮），弹出阵列工具操控面板。

（2）选择阵列方式为【轴】，用【中心轴】选择器选择大圆柱的中心轴。

注　意

可单击 ⚹ 按钮切换基准轴的显示与否。

（3）输入第一方向副本数为 8，单击 ⟁ 按钮切换到"平分"，使用默认的 360，然后输入第二方向副本数为 3，径向距离为-120。

此时的操控面板如图 7.50 所示。

图 7.50　操控面板

注　意

在输入径向距离的-120后，回车，这时虽然文本框中显示120，但绘图区的实时显示已经发生变化，读者可自己体会。

（4）单击 ☑ 按钮完成阵列，如图 7.51 所示。

图 7.51　轴阵列

4．保存文件

选择【文件】|【保存】命令（或者单击【文件】工具栏中的图标按钮🖫），单击【确定】

保存文件。

7.3.5 填充阵列的建立

1. 新建文件

新建实体零件文件，命名为 tianchongzhenlie，注意取消默认模板，选择 mmns_part_solid（毫米牛顿秒）作为设计模板。

2. 建立实体

（1）建立旋转特征：使用旋转工具，在 TOP 面绘制草绘如图 7.52 所示，注意应先画中心线，草绘要封闭，完成后设置旋转角为 180，得到如图如图 7.53 所示半球。

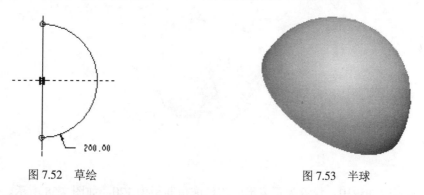

图 7.52 草绘   图 7.53 半球

（2）创建基准面：使用基准平面工具偏移 TOP 面，偏距为 240，如图 7.54 所示。

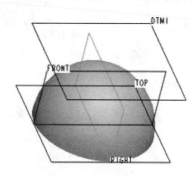

图 7.54 基准面 DTM1

（3）创建拉伸体：使用拉伸工具，在刚创建的基准平面 DTM1 上草绘，如图 7.55 所示，完成后使用 ⊥ 选项拉伸至半球表面，得到如图 7.56 所示小圆柱体。

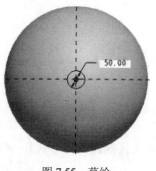

图 7.55 草绘   图 7.56 小圆柱

3．创建阵列

（1）在绘图区选择小圆柱体，然后选择【编辑】|【阵列】命令或者单击⊞按钮，弹出阵列工具操控面板。

（2）在操控面板上选择阵列方式为【填充】。

（3）单击操控面板上的【参照】，弹出【参照】上滑面板。

（4）在上滑面板中单击【定义】，选择我们定义的基准平面 DTM1，使用默认参照及方向，单击【草绘】进入草绘环境。

（5）在草绘环境中绘制圆，如图 7.57 所示，单击✔完成，回到零件编辑环境。

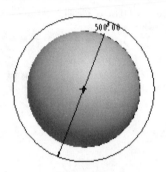

图 7.57　草绘圆

（6）在操控面板中，设置为正方形阵列，成员间距为 120，如图 7.58 所示。

图 7.58　操控面板

（7）单击☑按钮完成阵列，如图 7.59 所示。

图 7.59　填充阵列

注　意

读者可尝试进行如下操作：

（1）在模型树中把鼠标指向刚刚创建的阵列，单击鼠标右键，在弹出的菜单中选择【编辑定义】，重新回到阵列操控面板，如图 7.60 所示。

（2）单击【选项】，在弹出的【选项】上滑面板中，单击【跟随曲面形状】，用选择器选择半球的表面，然后选择【从动曲面】，如图 7.61 所示。

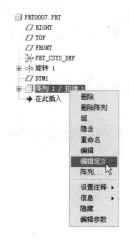

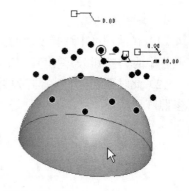

图 7.60　编辑定义　　　　　　　　　　　　图 7.61　更改【选项】

（3）单击☑按钮完成修改，得到如图 7.62 所示阵列。

图 7.62　填充阵列

4．保存文件

选择【文件】|【保存】命令（或者单击【文件】工具栏中的图标按钮🖫），单击【确定】保存文件。

7.3.6　参照阵列的建立

这里我们接着上节的例子进行操作：

1．放置圆角特征

放置半径为 25 的圆角特征，放置点在中心的小圆柱上，如图 7.63 所示。

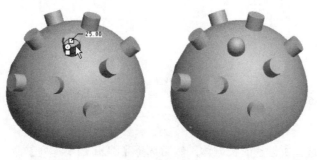

图 7.63　倒圆角

注 意

如果将圆角放置点设在其它圆柱上，将会无法创建阵列，读者可进行尝试，加深印象。

2．参照阵列

（1）在绘图区中选择创建的圆角特征，然后选择【编辑】|【阵列】命令（或者单击右侧工具栏中的 按钮），弹出阵列工具操控面板。

（2）此时系统自动选择阵列类型为【参照】，直接单击 按钮完成阵列，得到如图 7.64 所示参照阵列。

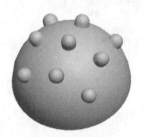

图 7.64 参照阵列

3．保存文件

选择【文件】|【保存】命令（或者单击【文件】工具栏中的图标按钮 ），单击【确定】保存文件。

7.3.7 表阵列的建立

1．新建文件

新建实体零件文件，命名为 biaozhenlie，注意取消默认模板，选择 mmns_part_solid（毫米牛顿秒）作为设计模板。

2．建立实体

使用拉伸工具，在 TOP 面绘制如图 7.65 所示草绘，注意约束关系，完成后设置拉伸深度为 30，得到如图 7.66 所示小长方体。

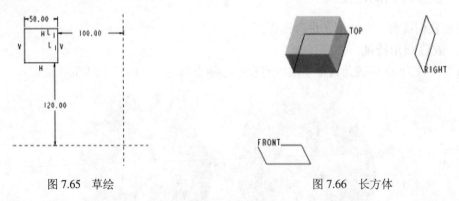

图 7.65 草绘   图 7.66 长方体

3．创建阵列

（1）在绘图区选择所创建的长方体，然后选择【编辑】|【阵列】命令或者单击 按钮，弹出阵列工具。

（2）在操控面板上，选择阵列方式为【表】。

（3）用操控面板上的【尺寸】选择器依次选择绘图区中的 30、50、100、120 四个尺寸。此时【编辑】按钮处于可用状态。

注　意

选择后三个尺寸时需按着 Ctrl 键。

（4）单击【编辑】按钮，Pro/E 将切换到表编辑环境，在单元格上单击鼠标可输入值，输完后，如图 7.67 所示。然后关闭该窗口，Pro/E 将自动返回。

（5）单击☑完成创建，如图 7.68 所示。

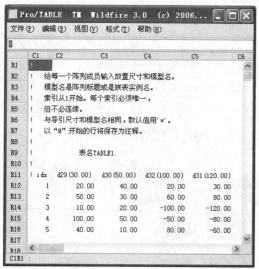

图 7.67　编辑表　　　　　　　　　　图 7.68　表阵列

4．保存文件

选择【文件】|【保存】命令（或者单击【文件】工具栏中的图标按钮🖫），单击【确定】保存文件。

7.3.8　曲线阵列的建立

1．新建文件

新建实体零件文件，命名为 quxianzhenlie，注意取消默认模板，选择 mmns_part_solid（毫米牛顿秒）作为设计模板。

2．建立实体

我们使用上节所创建的小长方体，如图 7.66 所示。

3．创建阵列

（1）在绘图区选择所创建的长方体，然后选择【编辑】|【阵列】命令（或者单击▥按钮），弹出阵列工具操控面板。

（2）在操控面板上，选择阵列方式为【曲线】。

（3）单击操控面板上的【参照】，弹出【参照】上滑面板。

（4）在上滑面板中单击【定义】，选择 TOP 面，使用默认参照及方向，单击【草绘】，在草绘环境中绘制一条样条，具体尺寸不作要求，如图 7.69 所示（当然，也可绘制其他图元），单击 ✔ 按钮完成。

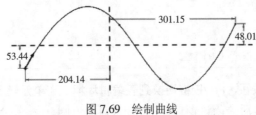

图 7.69　绘制曲线

（5）在【间距】文本框中输入副本间距，具体数字由读者自定（这里我们输入的是 300）。

注　意

读者可尝试单击 按钮，在其后的文本框中输入副本数目，查看效果。

（6）单击 按钮完成阵列操作，如图 7.70 所示。

图 7.70　曲线阵列

4．保存文件

选择【文件】|【保存】命令（或者单击【文件】工具栏中的图标按钮 ），单击【确定】保存文件。

7.4　局部组

7.4.1　局部组简介

把相连的几个特征进行合并，既可以使模型树简洁明了，又可使某些操作（如阵列）得以进行，这种合并操作称为局部组。可以对局部组进行分解、删除等操作，详见下节。

注　意

分解只是把组去掉，而删除则会把组及组中的所有特征删除掉。读者可在操作中体会其中不同。

7.4.2　局部组操作

（1）选中模型树中需要进行组的特征，如图 7.71 所示。

　　选择时，按着 Ctrl 键可一个一个的选择多个特征，按着 Shift 键选择第一个和最后一个特征可选择二者间所有特征。

　　另外，请读者在选择完毕后注意一下阵列工具，此时该按钮是灰色的，不可用，说明无法进行阵列操作。

　　（2）选择【编辑】|【组】命令（或者单击右键选择【组】命令），系统立即将所选特征进行组操作，如图 7.72 所示。

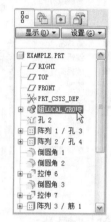

图 7.71　选择特征　　　　　　　　　　　　　　　　图 7.72　组操作

　　这时再注意一下阵列工具，发现按钮可用了。

　　读者可尝试进行分解、删除等操作：单击右键，选择合适的命令即可，如图 7.73 和图 7.74 所示。由于删除会导致特征被删除，所以系统会弹出确认对话框。

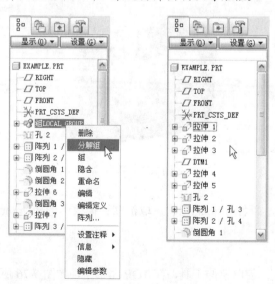

图 7.73　分解组

如果组中某特征含有子特征，将出现此提示框

若组中所有特征均无子特征，将出现此提示框

显然，组中所有特征及其子特征均被删除，只有DTM2不从属于组中任何特征，所以只剩它一个

图 7.74　删除组

7.5　实例操作

实例 1　基盘

本例将完成如图 7.75 所示的一个简单基盘，主要是针对另一类复制工具进行解说。我们在前面介绍的是使用菜单管理器的复制操作，这里的复制工具需要用到【编辑】菜单下的【复制】、【粘贴】、【选择性粘贴】三个命令。

图 7.75　基盘

1. 新建文件

新建实体零件文件，命名为 jipan，注意取消默认模板，选择 mmns_part_solid（毫米牛顿秒）作为设计模板。

2. 建立基体

（1）底座初步建模：使用拉伸工具，在 TOP 面草绘，如图 7.76 所示，完成后保持默认设置，得到如图 7.77 所示底座。

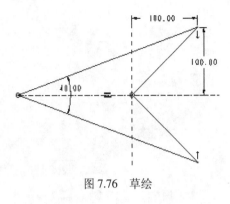

图 7.76　草绘

图 7.77　底座

（2）圆角处理：进入圆角工具，分别在四个地方倒圆角，位置及圆角半径如图 7.78 所示。

（3）建立圆台：使用拉伸工具，在底座顶面上草绘，如图 7.79 所示，完成后使用默认选项，得到如图 7.80 所示圆台。

（4）放置一个孔特征：进入孔工具，参照图 7.81 放置一个直径为 25 的简单直通孔，注意次参照为【同轴】属性的一个内部基准轴（R20 圆角面的中心轴）。

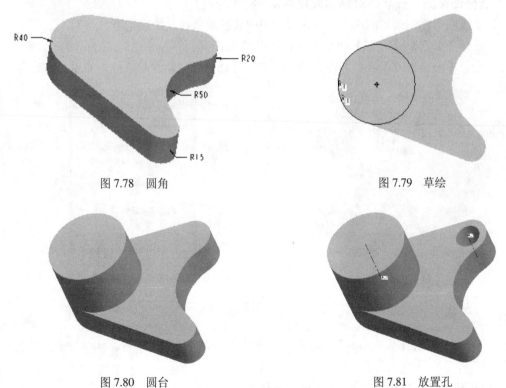

图 7.78　圆角

图 7.79　草绘

图 7.80　圆台

图 7.81　放置孔

3．直接复制特征

（1）选中刚刚创建的孔（在模型树中选择或者在绘图区选择）。

（2）选择【编辑】|【复制】命令（或者使用 Ctrl+C 组合键）。

（3）选择【编辑】|【粘贴】命令（或者使用 Ctrl+V 组合键）。

（4）此时弹出【基准轴】对话框，如图 7.82 所示，显然，我们需要重选参照，选择如图 7.83 所示圆角曲面，然后单击中键（相当于单击【确定】按钮）即可。

图 7.82 【基准轴】对话框

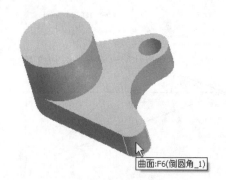

图 7.83 选择参照

（5）此时弹出孔工具操控面板，发现【放置】为红色，表示需要进行定义，单击【放置】，弹出上滑面板，使用【主参照】选择器选择底座上表面，此时次参照属性被默认暂定为【同轴】，直接用【次参照】选择器选择刚刚创建的基准轴即可。

（6）将深度值改为 20，单击中键（相当于单击 按钮），得到如图 7.84 所示孔特征。

4．选择性粘贴（独立，对副本应用移动/旋转变换）

（1）依然选中我们最初创建的孔（在模型树中选择或者在绘图区选择）。

（2）选择【编辑】|【复制】命令（或者使用 Ctrl+C 组合键）。

（3）选择【编辑】|【选择性粘贴】命令，弹出【选择性粘贴】对话框，如图 7.85 所示。

图 7.84 直接复制

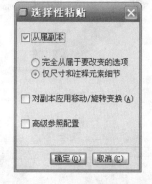

图 7.85 【选择性粘贴】对话框

注　意

默认状态下，只有【从属副本】选项打勾，如将其前面的对勾也去掉，就相当于直接复制特征了。

【完全从属于要改变的选项】：复制后的特征中所有的元素都从属于被复制的特征。

【仅尺寸和注释元素细节】：复制后的特征中，仅尺寸和注释元素细节从属于被复制的特征。

【对副本应用移动/旋转变换】和【高级参照设置】两个选项不能同时选中。

（4）将【从属副本】选项前的对勾去掉，将【对副本应用移动/旋转变换】选项前的对勾打上，然后单击鼠标中键（相当于单击【确定】按钮）。

（5）此时弹出【变换】操控面板，如图 7.86 所示。【变换】显示红色，表示需要进行定义。

图 7.86 【变换】操控面板

（6）单击操控面板上的【变换】，弹出上滑面板，如图 7.87 所示。使用【方向参照】选择器选择 FRONT 面，在文本框中输入-90，回车；然后单击左侧的【新移动】，在【设置】下拉选项中选择【旋转】，选择我们刚开始创建的孔的中轴线，在文本框中输入 15，回车。此时的上滑面板如图 7.88 所示。

图 7.87 【变换】上滑面板　　　　　　图 7.88 【变换】上滑面板（完成后）

（7）单击鼠标中键（相当于单击 ✓ 按钮）完成操作，如图 7.89 所示。

（8）由于我们创建的是独立的复制特征，它已与原特征无关，在绘图区中选中这个复制特征，然后单击右键，在弹出的菜单中选择【编辑】命令，双击孔的直径参数 25，输入 10，回车，单击 ⬚ 按钮（或者使用 Ctrl+G 组合键）进行再生操作，完成后如图 7.90 所示。

图 7.89 选择性粘贴　　　　　　　　图 7.90 编辑孔径

注　意

如果在模型树中选择，不能选择 "Moved Copy 1"，而应单击其前面的加号，选择其组中的 "孔 3"，然后再单击右键，再弹出的菜单中选择【编辑】命令进行编辑操作。

5. 选择性粘贴（从属，进行高级参照设置）

（1）选中我们最初创建的孔（在模型树中选择或者在绘图区选择）。

（2）选择【编辑】|【复制】命令（或者使用 Ctrl+C 组合键）。

（3）选择【编辑】|【选择性粘贴】命令，弹出【选择性粘贴】对话框，选中【完全从属于要改变的选项】和【高级参照设置】两个选项，然后单击鼠标中键，弹出【高级参照配置】对话框，如图 7.91 所示。

（4）在绘图区选择圆台的圆柱面，单击中键；然后系统又弹出【高级参照配置】对话框，单击圆台顶面，单击中键完成操作，如图 7.92 所示。

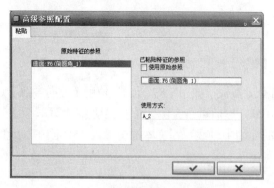

图 7.91 【高级参照配置】对话框

图 7.92 选择后的效果

注 意

这里复制的特征是完全从属的，更改复制特征或原特征的任何一个，都会使另一个产生相同变化，如不想这样，可暂时中断或删除从属关系，如图 7.93 所示，选中特征后，单击右键，选择【复制的特征】级联菜单中的相关命令即可。

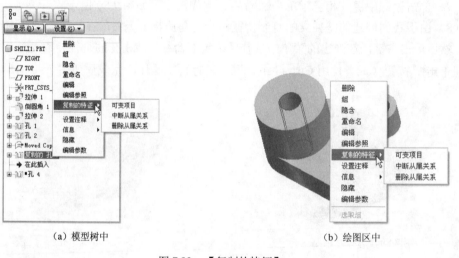

（a）模型树中　　　　　　　　　　　　　　　　　　（b）绘图区中

图 7.93 【复制的特征】

当从属关系被暂时中断或删除后，即可独立编辑了，如图 7.94 所示为将孔径改为 50 后的效果（两个视角）。至此，本例结束。

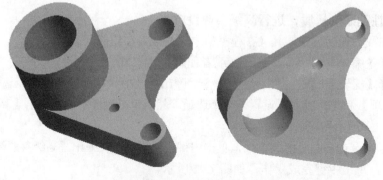

图 7.94 最终效果

6．保存文件

选择【文件】|【保存】命令（或者单击【文件】工具栏中的图标按钮），单击【确定】保存文件。

实例 2　弯管

本例将完成如图 7.95 所示的一个弯管模型，其中综合了基本特征、放置特征、基准特征以及实体特征编辑等工具的使用。

图 7.95　弯管

1．新建文件

新建实体零件文件，命名为 wanguan，注意取消默认模板，选择 mmns_part_solid（毫米牛顿秒）作为设计模板。

2．建立基体

（1）建立底盘：使用拉伸工具，在 TOP 面草绘，如图 7.96 所示，完成后设置拉伸深度为10，得到如图 7.97 所示底盘。

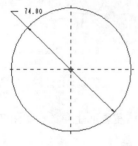

图 7.96　草绘

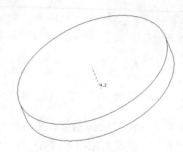

图 7.97　底盘

（2）建立中筒：使用旋转工具，在内部基准面（从 TOP 面偏移 58）上草绘，如图 7.98 所示，完成后保持默认设置，得到如图 7.99 所示中筒。

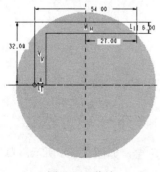

图 7.98　草绘

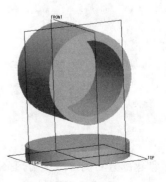

图 7.99　中筒

（3）建立底盘与中筒的连接管基体：使用拉伸工具，在底盘顶面上草绘，如图 7.100 所示，完成后设置为 ⊔（拉伸至选定），然后选择深度参照为接近底盘的一侧外表面，如图 7.101 所示，最后得到如图 7.102 所示连接管基体。

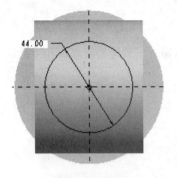

图 7.100 草绘

图 7.101 选择深度参照

图 7.102 连接管基体

（4）建立左侧管基体：使用拉伸工具，在内部基准面（从 FRONT 面偏移 52）上草绘，如图 7.103 所示，完成后设置为 ⊔（拉伸至选定），然后选择深度参照为接近草绘平面的中筒外表面，如图 7.104 所示，最后得到如图 7.105 所示左侧管基体。

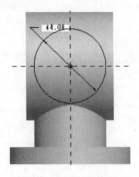

图 7.103 草绘

图 7.104 选择深度参照

图 7.105 左侧管基体

（5）建立左侧管接头基体：使用拉伸工具，在左侧管基体左表面上草绘，如图 7.106 所示，完成后设置拉伸深度为 16，得到如图 7.107 所示左侧管接头基体。

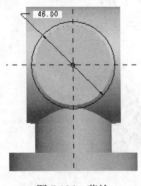

图 7.106 草绘

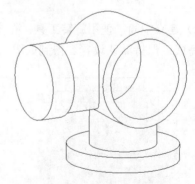

图 7.107 左侧管接头基体

（6）创建部分右侧管：使用扫描工具，在 RIGHT 面草绘，如图 7.108 所示，草绘截面，如图 7.109 所示，完成后得到如图 7.110 所示右侧管。

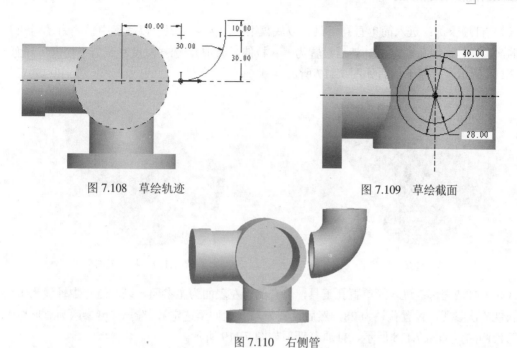

图 7.108　草绘轨迹　　　　　　　　　　图 7.109　草绘截面

图 7.110　右侧管

（7）建立右侧管与中筒的连接管基体：使用拉伸工具，在如图 7.111 所示平面上草绘，如图 7.112 所示，完成后设置为 ⩘（拉伸至选定），然后选择深度参照为靠近草绘平面的中筒外侧面，得到如图 7.113 所示的右侧管与中筒的连接管基体。

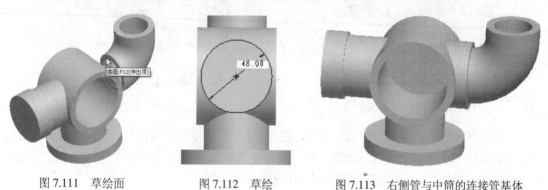

图 7.111　草绘面　　　　　　图 7.112　草绘　　　　　图 7.113　右侧管与中筒的连接管基体

（8）创建右侧管接头基体：使用拉伸工具，在右侧管上表面草绘，如图 7.114 所示，完成后设置拉伸深度为 10，得到如图 7.115 所示右侧管接头。

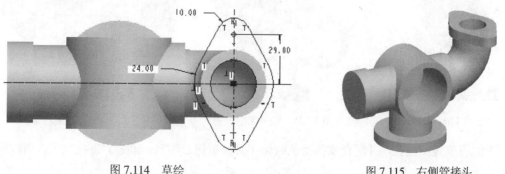

图 7.114　草绘　　　　　　　　　　　图 7.115　右侧管接头

（9）打通下部：进入简单直孔工具，以底盘下表面为主参照，以底盘中轴线为【同轴】属性的次参照，设置孔径为32，然后设置为 ⊥（拉伸至选定），选择深度参照为中筒内下侧面，如图 7.116 所示，打通下部后如图 7.117 所示。

图 7.116　选择深度参照　　　　　　　　　　　图 7.117　打通下部

（10）打通左部：进入简单直孔工具，以左侧管左表面为主参照，以左侧管中轴线为【同轴】属性的次参照，设置孔径为28，然后设置为 ⊥（拉伸至选定），选择深度参照为靠近左侧的中筒内侧面，如图 7.118 所示，打通左部后如图 7.119 所示。

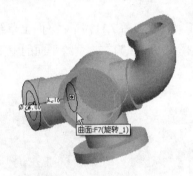

图 7.118　选择深度参照　　　　　　　　　　　图 7.119　打通左部

（11）打通右部：使用拉伸切除工具，在第（7）步创建的右侧管与中筒的连接管右表面草绘，如图 7.120 所示，完成后设置为 ⊥（拉伸至选定），选择深度参照为靠近右侧的中筒内侧面，如图 7.121 所示，打通左部后如图 7.122 所示。

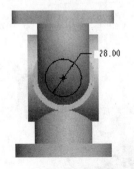

图 7.120　草绘　　　　　　图 7.121　选择深度参照　　　　　　图 7.122　打通右部

下面将放置一些孔，并配合实体特征编辑工具（镜像、阵列、组等）进行放置，所以将它们编为下面一组。

3．实体特征编辑

（1）放置右侧管接口孔：进入简单直孔工具，放置主参照为右侧管接头上表面，次参照为【同轴】属性的内部基准轴（图 7.123 所示圆柱面的中轴线），孔径为 11，深度为 10，最后得到如图 7.124 所示的右侧管接口孔。

（2）镜像右侧管接口孔：选中刚刚放置的右侧管接口孔，然后进入镜像工具，选择 RIGHT 面为镜像平面，得如图 7.125 所示的镜像孔。

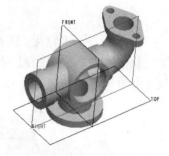

图 7.123　次参照　　　　　　图 7.124　右侧管接口孔　　　　　图 7.125　镜像孔

（3）放置一个底盘孔：进入简单直孔工具，以底盘上表面为主参照，以底盘中轴线和 RIGHT 面为【直径】属性的次参照，对应的直径参数为 58，角度参数为 45，设置孔径为 8，打通孔，完成后如图 7.126 所示。

（4）阵列底盘孔：选中刚刚创建的底盘孔，然后进入阵列工具，选择阵列方式为【轴】，设置成员数为 4，设置成员间角度为 90，其他选项保持默认，得到如图 7.127 所示的底盘孔阵列。

图 7.126　一个底盘孔　　　　　　　　　　图 7.127　底盘孔阵列

（5）创建一个中筒固定孔基体：使用拉伸工具，在中筒的环形面上草绘，如图 7.128 所示，设置拉伸深度为 10，完成后如图 7.129 所示。

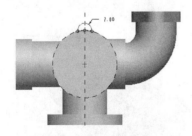

图 7.128　草绘　　　　　　　　　图 7.129　中筒固定孔基体

（6）完善中筒固定孔基体：使用旋转工具，在 FRONT 面草绘，如图 7.130 所示，中心线与水平参照重合，设置为两侧对称旋转，旋转角度为 220，完成后如图 7.131 所示。

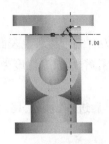

图 7.130　草绘

图 7.131　中筒固定孔基体完善

（7）放置中筒固定孔：进入标准孔工具，以中筒环形面为主参照，如图 7.132 所示，以中筒固定孔基体的中心轴线为【同轴】属性的次参照，使用 ISO 标准的 M6×1 螺钉，取消埋头孔，螺纹深度为 12，钻孔深度为 13，完成后如图 7.133 所示。

图 7.132　选择主参照

图 7.133　中筒固定孔

注　意

读者创建完成后会发现绘图区有注释，因为创建的是标准孔，这里已将注释拭除，读者可参考第 4 章相关内容。

（8）局部组：选中（5）、（6）、（7）三步创建的特征，将它们进行局部组操作，完成后模型树如图 7.134 所示。

（9）阵列组：此时的阵列工具可用，进入阵列工具，设置阵列方式为【轴】，输入第一方向阵列成员数为 3，单击 按钮，输入阵列角度范围为 360，其他选项保持默认，完成后如图7.135 所示。

图 7.134　局部组

图 7.135　阵列中筒固定孔组

下面我们要巧妙地利用尺寸阵列等价完成轴阵列，请读者继续操作。

（10）放置左侧管接口孔：进入标准孔工具，以左侧管左端面为主参照，以 RIGHT 面和左侧管的中心轴线为【直径】属性的次参照，对应的角度参数为 90，直径参数为 38，选择 ISO 标准的 M6x1 螺钉，取消埋头孔，螺纹深度为 10，钻孔深度为 12，完成后如图 7.136 所示。

（11）阵列左侧管接口孔：选中左侧管接口孔，进入阵列工具，使用默认的【尺寸】阵列方式，选择角度尺寸 90，增量为 90，直接回车即可，然后输入第一方向成员数为 4，完成后如图 7.137 所示。

图 7.136　左侧管接口孔　　　　　　　　　图 7.137　阵列左侧管接口孔

注　意

这种方法并非首选，一般情况下，能用轴阵列尽量使用，这里只是给出另一种操作方法而已。

（12）圆滑处理：到此，弯管的大致模型已经完成，下面是一些圆滑处理，读者可参考图 7.138（两个视角）所示进行练习，也可自行定义。

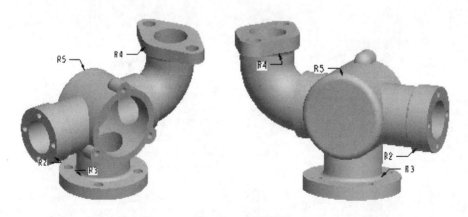

图 7.138　圆滑处理

4．保存文件

选择【文件】|【保存】命令（或者单击【文件】工具栏中的图标按钮），单击【确定】保存文件。

本章小结

　　本章中我们主要学习了特征的复制、镜像、阵列、局部组等实体特征编辑工具，这些工具都是为了使建模更便捷。复制功能可提供参考复制、平移复制、旋转复制等多种方法，同时我们可以定义复制后的特征是否从属于原特征；镜像功能则提供了创建完全相同、关于某参照对称的两特征的更快途径；强大的阵列功能可以创建各种重复性特征，满足各种设计要求，配合局部组可以进行更复杂的阵列操作；而局部组可使模型树一目了然，提高设计效率。

　　实例操作中我们对前述知识进行扩展，列出了其他一些特征操作的方法。

第 8 章
特征设计变更

本章导读

Pro/E 以特征建模作为设计主线，即：由 Pro/E 创建的三维模型是由为数众多的参数化特征按照设计顺序以积木方式"拼装"而成。这样创建的实体模型具有清晰的结构，可调的尺寸，各特征间有参数化的位置关系。设计完成后，可以使用改变特征的父子关系、修改尺寸、重定义特征、隐含、重新排序等操作来修改和完善设计中的缺陷。熟练掌握特征的各项设计变更操作能够简化设计过程，结合上一章中的特征编辑功能，我们就能够轻松实现对设计意图的修改，使设计作品更加工完善。

学习要点

- 父子关系
- 修改
- 编辑定义
- 隐含与恢复
- 插入与重新排序
- 实例操作

8.1 父子关系

在建立特征的过程中，一些特征会创建在另一些特征的某一元素上，它们之间便形成了父子关系。改变父项后，其子项会随之变化，非常方便。为帮助理解父子关系的概念，我们将列举一些会产生父子关系的操作。

8.1.1 特征的放置产生父子关系

在创建了一个基体后，往往需要放置一些特征如孔、筋、圆角等，这样，在基体与这些特征间就有了父子关系，如图 8.1 所示。

图 8.1 圆角特征

8.1.2 尺寸及约束的标注参考产生父子关系

创建一个特征时，一般都会创建一些尺寸及约束，这些尺寸、约束通常有它的参考图元，这些参考图元与尺寸和约束之间便产生了父子关系，如图 8.2 所示。

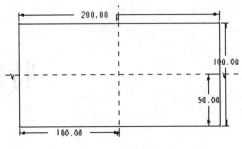

图 8.2 尺寸、约束标注参考

8.1.3 选择草绘平面产生特征之间的父子关系

假定已经创建了一个拉伸特征，在创建另一个拉伸特征时，如将草绘平面设在第一个拉伸特征的某个面上，则第一个特征和第二个特征间形成父子关系，如图 8.3 所示。

图 8.3 圆柱体的草绘平面在长方体的顶面

8.1.4 基准特征的建立产生父子关系

在建立基准时，需要选择参照，这些参照与所建立的基准间也会形成父子关系，如图 8.4 所示。

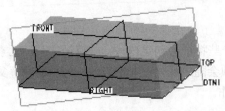

图 8.4 基准面 DTM1

8.1.5 查看信息

1．查看特征信息

选择【信息】|【特征】，然后选择一个特征，或在模型树中选择一个特征并单击右键，在弹出的菜单中选择【信息】|【特征】，浏览器中显示特征信息，如图 8.5 所示。这里包含了所选特征的详细信息，如特征的名称、编号、内部特征 ID 号、它的父/子特征的详细信息、截面数据、相关的尺寸参数等。

图 8.5　特征信息

2．查看模型信息

选择【信息】|【模型】，或在模型树中选择一项并单击右键，在弹出的菜单中选择【信息】|【模型】，浏览器中显示模型信息，如图 8.6 所示。这里包含了该模型的名称、使用的单位、其包含的所有特征列表等。

3．查看父、子项信息

选择【信息】|【父项/子项】，选择一个特征，或在模型树中选择一项并单击右键，在弹出的菜单中选择【信息】|【父项/子项】，弹出【参照信息窗口】对话框，如图 8.7 所示。这里显示了特征父项/子项的详细信息。

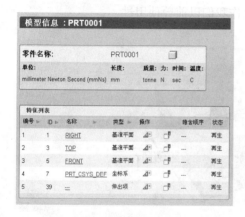

图 8.6　模型信息

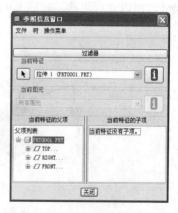

图 8.7　【参照信息窗口】对话框

8.2 修改

8.2.1 修改特征名称

右键单击模型树中的一个特征，在弹出的菜单中选择【重命名】，然后输入其新名称即可，如图 8.8 所示。

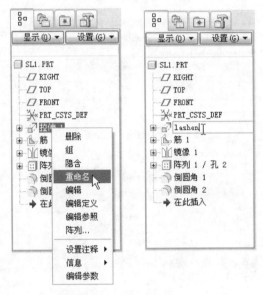

图 8.8 修改特征名称

注 意

在选中一个特征后，再用左键单击它，同样也可进行重命名操作。

8.2.2 修改尺寸

1. 编辑尺寸

右键单击模型树中的一个特征，在弹出的菜单中选择【编辑】，这时绘图区出现尺寸，双击某尺寸，可以进行更改，如图 8.9 所示，该操作我们以前曾使用过。

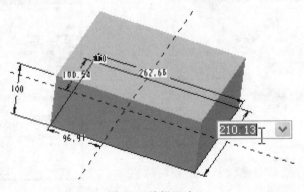

图 8.9 编辑尺寸

2．更改尺寸属性

在选中尺寸后，选择【编辑】|【属性】，或者单击右键在弹出的菜单中选择【属性】，弹出【尺寸属性】对话框，如图 8.10 所示。通过【属性】、【尺寸文本】、【文本样式】三个选项卡可以改变标注的文字、公差、标注位置、颜色等属性。

图 8.10 　【尺寸属性】对话框

注　意

可以按着 Ctrl 键选择多个尺寸，然后再重复操作，也会出现【尺寸属性】对话框，只是有些选项不可用，读者可自己尝试。

8.3　编辑定义

8.3.1　编辑定义简介

编辑定义命令可以很方便地进行重定义操作，我们以前提到过，读者可能也使用过多次了，只是没有进行系统地介绍。

不同的特征重定义方式不同，简言之，相当于重新进行该特征的部分或全部建模操作，下节是重定义一个拉伸特征的过程。

8.3.2　编辑定义操作步骤

1．新建文件

新建实体零件文件，命名为 bianjidingyi，注意取消默认模板，选择 mmns_part_solid（毫米牛顿秒）作为设计模板。

2．建立实体

使用拉伸工具，在 TOP 面绘制草绘如图 8.11（a）所示，完成后设置拉伸深度为 100，得到如图 8.11（b）所示长方体。

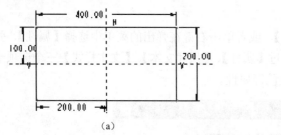
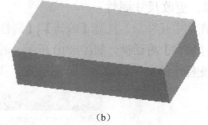

（a）　　　　　　　　　　　　　　　　　（b）

图 8.11　长方体

3．编辑定义

（1）在模型树中选择刚刚创建的拉伸特征后，选择【编辑】|【定义】命令（或者单击右键，在弹出的菜单中选择【编辑定义】命令），这时系统弹出建立长方体时的拉伸操控面板，如图 8.12 所示。

图 8.12　【拉伸】操控面板

（2）单击【放置】，弹出上滑面板，如图 8.13 所示，显然，"内部 S2D0001"表示草绘已定义。

（3）单击【编辑】，进入草绘界面，如图 8.14 所示，这是我们刚开始定义的草绘图。

图 8.13　【放置】上滑面板　　　　　　　　　　图 8.14　原草绘

（4）更改草绘，如图 8.15 所示。

（5）单击 ✔ 按钮完成草绘，回到实体编辑环境。

（6）单击 ✔ 按钮完成编辑定义操作，如图 8.16 所示。

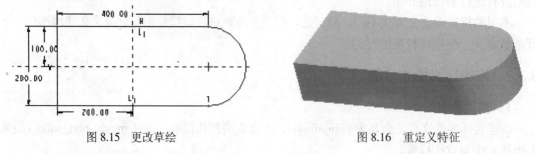

图 8.15　更改草绘　　　　　　　　　　　　　图 8.16　重定义特征

4．保存文件

选择【文件】|【保存】命令（或者单击【文件】工具栏中的图标按钮 🖫），单击【确定】保存文件。

8.4 隐含与恢复

8.4.1 隐含与恢复简介

隐含，可以理解为暂时删除，当一个特征隐含后，它的所有信息被系统保留，但并不显示在绘图区，好像被删除了一样。如果一个零件非常复杂，而又需要进行部分修改，那么隐含一些不需修改的特征将会提高效率，因为被隐含的特征不参与再生。

当然，需要恢复被隐含的零件时，Pro/E 可以很方便地恢复它们。

注 意

一定要区分隐含与删除的不同，隐含仅仅是暂时删除，可以进行恢复，而删除则是永久删除，无法进行恢复。

下面以简单实例介绍隐含与恢复的操作过程。

8.4.2 隐含特征操作步骤

1. 新建文件

新建实体零件文件，命名为 yinhan，注意取消默认模板，选择 mmns_part_solid（毫米牛顿秒）作为设计模板。

2. 建立实体

（1）建立拉伸特征。使用拉伸工具，在 TOP 面绘制草绘，如图 8.17（a）所示，完成后设置拉伸高度为 100，得到如图 8.17（b）所示拉伸体。

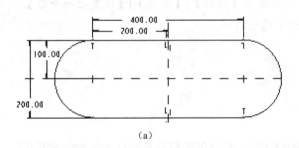

（a） （b）

图 8.17 拉伸实体

（2）放置简单直孔。在拉伸体顶面上放置一个孔特征，孔直径为 100，打通孔，放置主参照为上表面，次参照为 RIGHT 面和 FRONT 面，偏距值均为 0，如图 8.18 所示。

图 8.18 放置孔特征

3．隐含特征

若我们希望隐含刚刚创建的孔特征，可进行如下操作：

（1）在模型树中选择将要隐含的孔，选择【编辑】|【隐含】，或者单击右键，在弹出的菜单中选择【隐含】。

（2）此时系统询问是否确认隐含，如图 8.19 所示，单击【确定】按钮。此时孔被隐含（暂时删除），如图 8.20 所示。

图 8.19　隐含确认 　　　　　　　　　　　　图 8.20　隐含后的实体

4．保存文件

选择【文件】|【保存】命令（或者单击【文件】工具栏中的图标按钮　），单击【确定】按钮保存文件。

8.4.3　恢复特征操作步骤

接着上一小节，我们若想要恢复被隐含的孔特征，只需选择【编辑】|【恢复】|【恢复全部】即可。

注　意

也可以选择【编辑】|【恢复】|【恢复】或者选择【编辑】|【恢复】|【恢复上一个集】，前者用于恢复选定的特征，后者用于恢复上一个隐含特征。

8.5　插入与重新排序

8.5.1　插入与重新排序简介

在一个零件设计完成后，可能需要在中间插入特征，也可能需要使某特征次序靠前或靠后，这就需要进行插入和重新排序。

Pro/E 可以很方便的完成以上操作，下面我们以简单实例介绍操作方法。

8.5.2　插入特征操作步骤

1．新建文件

新建实体零件文件，命名为 charu，注意取消默认模板，选择 mmns_part_solid（毫米牛顿秒）作为设计模板。

2．建立实体

（1）建立拉伸特征：使用拉伸工具，在 TOP 面绘制如图 8.21（a）所示草绘，完成后设置拉伸深度为 100，得到如图 8.21（b）所示长方体。

（2）建立拉伸特征：建立圆柱体，在长方体顶面绘制草绘如图 8.22（a）所示，完成后设置拉伸深度为 150，得到如图 8.22（b）所示圆柱体。

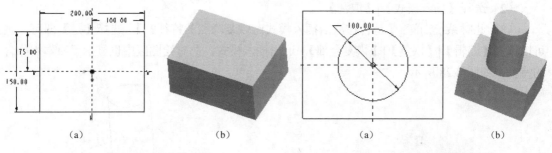

（a）　　　　　　　（b）　　　　　　　（a）　　　　　　　（b）

图 8.21　建立长方体　　　　　　　图 8.22　建立圆柱体

3．进入插入模式插入特征

（1）选择【编辑】|【特征操作】，弹出【特征】菜单。

（2）选择【插入模式】|【激活】。在模型树中选择【拉伸 1】，表示将在该特征后插入特征。注意比较激活前后的模型树和绘图区，如图 8.23～图 8.26 所示。

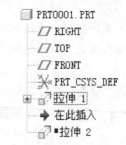

图 8.23　选择插入模式前的模型树　　　　图 8.24　选择插入模式后的模型树

图 8.25　选择插入模式前的绘图区　　　　图 8.26　选择插入模式后的绘图区

注　意

进入插入模式后，列在模型树中【在此插入】下面所有特征的前面都被加·，表示被隐含，对应的绘图区也不会显示。

（3）在长方体顶面放置一个孔，完全穿透，直径为 50，放置次参照为 RIGHT 面和 FRONT面，完成后得到如图 8.27 所示孔。

4．退出插入模式

（1）选择【编辑】|【特征操作】，弹出【特征】菜单。

（2）选择【插入模式】|【取消】。

（3）此时系统询问：【是否在激活插入模式时恢复隐藏的特征？】，选择【是】即可，也可以选择【编辑】|【恢复】|【恢复全部】，退出插入模式，此时绘图区中也显示了原本被隐含的特征，如图 8.28 所示。

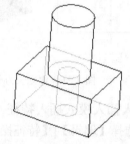

图 8.27　放置孔　　　　　　　　　　　　图 8.28　完成插入特征后的绘图区

注　意

此外，还可在模型树中直接操作，进入和退出插入模式，读者可作如下尝试：

（1）进入插入模式：在模型树中，单击鼠标左键选中【在此插入】并拖动至一个特征后，如图 8.29 所示。

（2）退出插入模式：将【在此插入】拖回原位，在【在此插入】处单击右键并选择【取消】，选择【在此插入】后所有特征并单击右键，选择【恢复】都可以退出插入模式。如图 8.30～图 8.32 所示。

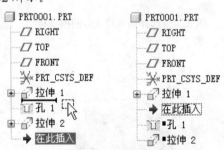

图 8.29　在模型树中进入插入模式

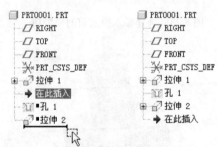

图 8.30　在模型树中退出插入模式（1）

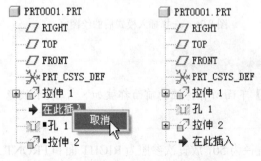

图 8.31　在模型树中退出插入模式（2）

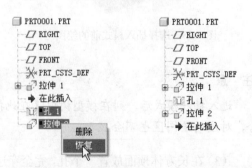

图 8.32　在模型树中退出插入模式（3）

5．保存文件

选择【文件】|【保存】命令（或者单击【文件】工具栏中的图标按钮🖫），单击【确定】按钮保存文件。

8.5.3　重新排序操作步骤

1．新建文件

新建实体零件文件，命名为 chongxinpaixu，注意选择 mmns_part_solid（毫米牛顿秒）作为设计模板。

2．建立实体

（1）先按照上节步骤建立实体，如图 8.28 所示。

（2）建立拉伸特征。使用拉伸工具，在 TOP 面绘制如图 8.33（a）所示草绘（注意不要在长方体底面草绘），拉伸高度为 150，得到如图 8.33（b）所示四个小圆柱体。

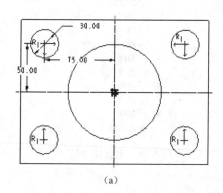

（a）

（b）

图 8.33　建立四个小圆柱体

（3）放置壳特征。在长方体顶面抽壳，抽壳厚度为 5，完成后得到如图 8.34 所示壳特征。

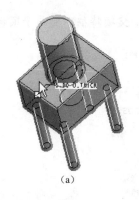

（a）

（b）

图 8.34　抽壳

3．重新排序

（1）选择【编辑】|【特征操作】，弹出【特征】菜单。

（2）选择【重新排序】|【选取】。

（3）选择需要重新排序的特征，作为实例，我们选择壳特征，然后单击【完成】按钮。

菜单管理器变为如图 8.35 所示。

（4）选择【之后】|【选取】，然后在模型树中选择【拉伸 2】，即较大的圆柱体，系统立即自动再生，如图 8.36 所示。同时，注意模型树中的变化，如图 8.37 和图 8.38 所示。

图 8.35　【特征】菜单

图 8.36　重新排序后的实体

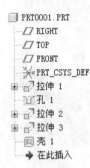

图 8.37　重新排序前

图 8.38　重新排序后

注　意

同样，我们也可在模型树中直接进行排序操作，单击鼠标左键选中需要排序的特征并拖动至合适位置即可，如图 8.39 所示。

在重新排序时，对于具有父子关系的两个或多个特征，父项特征不能与子项特征对调。

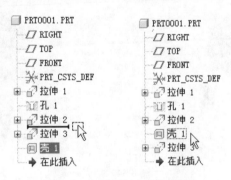

图 8.39　在模型树中直接排序

4．保存文件

选择【文件】|【保存】命令（或者单击【文件】工具栏中的图标按钮），单击【确定】按钮保存文件。

8.6 实例操作

实例 连接口

我们将通过特征设计变更，将如图 8.40 所示零件变为如图 8.41 所示的效果。

原零件的零件名为 shili1.prt，完成后变更后的文件为 shili1(xiugaihou).prt.1。

1. 打开文件

打开光盘中第 8 章文件夹里面的 shili1.prt，如图 8.40 所示，模型树中共有四项，如图 8.42 所示。

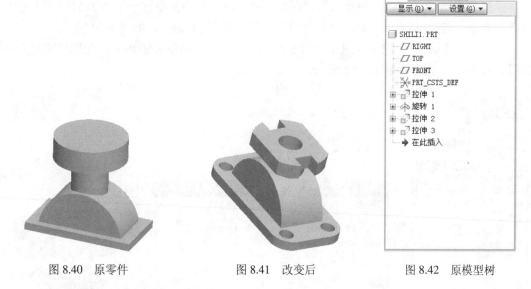

图 8.40 原零件　　　　　图 8.41 改变后　　　　　图 8.42 原模型树

2. 设计更改

（1）编辑定义。将鼠标指向模型树中的"旋转 1"，单击右键，在弹出的菜单中选择【编辑定义】命令，弹出旋转工具操控面板。

单击操控面板上的【位置】，弹出上滑面板，单击【编辑】按钮，系统切换到草绘环境，此时的草绘如图 8.43 所示，更改尺寸，如图 8.44 所示。

修改完成后，回到零件编辑环境，保持其他选项为默认，完成后如图 8.45 所示。

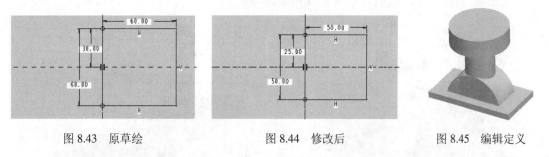

图 8.43 原草绘　　　　　图 8.44 修改后　　　　　图 8.45 编辑定义

（2）编辑定义。同样，我们对"拉伸 2"进行编辑定义操作，原草绘如图 8.46 所示，编辑后如图 8.47 所示。

修改完成后，回到零件编辑环境，保持其他选项为默认，完成后如图 8.48 所示。

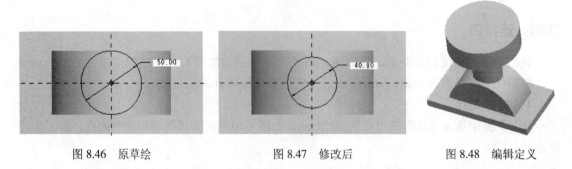

图 8.46　原草绘　　　　　图 8.47　修改后　　　　　图 8.48　编辑定义

（3）编辑定义。单击"拉伸 2"前面的"+"，我们看到其中有一项"DTM1"，这是一个内部基准面，右键单击，在弹出的菜单中选择【编辑定义】命令，如图 8.49 所示，

此时弹出【基准平面】对话框，其中的偏移值为 100，如图 8.50 所示，我们将其改为 60，如图 8.51 所示，完成后如图 8.52 所示。

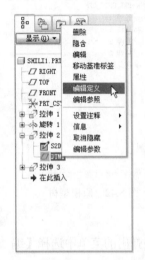

图 8.49　编辑内部基准面　　　图 8.50　原对话框　　　图 8.51　更改偏移值　　　　图 8.52　完成后

（4）编辑尺寸。右键单击"拉伸 3"，在弹出的菜单中选择【编辑】命令，绘图区中有两个尺寸，直径尺寸 100 和高度尺寸 30，双击尺寸，分别改为 80 和 15，回车，如图 8.53 所示。

按 Ctrl+G 再生模型，完成后如图 8.54 所示。

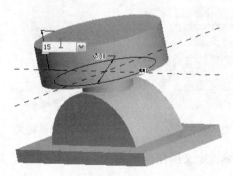

图 8.53　修改尺寸　　　　　　　　　图 8.54　再生后

（5）插入特征。将模型树中的【在此插入】拖动至"旋转1"和"拉伸2"之间，如图8.55所示，此时绘图区变为如图8.56所示。

进入放置壳特征工具，选择底面为移出的曲面，输入壳厚度为10，其他保持默认，完成后如图8.57所示。

图8.55　插入模式　　　图8.56　插入模式下的绘图区　　　图8.57　放置壳特征

完成后将【在此插入】拖回最后一项，退出插入模式。

注　意

这里的进入、退出插入模式的方法是最方便、最直观的一种，但当零件较复杂，模型树中的特征很多时，使用8.5.2节的方法则更方便。

3．设计完善

下面我们将结合前面章节所学的一些特征工具以及特征编辑工具进行进一步完善，以达到我们的设计意图。

（1）钻孔：进入孔工具，以零件的圆柱顶面为主参照，以圆柱的中轴线为【同轴】属性的次参照，孔直径为25，打通孔，完成后如图8.58所示。

（2）拉伸切除：进入拉伸切除工具，在零件的圆柱顶面草绘，如图8.59所示（配合镜像工具的使用，提高效率），完成后设置切除深度为15，其他选项保持默认，完成后如图8.60所示。

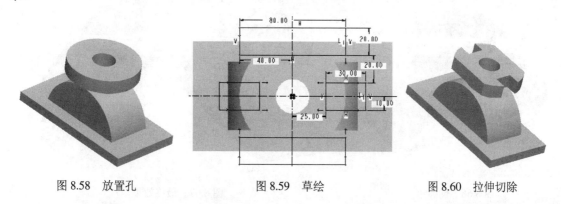

图8.58　放置孔　　　图8.59　草绘　　　图8.60　拉伸切除

（3）钻孔：进入孔工具，以底板上表面为主参照，如图8.61所示，以底板两侧面为【线形】属性的次参照，如图8.62所示，偏移值均设为15，设置孔径为15，打通孔，完成后如图8.63所示。

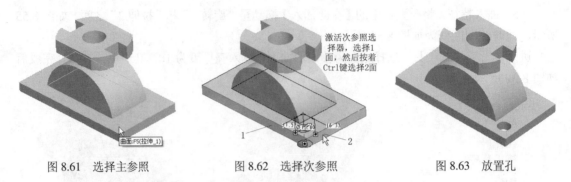

激活次参照选择器，选择1面，然后按着Ctrl键选择2面

曲面:F5(拉伸_1)

图 8.61　选择主参照　　　　图 8.62　选择次参照　　　　图 8.63　放置孔

（4）镜像孔：在模型树中选中刚刚放置的孔，进入镜像工具，以 RIGHT 面为镜像平面，完成后如图 8.64 所示。

选中先前放置的孔和刚刚镜像得来的孔，再次进入镜像工具，以 FRONT 面为镜像平面，完成后如图 8.65 所示。

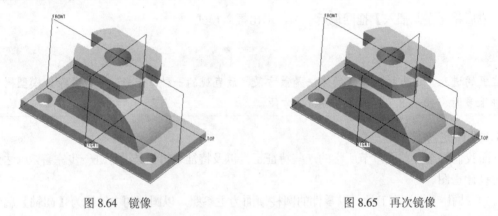

图 8.64　镜像　　　　　　　　　　　　图 8.65　再次镜像

（5）放置圆角：进入圆角工具，在如图 8.66 所示四个位置放置圆角，半径为 20。其他一些细节部分的圆角、倒角请读者自行设计。

至此，本例结束，最终效果如图 8.67 所示（两个视角）。

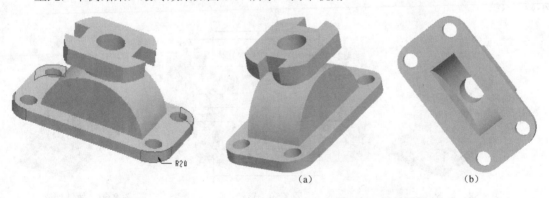

R20

(a)　　　　　　　　　　　　(b)

图 8.66　倒圆角　　　　　　图 8.67　最终效果

4．保存文件

选择【文件】|【保存】命令（或者单击【文件】工具栏中的图标按钮），单击【确定】按钮保存文件。

本章小结

在设计一个产品时，往往不可能一次成功，本章介绍的这些工具和命令就是为了便于设计者进行尝试、验证，再尝试、再反复验证，直到符合设计要求。在本章中应注意以下问题：

（1）特征的父子关系是参数化建模的基础，首先应掌握父子关系产生的原因，并能够解决与父子关系有关的实际问题，在删除或隐含特征时，如果该特征具有子特征，应该为子特征指定一种处理方法。巧妙地使用父子关系可以使我们的初步设计、后续开发更便捷。

（2）修改和编辑定义等工具可以对一些不符合要求或需要进行改进的地方进行重新定义。

（3）隐含工具可以对一些暂时不需要，但以后有可能用到的特征进行暂时删除，这在设计过程中很有用。

（4）利用插入工具，可以在已经创建完成的两个特征之间插入所需特征。使用调整特征顺序的方法可以交换不具有父子关系的一组特征的设计顺序，以此可改变设计结果。

在一次设计中，这些工具会频繁使用，希望读者能够掌握。到本章为止，关于零件的建模部分已介绍完毕，以后几章我们将逐步学习零件装配、机构仿真、工程图创建等知识。

第 9 章
零 件 装 配

👉 **本章导读**

组件模式即装配模式，用于将多个单独创建的零件组装、装配在一起。在 Pro/E 中，零件的装配就是通过定义各个零件之间的约束关系，确定各元件放置的相对位置。从某种程度上来说，零件之间的装配约束关系就是实际工作环境中零件之的装配关系在虚拟设计环境中的反映。零件装配是产品虚拟设计的重要一环，利用组件装配模式可以直观反映产品的整体布局和各零件之间的位置关系，还可以进行各运动部件的运动仿真、干涉检查等工作。本章中，我们先以简单实例介绍装配模式下各命令的使用方法，最后以一个典型实型—四驱车为例，全面引导读者掌握装配的思路和技巧。

✋ **学习要点**

➢ 组件模式的启动与环境
➢ 插入元件与约束
➢ 在组件模式下设计元件
➢ 分解视图
➢ 模型分析
➢ 实例操作

9.1 组件模式的启动与环境

9.1.1 进入组件模式

选择【文件】|【新建】命令或单击 按钮，弹出【新建】对话框，选择【组件】，将文件名改为 zhuangpei，将【使用默认模板】前的对勾去掉，如图 9.1 所示，单击【确定】，弹出【新文件选项】对话框，选择 mmns_asm_design 作为模板，如图 9.2 所示，单击【确定】，进入组件模式。

组件模式下的界面与实体零件模式下的界面类似，如图 9.3 所示。

我们将会用到的命令有：

【插入】|【元件】|【装配】，对应于特征工具栏中的 按钮，用来插入元件。

【插入】|【元件】|【创建】，对应于特征工具栏中的 按钮，用来创建元件。

【编辑】|【阵列】，用于阵列元件。

【视图】|【分解】子菜单下的一些命令，用于创建分解视图。

【分析】|【模型】子菜单下的一些命令，用于进行干涉检查、间隙检查等操作。

图 9.1 【新建】对话框

图 9.2 【新文件选项】对话框

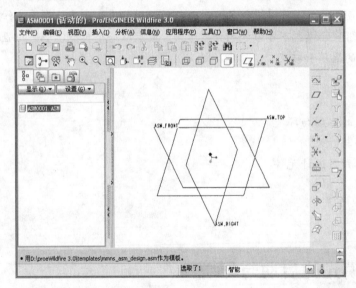

图 9.3 组件模式

9.1.2 添加元件操控板

选择【插入】|【元件】|【装配】命令，或者单击右侧工具栏中的 按钮，插入某个零件后，窗口底部弹出【添加元件】操控板，如图 9.4 所示。

图 9.4 【添加元件】操控板

1. 对话栏

（1） ：使用界面放置元件。

（2）：手动放置元件。

（3）：将约束转换为机构连接或反之。

（4）预定义约束集列表中的各集意义如表 9.1 所示。

表 9.1 预定义约束集

约束集类型	约束集含义
用户定义	创建一个用户定义约束集
刚性	在组件中不允许任何移动
销钉	包含移动轴和平移约束
滑动杆	包含移动轴和旋转约束
圆柱	包含只允许进行 360°移动的旋转轴
平面	包含一个平面约束，允许沿着参照平面旋转和平移
球	包含允许进行 360° 移动的点对齐约束
焊接	包含一个坐标系和一个偏距值，将元件相对于组件固定在一个位置上
轴承	包含一个点对齐约束，允许沿轨迹旋转
常规	创建有两个约束的用户定义集
6DOF	包含一个坐标系和一个偏距值，允许在各个方向上移动
槽	包含一个点对齐约束，允许沿一条非直轨迹旋转

（5）约束类型及含义如表 9.2 所示。

表 9.2 约 束

约束类型	约束含义
自动	根据所选参照自动生成约束
匹配	定位两个相同类型的参照，使其彼此相向
对齐	将两个平面定位在同一平面上，两条轴同轴或两点重合
插入	将旋转元件曲面插入组件旋转曲面
坐标系	用组件坐标系对齐元件坐标系
相切	定位两种不同类型的参照，使其彼此相向，接触点为切点
直线上的点	在直线上定位点
曲面上的点	在曲面上定位点
曲面上的边	在曲面上定位边
固定	将被移动或封装的元件固定到当前位置
缺省值	用缺省的组件坐标系对齐元件坐标系

（6）偏距定义按钮组按钮及含义如表 9.3 所示。

表 9.3　偏距按钮

按　　钮	含　　义
▯▯	使元件参照和组件参照彼此重合
▯▯	使元件参照位于同一平面上且平行于组件参照
▯▯	根据在文本框中输入的值，从组件参照偏移元件参照

（7）▨：反向按钮，相当于在【匹配】与【对齐】约束间切换。

（8）▤：定义约束时，在其自己的窗口中显示元件。

（9）▣：在图形窗口中显示元件，并在定义约束时更新元件放置。

2．上滑面板

（1）【放置】上滑面板：单击操控板上的【放置】，弹出上滑面板，如图 9.5 所示。

【集】列表：列出了当前的约束集，每个集中包含数个约束，每个约束都需要数个参照（用相应得选择器选择）。

【约束已启用】：指定相应的约束是否启用。

【约束类型】：与操控板上的【约束类型】相对应，显示当前约束的约束类型，如对齐、匹配等。

【偏移】：与操控板上的【偏移】相对应，显示当前约束的偏移类型，如重合、偏距等。

（2）【移动】上滑面板：单击操控板上的【移动】，弹出上滑面板，如图 9.6 所示。

图 9.5　【放置】上滑面板

图 9.6　【移动】上滑面板

【运动类型】列表：定义运动类型，有平移、旋转等选项。

【在视图平面中相对】：相对于视图平面移动元件。

【运动参照】：相对于运动参照移动元件。

【平移】：针对每种运动类型的元件运动选项。

（3）【挠性】上滑面板：当执行【挠性化】操作后，此上滑面板可用，上滑面板上只有一个按钮：【可变项目】，单击此按钮后弹出【可变项目】对话框，可对其进行相关操作。

（4）【属性】上滑面板：可对特征名称进行修改，或者查看特征信息。

9.2　插入元件与约束

本节将以如图 9.7 所示的炮弹发射器为例，介绍元件的插入方法与约束方式。

图 9.7　装配体

1．新建文件

选择【文件】|【新建】命令或单击 按钮，弹出【新建】对话框，选择【组件】，将文件名改为 paodan，将【使用默认模板】前的对勾去掉，单击【确定】按钮，弹出【新文件选项】对话框，选择 mmns_asm_design 作为模板，单击【确定】按钮，进入组件模式。

2．插入第一个元件并设置约束

（1）选择【插入】|【元件】|【装配】命令或者单击 按钮，选择光盘中第 9 章 paodan 文件夹下的 1.prt，如图 9.8 所示。

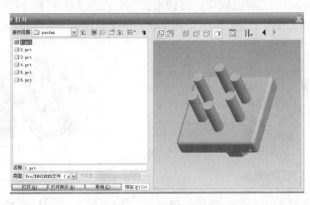

图 9.8　插入元件

（2）单击【打开】，系统将所选元件插入到工作区，并弹出操控板。

（3）作为第一个元件，我们将约束类型设为【固定】，此时，元件的约束状态为完全约束，如图 9.9 所示。然后单击 按钮。

图 9.9　操控板

注　意

可直接在操控板中设置约束方式，也可在【放置】上滑面板中设置。另外，一个元件是否被完全约束，在模型树中的显示是不同的，如图 9.10 和图 9.11 所示。

图 9.10　完全约束

图 9.11　不完全约束

3．插入第二个元件并设置约束

（1）选择【插入】|【元件】|【装配】命令或者单击 按钮，选择光盘中第 9 章 paodan 文件夹下的 2.prt，单击【打开】。

> **注 意**
>
> 配合 和 两个按钮可以指定元件的显示方式，以便于观察和选择。

（2）单击【放置】，在上滑面板中，将约束类型设置为【匹配】，偏移类型设置为【重合】。

（3）按顺序选择如图 9.12 所示的两个平面，系统绘图区自动更新为如图 9.13 所示。

图 9.12　选择匹配元素　　　　　　　　　图 9.13　约束后的效果

（4）需要将轴线对齐，为便于操作，可先使 按钮按下， 按钮弹起，此时，系统弹出元件窗口以显示第二个元件，我们可以在其中选择所需参照，而在原绘图区则不显示第二个元件。另外，我们还需使 按钮按下以显示轴线，如图 9.14 所示。

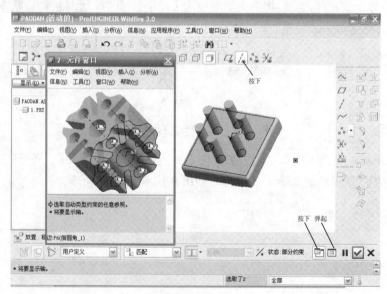

图 9.14　元件窗口

（5）单击【放置】，在上滑面板中单击【新建约束】，并设置约束类型为【对齐】，偏移类型为【重合】。

（6）选择如图 9.15 所示的一条轴线。

（7）注意：主绘图区没有轴线，我们只能创建基准轴线，直接单击 按钮，弹出【基准轴】对话框，然后选择如图 9.16 所示圆柱面，系统将自动生成旋转轴线，单击【确定】按钮完成创建。

图 9.15　选择轴线

图 9.16　选择圆柱面

（8）单击 ▶ 按钮，系统自动选中刚刚创建的轴线，完成两轴线的约束。

（9）重复第（5）～（8）步，完成图 9.17 所示两轴线的约束。

（10）此时约束状态为完全约束，单击 ✓ 按钮完成，如图 9.18 所示。

图 9.17　约束两轴线

图 9.18　完成装配第二个元件

注　意

上面第 3 步中所述的插入第二个元件的过程，还可以通过"插入"约束来完成，请读者自行尝试。

4．插入第三个元件并设置约束

（1）选择【插入】|【元件】|【装配】命令或者单击 按钮，选择光盘中第 9 章 paodan 文件夹下的 3.prt，单击【打开】。

（2）创建三个约束，约束类型均为【匹配】，偏移方式为【重合】，匹配参照分别为图 9.19 中的 1、2、3，注意使它们一一对应，否则装配可能会不正确。

（3）单击 ✓ 按钮完成，如图 9.20 所示。

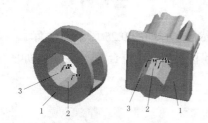
图 9.19　创建匹配约束

图 9.20　完成装配第三个元件

5．插入第四个元件并设置约束

（1）选择【插入】|【元件】|【装配】命令或者单击 按钮，选择光盘中第 9 章 paodan 文件夹下的 4.prt，单击【打开】。

（2）创建三个约束，约束类型均为【匹配】，参照分别为图 9.21 中的 1、2、3，注意使它们一一对应，否则装配会不正确。

（3）单击☑按钮完成，如图 9.22 所示。

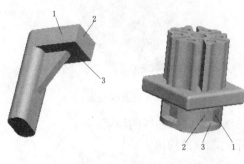

图 9.21　创建约束

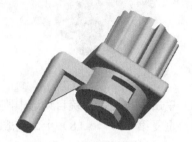

图 9.22　完成装配第四个元件

6．阵列第四个元件

（1）在绘图区或在模型树中选择第四个元件。

（2）选择【编辑】|【阵列】命令或者单击▦按钮，弹出【阵列】工具操控板。

（3）在操控板上，将阵列方式改为【轴】。

（4）在绘图区选择如图 9.23 所示的轴。

（5）在操控板上输入第一方向成员数为 4，阵列成员间的角度为 90。

（6）单击☑按钮完成，如图 9.24 所示。

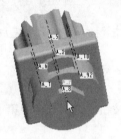

图 9.23　选择轴

图 9.24　阵列第四个元件

7．插入第五个元件并设置约束

（1）选择【插入】|【元件】|【装配】命令或者单击▧按钮，选择光盘中第 9 章 paodan 文件夹下的 5.prt，单击【打开】。

（2）创建一个约束，选择约束类型为【插入】，然后选择如图 9.25 所示圆柱面。

（3）创建一个约束，选择约束类型为【匹配】，偏移类型为【重合】，然后选择如图 9.26 所示两平面。

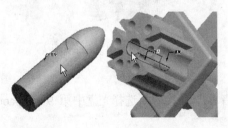

图 9.25　选择【插入】约束参照

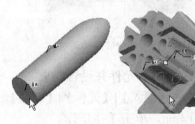

图 9.26　选择【匹配】约束参照

（4）单击☑按钮完成，如图 9.27 所示。

8．插入第六个元件并设置约束

对于第六个元件，请读者自行装配，这里只稍作提示：采用匹配约束两平面，采用对齐约束两轴线，得到如图 9.28 所示装配，然后经过轴阵列，便得到如图 9.7 所示装配体。

图 9.27　完成装配第五个元件

图 9.28　完成装配第六个元件

9．保存文件

选择【文件】|【保存】命令（或者单击【文件】工具栏中的图标按钮 ），单击【确定】保存文件。

注　意

到现在为止，我们已经知道了元件装配的基本过程，简单说来就是搭积木。先拿过来一个元件，再将该元件的一些参照与其他元件约束。而这个约束方式是多种多样的，读者可多参照表 9.2 进行练习。

9.3　在组件模式下设计元件

上节中，我们知道了如何将设计好的元件装配到一起，但如果还有一些元件没有设计，或者发现装配后，一些元件设计有误需要修改，Pro/E 已经考虑到了这点，它可以让我们在组件模式中设计新元件，也可以直接修改已有元件。

9.3.1　创建元件

1．打开文件

选择【文件】|【打开】命令或者单击 按钮，找到光盘中第 9 章 xlz 文件夹下的 example1.asm，单击【打开】。

2．创建元件

（1）选择【插入】|【元件】|【创建】命令或者单击 按钮，弹出【元件创建】对话框，如图 9.29 所示。

（2）选择所要创建的元件类型为【零件】，子类型为【实体】，修改名称为 2，单击【确定】，弹出【创建选项】对话框，如图 9.30 所示。

图 9.29　【元件创建】对话框

图 9.30　【创建选项】对话框

（3）选择创建方法为【创建特征】，单击【确定】。就创建了一个名为 2 的空元件。

创建前后，模型树中是不同的，如图 9.31 所示。

（a）创建前　　　　　　　　　　　　　　　　　　（b）创建后

图 9.31　创建元件前后的模型树对比

（4）此时的拉伸、扫描等工具均可用，和我们以前创建零件时是一样的，请读者练习创建图 9.32（b）所示元件。

（a）创建前　　　　　　　　　　　　　　　　　　（b）创建后

图 9.32　创建前后对比

3．保存文件

选择【文件】|【保存】命令（或者单击【文件】工具栏中的图标按钮），单击【确定】保存文件。

9.3.2　修改元件

仍以图 9.32（b）所示零件为例。

（1）在模型树中选择一项，单击鼠标右键，在弹出的菜单中选择【激活】命令或者选择【编辑】|【激活】命令，激活元件，如图 9.33 所示。

若在图 9.33（a）的右键菜单中选择【打开】，则可在实体零件窗口中进行编辑。

（a）　　　　　　　　　　　　　　　　　　　　（b）

图 9.33　激活元件

（2）此时可以对被激活的元件作修改，如图 9.34 所示，作为示例，这里只是放置了一个倒角特征。

图 9.34 修改元件

（3）修改完成后在模型树中的 example1.asm 处右击，选择【激活】命令，完成元件修改。

（4）选择【文件】|【保存】命令（或者单击【文件】工具栏中的图标按钮），单击【确定】保存文件。

9.4 分解视图

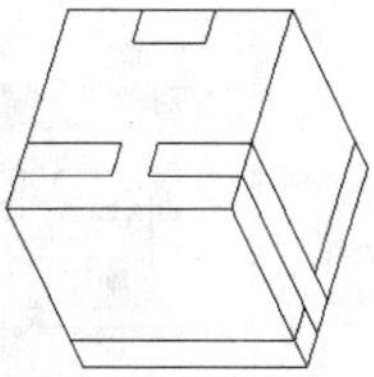

分解视图可以方便地观察一个装配体的组成方式，操作也很简单，下面以实例说明。

1. 打开文件

选择【文件】|【打开】命令或者单击 按钮，找到光盘中第 9 章 kuai 文件夹下的 kuai.asm，单击【打开】，如图 9.35 所示。

图 9.35 装配体

显然，在这不同的显示方式下，可以帮助我们对其结构作一定的了解，但仍不能完全表达该装配体的结构组成，我们需要将其拆开，即观察分解视图。

注 意

再进行下一步之前，读者不妨先在模型树中单击选择各个元件，观察各个元件的结构，以便于分解，如图 9.36 所示。

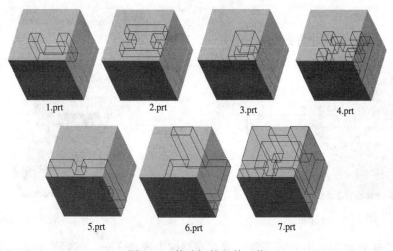

图 9.36 待分解的元件一览

2．分解视图

（1）选择【视图】|【分解】|【编辑位置】命令，弹出【分解位置】对话框，如图9.37所示。

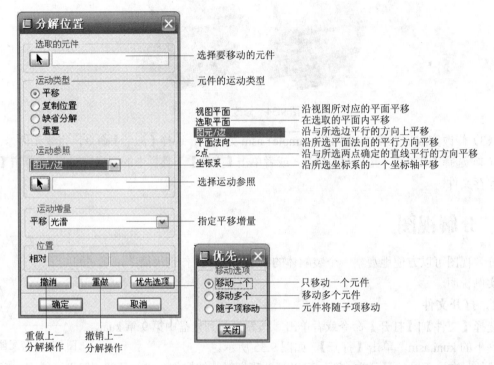

图9.37 【分解位置】对话框

（2）先定义运动参照，我们选择运动参照类型为【图元/边】。

（3）选择图9.38所示的一条边。

（4）单击选择图9.39所示元件，或在模型树中选择7.prt，然后拖动鼠标至合适位置，单击左键确定位置。

注 意

拖动时，单击鼠标中键可取消移动。

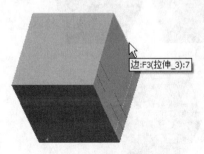

图9.38 选择边

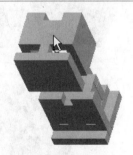

图9.39 移动元件7.prt

（5）单击选择如图9.40所示元件，或在模型树中选择6.prt，然后拖动鼠标至合适位置，单击左键确定位置。

（6）元件 5.prt 的移动需要变换方向，使用运动参照选择器选择如图 9.41 所示边。

（7）单击选择图 9.42 所示元件，或在模型树中选择 5.prt，然后拖动鼠标至合适位置，单击左键确定位置。

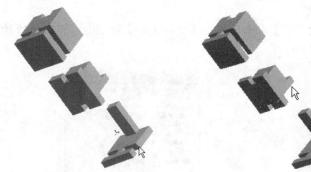

图 9.40　移动元件 6.prt　　　　图 9.41　选择边　　　　图 9.42　移动元件 5.prt

（8）同样，我们可将其他元件——分解，最后分解的效果如图 9.43 所示。

注　意

选择【视图】|【分解】|【取消分解视图】命令可以关闭分解视图，回到装配视图。

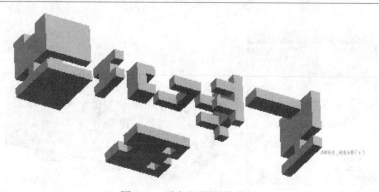

图 9.43　分解视图最终效果

3．保存文件

选择【文件】|【保存】命令（或者单击【文件】工具栏中的图标按钮🖫），单击【确定】保存文件。

9.5　模型分析

设计完成后，往往会出现一些细小偏差或错误，但这些问题在装配后难以发现，通过干涉分析，Pro/E 可帮助我们找到装配体中的元件干涉部分。

注　意

Pro/E 的分析功能还有很多，如间隙分析等，这里只是简单的介绍一种，有兴趣的读者可以查阅相关资料。

1．打开文件

选择【文件】|【打开】命令或者单击 按钮，找到光盘中第 9 章 xlz2 文件夹下的 example1.asm，单击【打开】，如图 9.44 所示。

2．干涉分析

（1）选择【分析】|【模型】|【全局干涉】命令，弹出【全局干涉】对话框，如图 9.45 所示。

图 9.44　打开文件　　　　图 9.45　【全局干涉】对话框

（2）单击 按钮，系统会自动计算干涉部分的相关参数，并将干涉部分显示在绘图区，如图 9.46 所示。

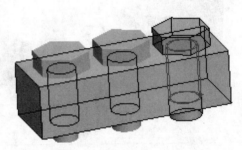

图 9.46　计算干涉

（3）单击 按钮完成分析。

注　意

分析完成后会产生 global_intf.inf.文件，记录分析结果。读者可找到工作目录下的 global_intf.inf.1 文件，用记事本打开如图 9.47 所示。

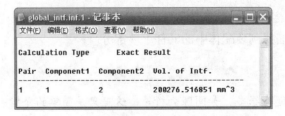

图 9.47　global_intf.inf.1 文件

9.6 实例操作

实例 四驱车组装

本例将完成组装一个玩具四驱车模型，如图 9.48 所示。光盘中的第 9 章目录下有个 siquche 文件夹，其中包含了本例所有的零件，也包含完成后的模型。我们除对前面几节的知识进行应用外，还对"子组件"和"约束集"进行扩展性讲解及应用。

1. 新建文件

新建装配体文件，命名为 siquchezongzhuang，取消默认模板，并选择 mmns_asm_design 作为模板。

2. 装配第一个元件——底盘

选择【插入】|【元件】|【装配】命令或者单击右侧工具栏中的 按钮，然后打开光盘中第 9 章 siquche 文件夹下的 dipan.prt。

设置约束类型为【固定】，其他设置为默认，完成后如图 9.49 所示。

图 9.48 玩具四驱车模型

图 9.49 装配底盘

3. 装配四个小垫圈

（1）装配第一个小垫圈。选择【插入】|【元件】|【装配】命令或者单击右侧工具栏中的 按钮，然后打开光盘中第 9 章 siquche 文件夹下的 quan.prt。

设置第一组约束类型为【插入】，分别选择如图 9.50 所示元件和组件的对应柱面。

选择元件的柱面

选择组件的柱面

图 9.50 插入约束

设置第二组约束类型为【匹配】，分别选择如图 9.51 所示元件和组件的对应平面，设置约束对齐方式为【重合】。

选择元件的柱面

曲面:F44(孔_3__2):DIPAN
选择组件的柱面

图 9.51　匹配约束

此时该小垫圈已经完全定义，如图 9.52 所示。

（2）装配其他三个小垫圈。按照与步骤（1）类似的方法在底盘的其他三个对应孔中装配小垫圈，完成后如图 9.53 所示。

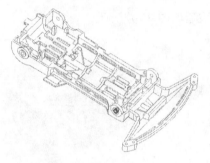
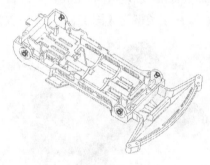

图 9.52　装配一个小垫圈 　　　　　　　　　 图 9.53　装配其他三个小垫圈

（3）局部组。为方便以后的操作，使模型树显得清晰，我们将以上四个装配件进行组操作：选择模型树中的四个 quan.prt，单击鼠标右键，选择【组】命令，并定义组名为 quan 即可。完成后模型树中如图 9.54 所示。

图 9.54　局部组

4．创建并装配子组件前车轮组

（1）创建子组件。选择【插入】|【元件】|【创建】命令或者单击右侧工具栏中的 按钮，弹出【元件创建】对话框，选择类型为【子组件】，子类型为【标准】，输入子组件的名称为 qianchelunzu，单击鼠标中键（相当于单击【确定】按钮）。

此时弹出【创建选项】对话框，选择【创建方法】为【空】，然后单击鼠标中键，此时在模型树中出现一项：qianchelunzu.asm，右键单击此项，选择打开命令打开此子组件以便定义，如图 9.55 所示。打开后系统将新建一个窗口，如图 9.56 所示。我们将在此窗口中定义。

注　意

我们完全可以选择【激活】命令，在总装配体窗口中定义该子组件，但这样会在选择参照时影响我们的直观效果，尤其当总装配体是一个复杂产品时，系统负担加重，切换一个视角都很吃力，我们甚至可能找不到参照。

图 9.55 打开子组件

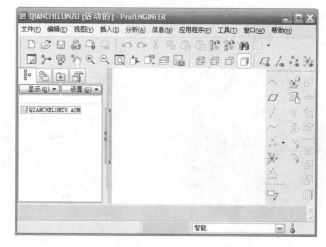

图 9.56 系统新建一个窗口

（2）装配前轮轴。选择【插入】|【元件】|【装配】命令或者单击右侧工具栏中的![按钮]按钮，然后打开光盘中第 9 章 siquche 文件夹下的 zhou.prt。

系统不进行约束定义，直接将其固定在子组件中，如图 9.57 所示。

图 9.57 装配前轮轴

注 意

作为子装配体中的第一个元件，系统将自动进行放置，不必设置约束。

（3）装配一个前轮。选择【插入】|【元件】|【装配】命令或者单击右侧工具栏中的![按钮]按钮，然后打开光盘中第 9 章 siquche 文件夹下的 qianlun.prt。

设置第一组约束类型为【匹配】，分别选择如图 9.58 所示元件和组件的对应平面，设置约束对齐方式为【重合】。

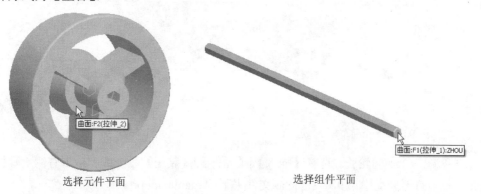

选择元件平面   选择组件平面

图 9.58 设置匹配约束

设置第二组约束类型为【匹配】，分别选择如图 9.59 所示元件和组件的对应平面，设置约束对齐方式为【重合】。

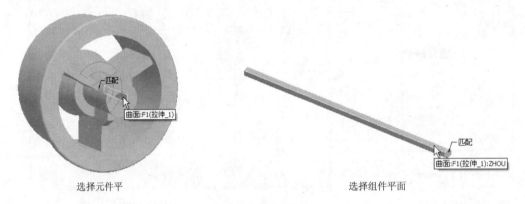

选择元件平　　　　　　　　　　　　　　　　　选择组件平面

图 9.59　设置匹配约束

设置第三组约束类型为【匹配】，分别选择如图 9.60 所示元件和组件的对应平面，设置约束对齐方式为【重合】。

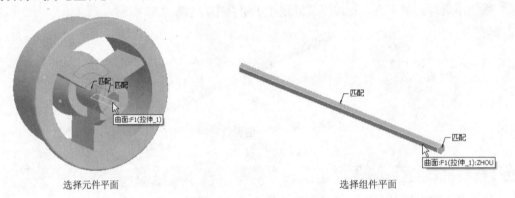

选择元件平面　　　　　　　　　　　　　　　　选择组件平面

图 9.60　设置匹配约束

此时元件被完全约束，完成后如图 9.61 所示。

（4）装配另一个前轮。利用类似于步骤（3）的方法在轴的另一端装配 qianlun.prt，完成后如图 9.62 所示。

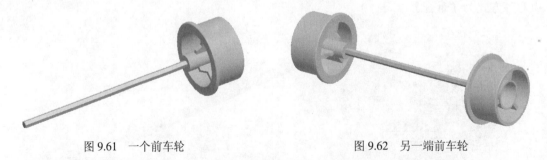

图 9.61　一个前车轮　　　　　　　　　图 9.62　另一端前车轮

（5）装配一个前轮轮胎。选择【插入】|【元件】|【装配】命令或者单击右侧工具栏中的 按钮，然后打开光盘中第 9 章 siquche 文件夹下的 qianluntai.prt。

设置第一组约束类型为【插入】，分别选择如图 9.63 所示元件和组件的对应柱面。

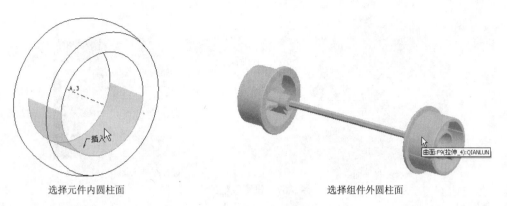

选择元件内圆柱面　　　　　　　　　　选择组件外圆柱面

图 9.63　设置插入约束

设置第二组约束类型为【匹配】，分别选择如图 9.64 所示元件和组件的对应平面，设置约束对齐方式为【重合】。

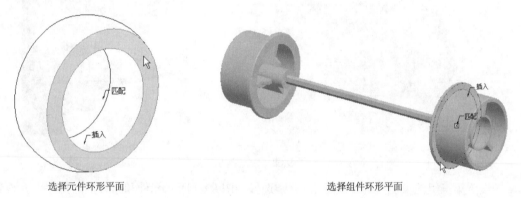

选择元件环形平面　　　　　　　　　　选择组件环形平面

图 9.64　设置匹配约束

此时元件被完全约束，完成后如图 9.65 所示。

（6）装配另一个前轮轮胎。利用类似于步骤（5）的方法在装配另一个前轮轮胎 qianlun.prt，完成后如图 9.66 所示。

图 9.65　一个前轮胎　　　　　　　　　图 9.66　另一个前轮胎

（7）装配前齿轮。选择【插入】|【元件】|【装配】命令或者单击右侧工具栏中的 按钮，然后打开光盘中第 9 章 siquche 文件夹下的 qianchilun.prt。

设置第一组约束类型为【匹配】，分别选择如图 9.67 所示元件和组件的对应平面，设置约束对齐方式为【重合】。

选择元件平面

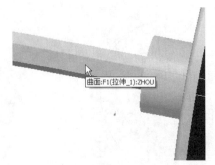
选择组件平面

图 9.67　设置匹配约束

设置第二组约束类型为【匹配】，分别选择如图 9.68 所示元件和组件的对应平面，设置约束对齐方式为【重合】。

选择元件平面

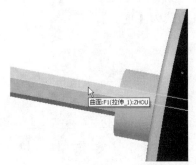
选择组件平面

图 9.68　设置匹配约束

设置第三组约束类型为【匹配】，分别选择如图 9.69 所示元件和组件的对应平面，设置约束对齐方式为【偏移】，输入偏移距离为 4。

选择元件平面

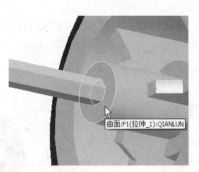
选择组件平面

图 9.69　设置匹配约束

此时元件被完全约束，完成后如图 9.70 所示。

图 9.70　前齿轮

（8）装配前车轮组。此时该子组件已完成定义，关闭当前窗口，回到总装配窗口，发现此子组件已被缺省放置，但并不符合我们的要求，右键单击子组件 qianchelunzu.asm，选择【编辑定义】命令，弹出操控板。

单击操控板上的【放置】，弹出上滑面板，将鼠标指向缺省的约束，单击右键，选择【删除】命令，删除约束。

由于前车轮是可以转动的，所以我们不能将其完全约束。

在操控板上选择自定义约束集类型为【销钉】，然后再单击【放置】，弹出上滑面板，此时的上滑面板如图 9.71 所示。

图 9.71 【放置】上滑面板

首先设置【轴对齐】，选择元件和组件上对应的两个对应的轴，如图 9.72 所示，

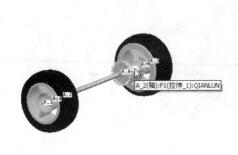
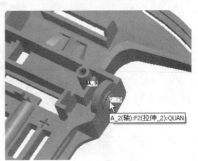

选择元件的一根轴　　　　　　　　　　　选择组件的一根轴

图 9.72 设置轴对齐

此时系统自动切换到设置【平移】，选择如图 9.73 所示元件和组件上的对应平面，指定约束对齐方式为【偏距】，输入偏移距离为 9.21。

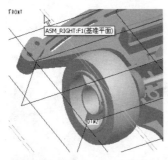

选择组件的ASM_RIGHT平面　　　　　　　选择元件的一环形平面

图 9.73 设置平移

此时的状态为"完成连接定义",完成后得到如图 9.74 所示子组件 qianchelunzu。

图 9.74　装配完成后的前车轮组

注　意

　　至此,子组件前车轮组完成,该组件是一个未完全约束的组件,读者可尝试这样操作:按着 Ctrl+Alt 键不放,用鼠标拖动前车轮组的一部分,并尝试进行旋转,可发现此组件可转动,如图 9.75 所示。

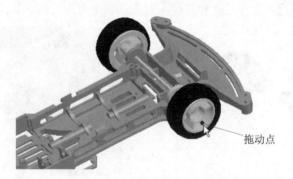

拖动点

图 9.75　拖动

5. 创建并装配子组件后车轮组

　　与前车轮组的创建类似,只是后车轮组中有两个齿轮(有一个与前车轮组中的齿轮相同),对应的文件分别是 qianchilun.prt 和 houchilun.prt;轴依然使用 zhou.prt;车轮和轮胎文件分别是 houchelun.prt 和 houluntai.prt。

　　一些关键位置的尺寸及装配图如图 9.76～图 9.80 所示,读者可参考学习。

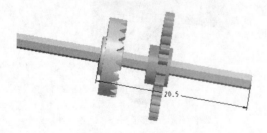

图 9.76　qianchilun.prt

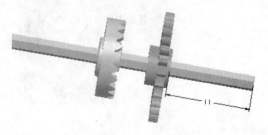

图 9.77　houchilun.prt

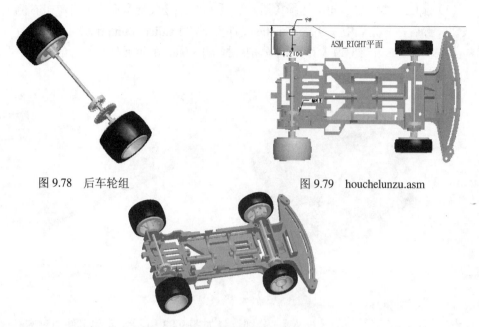

图 9.78　后车轮组　　　　　　　　　　　　　图 9.79　houchelunzu.asm

图 9.80　完成后的后车轮组装配

6. 创建并装配子组件连接组

注　意

提供动力的电动机我们没有建模，但我们空出了电机位置，有兴趣的读者可自行设计，提高实践能力。

下面继续操作：

（1）创建子组件。选择【插入】|【元件】|【创建】命令或者单击右侧工具栏中的 按钮，弹出【元件创建】对话框，选择类型为【子组件】，子类型为【标准】，输入子组件的名称为 lianjiezu，单击鼠标中键。

此时弹出【创建选项】对话框，选择【创建方法】为【空】，然后单击鼠标中键，此时在模型树中出现一项：lianjiezu.asm，右键单击此项，选择【打开】命令，此时系统新建一个窗口，我们在此窗口中定义。

（2）装配连接轴。选择【插入】|【元件】|【装配】命令或者单击右侧工具栏中的 按钮，然后打开光盘中第 9 章 siquche 文件夹下的 lianjiezhou.prt。

同样，作为子组件中的第一个元件，系统不进行约束定义，直接将其固定在子组件中，如图 9.81 所示。

图 9.81　装配连接轴

（3）装配一个连接齿轮。选择【插入】|【元件】|【装配】命令或者单击右侧工具栏中的
按钮，然后打开光盘中第 9 章 siquche 文件夹下的 lianjiechilun.prt。

设置第一组约束类型为【对齐】，分别选择如图 9.82 所示元件和组件的对应平面，设置约
束对齐方式为【重合】。

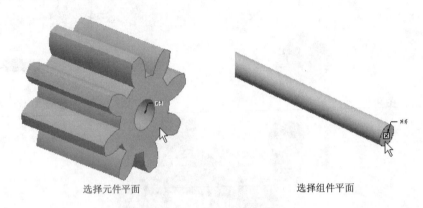

选择元件平面　　　　　　　　　　　　　　选择组件平面

图 9.82　设置对齐约束

设置第二组约束类型为【插入】，分别选择如图 9.83 所示元件和组件的对应柱面。

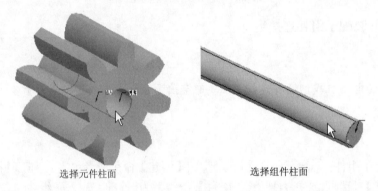

选择元件柱面　　　　　　　　　　　　　　选择组件柱面

图 9.83　设置插入约束

此时元件被完全约束，完成后如图 9.84 所示。

（4）装配另一个连接齿轮。与上面的第（3）小步类似，装配另一个连接齿轮，完成后如
图 9.85 所示。

图 9.84　一个连接齿轮　　　　　　　　图 9.85　另一个连接齿轮

（5）装配连接组。首先关闭当前窗口，回到总装配窗口。

由于连接组也是需要转动的，故不进行完全约束，读者可参考第 4 步的第（9）小步，设
置约束集类型为【销钉】。

设置【轴对齐】，我们可以选择两根对应的轴，也可以选择两个柱面，如图 9.86 所示。

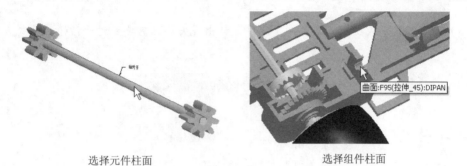

选择元件柱面　　　　　　　　　　　　选择组件柱面

图 9.86　设置轴对齐

系统自动切换到设置【平移】，选择如图 9.87 所示两个平面，设置约束对齐方式为【偏距】，输入偏移距离为 4.2。

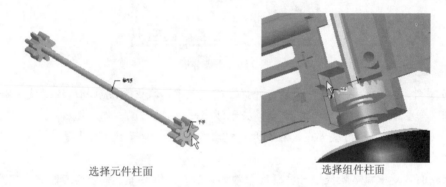

选择元件柱面　　　　　　　　　　　　选择组件柱面

图 9.87　设置平移

此时已完成连接定义，完成后如图 9.88 所示。

图 9.88　装配连接组

　　此时如果读者运行干涉分析，将会得到如图 9.89 所示的结果，可以看出，有两处发生干涉，这个干涉量并不一定，读者可自行体会。发生干涉很常见，我们需要讨论的是发生干涉时如何处理：

（1）当发生干涉时，读者可按着 Ctrl+Alt 键不放，然后拖动相关元件进行调整（需要配合隐藏元件、放大绘图区等操作）。这种方法适合与齿轮的配合等与位置有关的装配。

（2）还可以适当调整装配间隙（即偏移距离），进行尝试，当然，要在可接受、符合设计要求的范围内。

（3）如果依然不成功，那就可能是零件设计出现失误，需要针对干涉情况重新设计部分零件。

图 9.89　干涉分析

（4）另外，我们为避免这种干涉，并提高建模效率，减少系统负担，可以使用修饰特征，这类特征以一些线代替实体，很方便地解决干涉问题。

（5）从自顶向下的角度考虑，在刚开始就考虑到这些细节，并绘出总体骨架，可以避免或者很方便地解决干涉问题。

这里我们只是很粗略地提了一些解决干涉的方法，仅供参考，希望读者能够在实践中多总结。

7．装配电池卡子

选择【插入】|【元件】|【装配】命令或者单击右侧工具栏中的 按钮，然后打开光盘中第 9 章 siquche 文件夹下的 dianchiqia.prt。

设置三组【重合】方式的【匹配】约束，所选参照如图 9.90～图 9.92 所示。

选择元件平面

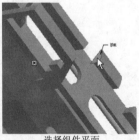

选择组件平面

图 9.90　第一组匹配约束

（a）选择元件平面

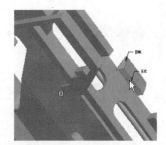

（b）选择组件平面

图 9.91　第二组匹配约束

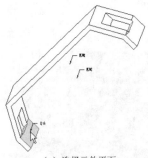

（a）选择元件平面

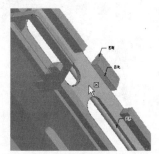

（b）选择组件平面

图 9.92　第三组匹配约束

此时电池卡子已被完全约束，如图 9.93 所示。

图 9.93　装配电池卡子

8．装配前盖

选择【插入】|【元件】|【装配】命令或者单击右侧工具栏中的 按钮，然后打开光盘中第 9 章 siquche 文件夹下的 qiangai.prt。

设置两组【插入】约束，一组【匹配】约束（约束对齐方式为【重合】），参照如图 9.94～图 9.96 所示。

选择元件柱面

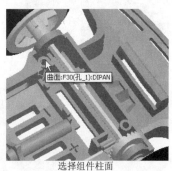

选择组件柱面

图 9.94　设置插入约束

（a）选择元件平面

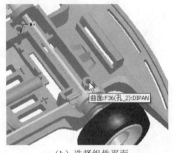
（b）选择组件平面

图 9.95   设置插入约束

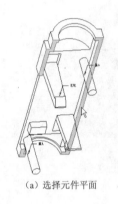
（a）选择元件平面

（b）选择组件平面

图 9.96   设置匹配约束

此时元件被完全约束，完成后如图 9.97 所示。

9．装配顶壳

选择【插入】|【元件】|【装配】命令或者单击右侧
工具栏中的 按钮，然后打开光盘中第 9 章 siquche 文件
夹下的 dingke.prt。

设置三组【重合】方式的【匹配】约束，所选参照如
图 9.98～图 9.100 所示。

图 9.97   装配前盖

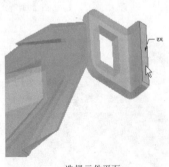
选择元件平面

选择组件平面

图 9.98   第一组匹配约束

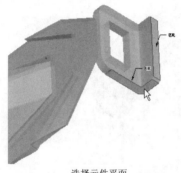

选择元件平面   选择组件平面

图 9.99 第二组匹配约束

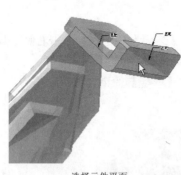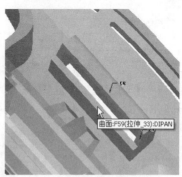

选择元件平面   选择组件平面

图 9.100 第三组匹配约束

此时元件被完全约束，完成后如图 9.101 所示。

图 9.101 装配顶壳

10．装配车尾固定件

选择【插入】|【元件】|【装配】命令或者单击右侧工具栏中的 按钮，然后打开光盘中第 9 章 siquche 文件夹下的 dingke.prt。

这个零件是我们制作例子时，在装配模式下直接创建的，读者可将约束方式设置为【缺省】，这样可方便地装配这类零件。

约束方式设为【缺省】后，元件的约束状态便为完全约束，完成后如图 9.102 所示。

注　意

我们仍然可以不使用【缺省】约束方式，而按照几何约束关系进行约束定义，读者可自行尝试。

图 9.102　装配车尾固定件

11. 装配缓冲轮组

（1）装配一个螺钉。选择【插入】|【元件】|【装配】命令或者单击右侧工具栏中的 按钮，然后打开光盘中第 9 章 siquche 文件夹下的 luoding.prt。

设置一组【插入】约束、一组【偏移】方式的【匹配】约束（偏距为 2.5），所选参照分别如图 9.103 和图 9.104 所示。

选择元件柱面　　　　　　　　　　　选择组件柱面

图 9.103　设置插入约束

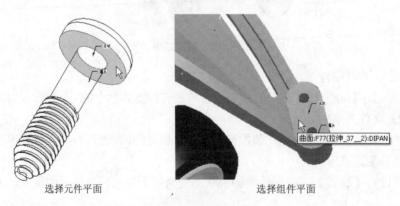

选择元件平面　　　　　　　　　　　选择组件平面

图 9.104　设置匹配约束

此时元件被完全约束，如图 9.105 所示。

（2）装配另一个螺钉。类似的，我们可在另一侧装配螺钉，完成后如图 9.106 所示。

图 9.105　装配一个螺钉　　　　　　　　图 9.106　装配另一个螺钉

（3）装配一个缓冲轮。选择【插入】|【元件】|【装配】命令或者单击右侧工具栏中的 按钮，然后打开光盘中第 9 章 siquche 文件夹下的 huanchonglun.prt。

首先设置约束集类型为【销钉】。

然后分别设置【轴对齐】和【平移】（约束方式为【重合】），如图 9.107 和图 9.108 所示。

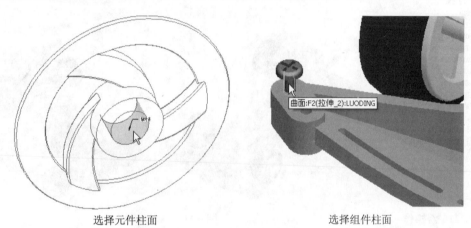

选择元件柱面　　　　　　　　　　选择组件柱面

图 9.107　设置轴对齐

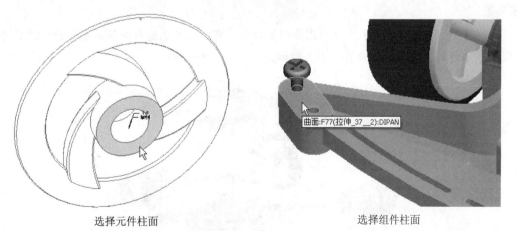

选择元件柱面　　　　　　　　　　选择组件柱面

图 9.108　设置平移

此时完成连接定义，如图 9.109 所示。

（4）装配一个缓冲轮。类似的，我们可以装配另一个缓冲轮，如图 9.110 所示。

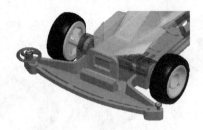

图 9.109 装配一个缓冲轮

图 9.110 装配另一个缓冲轮

（5）局部组。将我们刚刚创建的四项进行局部组操作，完成后的模型树如图 9.111 所示。最终效果如图 9.112 所示（两个视角）。

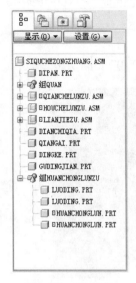

图 9.111 组操作

图 9.112 最终效果

注 意

选择【视图】|【分解】|【视图分解】命令，可以对本例进行分解视图操作，以更清楚的观察各零件的装配关系，如图 9.113 所示。

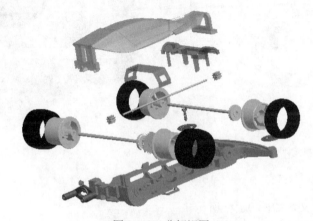

图 9.113 分解视图

12. 保存文件

选择【文件】|【保存】命令（或者单击【文件】工具栏中的图标按钮），单击【确定】保存文件。

本章小结

本章主要介绍了零件装配的基本方法，并以大量篇幅进行实例应用，以期提高读者实践能力。

装配的核心思路与实际中的产品装配基本符合，可理解为"搭积木"式，先放置一个基体，再逐渐添加其他元件，直到完成所有元件的添加。在组件装配时，首先根据零件的结构特征和装配要求选取合适的装配约束类型，然后选取相应的约束参照来限制零件之间的相对运动，确定相对位置关系。

装配是为了体现整个产品的总体设计效果，了解各零件的相对位置关系，通过干涉检查发现设计中的失误。另外，组件装配还是进行机构仿真和运动分析、自动生成二维装配图的基础。

第 10 章
机 构 仿 真

👉 **本章导读**

　　利用机构仿真技术能够大大简化机构的设计开发过程，缩短开发周期。使用 Pro/E 完成一个产品的设计后，可以通过对机构添加驱动器使其运动起来，以实现运动仿真。此外，还可以通过回放查看并分析当前机构的运动，包括进行干涉检查等。还可以查看测量结果，以便研究机构模型。本章以简单实例为主线，介绍机构仿真的方法步骤。

✌ **学习要点**

　　➢ 机构仿真的步骤

　　➢ 机构连接

　　➢ 制定驱动器

　　➢ 运行机构

　　➢ 回放

　　➢ 凸轮机构仿真

10.1　机构仿真的步骤

　　在 Pro/E 中，要使一个机构运动起来，一般需要经过以下几个步骤：

　　（1）零件建模：在零件模式下制作出各个零件的三维模型。

　　（2）零件装配：在组件模式下将我们制作的三维模型进行装配，但需注意，对于一些在工作时运动的元件，我们需要进行机构连接定义。

　　Pro/E 3.0 提供了 11 种连接方式（如刚性、销钉、滑动杆等，具体含义我们已在第 9 章的表 9.1 中列出）。

　　（3）机构仿真：在组件模式下直接切换到机构模式，定义运动部件之间的连接关系，然后定义驱动器，此时便可进行运动仿真了。

　　Pro/E 3.0 提供了两种部件间的连接关系，下节我们将详细介绍。

　　我们可以这样理解 Pro/E 的思路：

　　首先创建各个零部件，再将它们装配起来，装配时需定义各个零部件的运动方式，然后进入机构模式定义部件间的关系，最后进行运动仿真。

10.2 机构连接

机构的运动简而言之无非是直线、旋转或是二者的组合，但在不同场合、不同领域却又有很多不同的应用。

Pro/E 3.0 版本提供了齿轮、凸轮两种连接方式（2.0 中还提供了槽连接，3.0 中把槽归入装配模式），下面我们以齿轮副为例进行介绍。

1．新建文件

新建组件文件，命名为 chulunfu，取消默认模板，并选择 mmns_asm_design（毫米牛顿秒）作为模板。

2．装配元件

（1）绘制轴线：我们首先利用右侧工具栏中的草绘工具，在 TOP 面上绘制两条直线，它们将作为两齿轮的轴线对齐标准，如图 10.1 所示，完成后如图 10.2 所示。

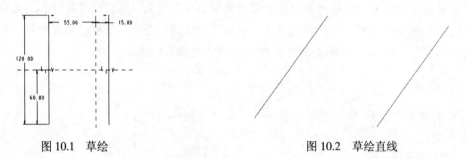

图 10.1　草绘　　　　　　　　　　　　　　图 10.2　草绘直线

（2）装配大齿轮：单击右侧工具栏中的 按钮，选择光盘中第 10 章文件夹中的 dachilun.prt，选择约束集为【销钉】，在【放置】上滑面板中，使用【轴对齐】选择器选择参照，如图 10.3 所示，使用【平移】选择器选择参照，并设置为【重合】如图 10.4 所示。

（a）选择元件参照　　　　　　　　　（b）选择组件参照

图 10.3　选择【轴对齐】参照

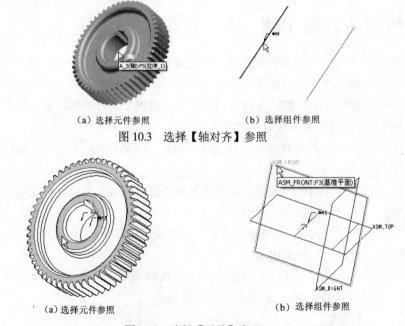

（a）选择元件参照　　　　　　　　　（b）选择组件参照

图 10.4　选择【平移】参照

设置完成后，操控面板中显示"已完成连接定义"，单击中键，如图 10.5 所示。

（3）装配小齿轮：类似于装配大齿轮的方法，装配 xiaochilun.prt，小齿轮的中轴线与另一条草绘直线重合，另外，小齿轮与 ASM_FRONT 面间有一个偏移值 4，完成后如图 10.6 所示（两个视角）。

图 10.5 装配大齿轮   图 10.6 装配小齿轮

（4）调整啮合位置：这时的两个齿轮可能有一定的干涉，我们进行调整，单击上方工具栏中的视图列表按钮，单击 FRONT，如图 10.7 所示，绘图区自动切换至如图 10.8 所示，向下滑动滚轮放大绘图区，我们注意到干涉部分，如图 10.9 所示，我们可以使用 Ctrl+Alt+鼠标左键拖动某个齿轮，调整位置，直到不再干涉，如图 10.10 所示。

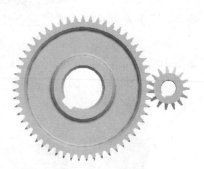

图 10.7 选择 FRONT 视向   图 10.8 FRONT 视向

图 10.9 干涉   图 10.10 调整位置

注 意

实际中的齿轮啮合间隙当然不会像图 10.10 中这么大的，这里只是为了方便读者理解和阅读，将齿轮间的间隙夸张化。

（5）进入机构模式：选择【应用程序】|【机构】命令，进入机构模式，如图 10.11 所示。

（6）定义齿轮副。选择【插入】|【齿轮】命令（或者单击右侧工具栏中的 ⚙ 按钮），弹出【齿轮副定义】对话框和【选取】对话框，如图 10.12 所示。

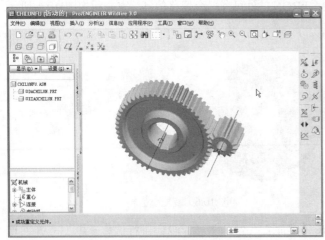

图 10.11　机构模式　　　　　　图 10.12　【齿轮副定义】对话框和【选取】对话框

系统要求为第一个齿轮选取【运动轴】，我们选取如图 10.13 所示大齿轮运动轴，并在【齿轮副定义】对话框中输入节圆直径为 110，回车。

然后单击【齿轮副定义】对话框中的【齿轮 2】，为第二个齿轮选取【运动轴】，我们选取如图 10.14 所示小齿轮的运动轴，并输入节圆直径为 30，回车。

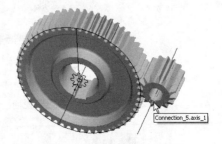

图 10.13　选择大齿轮运动轴　　　　　　图 10.14　选择小齿轮运动轴

单击对话框中的【确定】，系统为两个齿轮添加齿轮副连接，如图 10.15 所示。

图 10.15　齿轮副

读者现在可尝试使用 Ctrl+Alt+鼠标左键拖动一个齿轮，可发现另一个齿轮跟着转动，而刚刚拖动时两个齿轮是互相独立的。

10.3　制定驱动器

接着上节，我们需要定义驱动器即动力装置，才能使齿轮运动起来。

（1）选择【插入】|【伺服电动机】命令（或者单击右侧工具栏中中的 按钮）弹出【伺服电动机定义】对话框和【选取】对话框，如图 10.16 所示。

（2）选择小齿轮的运动轴作为电动机的运动轴，如图 10.17 所示。

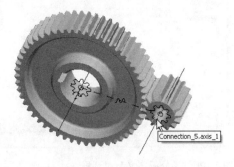

图 10.16　【伺服电动机定义】对话框和【选取】

图 10.17　选择运动轴

（3）单击【伺服电动机定义】对话框中的【轮廓】按钮，选择【规范】下拉列表中的【速度】，其他保持默认，在 A 后面的文本框中输入 50，回车，如图 10.18 所示。

（4）单击【确定】，完成伺服电动机的定义，同时绘图区出现伺服电动机符号，如图 10.19 所示。

图 10.18　定义电机速度

图 10.19　完成电机定义

10.4　运行机构

现在一切就绪，可以进行机构仿真了。

（1）选择【分析】|【机构分析】命令（或者单击 按钮），弹出【分析定义】对话框，如图 10.20 所示。

（2）单击对话框中的【运行】按钮，两个齿轮开始运动，如图 10.21 所示为机构运行运行时的一个瞬间。经过一段时间的处理，完成分析。

图 10.20　【分析定义】对话框

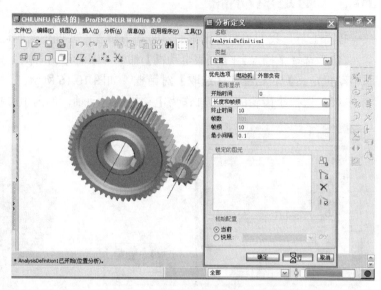

图 10.21　运行机构

（3）单击【确定】按钮，保存分析过程。

10.5　回放

在上一节已经保存了一个分析，本节我们要进行回放，并进行干涉检查。

（1）选择【分析】|【回放】命令或者单击 ↔ 按钮，弹出【回放】对话框，如图 10.22 所示，其中的【结果集】下拉列表中显示了我们刚才保存的分析 AnalysisDefinition1。

（2）单击【冲突检查设置】按钮，弹出【冲突检查设置】对话框，选择【全局冲突检测】单选项，如图 10.23 所示，单击中键。

（3）单击【回放】对话框中的 ↔ 按钮，系统首先计算各个时间点的干涉情况，完成后将弹出【动画】对话框，如图 10.24 所示，单击相关按钮可以开始、停止、单步播放、控制播放的方式、速度等，另外还可以把当前的运动过程保存为.mpg 格式的文件。

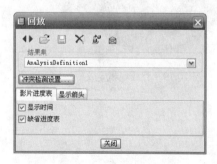

图 10.22　【回放】对话框

图 10.23　【冲突检查设置】对话框

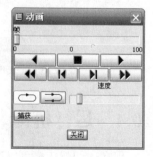

图 10.24　【动画】对话框

至此，齿轮副的机构仿真分析完毕，保存文件即可。

10.6 凸轮机构仿真

凸轮机构是一种间隙运动机构，在机械产品中很常见，下面给出关键步骤，请读者自行练习。

1．新建文件

新建装配体文件，命名为 tulunfu，取消默认模板，并选择 mmns_asm_design（毫米牛顿秒）作为模板。

2．装配凸轮机构

（1）装配凸轮。装配文件为 tulun.prt，设置预定义约束集为【销钉】。

【轴对齐】选择器：元件参照为凸轮孔的中轴线，组件参照为 ASM_TOP 面与 ASM_RIGHT 面的交线（内部基准轴）。

【平移】选择器：元件参照为凸轮一侧面，组件参照为 ASM_FRONT 面，约束方式为【重合】。

此时的状态为：完成连接定义，如图 10.25 所示。

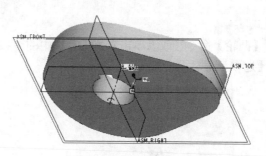

图 10.25　装配凸轮

（2）装配导杆。装配文件为 daogan.prt，设置预定义约束集为【滑动杆】。

【轴对齐】选择器：元件参照为导杆的一条竖直边，组件参照为 ASM_FRONT 和 ASM_RIGHT 面的交线（内部基准轴），如图 10.26 所示。

【旋转】选择器：元件参照为导杆的前侧面，组件参照为 ASM_FRONT 面，如图 10.27 所示。

此时的状态为：完成连接定义。

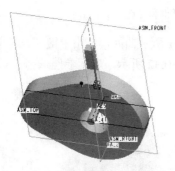

图 10.26　【轴对齐】参照

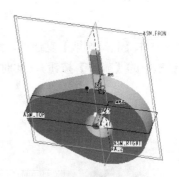

图 10.27　【旋转】参照

（3）装配导轮。为方便装配，我们先使用 Ctrl+Alt+鼠标左键将导杆拖至图轮外部，如图 10.28 所示。

装配文件为 daolun.prt，设置预定义约束集为【销钉】。

【轴对齐】选择器：元件参照为导轮外圆柱面，组件参照为导杆中唯一的圆柱面。

【平移】选择器：元件参照为导轮后侧面，组件参照为导杆前侧面，约束方式为【重合】。

此时的状态为：完成连接定义，如图 10.29 所示。

图 10.28　移动元件　　　　　　　　　　　　　　图 10.29　装配导轮

3．定义凸轮副

（1）切换到机构模式。

（2）选择【插入】|【凸轮】命令（或者单击右侧工具栏中的 按钮），弹出【凸轮从动机构连接定义】对话框和【选取】对话框，如图 10.30 所示。

图 10.30　【凸轮从动机构连接定义】对话框和【选取】对话框

（3）选中【自动选取】复选框，然后选择如图 10.31 所示曲面，单击中键（或者单击【选取】对话框中的【确定】按钮），此时绘图区变为如图 10.32 所示，表示参照选择正常。

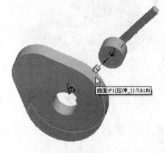

图 10.31　选择参照　　　　　　　　　　　　　　图 10.32　绘图区

（4）单击【凸轮 2】选项卡，同样需选中【自动选取】复选框，然后选择如图 10.33 所示曲面，单击中键，绘图区变为 10.34 所示，参照选取正常。

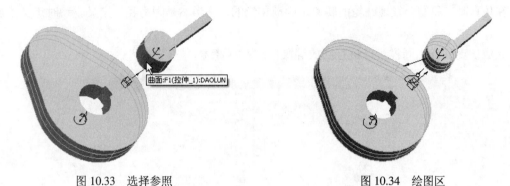

图 10.33 选择参照　　　　　　　　　　　图 10.34 绘图区

（5）单击中键（或者单击【凸轮从动机构连接定义】对话框中的【确定】按钮），系统自动添加凸轮副，如图 10.35 所示。

图 10.35 凸轮副

4．定义驱动器

向凸轮的运动轴处添加驱动器，在【轮廓】选项卡中的【规范】下拉列表中，我们选择【加速度】，此时对话框变为如图 10.36 所示，我们在 A 后面的文本框中输入 50，回车。单击中键（或者单击对话框中的【确定】按钮）。

图 10.36 定义驱动器参数　　　　　　图 10.37 驱动器

5．机构仿真

与前面齿轮副的仿真方法相同，如图 10.38 所示。

在仿真时，我们会发现凸轮的转速是逐渐加快的，这当然是因为我们定义驱动时定义了加速度。

完成仿真后我们同样可以进行回放等操作，不再赘述。

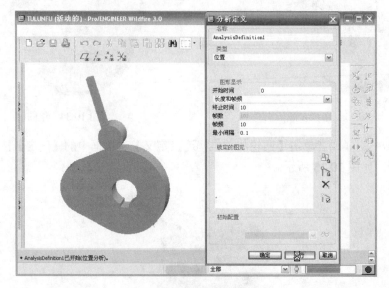

图 10.38　凸轮幅机构仿真

6．保存文件

选择【文件】|【保存】命令（或者单击【文件】工具栏中的图标按钮），单击【确定】保存文件。

本章小结

本章主要介绍了 Pro/E 中的机构仿真功能，以一对简单的齿轮副为例向读者阐述机构仿真的一般操作步骤，然后介绍了凸轮副的仿真方法。在进行机构仿真时应注意，机构模式和装配模式是可以自由切换的，我们应将装配模式下的十一种连接方式和机构模式下的两种连接方式综合运用，才能完成更复杂的仿真。

在前一章我们装配了一个四驱车，下一章我们将组装减速器，读者可尝试进行机构分析，积极发现设计中存在的问题，并加以修改和完善，相信读者的实际应用水平将会提高一个层次。

第 11 章
工程图创建

本章导读

以往的设计要求设计人员在平面上表达三维实体，这并不符合人们习惯的思维方式，所以会严重限制设计人员的设计思路和创意，但工程图又是大多数制造商所依赖的基本数据，换句话说，要想实际生产，还得靠二维工程图。Pro/E 可以直接由三维实体生成工程图，利用工程图模块，可以建立 3D 图、剖面图、局部视图等工程图。此外，Pro/E 使用单一数据库方法，设计人员在三维实体图中的修改会在工程图中直接体现，反之亦可。本章将向读者阐述创建工程图的基本知识。

学习要点

➢ 工程图概述
➢ 标准视图创建
➢ 视图编辑
➢ 视图操控
➢ 工程图编辑

11.1 工程图概述

11.1.1 新建工程图

（1）选择【文件】|【新建】命令或者单击 按钮，弹出【新建】对话框，选择【绘图】，然后输入文件名为 gongchengtu，如图 11.1 所示。

图 11.1 【新建】对话框

（2）单击【确定】，弹出【新制图】对话框，如图 11.2 所示。此时，需选择缺省模型和模板。

注 意

若在第（2）步中的单击【确定】操作前先将【使用缺省模板】前面的对勾去掉，将弹出如图 11.3 所示【新制图】对话框。

在图 11.2 中，单击【空】即可得到图 11.3 所示对话框，不同的是，前者须选择缺省模板，后者则只需定义纸张大小便可单击【确定】。

若单击【格式为空】，则对话框变为如图 11.4 所示。此时，需选择缺省模型和格式。

图 11.2 【新制图】对话框（1）   图 11.3 【新制图】对话框（2）   图 11.4 【新制图】对话框（3）

（3）单击【浏览】，找到光盘中第 11 章目录下的 example.prt，如图 11.5 所示。

（4）单击【打开】，使用默认的模板 c_drawing，然后单击【确定】，进入绘图环境，如图 11.6 所示。

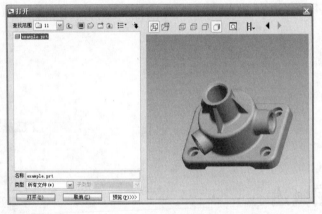

图 11.5 选择模型

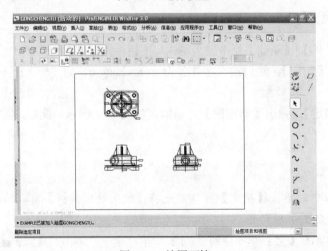

图 11.6 绘图环境

注　意

由于这里使用了模板，所以系统自动建立了与模板相符的几个视图。

另外，希望读者在继续学习前，先熟悉一下各个按钮、菜单、命令的名称，方法是把鼠标指向某个按钮或命令，在消息区将会显示其名称。

11.1.2　设置图纸格式

（1）选择【文件】|【页面设置】命令，或者单击右键，在弹出的菜单中选择【页面设置】命令，如图 11.7 所示，此时系统弹出【页面设置】对话框，如图 11.8 所示。

图 11.7　选择【页面设置】命令

（2）选择【A2 尺寸】，其他选项保持默认，单击【确定】按钮，完成设置。

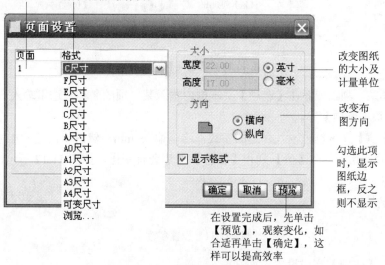

图 11.8　【页面设置】对话框

11.1.3 设置工程图环境

（1）选择【文件】|【属性】命令，或者单击右键，在弹出的菜单中选择【属性】，弹出【文件属性】菜单，如图 11.9 所示。

（2）选择【绘图选项】命令，弹出【选项】对话框，如图 11.10 所示。

图 11.9 【文件属性】菜单

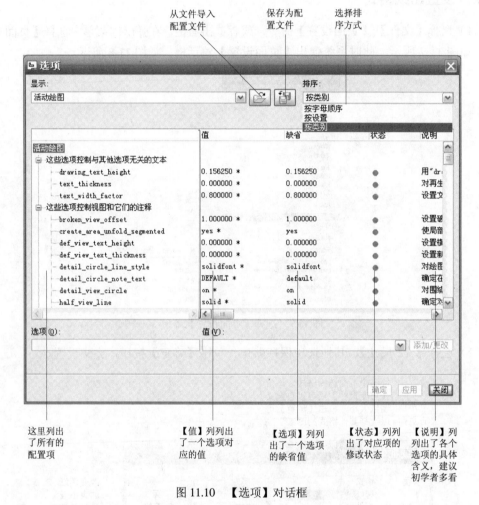

图 11.10 【选项】对话框

（3）选择某一项，或者在【选项】文本框内输入某一项的名称，这里输入 drawing_units，具体位置在【杂项选项】中。

（4）在【值】文本框内输入合适的参数，这里输入 mm，然后单击【添加/更改】按钮，如图 11.11 所示。此时，在【值】列和【状态】列都会有变化，如图 11.12 所示。

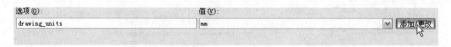

图 11.11 设置参数

（5）单击【确定】完成设置。

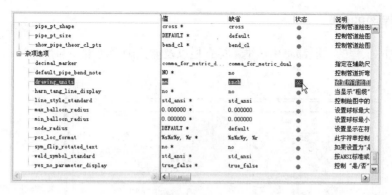

图 11.12　设置后

11.1.4　图形文件交换

（1）可以保存为其他格式的文件，以便到其他编辑器中编辑。

1）选择【文件】|【保存副本】命令，弹出【保存副本】对话框。

2）选择副本放置的目录。

3）在【类型】下拉列表中选择文件格式（扩展名）。

4）在【新建名称】文本框内输入合适的名称（文件名）。

5）单击【确定】，完成操作。

图 11.13 所示为在 C 盘根目录下保存为 prac.dwg 时的操作。

（2）也可以打开其他类型的文件，在 Pro/E 中编辑。

1）选择【文件】|【打开】命令，或者单击📂按钮，弹出【文件打开】对话框。

2）找到将要打开的文件所放置的目录。

3）在【类型】下拉列表中选择合适的扩展名过滤器。

4）选择需要打开的文件。

5）单击【打开】按钮。

图 11.14 所示为在某目录下打开 dizuo.prt 文件时的操作。

图 11.13　保存为 AutoCAD 支持的 dwg 格式

图 11.14　打开 UG 支持的.prt 格式文件

11.1.5 工程图的结构

一幅完整的工程图一般都是由边框、标题栏以及能正确表达零件的视图等元素组成，如图 11.15 所示。

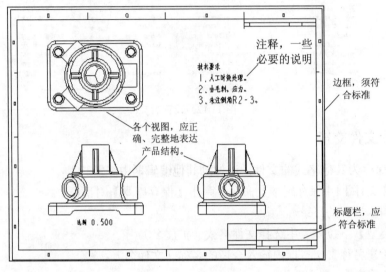

图 11.15 工程图

11.2 标准视图创建

为阐明各种视图的含义，我们首先创建一个名为 gezhongshitu 的【空】绘图，并选择缺省模型为光盘中第 11 章目录下的 example.prt，然后进入工程图模式。此时，绘图区为空，如图 11.16 所示。

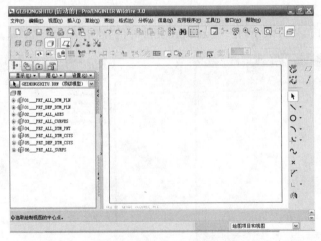

图 11.16 【空】绘图

11.2.1 一般视图

一般视图是需要创建的第一个视图，是创建其他视图的基础，创建方法是：

（1）选择【插入】|【绘图视图】|【一般】命令，或者单击 按钮，或者在绘图区单击右键，在弹出的菜单中选择【插入普通视图】命令，如图 11.17 所示。

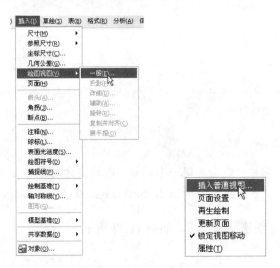

图 11.17　插入一般视图

（2）此时在系统消息区提示：选取绘制视图的中心点。在绘图区单击左键选择合适的一点，为方便起见，这里选择左上角一点。

（3）此时弹出【绘图视图】对话框，在【视图类型】类别中，选择模型视图名为 FRONT，如图 11.18 所示。

（4）不做其他设置，单击【确定】完成创建第一个视图，如图 11.19 所示。

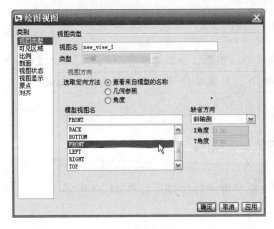

图 11.18　【绘图视图】对话框

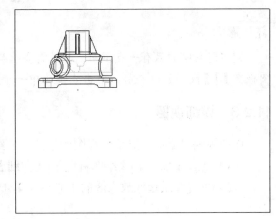

图 11.19　一般视图

11.2.2　投影视图

投影视图用于在父视图的正交方向上进行投影，下面接着上节进行如下操作：

（1）选择【插入】|【绘图视图】|【投影】命令。

（2）移动鼠标至上节创建的一般视图下方，如图 11.20 所示。

（3）位置合适后，单击左键，创建投影视图，如图 11.21 所示。

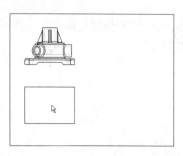

图 11.20 移动鼠标

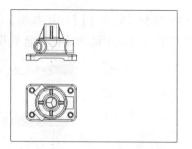

图 11.21 投影视图

注 意

读者在创建投影视图时可能会发现一个问题，即投影方向不符合我们的习惯，我们可以将绘图选项中 projection_type 选项对应的值由 third_angle 改为 first_angle 即可。

（4）同样，在右方创建投影视图，如图 11.22 所示。

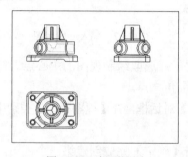

图 11.22 投影视图

注 意

创建时与刚才只有一点不同，就是需要选择投影父视图。当然，如果在选择【插入】|【绘图视图】|【投影】命令前，单击左键选中一个视图，系统就会将该视图作为投影父视图。

11.2.3 详细视图

详细视图用于放大显示父视图的某部分，继续如下操作：

（1）选择【插入】|【绘图视图】|【详细】命令。

（2）系统要求选取放大区的中心点，单击鼠标左键进行选择，如图 11.23 所示。

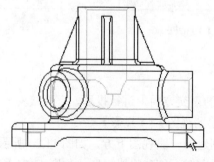

图 11.23 选择中心点

（3）此时系统要求绘制样条以定义轮廓线，单击鼠标左键绘制样条，如图 11.24 所示，绘制完成后单击中键确认。

注　意

绘制样条时，其边界必须将放大区包含。另外，样条可以闭合，也可以开放。

（4）在合适的空白区域单击鼠标左键放置详细视图，如图 11.25 所示。

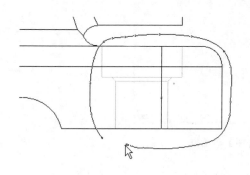

图 11.24　绘制样条图

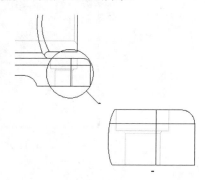

图 11.25　详细视图

11.2.4　辅助视图

辅助视图与投影视图类似，只是更灵活些，我们接着上节进行实例操作：

（1）选择【插入】|【绘图视图】|【辅助】命令。

（2）系统提示：在主视图上选取穿过前侧曲面的轴或作为基准曲面的前侧曲面的基准平面。这里选择图 11.26 所示边。

（3）移动鼠标，在合适的位置单击鼠标放置辅助视图，如图 11.27 所示。

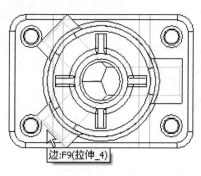

图 11.26　选择边图

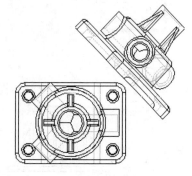

图 11.27　辅助视图

11.2.5　旋转视图

旋转视图是一种剖视图，切割平面剖开零件的实体部分便是要显示的旋转视图，下面接着以实例向读者讲解：

（1）选择【插入】|【绘图视图】|【旋转】命令。

（2）系统要求选择父视图，这里选择我们最先创建的一般视图。

（3）此时系统要求选择放置旋转视图的中心点，我们在父视图偏右的区域选择一点，弹出【绘图视图】对话框，如图 11.28 所示，系统自动选择合适的截面。

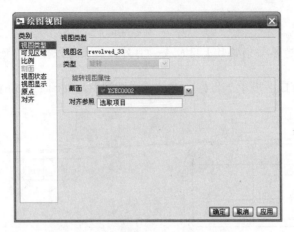

图 11.28　【绘图视图】对话框

注　意

由于在零件模式下已经创建了剖截面，故系统自动选择，否则将需要手动创建，如图 11.29 所示。

图 11.29　创建剖截面

（4）单击【确定】按钮完成旋转视图，如图 11.30 所示。

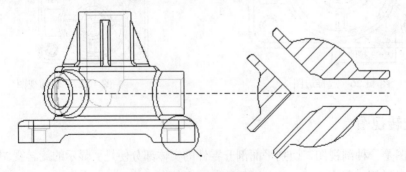

图 11.30　旋转视图

（5）同样，可创建如图 11.31 所示的旋转视图。

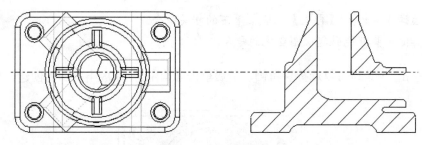

图 11.31　旋转视图

11.2.6　半视图、局部视图、破断视图

这三种视图都是为了节省空间、提高绘图效率、用较少的笔墨达到相同的表达效果。半视图用于表达关于某个轴对称的视图，局部视图可只显示选中区域的图形，破断视图用来缩短中间完全相同的视图。

下面我们一一介绍，仍然接着前面的例子：

1．创建半视图

（1）选择【插入】|【绘图视图】|【一般】命令。

（2）在合适的空白处单击鼠标左键，确定视图位置。

（3）此时弹出【绘图视图】对话框，选择模型视图名为 TOP，单击【应用】按钮。

（4）选择【可见区域】类别，如图 11.32 所示。

（5）在视图可见性后面的下拉列表中选择【半视图】。

（6）用半视图参照平面选择器选择图 11.33 所示平面。

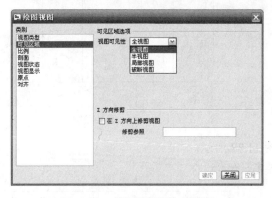

图 11.32　【绘图视图】对话框

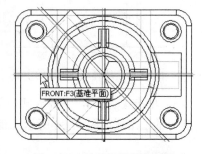

图 11.33　选择半视图参照面

注　意

在选择平面时，需单击基准面显示按钮，但此时并不会立刻显示平面，只需进行下列操作的一种即可显示：

（1）选择【视图】|【重画】命令，或者按 Ctrl+R 快捷键，或者单击按钮。

（2）在绘图区随便上下滚动鼠标滚轮，进行缩放操作。

（3）在绘图区拖动鼠标滚轮，移动视图。

（4）选择【视图】|【更新】级联菜单下的相关命令。

（5）选择【编辑】|【再生】级联菜单下的相关命令。

（6）其他一些可能引起视图变化的命令。

（7）单击 🔲 按钮可以选择保留侧，最后单击【确定】，完成半视图的创建，如图 11.34 所示。

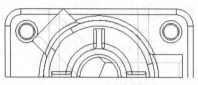

图 11.34　半视图

2．创建局部视图

（1）选择【插入】|【绘图视图】|【一般】命令。

（2）在合适的空白处单击鼠标左键，确定视图位置。

（3）此时弹出【绘图视图】对话框，选择模型视图名为 BOTTOM，单击【应用】按钮。

（4）选择【可见区域】类别。

（5）在视图可见性后面的下拉列表中选择【局部视图】。

（6）选择几何上的参照点为如图 11.35 所示。

（7）绘制样条以确定局部视图的边界轮廓，如图 11.36 所示。

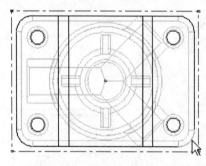

图 11.35　选择局部视图的中心

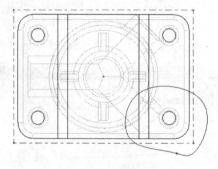

图 11.36　定义轮廓

（8）单击【确定】，完成局部视图，如图 11.37 所示。

此时的绘图区如图 11.38 所示，我们先将其保存。

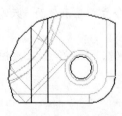

图 11.37　局部视图

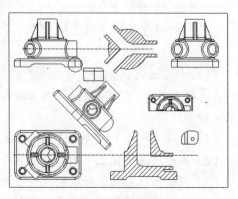

图 11.38　绘图区

3．创建破断视图

我们使用另一个小例子进行讲解：

（1）新建一个空绘图，不要指定缺省模型。

（2）选择【插入】|【绘图视图】|【一般】命令，或者单击 按钮，或者在绘图区单击右键，在弹出的菜单中选择【插入普通视图】命令。

（3）此时系统弹出【打开】对话框，要求我们指定模型，这里请读者找到光盘中第 11 章目录下的 gan.prt，然后单击【打开】。

（4）在绘图区单击鼠标左键指定视图放置位置。

（5）此时弹出【绘图视图】对话框，选择模型视图名为 BACK。

（6）选择【可见区域】类别。

（7）在视图可见性后面的下拉列表中选择【破断视图】，如图 11.39 所示。

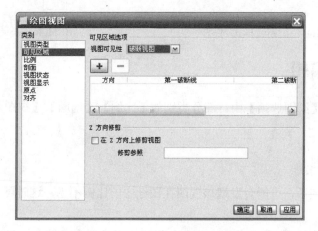

图 11.39　【绘图视图】对话框

（8）单击 按钮。

（9）用第一破断线选择器选择如图 11.40 所示点，然后向右移动鼠标，然后单击左键确定第一破断线，如图 11.41 所示。

（10）在如图 11.42 所示位置单击左键，确定第二破断线，如图 11.43 所示。

（11）单击【应用】按钮，可创建破断视图，如图 11.44 所示。

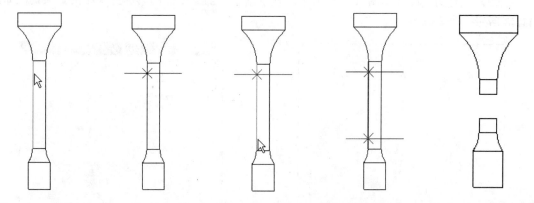

图 11.40　选择点　　图 11.41　第一破断线　　图 11.42　选择点　　图 11.43　第二破断线　　图 11.44　破断视图

注　意

在如图 11.45 所示的破断线样式列中，可选择不同项以更改破断线样式。如草绘、视图轮廓上的 S 曲线、几何上的 S 曲线、视图轮廓上的心电图形、几何上的心电图形等。

图 11.46 所示为不同的破断线样式。

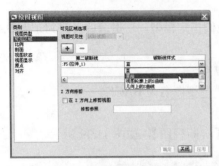

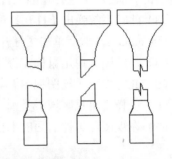

图 11.45　破断线样式列

图 11.46　不同的破断线样式

11.3　视图编辑

本节主要介绍【绘图选项】中，部分类别如【比例】、【剖面】、【视图显示】等类别的操作方法。

11.3.1　设置比例

在创建一个视图后，可能会发现该视图在图纸中的比例不当，这时可以进行比例设置，以满足要求。

（1）新建一个空绘图，命名为 shitudingyi，指定缺省模型为光盘中第 11 章目录下的 kong.prt。

（2）选择【插入】|【绘图视图】|【一般】命令，或者单击 按钮，或者在绘图区单击右键，在弹出的菜单中选择【插入普通视图】命令。

（3）在绘图区偏左上处单击鼠标左键，确定视图放置位置。

（4）此时弹出【绘图视图】对话框，在【视图类型】类别中选择模型视图名为 TOP，单击【应用】。

（5）此时的绘图区如图 11.47 所示。发现偏小，需调整比例。选择【比例】类别，如图 11.48 所示。

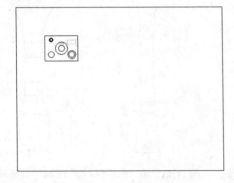

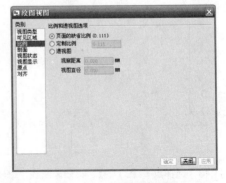

图 11.47　绘图区

图 11.48　【绘图选项】

（6）单击【定制比例】，在后面的文本框中输入比例为 0.25，单击【应用】，此时的绘图区如图 11.49 所示。

（7）此时比例合适，单击【关闭】完成操作。

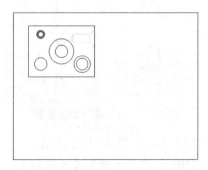

图 11.49　绘图区

11.3.2　创建剖视图

创建剖视图首先要创建剖截面，然后才可进行创建。剖视图的种类很多，但方法类似，下面举例说明。

我们接着上节的例子进行操作：

我们曾提到过，Pro/E 使用单一数据库，在零件中更新的内容会同时在工程图中更新，由于我们需要创建剖截面，方便起见，我们还需要打开零件（不关闭工程图文件）。

（1）选择【文件】|【打开】命令，打开光盘中第 11 章目录下的 kong.prt。此时系统切换到此零件的设计环境，并自动激活，如图 11.50 所示。

而刚才的工程图文件是没有被激活的（鼠标在绘图区时，显示为 ⊘，且大部分按钮都是灰色的，如图 11.51 所示）。

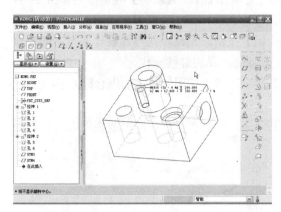

图 11.50　零件文件

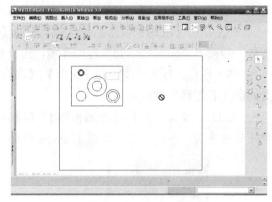

图 11.51　工程图文件

（2）在零件设计环境中，选择【视图】|【视图管理器】命令，弹出【视图管理器】对话框，如图 11.52 所示。

（3）单击【X 截面】，如图 11.53 所示。

（4）单击【X 截面】选项卡中的【新建】按钮，对话框中的列表中出现新截面，系统要求输入名称，如图 11.54 所示，我们接受默认名称，回车即可。

图 11.52　【视图管理器】对话框　　图 11.53　【X 截面】选项卡　　图 11.54　【新建】剖面

（5）此时弹出【剖截面选项】菜单，如图 11.55 所示。

（6）在【剖截面选项】菜单中，选择【模型】|【平面】|【单一】|【完成】命令，弹出【设置平面】菜单和【选取】对话框，如图 11.56 所示。

图 11.55　【剖截面选项】菜单　　　　　图 11.56　【设置平面】菜单和【选取】对话框

（7）直接在绘图区选择 RIGHT 面，此时系统又弹出【视图管理器】对话框，如图 11.57 所示，显然中多了一项，表示已经建立一个截面了。

（8）单击【视图管理器】对话框下面的【关闭】按钮，到此，在零件设计环境中的操作暂告一段落，下面我们回到工程图环境，由于尚未激活，我们继续操作。

（9）选择工程图环境中的【窗口】|【激活】命令，或者使用键盘上的组合键 Ctrl+A 键。此时的工程图环境就恢复从前了。

（10）选择【插入】|【绘图视图】|【投影】命令，然后在已存在的一般视图右方合适处单击鼠标左键，确定位置，如图 11.58 所示。

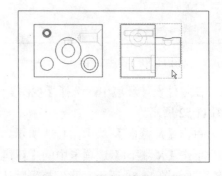

图 11.57　【视图管理器】对话框　　　　　图 11.58　新建一个投影视图

（11）双击我们刚刚建立的投影视图，系统弹出【绘图视图】对话框，我们单击选择类别中的【剖面】项，如图 11.59 所示。

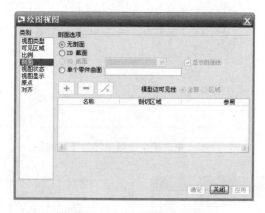

图 11.59　【绘图视图】对话框

（12）单击选择【剖面选项】中的【2D 截面】，此时 ➕ 按钮及【模型边可见性】可用，我们单击 ➕ 按钮，在下面的列表中出现新的一项，并出现我们刚刚创建的剖截面，我们选择该剖截面。如图 11.60 所示。

（13）不做其他设置，单击【应用】按钮，可以直接看到剖视图效果，如图 11.61 所示。

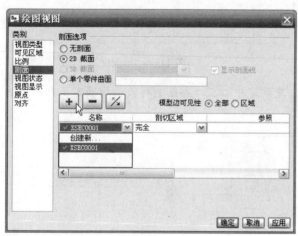

图 11.60　新建剖面

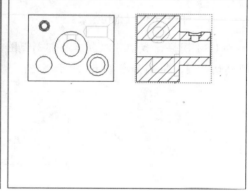

图 11.61　剖视图

注　意

至此，我们创建了一个简单的全剖视图，读者可继续如下尝试，进一步了解 Pro/E 的剖视图创建：

（1）选择模型边可见性后面的【区域】，然后单击【应用】按钮，参照图 11.61 对比【全部】与【区域】的不同，如图 11.62 所示。

（2）先将模型边可见性改回【完全】，单击列表中【剖切区域】列的下拉箭头，选择【一半】，如图 11.63 所示，然后对【参照】、【边界】、【箭头显示】进行定义，可以创建半剖视图，如图 11.64 所示。

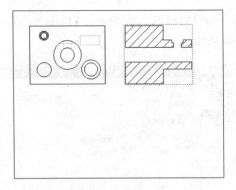

图 11.62　更改模型边可见性为【区域】

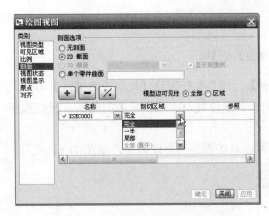

图 11.63　【剖切区域】列

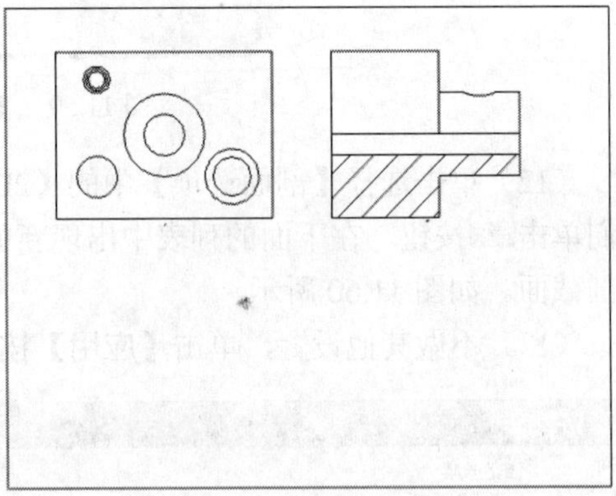

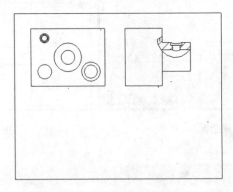

图 11.64　半剖视图

（3）同样，我们可以创建局部剖视图，先确定中心点，再绘制样条曲线确定局部剖视图的剖切范围，得到如图 11.65 所示视图。

图 11.65　局部剖视图

11.3.3　定义视图显示

　　工程图的显示状态有线框模式、隐藏线模式、无隐藏线模式、着色模式等四种，在默认情况下，系统将工程图中的显示状态设置为"从动"，即外部环境中怎么显示，工程图中就怎么显示，而表达一个零件时，往往会有多种显示方式，这就需要进行视图显示定义。

　　同样，下面以例子说明，图 11.65 为无隐藏线显示方式，通过下面操作，我们会使第一个视图显示隐藏线，而投影视图依然不显示隐藏线。

（1）双击第一个视图，系统弹出【绘图视图】对话框，选择【视图显示】类别，如图 11.66 所示。

（2）单击显示线形后面的下拉列表框，选择【隐藏线】，如图 11.67 所示。其他设置不作改变。

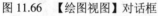
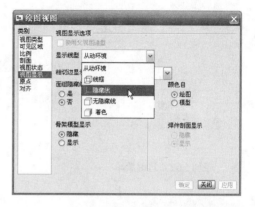

图 11.66　【绘图视图】对话框　　　　　图 11.67　改变显示方式

（3）单击【确定】，此时绘图区如图 11.68 所示，显然该视图的显示方式已经改变，而且不会随环境的变化而改变。

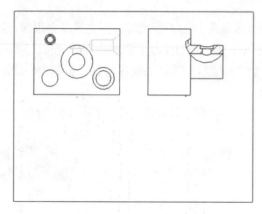

图 11.68　完成显示方式定义

11.4　视图操控

对于一幅完整的工程图，往往不会一次绘制成功，我们需要对位置不当的视图进行移动，对暂时不需要的视图进行隐藏，待需要时又可以进行恢复，对绘制错误或者重复的视图进行删除。

11.4.1　移动视图

默认状态下，一个视图是无法用鼠标拖动的，在绘图区单击右键，弹出菜单如图 11.69 所示，【锁定视图移动】前面打对勾，选择此命令，将对勾去掉，此时，视图就可以进行拖动了。

注　意

也可以单击【绘制】工具栏中的 按钮使之弹起。

图 11.70 为取消视图移动锁定后的绘图区（注意鼠标），表明此时视图是可以移动的。

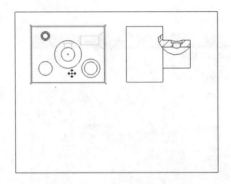

图 11.69　右键菜单　　　　　　　　　　图 11.70　取消视图移动锁定

注　意

移动视图时，若移动父视图，子视图会随之而动，反之，若移动子视图，父视图则不会动。

11.4.2　隐藏与恢复视图

在绘制大型、复杂零件或装配体的工程图时，再生速度会很慢，隐藏一些视图后会提高工作效率，而且在最后还可以恢复。我们接着上例进行操作：

（1）选择【视图】|【绘图显示】|【绘图视图可见性】命令，弹出【视图】菜单和【选取】对话框，如图 11.71 所示。

（2）单击绘图区中的一个视图，如投影视图，则该视图立即被隐藏，如图 11.72 所示。

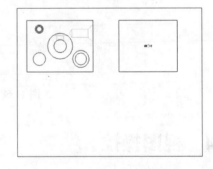

图 11.71　【视图】菜单和【选取】对话框　　　　　　图 11.72　隐藏视图

（3）若想恢复视图，与隐藏视图类似：选择【视图】|【绘图显示】|【绘图视图可见性】命令，弹出【视图】菜单，如图 11.73 所示，注意此时的【恢复】按钮可用了。

（4）选择【视图】菜单中的【恢复视图】命令，此时弹出【视图名】子菜单和【选取】对话框，如图 11.74 所示。

（5）选择需要恢复的视图（即刚刚隐藏的视图），然后单击【完成选取】命令，如图 11.75 所示。

图 11.73　【视图】菜单　　图 11.74　【视图名】子菜单和【选取】对话框　　图 11.75　完成选取

此时，刚才被隐藏的投影视图重新显示，如图 11.76 所示。

11.4.3　删除视图

删除操作方法很多，在选中一个视图后，可以选择一下四种之一进行删除操作：

（1）按键盘上的 DEL 键。

（2）单击【绘制】工具栏中的 × 按钮，如图 11.77 所示。

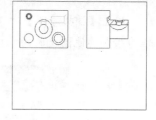

图 11.76　恢复视图

图 11.77　删除

（3）单击右键，在弹出的菜单中选择【删除】命令，如图 11.78 所示。

（4）选择【编辑】|【删除】|【删除】命令，如图 11.79 所示。

图 11.78　删除　　　　　　　　　　　　　　　　图 11.79　删除

11.5　工程图编辑

在建立视图后，我们需要进行尺寸标注，对一些地方还需要设置公差，对有些地方还需要设置注释，在最终的工程图中，可能还需要手工添加一些线等，下面我们做详细介绍。

11.5.1 工程图中的二维草绘

利用工程图环境中的草绘功能可以方便地创建直线、圆、样条等，同草绘环境中的草绘功能类似，下面我们仍然接着上例进行操作。

（1）单击窗口右边草绘工具栏中的 ↘ 按钮，弹出【捕捉参照】对话框，同时绘图区的鼠标顶点出现十字交叉线，如图 11.80 所示。

注　意

单击【捕捉参照】对话框中的 ▣ 按钮，然后选择合适的图元，如直线，则该图元将会被作为绘制其他图元时的捕捉参照。

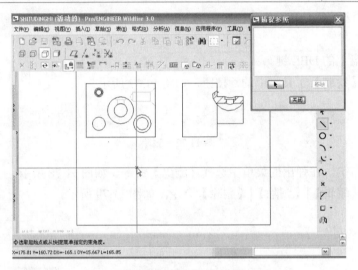

图 11.80　准备绘制直线

（2）在任意一点单击鼠标左键输入直线的一个端点，移动鼠标，在另一点单击鼠标左键输入直线的另一个端点。即可绘制一条直线，如图 11.81 所示。

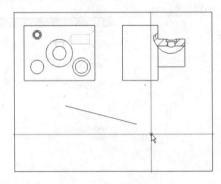

图 11.81　绘制直线

注　意

默认状态下的直线工具是不能连续绘制的，而且也不会自动捕捉到水平、竖直等约束，读者可进行如下操作：

（1）选择【草绘】|【草绘器优先选项】命令，弹出【草绘器优先选项】对话框，如图 11.82 所示。显然，捕捉选项只是选择了【顶点】和【在图元上】。

（2）我们把【水平/垂直】选上，把【链草绘】前的方框打上对勾，如图 11.83 所示。

（3）单击【关闭】按钮，完成设置。

（4）再次绘制直线，这时的直线就是连续的了，也能够约束为垂直或水平，最后需要单击中键完成。

图 11.82 【草绘器优先选项】对话框   图 11.83 设置后的【草绘器优先选项】对话框

（3）同样，我们可以利用其他工具如圆、样条等，方法与第二章类似，这里不再赘述。

注 意

当绘制圆时，若启用【草绘链】，则绘制的将是同心圆，若想绘制非同心圆，只需在每绘制完一个圆后单击鼠标中键。

另外，请读者自行熟悉工程图模式下的草绘工具，如交叉中心线工具、三边相切圆角工具，以及倒角工具等，如图 11.84～图 11.86 所示。

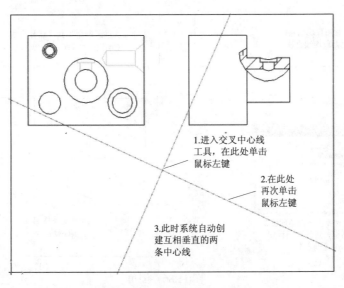

图 11.84 绘制交叉中心线

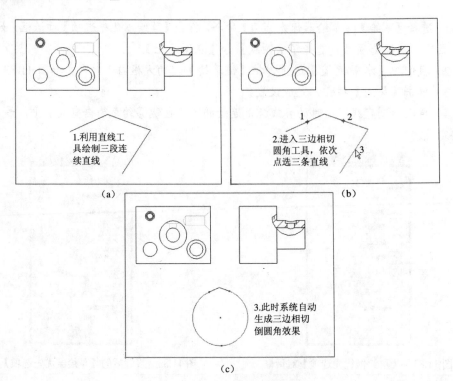

图 11.85　三边相切圆角

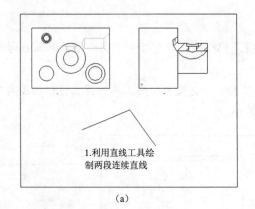
（a）

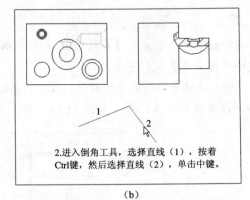
（b）

3.此时弹出【倒角属性】
对话框，进行适当设置
后单击【确定】
（c）

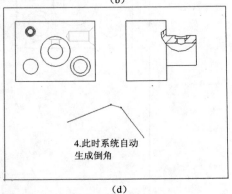
（d）

图 11.86　倒角

11.5.2 尺寸标注

在工程图中必不可少的一项就是尺寸标注，Pro/E 创建特征时，由尺寸驱动特征。在工程图模式下，Pro/E 由特征直接生成各种视图，这些视图中已经包含尺寸，只是尚未显示。下面我们接着上例进行操作。

我们首先让一般视图显示尺寸：

（1）选择【视图】|【显示/拭除】命令，弹出【显示/拭除】对话框和【选取】对话框，如图 11.87 所示。

其中，【类型】区中有 11 项，分别解释如表 11.1 所示。

图 11.87 【显示/拭除】对话框和【选取】对话框

表 11.1 【类型】区解释

按 钮	意 义	按 钮	意 义	按 钮	意 义
├─1.2─┤	尺寸	├─(1.2)─┤	参照尺寸	⊕⌀1⊖	几何公差
▱ABCD	注释	⑤	球标	......A.1	轴
符号	符号	32	精加工	Ⓐ◀	基准平面
修饰特征	修饰特征	✕A1	基准目标		

（2）单击鼠标左键使【类型】区中的尺寸按钮 ├─1.2─┤ 处于按下的状态。

（3）单击选择【显示方式】区中的【视图】。

（4）单击选择绘图区中的一般视图，此时该视图立即被标注尺寸，如图 11.88 所示。同时【显示/拭除】对话框变为如图 11.89 所示。

（5）单击【显示/拭除】对话框下面的【接受全部】按钮，此时【关闭】按钮可用，单击【关闭】按钮。完成尺寸的显示，如图 11.90 所示。

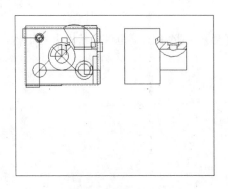

图 11.88　显示尺寸 图 11.89　【显示/拭除】对话框

　　显然，此时的尺寸太小看不清，严重影响读图，我们继续操作，使尺寸的显示变大。

　　（6）在完成第（5）步时，如果读者没有进行其他操作，则刚创建的尺寸应该是被选中的，如图 11.90 所示（若读者进行了其他操作，也可以按照提示中的方法重新选择尺寸）。

注　意

　　在窗口底部的过滤器中选择【尺寸】，如图 11.91 所示。然后在绘图区中框选所有尺寸即可，如图 11.92 所示。

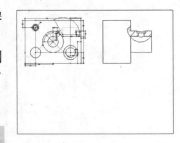

图 11.90　完成尺寸显示

图 11.91　定义过滤器

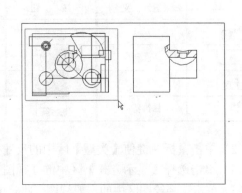

图 11.92　选择尺寸

　　（7）在选中所有尺寸的情况下，单击鼠标右键，在弹出的菜单中选择【属性】，如图 11.93 所示。

　　（8）此时弹出【尺寸属性】对话框，单击【文本样式】选项卡，如图 11.94 所示。

图 11.93　选择【属性】　　　　　　　　　图 11.94　【文本样式】选项卡

（9）在【文本样式】选项卡的【字符】区，将高度后面的【缺省】对勾去掉，此时文本框可用，在文本框中输入 8，如图 11.95 所示。

注　意

【尺寸属性】对话框中可以设置很多参数，如尺寸的大小、数值、标注方式、标注位置等。

（10）单击【确定】按钮，此时的尺寸显示适中，适当调整尺寸的位置，如图 11.96 所示。

注　意

单击选择一个尺寸，该尺寸被加亮，同时鼠标会变为 ✛ 状，表示该尺寸可以移动，拖动鼠标即可调整尺寸位置。

图 11.95　修改高度值

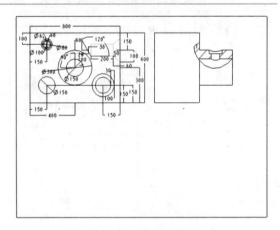

图 11.96　修改尺寸的显示高度

自动生成的工程图在实际生产中往往不一定符合要求，图 11.95 中有一些不必要的尺寸，对此需要进行拭除操作：

注　意

对于系统自动生成的尺寸，这些尺寸是必须的，只能拭除，不能删除。

（11）单击鼠标选中一个尺寸，此时该尺寸被加亮。

（12）单击鼠标右键，在弹出的菜单中选择【拭除】命令，如图 11.97 所示，则该尺寸被拭除。

注　意

可以按着 Ctrl 键选中多个尺寸进行操作。

另外，我们也可以按以下方法进行拭除操作：

（1）选择【视图】|【显示/拭除】命令，弹出【显示/拭除】对话框和【选取】对话框。

（2）在【显示/拭除】对话框中单击【拭除】按钮，此时的对话框如图 11.98 所示。

图 11.97　拭除　　　　　　　　　　图 11.98　【显示/拭除】对话框

（3）选择相应的拭除类型和拭除方式，然后在绘图区中选择拭除对象，即可完成拭除操作。

（13）对图 11.96 中的一些尺寸进行拭除，如图 11.99 所示。

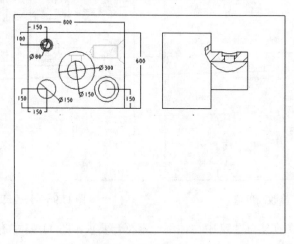

图 11.99　拭除尺寸

实际中有些尺寸需要拭除，有些尺寸需要创建，当系统没有自动创建我们需要的尺寸时需要进行以下操作：

（1）单击【绘制】工具栏中的 按钮，或者选择【插入】|【尺寸】|【新参照】命令，弹出【依附类型】菜单和【选取】对话框，如图 11.100 所示。

图 11.100 【依附类型】菜单和【选取】对话框

（2）同草绘环境下的创建尺寸方法一样，单击选择合适的图元，中键确定尺寸放置位置，如图 11.101 所示。

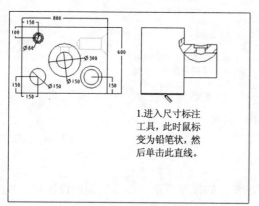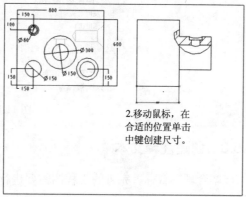

图 11.101 创建尺寸

注 意

这个尺寸显示也偏小，我们可以通过前面的知识将其调大些，如图 11.102 所示。

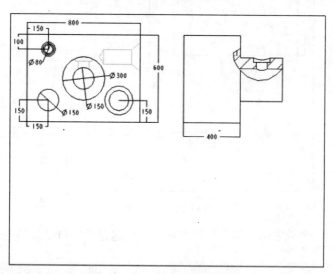

图 11.102 更改尺寸高度为 8

这个尺寸属于创建的尺寸，与零件本身没有关联，既可以被拭除，也可以被删除，图 11.103 是两个右键菜单的对比。

关于系统创建的尺寸和手动创建的尺寸还有一点区别，手动创建的尺寸是被驱动的，它的值是无法直接修改的；而系统自动创建的尺寸则可以直接修改，而且修改后也会直接体现在零件图中，这也就是所谓的单一数据库，请读者自行体会。

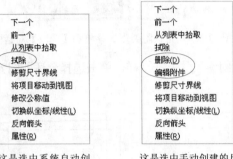

这是选中系统自动创建的尺寸后单击右键弹出的菜单，显然该尺寸只能被拭除。

这是选中手动创建的尺寸后单击右键弹出的菜单，可以看出，该尺寸既能被拭除，也能被删除。

图 11.103 对比

11.5.3 创建注释文本

一幅合理、合标、完善的工程图需要进行注释，如技术要求、必要的说明性文字、视图的简要解释等。

请读者注意两个细节，如图 11.104 所示。

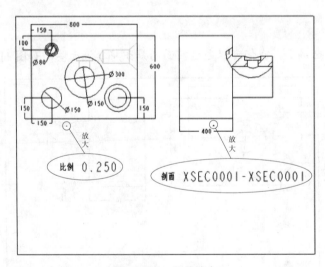

图 11.104 细节放大

图 11.104 中的两个放大部分均为注释特征，当然这是系统自动创建的。

| 注　意 |

刚刚我们创建尺寸时，显示得很小，这里的注释也偏小，可以按以下方法设置，会方便以后的操作：

（1）选择【格式】|【文本样式库】命令弹出【文本样式库】对话框，如图 11.105 所示。

其中列出了当前的文本样式，注意：图中的三个样式均为系统需要，不能被删除。

（2）在【文本样式库】对话框中单击【新建】按钮，弹出【新文本样式】对话框，如图 11.106 所示。

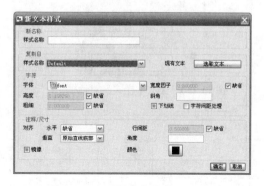

图 11.105 【文本样式库】对话框 　　　　　　　图 11.106 【新文本样式】对话框

（3）在样式名称后的文本框中输入新名称：MyStyle1，然后将高度值改为 8，如图 11.107 所示，单击【确定】按钮。

（4）此时回到【文本样式库】对话框，显然，多了一项我们创建的样式，如图 11.108 所示。

图 11.107 新样式 　　　　　　　图 11.108 【文本样式库】对话框

（5）单击【文本样式库】对话框中的【关闭】按钮。

此时已经创建了新样式，在以后创建尺寸、注释时可以选择直接选择该新样式，提高效率。

（6）先将过滤器改为【注释】，如图 11.109 所示，然后选择图 11.104 中的两个小注释特征，注意配合 Ctrl 键的使用。

（7）单击右键，在弹出的菜单中选择【文本样式】，弹出【文本样式】对话框，如图 11.110 所示。

（8）将样式改变为 MyStyle1，如图 11.111 所示，单击【确定】按钮。此时，绘图区的注释特征变大了，如图 11.112 所示。

为了进一步提高效率，我们还可以将刚刚创建的新样式设置为默认。

（9）选择【格式】|【缺省文本样式】命令，弹出【选取样式】菜单，如图 11.113 所示。

图 11.109 更改过滤器

图 11.110 【文本样式】对话框

图 11.111 更改样式

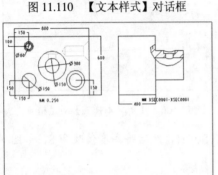

图 11.112 修改文本样式后的注释特征

图 11.113 【选取样式】菜单

（10）其中列出了所有系统自带的样式，当然也有我们创建的 MyStyle1。直接选择 MyStyle1 即可。

下面言归正传，我们将创建一个简单的注释。

（1）选择【插入】|【注释】命令，或者单击【绘制】工具栏中的 按钮，弹出【注释类型】菜单，如图 11.114 所示，图中对每一项进行了简单解释。

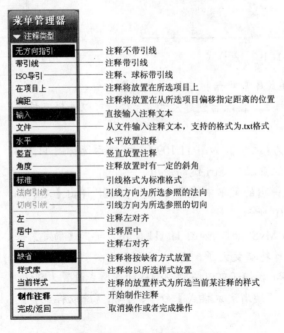

图 11.114 【注释类型】菜单

（2）在【注释类型】菜单中，选择【无方向指引】|【输入】|【水平】|【标准】|【缺省】|【制作注释】命令，系统弹出【获得点】菜单，如图 11.115 所示。

（3）选择【选出点】命令，然后在绘图区中单击合适的一点，确定注释位置，此时窗口下方弹出文本框，要求输入注释，同时弹出【文本符号】对话框，如图 11.116 所示。单击该对话框中相应的按钮可以输入这些特殊的文本符号。

图 11.115　【获得点】菜单

图 11.116　【文本符号】对话框

（4）在窗口底部的文本框中输入"技术要求："，然后回车，窗口底部再次弹出文本框，输入"人工时效处理"，然后回车，输入所需文本直到输入完毕，再次回车。

（5）此时绘图区出现我们所写的注释，如图 11.117 所示，并返回【注释类型】菜单，单击【完成/返回】命令，完成操作。

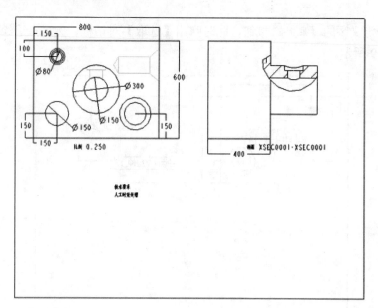

图 11.117　创建注释

注　意

单击选中注释，此注释被加亮，我们可以对该注释进行移动、拭除、删除操作，另外，选择右键单击菜单中的【属性】命令，可以在弹出的【注释属性】对话框中修改注释的内容，更改显示方式等。

11.5.4 几何公差

在一些精加工表面，需要设置几何公差来控制三维实体的形位公差，如直线度、平面度、同轴度等。

下面我们依然接着上例，以标注一个简单的平行度公差为例来说明几何公差的创建方法：

由于平行度公差需要基准面，我们先建立基准平面 A。

（1）选择【插入】|【模型基准】|【平面】命令，或者单击绘图区右侧基准工具栏中的  按钮，弹出【基准】工具栏，如图 11.118（a）所示。

（a）　　　　　　　　　　　（b）

图 11.118 【基准】工具栏

（2）在名称后面的文本框中输入 A，然后单击类型区的 -A- 按钮，如图 11.118（b）所示。

（3）单击定义区的 在曲面上 按钮，此时弹出【选取】对话框，然后点选绘图区中的一平面，如图 11.119 所示。

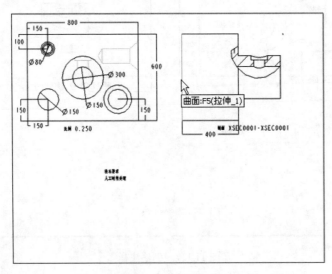

图 11.119 选择底面

（4）单击【基准】对话框中的【确定】完成基准 A 的创建。

现在我们开始建立平行度公差：

（5）选择【插入】|【几何公差】命令，或者单击【绘制】工具栏中的 按钮，系统弹出【几何公差】对话框，如图 11.120 所示。注意对话框下方的提示，现在是"状态：不完整，……"。

图 11.120 【几何公差】对话框

左侧的两排按钮意义如表 11.2 所示。

表 11.2 形位公差

按 钮	意 义	按 钮	意 义
—	直线度	▱	平面度
○	圆度	⌀̸	圆柱度
⌒	线轮廓度	⌓	面轮廓度
∠	倾斜度	⊥	垂直度
//	平行度	⊕	位置度
◎	同轴度	═	对称度
↗	圆跳动	⤪	总跳动

（6）单击 // 按钮，将参照类型设置为【曲面】，此时弹出【选取】对话框，要求选取项目，单击选择图 11.121 所示平面。

（7）此时放置类型可用，选择放置类型为【切向引线】，此时弹出【导引形式】菜单和【选取】对话框，如图 11.122 所示。

（8）选择如图 11.123 所示边，然后向上移动鼠标至适当位置，单击左键确定放置位置。

此时【几何公差】对话框变为如图 11.124 所示，再次注意对话框下面的提示，"状态：警告，此类公差至少应有一个参照"，表示定义不完全，需要继续操作。

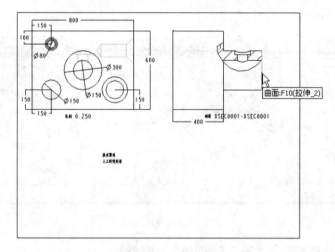

图 11.121 选择平面

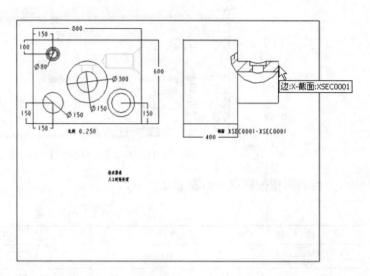

图 11.122　【导引形式】菜单和　　　　　　　　　　　　图 11.123　选择边
　　　　　　【选取】对话框

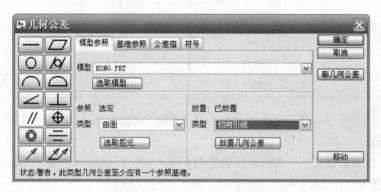

图 11.124　【几何公差】对话框

（9）单击【几何公差】对话框中的【基准参照】选项卡，在基准参照区的【首要】选项卡中，单击基本后面的下拉箭头，选择刚开始创建的 A，此时对话框下方的提示为"状态：完整"，如图 11.125 所示。

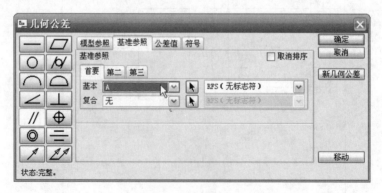

图 11.125　完成定义

（10）单击对话框右侧的【确定】，创建平行度公差，如图 11.126 所示的"放大 2"。

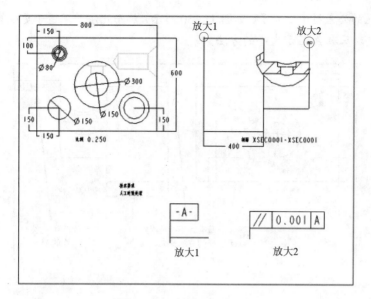

图 11.126　创建平行度公差

注 意

　　以上，我们创建了一个平行度公差，它需要制定基准，但并不是所有的公差都要指定，如直线度就不需要，读者可结合机械设计的相关知识进行学习。

　　图 11.126 中的基准和公差的文字都太小，可以用以下方法解决：

　　（1）选择【格式】|【文本样式】命令，弹出【选取】对话框（区域选取可用），如图 11.127 所示。

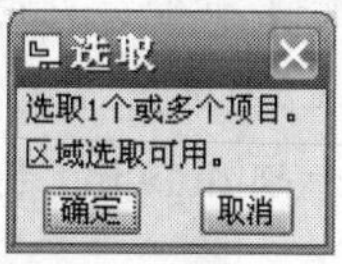

　　（2）框选所建立的公差，如图 11.128 所示。当然，也可以向下滑动滚轮，放大绘图区后，直接选择公差中的文本。

图 11.127　【选取】对话框

　　（3）单击对话框中的【确定】按钮，此时弹出【文本样式】对话框，选取样式中的 MyStyle1，如图 11.129 所示，然后单击【确定】按钮。

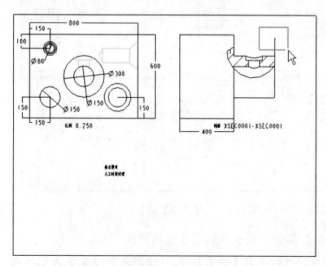

图 11.128　框选公差

图 11.129　更改文本样式

此时绘图区的公差显示变大了，如图 11.130 所示，然而此法并不适于更改我们创建的基准 A，下面介绍更改基准 A 显示大小的方法。

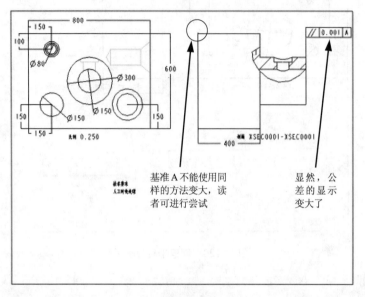

图 11.130　改变公差的文本样式

（4）在绘图区空白处单击右键，在弹出的菜单中选择【属性】命令，或者选择【文件】|【属性】命令，此时弹出【文件属性】菜单，如图 11.131 所示。

（5）选择【文件属性】菜单中的【绘图选项】命令，弹出【选项】对话框，需要修改的是第一项 drawing_text_height，将其值改为 8，如图 11.132 所示。

图 11.131　【文件属性】菜单

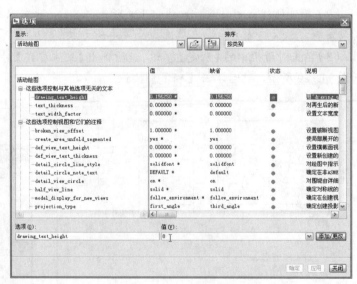

图 11.132　【选项】对话框

（6）直接回车或者单击【添加/更改】按钮，完成默认高度值的修改。

（7）单击【应用】按钮可以查看效果，我们单击【确定】，此时绘图区中的基准 A 已经变大了，如图 11.133 所示。

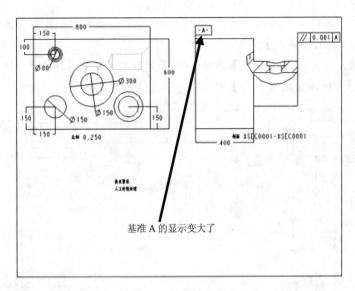

图 11.133 改变默认高度值

需要说明的是：刚才的更改相当于修改文本样式库中 Default 样式的高度值，它并不会影响其他样式。如将 drawing_text_height 选项的值改为 30（为方便对比，数值偏大），则只有样式为 Default 的文本高度值会变成30，这里，只有基准 A 的高度值改变，如图 11.134 所示，请读者尝试和理解。

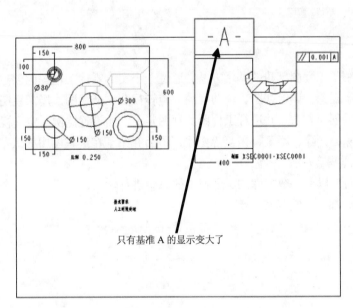

图 11.134 再次修改高度值

读者可继续操作，完成如图 11.135 所示绘图，复习所学知识。图中：

（1）将绘图选项 drawing_text_height 的值改为 10。

（2）增加了一个俯视图剖视图，在【绘图选项】对话框中，更改其【视图显示】类别中的【显示线形】方式为【隐藏线】。创建几个尺寸，将其高度改为 8。

（3）增加了注释"技术要求"中的内容，将其高度改为 12，并适当移动其位置。

（4）适当更改左视图中的剖面边界，达到如图所示的效果，并类似于第 1 步，将【显示线形】方式更改为【无隐藏线】。

（5）选择【文件】|【页面设置】命令，在【页面设置】对话框中，单击【格式】下拉列表，单击【浏览】，在弹出的【打开】对话框中，选择 c.frm 即可。

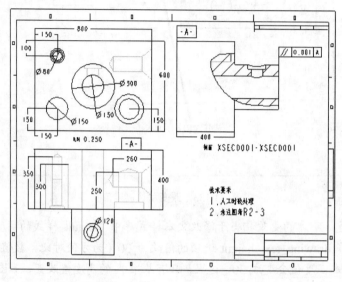

图 11.135　更改后

本章小结

本章详细介绍了工程图创建的基本方法。通过一个实际零件工程图的创建过程，详细讲解了一般视图、投影视图、详细视图、辅助视图、旋转视图、半视图、局部视图、破断视图、剖视图等常见视图的创建方法，并进行工程图的视图定义，如设置比例、定义视图显示，我们还学习了视图的拭除、删除、隐藏、恢复等操作，最后介绍了在工程图中插入草绘、标注尺寸、创建注释、标注公差等方法。

在学习本章时应以单一数据库的、全相关的思想进行学习，应明确在一个产品设计中，对任何一处进行更改都会影响到其他部分。

第 12 章
典 型 实 例

📖 **本章导读**

本章介绍减速器的设计过程。以轴、盘套、齿轮、箱体等为例，阐述典型机械零件的建模方法，然后进行各个零件的装配、以及工程图的制作。主要目的是对全书所学知识加以综合运用。全面体现一个机械产品的设计思路，希望藉此提高读者的设计能力。

✍ **学习要点**

➢ 轴类件建模实例
➢ 盘套类零件建模实例
➢ 齿轮建模实例
➢ 箱体建模实例
➢ 产品装配实例
➢ 二维装配图创建

12.1 轴类件建模实例

本节将通过操作完成如图 12.1 所示的低速轴的创建。难点在于建立轴主体时的草绘部分和切除键槽时的内部基准面部分。

图 12.1 低速轴

1．新建文件

新建实体零件文件，命名为 disuzhou，注意取消默认模板，选择 mmns_part_solid（毫米牛顿秒）作为设计模板。

2．建立低速轴

（1）建立轴主体。选择【插入】|【旋转】命令（或者单击右侧工具栏中的旋转工具按钮 ✦），进入旋转工具，在 TOP 面上草绘，如图 12.2 所示，先绘制中心线（与水平约束重合），注意约束和尺寸，完成后保持默认设置，得到如图 12.3 所示轴主体。

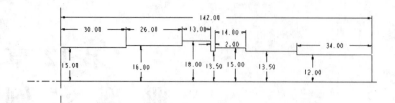

图 12.2 草绘   图 12.3   轴主体

（2）切除一个键槽。选择【插入】|【拉伸】命令（或者单击右侧工具栏中的拉伸工具按钮），进入拉伸工具，单击 按钮切除材料，在内部基准面（创建方法如图 12.4 所示）上草绘，如图 12.5 所示，完成后设置切除深度为 5，得到如图 12.6 所示键槽。

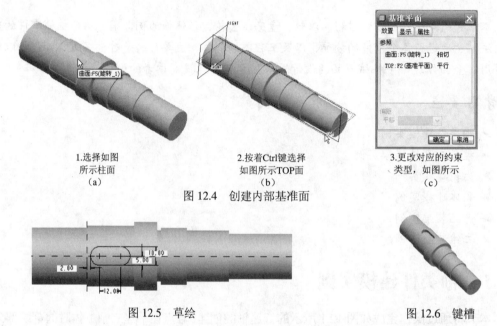

1.选择如图   2.按着Ctrl键选择   3.更改对应的约束
所示柱面   如图所示TOP面   类型，如图所示
（a）   （b）   （c）
图 12.4   创建内部基准面

图 12.5   草绘   图 12.6   键槽

（3）切除另一个键槽。选择【插入】|【拉伸】命令（或者单击右侧工具栏中的拉伸工具按钮），进入拉伸工具，单击 按钮切除材料，同样在内部基准面（创建方法如图 12.7 所示）上草绘，如图 12.8 所示，完成后设置切除深度为 5，得到如图 12.9 所示键槽。

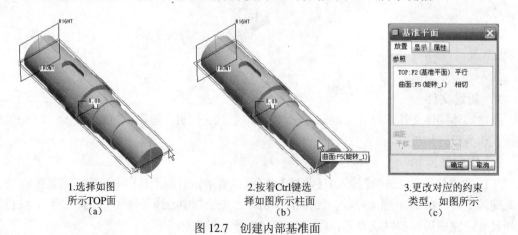

1.选择如图   2.按着Ctrl键选   3.更改对应的约束
所示TOP面   择如图所示柱面   类型，如图所示
（a）   （b）   （c）
图 12.7   创建内部基准面

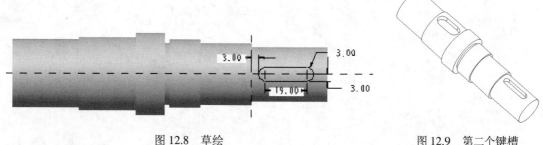

图 12.8　草绘　　　　　　　　　　图 12.9　第二个键槽

（4）倒角。选择【插入】|【倒角】|【边倒角】命令（或者单击右侧工具栏中的倒角工具按钮 ），进入倒角工具，在轴两端的棱边处放置倒角，参数为 D×D，D=2，如图 12.10 所示。

（5）圆角。选择【插入】|【倒圆角】命令（或者单击右侧工具栏中的倒角工具按钮 ），进入圆角工具，在如图 12.11 所示位置倒圆角，圆角半径为 1.5。

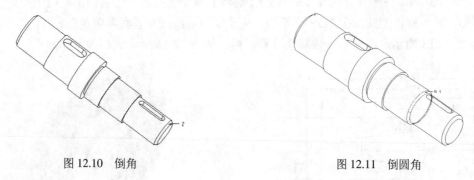

图 12.10　倒角　　　　　　　　　　图 12.11　倒圆角

3. 保存文件

选择【文件】|【保存】命令（或者单击【文件】工具栏中的图标按钮 ），单击【确定】保存文件。

注　意

至此，轴类件的建模暂告一段落，这里的轴主体建模采用的是旋转工具，对于一些不很复杂的轴，我们也可以使用多个拉伸特征来完成。读者可参照光盘中本章例子中的 gaosuzhou.prt 练习高速轴的创建。

读者在草绘时应明确自己的设计意图，在必须的地方加上约束、尺寸。有时这些尺寸不能正确修改，那么可以先行修改其他尺寸；也可以进入尺寸修改工具，并取消再生，依次将所有尺寸修改完毕后，进行再生操作。

12.2　盘套类零件建模实例

12.2.1　大端盖的创建

本节将完成如图 12.12 所示大端盖的创建。

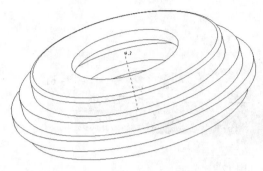

图 12.12 大端盖

1．新建文件

新建实体零件文件，命名为 daduangai，注意取消默认模板，选择 mmns_part_solid（毫米牛顿秒）作为设计模板。

2．建立大端盖

（1）建立大端盖主体。选择【插入】|【旋转】命令（或者单击右侧工具栏中的旋转工具按钮⟡），进入旋转工具，在 TOP 面草绘，先绘制中心线（与竖直参照重合），注意尺寸和约束，如图 12.13 所示，完成后保持默认设置，得到如图 12.14 所示大端盖主体。

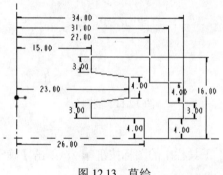

图 12.13 草绘

图 12.14 大端盖主体

（2）倒圆角。选择【插入】|【倒圆角】命令（或者单击右侧工具栏中的倒角工具按钮），进入圆角工具，在两处放置圆角特征，如图 12.15 所示。

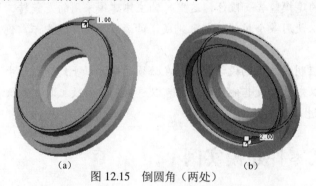

（a）　　　　　　　　　　　　　　（b）
图 12.15 倒圆角（两处）

3．保存文件

选择【文件】|【保存】命令（或者单击【文件】工具栏中的图标按钮），单击【确定】保存文件。

12.2.2 套筒的创建

1．新建文件

新建实体零件文件，命名为 taotong，注意取消默认模板，选择 mmns_part_solid（毫米牛顿秒）作为设计模板。

2．建立套筒

（1）创建套筒主体。选择【插入】|【拉伸】命令（或者单击右侧工具栏中的拉伸工具按钮 ），进入拉伸工具，在 TOP 面草绘，如图 12.16 所示，完成后设置拉伸深度为 13，得到如图 12.17 所示套筒主体。

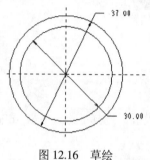

图 12.16 草绘

图 12.17 套筒主体

（2）倒角。选择【插入】|【倒角】|【边倒角】命令（或者单击右侧工具栏中的倒角工具按钮 ），进入倒角工具，在如图 12.18 所示两边上倒角，参数为 D×D，D=1，完成后如图 12.19 所示。

图 12.18 倒角

图 12.19 完成倒角

3．保存文件

选择【文件】|【保存】命令（或者单击【文件】工具栏中的图标按钮 ），单击【确定】保存文件。

注　意

这部分我们向读者介绍了减速器中的一个盖、套等零件的建模方法，其实，机械零件的建模本身并不难，难点在于创意、构思。初学者可能已经掌握了很多命令、工具的用法，但在实际中却什么也设计不出来，这可能是因为缺乏设计经验，如能将实际的产品设计思想结合 Pro/E 运用，读者将会感到如虎添翼，游刃有余。

读者可参考光盘中本章例子中的 xiaoduangai.prt、damengai.prt、xiaomengai.prt 练习盘套类零件的建模。

12.3 齿轮建模实例

本节将完成如图 12.20 所示的大齿轮的创建。

图 12.20 大齿轮

1．新建文件

新建实体零件文件，命名为 dachilun，注意取消默认模板，选择 mmns_part_solid（毫米牛顿秒）作为设计模板。

2．建立大齿轮

（1）创建轮毂基体。选择【插入】|【拉伸】命令（或者单击右侧工具栏中的拉伸工具按钮 ），进入拉伸工具，在 TOP 面草绘，如图 12.21 所示，完成后设置拉伸深度为 26，得到如图 12.22 所示轮毂基体。

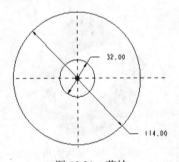

图 12.21 草绘

图 12.22 轮毂基体

（2）部分切除一侧轮毂。选择【插入】|【拉伸】命令（或者单击右侧工具栏中的拉伸工具按钮 ），进入拉伸工具，单击 按钮切除材料，在轮毂一侧面上草绘，图 12.23 完成后设置拉伸深度为 9，切除后如图 12.24 所示。

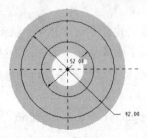

图 12.23 草绘

图 12.24 拉伸切除

（3）倒角。选择【插入】|【倒角】|【边倒角】命令（或者单击右侧工具栏中的倒角工具按钮 ），进入倒角工具，在如图 12.25 所示四条线上放置倒角，设置参数为 DxD，D=2，完成效果后如图 12.26 所示。

图 12.25　倒角参照

图 12.26　倒角

（4）圆角。选择【插入】|【倒圆角】命令（或者单击右侧工具栏中的倒角工具按钮 ），进入圆角工具，在如图 12.27 所示两条线上放置圆角，设置圆角半径为 2，完成后效果如图 12.28 所示。

图 12.27　圆角参照

图 12.28　圆角

（5）将（2）、（3）、（4）步所创建的特征镜像至另一侧。

首先建立一个基准平面 DTM1：进入基准平面工具，选择 TOP 面为参照，从 TOP 面偏移 13，如图 12.29 所示。

然后选择（2）、（3）、（4）步所创建的特征，并进入镜像工具，选择刚刚创建的基准面 DTM1 作为镜像平面。

完成后发现系统又进入倒角工具操控面板，【集】显示红色，【集】上滑面板中的参照也显示红色，表示出现问题，再注意窗门底部的提示区："由于丢失参照，所以无法再生链。请替换或移除链"。

我们直接选择轮毂另一侧与第（3）步对应的四条参照，完成后系统成功再生，如图 12.30 所示。

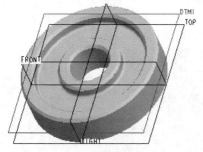

图 12.29　基准面 DTM

图 12.30　镜像完成后

注 意

丢失参照的问题很常见，有时系统不能自动识别设计者的设计意图，只能进行手动重定义。

再生失败时，通过进入诊断模式可以方便地解决一些问题，如我们可以进行取消更改、重定义某特征、隐含失败特征、删除失败特征等操作。

（6）切除键槽。选择【插入】|【拉伸】命令（或者单击右侧工具栏中的拉伸工具按钮 ），进入拉伸工具，单击 按钮切除材料，在如图 12.31 所示平面上草绘，如图 12.32 所示，完成后设置拉伸深度为穿透，最后得到如图 12.33 所示键槽。

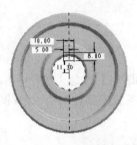

图 12.31　选择草绘平面　　　　　图 12.32　草绘　　　　　图 12.33　键槽

（7）切除一个齿槽。选择【插入】|【拉伸】命令（或者单击右侧工具栏中的拉伸工具按钮 ），进入拉伸工具，单击 按钮切除材料，仍然在如图 12.31 所示的平面上草绘，如图 12.34 所示，完成后设置拉伸深度为穿透，最后得到如图 12.35 所示齿槽。

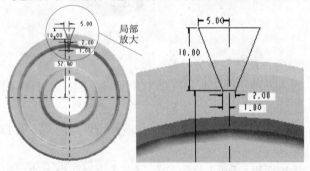

图 12.34　草绘（局部放大）　　　　　　　图 12.35　一个齿槽

（8）阵列齿槽。选择上一步所建立的齿槽，然后单击右侧工具栏中的阵列工具按钮 ，进入阵列工具，选择阵列方式为【轴】，选择齿轮中轴线作为阵列中心，单击 按钮均分一周，输入第一方向成员数为 55，完成后得到如图 12.36 所示齿轮。

图 12.36　齿轮

3．保存文件

选择【文件】|【保存】命令（或者单击【文件】工具栏中的图标按钮），单击【确定】保存文件。

我们可以参照本例中的方法在高速轴上切除齿槽。

12.4　箱体建模实例

12.4.1　下箱体创建

本节将制作如图 12.37 所示的下箱体。

箱体零件的创建较为复杂，综合运用了我们所学过的基本实体、放置实体、基准特征、实体特征编辑等多方面内容，从设计的角度来看，我们不可能不出现错误，特别是初学者最容易出现快完成一个复杂设计时，却发现有一两处怎么也做不出来的情况，这就需要我们在设计时，明确建模的大致顺序，这样即使出现错误也只是一些尺寸上的问题。

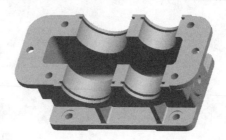

图 12.37　下箱体

下面开始操作。

1．新建文件

新建实体零件文件，命名为 xiaxiangti，注意取消默认模板，选择 mmns_part_solid（毫米牛顿秒）作为设计模板。

2．建立下箱体

（1）底板。选择【插入】|【拉伸】命令（或者单击右侧工具栏中的拉伸工具按钮），进入拉伸工具，在 TOP 面上草绘，如图 12.38 所示，注意尺寸和约束关系，完成后设置拉伸深度为 10，得到如图 12.39 所示底板。

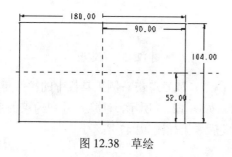

图 12.38　草绘

图 12.39　底板

（2）箱体主体。选择【插入】|【拉伸】命令（或者单击右侧工具栏中的拉伸工具按钮 ），进入拉伸工具，在底板的上表面草绘，如图 12.40 所示，注意尺寸和约束关系，设置拉伸深度为 70，完成后效果如图 12.41 所示。

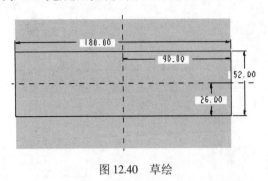

图 12.40　草绘　　　　　　　　　　　　图 12.41　箱体主体

（3）抽壳。选择【插入】|【壳】命令（或者单击右侧工具栏中的 按钮）进入壳工具，选择如图 12.42 所示平面作为开口面，设置壳厚度为 6，完成后效果如图 12.43 所示。

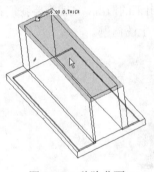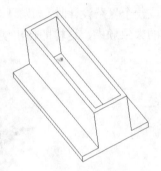

图 12.42　移除曲面　　　　　　　　　　图 12.43　抽壳

（4）上下箱体固定板。选择【插入】|【拉伸】命令（或者单击右侧工具栏中的拉伸工具按钮 ），进入拉伸工具，在箱体主体上表面草绘，注意尺寸和约束关系，如图 12.44 所示，设置拉伸深度为 7，方向向下，完成后效果如图 12.45 所示。

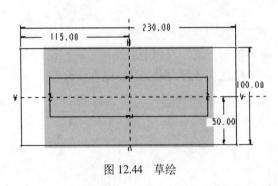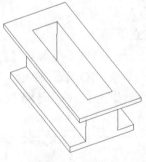

图 12.44　草绘　　　　　　　　　　　　图 12.45　固定板

（5）一侧轴承座基体。选择【插入】|【拉伸】命令（或者单击右侧工具栏中的拉伸工具按钮 ），进入拉伸工具，在箱体主体的侧面上草绘，如图 12.46 所示，注意尺寸和约束关系，设置拉伸深度方式为 ，选择参照为底板侧面，完成后效果如图 12.47 所示。

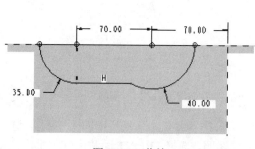

图 12.46　草绘

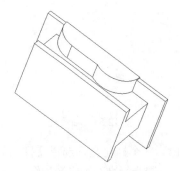

图 12.47　轴承座基体

（6）一侧螺栓孔基体。选择【插入】|【拉伸】命令（或者单击右侧工具栏中的拉伸工具按钮 ），进入拉伸工具，在上下箱体固定板上草绘，如图 12.48 所示，注意尺寸和约束关系，设置拉伸深度为 28，方向向下，完成后效果如图 12.49 所示。

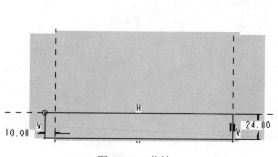

图 12.48　草绘

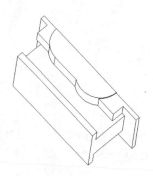

图 12.49　螺栓孔基体

（7）切出一个轴承孔。选择【插入】|【孔】命令（或者单击右侧工具栏中的 按钮）进入孔工具，选择如图 12.50 所示平面为主参照，选择内部基准轴（小轴承孔的中轴线）为【同轴】属性的次参照，设置孔径为 47，拉伸方式为 ，选择参照为如图 12.51 所示平面，最后得到如图 12.52 所示轴承孔。

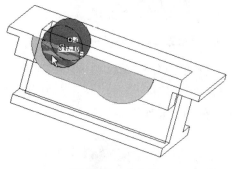

图 12.50　主参照

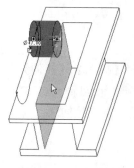

图 12.51　深度参照

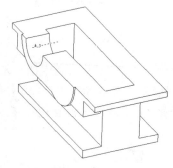

图 12.52　轴承孔

（8）切出另一个轴承孔。与第（7）步类似，只是孔径为 62，最后得到如图 12.53 所示轴承孔。

（9）倒圆角。选择【插入】|【倒圆角】命令（或者单击右侧工具栏中的倒角工具按钮 ），进入圆角工具，在如图 12.54 所示两处倒圆角，半径为 23。

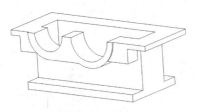

图 12.53　轴承孔

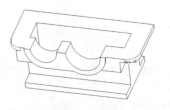

图 12.54　倒圆角

（10）一个螺栓孔。选择【插入】|【孔】命令（或者单击右侧工具栏中的 按钮）进入孔工具，设置为标准孔。选择如图 12.55 所示平面为主参照，选择 FRONT 面和内部基准面（大轴承孔的中轴线）作为【线形】属性的次参照，对应的偏移值分别为 37 和 50，选择孔的螺纹类型为 ISO，M9×1，打通孔，不添加攻丝和埋头孔，添加沉孔，然后在【形状】上滑面板中设置参数，如图 12.56 所示，最后得到如图 12.57 所示螺栓孔。

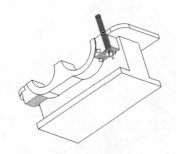

图 12.55　螺栓孔

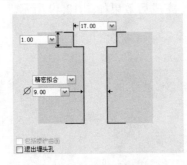

图 12.56　设置孔参数

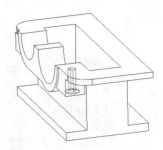

图 12.57　螺栓孔（选中时）

（11）另一个螺栓孔。与第（10）步类似，只是次参照为 FRONT 面和第（10）步所创建孔的中轴线，偏移值如图 12.58 所示，其他参数与上步创建的孔相同，完成后如图 12.59 所示。

图 12.58　【放置】上滑面板

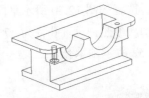

图 12.59　螺栓孔（选中时）

（12）切出端盖卡槽。选择【插入】|【拉伸】命令（或者单击右侧工具栏中的拉伸工具按钮 ），进入拉伸工具，单击 按钮切除材料，在内部基准面（从如图 12.60 所示平面向内偏移 4）上草绘，如图 12.61 所示，设置拉伸深度为 4，方向向内，完成后如图 12.62 所示。

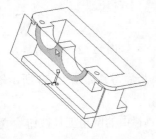

图 12.60　内部基准面参照

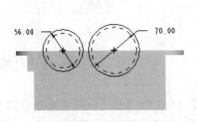

图 12.61　草绘

图 12.62　端盖卡槽

（13）一块筋板。这里，我们不使用筋特征工具，使用拉伸工具同样可以完成。

在底板上表面草绘，如图 12.63 所示（注意，这里的几条虚线均为草绘参照，尤其是竖直参照，这是一个以内部基准轴为参照的草绘参照），设置拉伸方式为 ，选择参照为轴承座下表面，最后得到如图 12.64 所示的筋。

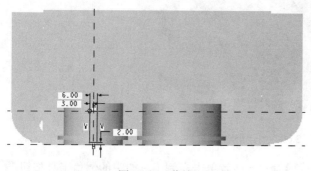

图 12.63 草绘

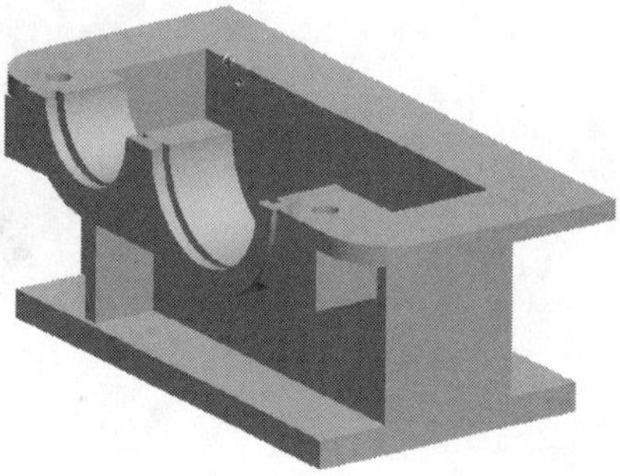

图 12.64 筋

（14）另一块筋板。

与第（13）步相同，创建另一块筋板，不同之处在于草绘时竖直参照对应的内部基准轴是大轴承孔的中轴线。

完成后如图 12.65 所示。

（15）倒圆角。选择【插入】|【倒圆角】命令（或者单击右侧工具栏中的倒角工具按钮 ），进入圆角工具，在如图 12.66 所示两处倒圆角，半径为 8。

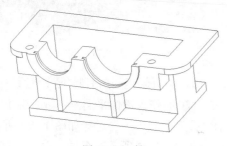

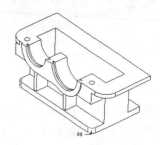

图 12.65 筋

图 12.66 圆角

（16）一个底板孔。选择【插入】|【孔】命令（或者单击右侧工具栏中的 按钮）进入孔工具，与第（10）步类似，只是主参照为底板上表面，次参照为底板的两个侧面，如图 12.67 所示，偏移值分别为 22.5 和 13，完成后如图 12.68 所示。

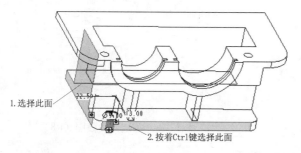

1.选择此面
2.按着Ctrl键选择此面

图 12.67 次参照

图 12.68 底板孔（选中时）

（17）另一个底板孔。选中刚刚创建的底板孔，单击右侧工具栏中的镜像工具按钮，进入镜像工具，选择RIGHT面作为镜像平面，完成后得到另一个底板孔，如图12.69所示。

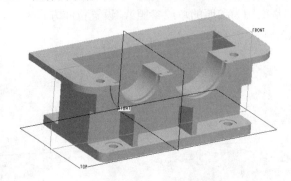

图12.69　另一个底板孔

（18）倒圆角。选择【插入】|【倒圆角】命令（或者单击右侧工具栏中的倒角工具按钮），进入圆角工具，在图12.70和图12.71处倒圆角，半径为2。

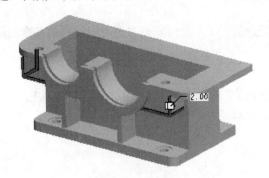
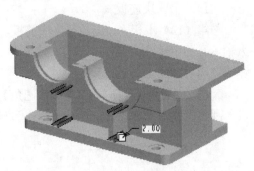

图12.70　倒圆角　　　　　　　　　　　图12.71　倒圆角

（19）镜像至另一侧。选中从第（5）步至第（18）步所创建的所有特征，然后单击右侧工具栏中的镜像工具按钮，进入镜像工具，以FRONT面作为镜像平面，单击中键确定后系统弹出圆角特征操控面板，窗口下面的提示区提示"丢失参照……"选择如图12.72所示两条边，单击中键，系统又弹出圆角特征操控面板，选择如图12.73所示两条边，单击中键。

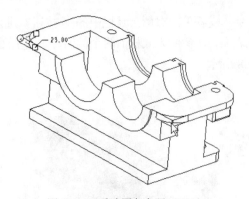
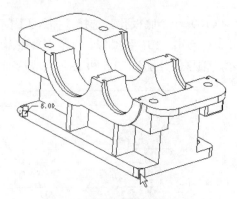

图12.72　重选圆角参照（R23）　　　　图12.73　重选圆角参照（R8）

此时系统成功完成镜像操作，如图12.74所示。

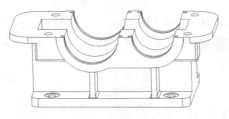

图 12.74　镜像

（20）一个侧螺栓孔。选择【插入】|【孔】命令（或者单击右侧工具栏中的 ✔ 按钮）进入孔工具，与第（10）步类似，只是主参照为上下箱体固定板的下表面，次参照为 FRONT 面和内部基准面（过如图 12.75 所示两轴线），偏移值分别为 0 和 34，完成后效果如图 12.76 所示。

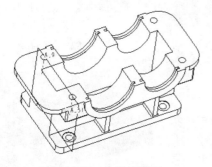

图 12.75　内部基准面

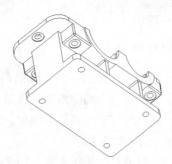

图 12.76　侧螺栓孔

（21）另一个侧螺栓孔。选中刚刚创建的侧螺栓孔，单击右侧工具栏中的镜像工具按钮 ⚟，进入镜像工具，选择 RIGHT 面作为镜像平面，完成后如图 12.77 所示。

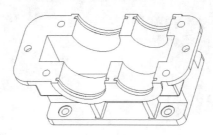

图 12.77　两侧螺栓孔

（22）圆角。选择【插入】|【倒圆角】命令（或者单击右侧工具栏中的倒角工具按钮 ⌒），进入圆角工具，在如图 12.78 所示八条边上放置圆角，半径为 6，在图 12.79 所示四条边上放置圆角，半径为 3。

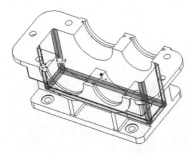

图 12.78　圆角参照

图 12.79　圆角参照

(23) 放油孔基体。选择【插入】|【拉伸】命令（或者单击右侧工具栏中的拉伸工具按钮 ），进入拉伸工具，在如图 12.80 所示平面上草绘，如图 12.81 所示，完成后设置拉伸深度为 2，得到如图 12.82 所示放油孔基体。

图 12.80 草绘面

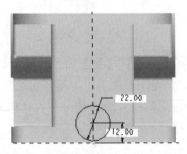

图 12.81 草绘

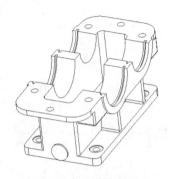

图 12.82 放油孔基体

(24) 倒角。选择【插入】|【倒角】|【边倒角】命令（或者单击右侧工具栏中的倒角工具按钮 ），进入倒角工具，在放油孔基体的外棱边上放置倒角，参数为 DxD，D=2，完成后效果如图 12.83 所示。

(25) 放油孔。选择【插入】|【孔】命令（或者单击右侧工具栏中的 按钮）进入孔工具，以如图 12.84 所示平面为主参照，以放油孔基体中轴线作为【同轴】属性的次参照，设置孔径为 10，钻孔深度为 20，完成后效果如图 12.85 所示。

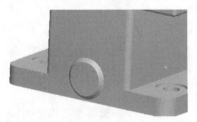

图 12.83 倒角

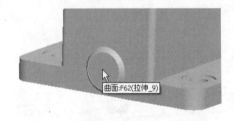

图 12.84 主参照

图 12.85 放油孔

(26) 底板部分切除。选择【插入】|【拉伸】命令（或者单击右侧工具栏中的拉伸工具按钮 ），进入拉伸工具，单击 按钮切除材料，在底板下表面草绘，如图 12.86 所示，设置拉伸深度为 2，完成后效果如图 12.87 所示。

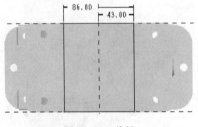

图 12.86 草绘

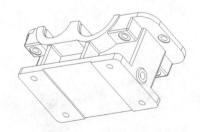

图 12.87 底板部分切除

(27) 底盘倒圆角。选择【插入】|【倒圆角】命令（或者单击右侧工具栏中的倒角工具按

钮 ），进入圆角工具，在如图 12.88 所示两个对应参照上放置圆角，半径为 2。

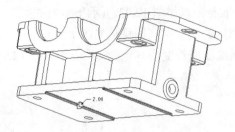

图 12.88　底盘倒圆角

（28）油面指示片孔基体。选择【插入】|【拉伸】命令（或者单击右侧工具栏中的拉伸工具按钮 ），进入拉伸工具，在如图 12.89 所示平面上草绘，如图 12.90 所示，完成后设置拉伸深度为 2，得到如图 12.91 所示放油孔基体。

图 12.89　草绘面

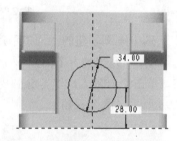

图 12.90　草绘

图 12.91　放油孔基体

（29）倒角。选择【插入】|【倒角】|【边倒角】命令（或者单击右侧工具栏中的倒角工具按钮 ），进入倒角工具，在放油孔基体的外棱边上放置倒角，参数为 D×D，D=2，完成后效果如图 12.92 所示。

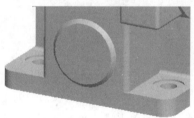

图 12.92　倒角

（30）油面指示片孔。选择【插入】|【孔】命令（或者单击右侧工具栏中的 按钮）进入孔工具，进入简单直孔工具，以如图 12.93 所示平面为主参照，以油面指示片孔基体中轴线作为【同轴】属性的次参照，设置孔径为 10，钻孔深度为 20，完成后效果如图 12.94 所示。

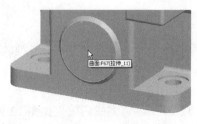

图 12.93　主参照

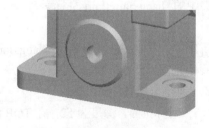

图 12.94　放油孔

（31）一个油面指示片固定孔。选择【插入】|【孔】命令（或者单击右侧工具栏中的 按钮）进入孔工具，设置为标准孔，以如图 12.93 所示平面为主参照，以油面指示片孔基体中轴线和 TOP 面作为【线形】属性的次参照，偏移量如图 12.95 所示，设置孔的螺纹类型为 ISO，M3x.5，钻孔深度为 7.5，螺纹曲面长度为 6，完成后效果如图 12.96 所示。

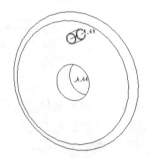

图 12.95　【放置】上滑面板　　　　　　图 12.96　一个油面指示片固定孔

（32）阵列油面指示片固定孔。选中刚刚创建的油面指示片固定孔，单击右侧工具栏中的阵列工具按钮 ，进入阵列工具，选择阵列方式为【轴】，然后选择油面指示片孔基体中轴线作为中心轴，输入第一方向数为 3，单击 按钮，成员等分圆周，完成后效果如图 12.97 所示。

至此，下箱体完成，如图 12.98 所示（两个视角）。

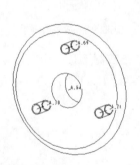

图 12.97　阵列孔　　　　　　　　　　图 12.98　下箱体

3．保存文件

选择【文件】|【保存】命令（或者单击【文件】工具栏中的图标按钮 ），单击【确定】按钮保存文件。

12.4.2　上箱体创建

上箱体的创建与下箱体类似，下面我们将简要给出建模步骤，读者可结合光盘中第 12 章文件夹中的 shangxiangti.prt 进行学习。

1．新建文件

新建实体零件文件，命名为 shangxiangti，注意取消默认模板，选择 mmns_part_solid（毫米牛顿秒）作为设计模板。

2．创建上箱体

（1）对称拉伸，深度为 52，在 TOP 面草绘，如图 12.99 所示，完成后效果如图 12.100 所示。

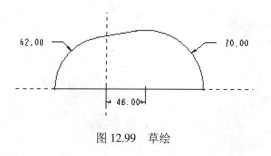

图 12.99 草绘

图 12.100 拉伸

（2）拉伸，深度为 7，在图 12.101 所示面上草绘，如图 12.102 所示，拉伸方向向上，完成后效果如图 12.103 所示。

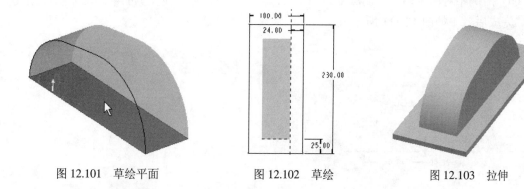

图 12.101 草绘平面　　　　　　　图 12.102 草绘　　　　　　　图 12.103 拉伸

（3）抽壳，开口面为底面，厚度为 6，选择如图 12.104 所示平面为非缺省厚度平面，其厚度为 7，完成后效果如图 12.105 所示。

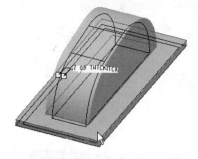

图 12.104 非缺省厚度

图 12.105 抽壳

（4）拉伸，深度为 2，在顶面草绘，如图 12.106 所示，完成后效果如图 12.107 所示。

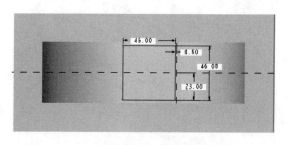

图 12.106 草绘

图 12.107 拉伸

（5）拉伸切除，在顶面草绘，如图 12.108 所示，方向向下，完成后效果如图 12.109 所示。

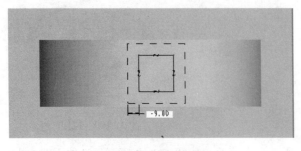

图 12.108 草绘

图 12.109 拉伸切除

（6）两侧不对称拉伸，一侧深度为 2，另一侧拉伸至基体，在左侧面草绘，如图 12.110 所示，完成后效果如图 12.111 所示。

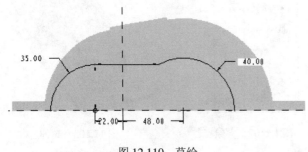

图 12.110 草绘

图 12.111 拉伸

（7）拉伸，深度 21，在底板上表面草绘，如图 12.112 所示，完成后效果如图 12.113 所示。

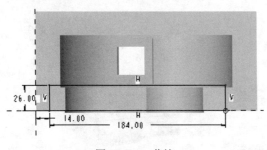

图 12.112 草绘

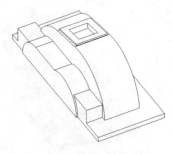

图 12.113 拉伸

（8）完全倒圆角，参照如图 12.114 所示，完成后效果如图 12.115 所示。

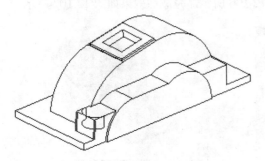

图 12.114 圆角参照

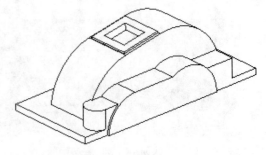

图 12.115 完全倒圆角

（9）倒圆角，参照如图 12.116 所示，半径为 5，完成后效果如图 12.117 所示。

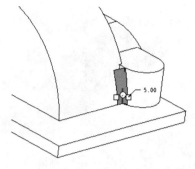

图 12.116　圆角参照

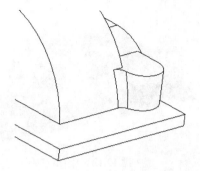

图 12.117　圆角

（10）倒圆角，参照如图 12.118 和图 12.119 所示，半径分别为 13 和 5。

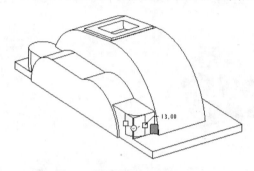

图 12.118　圆角参照（R13）

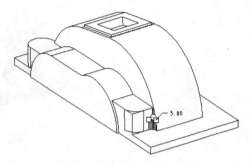

图 12.119　圆角参照（R5）

（11）标准孔，ISO，M9×1，打通孔，不添加攻丝和埋头孔，添加沉孔，【形状】上滑面板如图 12.120 所示，参照图 12.121 进行放置。

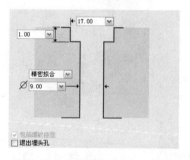

图 12.120　【形状】上滑面板

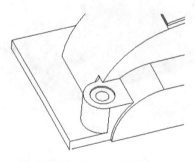

图 12.121　标准孔

（12）在另一边开孔，与（11）类似，如图 12.122 所示。

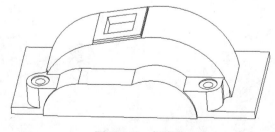

图 12.122　标准孔

（13）倒圆角，参照如图 12.123 所示，半径为 10，完成后效果如图 12.124 所示。

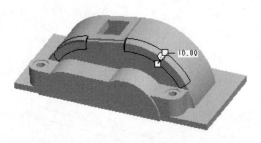

图 12.123　圆角参照

图 12.124　圆角

（14）选中第（6）~（13）步所创建的特征，以 TOP 面为镜像平面镜像，单击中键确定后并不会立即成功再生，进行一些正确的圆角参照重选后，特征成功镜像，如图 12.125 所示。

图 12.125　镜像

（15）随意设计两块筋板，厚度控制在 6 左右，如图 12.126 所示，然后将这两块筋板镜像至另一侧，如图 12.127 所示。

图 12.126　筋

图 12.127　镜像筋

（16）标准孔，与（11）步类似，主参照为底板上表面，次参照为前侧面和 TOP 面，偏移值分别为 11 和 0，完成后效果如图 12.128 所示。

在另一侧也创建一个相同的标准孔，读者可自选参照，完成后效果如图 12.129 所示。

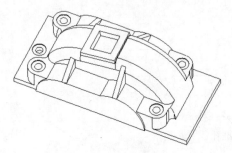

图 12.128　标准孔

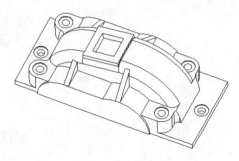

图 12.129　标准孔

（17）倒圆角，参照为底边四条竖直的棱边，半径为 23，完成后效果如图 12.130 所示。

倒圆角，参照为通气口处的两组棱边（每组四条，共八条），半径分别为 3 和 5，完成后效果如图 12.131 所示。

倒圆角，参照为如图 12.132 所示，半径为 2。

图 12.130　圆角　　　　　　图 12.131　圆角　　　　　　图 12.132　圆角

（18）创建一个简单直孔，孔径为 3，孔深为 20，根据图 12.133 选择主参照，次参照为【同轴】属性的圆角中心轴（由于不能直接选择，故需建立内部基准轴），完成后效果如图 12.134 所示。

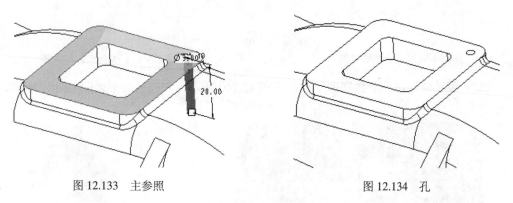

图 12.133　主参照　　　　　　　　　　　　图 12.134　孔

（19）选中刚刚创建的孔，然后进行【方向】阵列，第一、二方向参照分别为 RIGHT 面和 TOP 面，各方向成员数均为 2，间距均为 36，完成后得到如图 12.135 所示孔阵列。

图 12.135　孔阵列

（20）拉伸穿透切除，在左侧面草绘，如图 12.136 所示，完成后效果如图 12.137 所示。

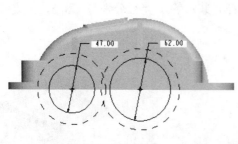

图 12.136　草绘

图 12.137　拉伸切除

（21）建立基准轴线，参照为如图 12.138 所示柱面，约束方式如图 12.139 所示。

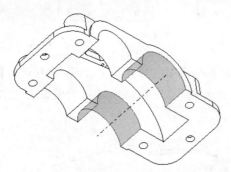

图 12.138　基准轴参照

图 12.139　【基准轴】对话框

（22）旋转切除，在底板底面草绘，如图 12.140 所示，完成后效果如图 12.141 所示。

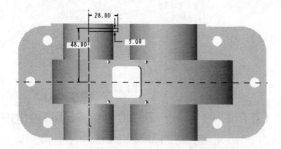

图 12.140　草绘

图 12.141　旋转切除

（23）旋转切除，在底板底面草绘，如图 12.142 所示，完成后效果如图 12.143 所示。

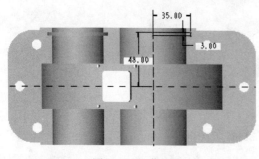

图 12.142　草绘

图 12.143　旋转切除

（24）选中这两步创建的两个旋转切除特征，以 TOP 面为镜像平面，完成镜像操作，如图 12.144 所示。

（25）在一些棱边处放置圆角，R 在 2~3 左右即可，完成后效果如图 12.145 所示（两个视角）。

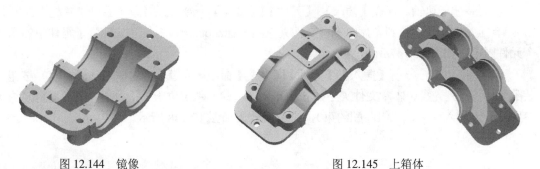

图 12.144　镜像　　　　　　　　　　　　　图 12.145　上箱体

3．保存文件

选择【文件】|【保存】命令（或者单击【文件】工具栏中的图标按钮），单击【确定】保存文件。

12.5　产品装配实例

本节将组装前面创建的几个减速器零件，以便于读者复习所学知识，但这里还请读者注意，减速器中的轴承、螺栓、螺钉等，我们没有提到，读者可自行创建，借以验证自己的实力。

对于几个一起运动的零件，最好将其创建为子组件，这样既方便管理，又方便进行后续操作，如结构分析等。

1．新建文件

新建组件设计文件，命名为 jiansuqi，注意取消默认模板，选择 mmns_asm_design（毫米牛顿秒）作为设计模板。

2．减速器装配

（1）装配下箱体。选择【插入】|【元件】|【装配】命令（或者单击右侧工具栏中的 按钮），装配元件，我们找到光盘中本章文件夹下的 xiaxiangti.prt，约束类型设置为【固定】，完成后效果如图 12.146 所示。

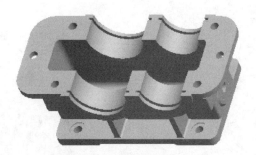

图 12.146　装配下箱体

（2）创建子组件低速轴组。选择【插入】|【元件】|【创建】命令（或者单击右侧工具栏

中的 按钮），创建一个新元件，选择类型为【子组件】，子类型为【标准】，输入名称 disuzhouzu，单击中键，选择创建方法为【空】，单击中键，完成操作。

将鼠标指向模型树中的 disuzhouzu.asm，单击右键，选择【打开】命令，此时系统打开一个新窗口。

（3）装配低速轴。选择【插入】|【元件】|【装配】命令（或者单击右侧工具栏中的 按钮），装配元件，我们找到光盘中本章文件夹下的 disuzhou.prt，系统默认地将子组件中的第一个元件固定，如图 12.147 所示。

（4）装配大键。选择【插入】|【元件】|【装配】命令（或者单击右侧工具栏中的 按钮），装配元件，找到光盘中本章文件夹下的 dajian.prt，将此元件定位于大键槽内，读者可自定约束参照（一组插入约束，一组匹配约束），完成后效果如图 12.148 所示。

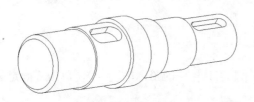

图 12.147　低速轴

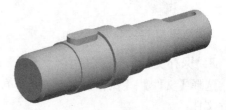

图 12.148　大键

（5）装配大齿轮。选择【插入】|【元件】|【装配】命令（或者单击右侧工具栏中的 按钮），装配元件，我们找到光盘中本章文件夹下的 dachilun.prt，读者可自定约束参照（一组插入约束，一组匹配约束），完成后效果如图 12.149 所示。

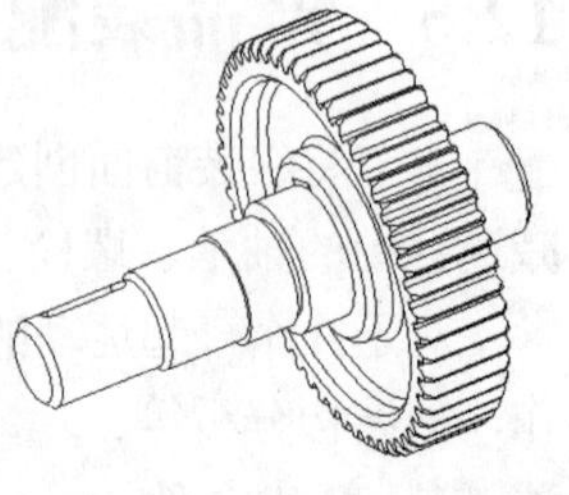

（6）保存子组件。选择【文件】|【保存】命令（或者单击【文件】工具栏中的图标按钮 ），单击【确定】保存子组件。

（7）子组件约束重定义。关闭子组件窗口，回到总装窗口，将鼠标指向模型树中的子组件 disuzhouzu.asm，右键单击，在弹出的菜单中选择【编辑定义】命令，打开操控面板重定义约束。

图 12.149　大齿轮

在【放置】上滑面板中，将【缺省】约束删除，将约束集类型设置为【销钉】，设置【轴对齐】参照，可选择两对应柱面，也可选择对应中心轴线；然后设置【平移】参照，如图 12.150 所示，设置间距为 9，完成后效果如图 12.151 所示。

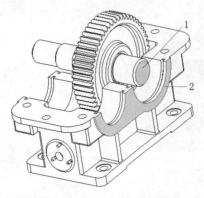

图 12.150　【平移】参照

图 12.151　低速轴组

（8）创建并装配子组件高速轴组。与前面的（2）~（7）步类似，只是子组件中的元件仅有一个 gaosuzhou.prt，最后效果如图 12.152 所示。

图 12.152　高速轴组

（9）装配大端盖。选择【插入】|【元件】|【装配】命令（或者单击右侧工具栏中的 按钮），装配元件，我们找到光盘中本章文件夹下的 daduangai.prt，请读者自定约束参照（一组插入约束，一组对其约束）以达到如图 12.153 所示效果。

（10）装配其他三个盖。其他几个端盖、闷盖的装配类似于第（9）步，在此不再赘述，完成后效果如图 12.154 所示。

图 12.153　大端盖

图 12.154　端盖、闷盖

（11）装配上箱体。装配 shangxiangti.prt，设置三组重合约束，如图 12.155 所示，完成后效果如图 12.156 所示。

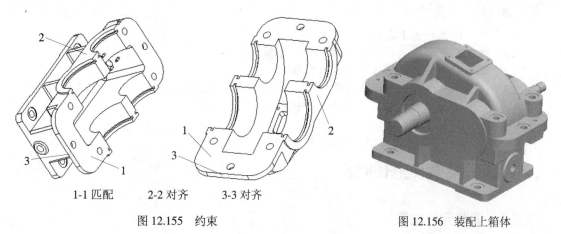

1-1 匹配　　2-2 对齐　　3-3 对齐

图 12.155　约束

图 12.156　装配上箱体

（12）装配通气盖。选择【插入】|【元件】|【装配】命令（或者单击右侧工具栏中的 按

钮），装配元件，找到光盘中本章文件夹下的 gai.prt，请读者自定约束参照，以使通气盖与箱体接触且四个孔均对应（两组插入约束，一组匹配约束），如图 12.157 所示。

（13）装配通气塞。选择【插入】|【元件】|【装配】命令（或者单击右侧工具栏中的 按钮），装配元件，我们找到光盘中本章文件夹下的 tongqisai.prt，请读者自定约束参照以达到如图 12.158 所示效果（一组插入约束，一组匹配约束）。

图 12.157　通气盖　　　　　　　　　　图 12.158　通气塞

至此，本例结束，如图 12.159 所示（两个视角）。

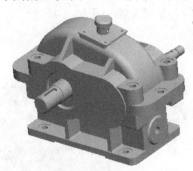

图 12.159　减速器

3．保存文件

选择【文件】|【保存】命令（或者单击【文件】工具栏中的图标按钮），单击【确定】保存文件。

注　意

读者可继续进行如下尝试：
（1）根据已有的减速器装配体对轴承、套筒进行建模。
（2）添加一些垫圈、螺栓等完善装配体。
（3）实际中为保证上下箱体正确定位，往往需要在最后打一个销孔，请读者尝试创建。
（4）两个齿轮啮合时可能有干涉，尝试解决此问题。
（5）创建分解视图。

12.6　二维装配图创建

12.6.1　调整元件位置

在生成装配图时，为保证装配图的直观效果，需要先调整元件位置，如本例中的减速器低速轴组、高速轴组，需要进行调整。

（1）既然明确需要调整低速轴组和高速轴组，我们不妨先将其他不相关的元件隐藏，以方便操作。打开 jiansuqi.asm，在模型树中选中除 disuzhouzu.asm 和 gaosuzhouzu.asm 以外的其他元件，单击右键，在弹出的菜单中选择【隐藏】命令，如图 12.160 所示。

注　意

在选择这里的元件时，先利用 Shift 键选中所有元件，再利用 Ctrl 键取消中间的两个元件，这样的操作较为简单。

（2）选择【视图】|【方向】|【拖动元件】命令（或者单击工具栏中的 按钮），弹出【拖动】对话框和【选取】对话框，如图 12.161 所示。

图 12.160　隐藏元件

图 12.161　【拖动】对话框和【选取】对话框

（3）单击对话框中的【约束】，单击 （定向两个曲面）按钮，然后选择如图 12.162 所示两个参照。

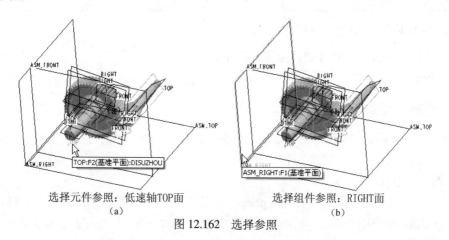

选择元件参照：低速轴TOP面　　　　　　　　　选择组件参照：RIGHT面
　　　　　（a）　　　　　　　　　　　　　　　　　　　（b）
图 12.162　选择参照

（4）再次单击对话框中的【约束】，单击 （定向两个曲面）按钮，然后选择如图 12.163 所示两个参照。

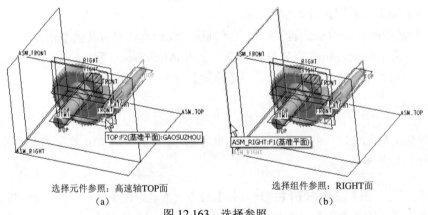

<table>
<tr><td>选择元件参照：高速轴TOP面
（a）</td><td>选择组件参照：RIGHT面
（b）</td></tr>
</table>

图 12.163 选择参照

（5）此时的【拖动】对话框如图 12.164 所示，对应的两个元件位置适当。为方便以后重新回到该位置，单击 按钮记住此位置，如图 12.165 所示。

图 12.164 【拖动】对话框

图 12.165 保存位置

（6）将隐藏的元件进行【取消隐藏】操作。

（7）保存文件。

12.6.2 创建二维装配图

本例将从一个默认的模板开始，逐渐进行完善，当然，例子中的方法并非唯一，读者可以创建一个空绘图，然后自行创建各个视图。

1．新建工程图

新建一个绘图文件，命名为 zhuangpeitu，使用默认的缺省模板 c_drawing，选择缺省模型为 jiansuqi.asm，单击中键确定，此时系统自动创建了一个三视图，如图 12.166 所示。

2．工程图修改

（1）我们首先发现比例不合适，双击主视图，弹出【绘图视图】对话框，选择【比例】类别，选择【定制比例】，然后再其后的文本框中输入 1，单击中键完成比例调节，如图 12.167 所示。

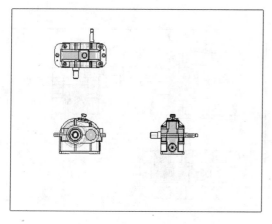

图 12.166　新建工程图

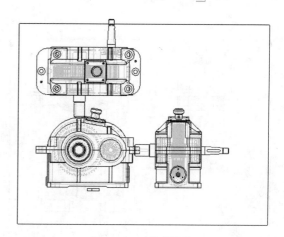

图 12.167　调整比例

注　意

如果双击的不是父视图，便不能修改比例。这里的主视图是父视图。

（2）这时出现了一定的视图重叠，而且这样的视图不符合我们的习惯，单击使 按钮弹起以拖动视图，分别对三个视图进行拖动后如图 12.168 所示。

（3）为便于观看，我们双击主视图，将主视图方向由 FRONT 改为 RIGHT，其他视图随之改变，如图 12.169 所示。

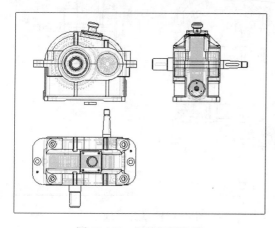

图 12.168　调整视图位置

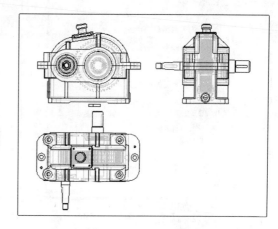

图 12.169　更改主视图

（4）显然右视图不符合我们的要求，我们将其删除。重新创建一个投影视图，注意在其父视图（主视图）的左侧单击左键放置视图，如图 12.170 所示。然后再将该投影视图移至适当位置，如图 12.171 所示。

注　意

我们在第 11 章曾提到过，更改 projection_type 选项的值为 first_angle 便可创建符合我们习惯的投影视图。

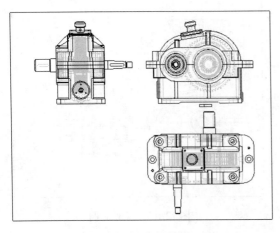

图 12.170　投影视图

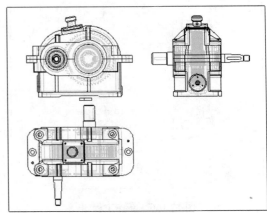

图 12..171　三视图

（5）实际工程图中并没有必要显示这么多隐藏线，我们选中三个视图，然后单击右键，选择【属性】命令，弹出【绘图视图】对话框，由于选择的是多个视图，这里只有视图显示选项可用，如图 12.172 所示。我们将显示线型改为【无隐藏线】，单击中键，绘图区如图 12.173 所示。

图 12.172　【绘图视图】对话框

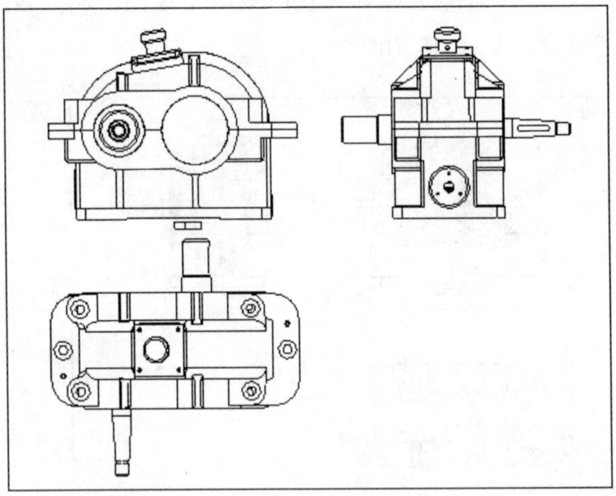

图 12.173　无隐藏线

（6）到此，最关键的部分系统已帮我们完成，接下来的尺寸、注释等元素读者可根据自己需要进行创建，如图 12.174 所示。

（7）我们知道，Pro/E 是专业的三维建模软件，其二维绘制功能与 AutoCAD 比起来操作较为复杂，功能也不如后者，我们可配合 AurtoCAD 等其他二维绘图软件进行进一步出图。

我们需将工程图转换为 AutoCAD 支持的 dwg 格式，选择【文件】|【保存副本】命令，弹出【保存副本】对话框，将下面的【类型】改为"DWG（*.dwg）"，如图 12.175 所示，单击中键，弹出【DWG 的输出环境】对话框，如图 12.176 所示，保持默认设置，单击中键即可。

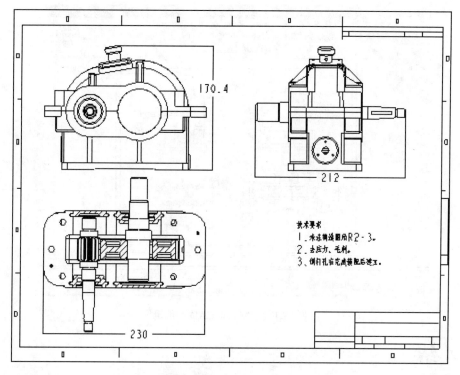

图 12.174 进一步绘制

图 12.175 保存为

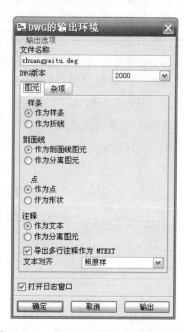

图 12.176 【DWG 的输出环境】对话框

　　经过一段时间的转换，Pro/E 将在指定的目录下生成 zhuangpeitu.dwg，如果电脑上装有 AutoCAD 软件，双击打开此文件即可进行编辑了，如图 12.177 所示。有条件的读者可尝试在其中绘制轴承、螺栓、标题栏等。

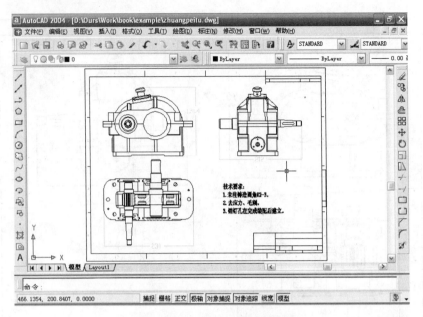

图 12.177　在 AutoCAD 中编辑

本章小结

三维零件造型→装配→机构仿真→二维装配图和零件图，这是利用 Pro/E 进行机械设计的最基本思路，本章以典型设备——减速器为例，介绍了机械设计的全过程，完成了减速器中典型零件的三维造型、整机装配，并创建了装配工程图，旨在能够让读者综合运用本书所学的各种工具及命令。同时，读者还应注意：在进行大型产品的设计时，应注意在开始就大致规划建模及装配的顺序，避免到最后因为一两个特征无法实现效果而烦恼。

至此，本书也告一段落了，还是那句话，我们能做到的永远只是带领读者入门，只有多练习、积累经验，才是成功之道。